KB164358

# 남사친이 돌아왔다

링고 장편소설

동아

# 남사친이 돌아왔다

초판 1쇄 인쇄일 | 2019년 12월 19일
초판 1쇄 발행일 | 2019년 12월 30일

지은이 | 링고
펴낸이 | 빅성면
펴낸곳 | (주)동아

출판등록 | 제406-2007-000071호
주소 | 경기도 파주시 문발로 115, 세종출판벤처타운 201-A호
전화 | (031)8071-5201
팩스 | (031)8071-5204
E-mail | bear6370@hanmail.net


정가 | 10,800원

ISBN 979-11-6302-287-9 (03810)

ⓒ 링고, 2019

※이 책은 (주)동아와 저작자의 계약에 의해 출판된 것이므로, 무단 전재 및 유포, 공유를 금합니다.

# 남사친이 돌아왔다

링고 장편소설

동아

# 목 차

## 1. 다시 만난 친구

"야. 이정주! 너 아주 오랜만이다."

그녀는 쓴웃음을 지었다. 저리 당당하게 큰소리를 뻥뻥 내며 올 수 있는 사람이라면 딱 한 사람밖에 없었다. 그녀는 고개를 돌려 사람들과 인사를 나누며 척척 다가오는 유경과 시선을 맞추었다.

"오냐. 나 왔다고 네가 대신 광고해 주니 고맙네."

구석진 자리에 앉아 있던 정주의 대답에 옆자리를 잡아 뺀 유경이 키득키득 웃었다. 정주는 살짝 눈을 흘기며 잔을 내밀었다.

유경의 호들갑에 주변에 앉아 있던 동기들이 잠깐 고개를 돌리고 인사를 나눴다. 유경은 손을 대강 흔들고는 곧바로 정주 옆에 바투

붙어 앉았다.

"그나저나 왜 이렇게 연락도 안 돼? 핸드폰 번호 바꼈니? 사채업자한테 돈 떼먹었냐?"

"야. 그냥 먹여라. 엿을 먹여. 욕보다 더 심하냐."

"뭐 이 정도로. 너 알잖아. 내가 맘먹으면 실생활용으로 각색한 그것이 이백 개는 나온다는 거."

실생활용은 무슨. 족발당수겠지. 손가락 두 개로 목 꽉 따기. 정주가 피식 웃었다. 유경은 정주가 아직 유머 감각이 살아 있다는 걸 알고 안심한 표정을 지었다.

"그래 그래. 아직 이정주 폼 안 죽었네. 요즘은 좀 어떠니? 약국은 잘되고?"

"어? 아, 뭐. 당분간 닫아."

"왜? 무슨 일 있어?"

유경의 눈에 설핏 스며든 염려를 본 정주가 희미하게 웃으며 고개를 저었다.

"어. 그게 건물주가 바뀌었다나. 건물 관리실에서 전화가 왔더라고. 새로 리모델링해야 하니까 한두 달 정도 문 좀 닫자고."

"으잉? 그럼 대출은 어쩌고?"

"그러게."

정주는 피곤하게 내려앉는 눈꺼풀을 가볍게 문질렀다. 쌍꺼풀에 뭉친 섀도우가 손끝에 묻어났다. 매일매일 켜켜이 쌓이는 피곤함처럼 무겁게 번들거렸다.

화장 괜히 했네. 그냥 아이라이너나 좀 그리고 말걸.

그녀는 방향이 빗나간 생각에 잠겼다가 무심하게 다시 툭 내뱉었다.

"그 자식. 일이나 좀 하면 좋겠는데 셔터 올리고 내리는 거 안 해도 되니 다행이라네. 리모델링하면 자동 셔터로 바꿔 주지 않냐는데."

"하이고. 족발당수 오백 번은 날려 주고 싶다."

유경이 한숨을 쉬었다. 그늘지고 피곤한 친구의 짐을 대신 지고 싶은 심정이었다. 하지만 정주는 이내 밝게 웃으며 잔을 부딪쳤다.

"종합 병원 야간 알아보지 뭐. 단기로 하나 정도는 있을 거야. 지금은 술이나 마셔. 회비도 두둑하게 냈는데 일단 돈값은 해야지."

정주는 원래 동창회비에 본전을 따지는 여자가 아니었다. 그러나 십 년 동안의 결혼 생활은 모조리 가성비와 본전 타령으로 점철되었다. 그것도 자신이 아니라 타인이 늘 입버릇처럼 내는 말에 머릿속이 절여져 버렸다.

생각만 해도 신물이 났다. 정주는 치받치는 쓰린 속을 술로 꿀꺽 눌렀다.

"술 센 건 여전하네. 야, 너랑 나랑 술 한 잔도 못한 게 벌써 얼만지 아나?"

"그러게. 미안하다. 될 수 있으면 자주 만나고 싶은데 그게 영 안 되네."

당연하지. 네 그 거지 같은 셔터 맨 삼시세끼 때문에 꼬박꼬박 집에 들어가서 밥해야 하니까. 애도 없는데 개고생이 만발하니까.

유경은 입술 끄트머리에 걸린 말을 꿀꺽 삼켰다. 그런 말이 정주에게 아무런 위로도 되지 않는다는 걸 너무 잘 알았다. 그녀는 대신 술잔을 들고 다른 손으로 젓가락을 챙기며 화사하게 웃었다.

"술 잘 잡숫는 거 보니 아직 임신은 아니구만? 너 결혼한 지 십 년이던가?"

"그런 짓 할 새가 어딨어. 밥 먹고 집 치우고 자기도 바쁜데."

정주가 심드렁하게 대꾸했다. 유경은 속으로 혀를 찼다.

제 아버지만 아니었으면 언제나 씩씩하고 당차게 제 실속을 다 채우던 친구였다. 그놈의 부모 복이 뭔지. 태어난 것 자체가 잘못이라며 대성통곡하던 정주의 젖은 얼굴이 떠올랐다.

유경은 얼른 기억을 다시 지우려는 듯 정주에게 팔을 걸쳤다.

"우리 찐하게 러브샷이나 할까, 이정주?"

"아 징그러 주유경. 술이나 드셔. 안주발 세우지 말고. 살찐다고 징징거리면서."

정주의 말에 유경이 찔끔하면서도 젓가락에 집힌 삼겹살을 불쑥 정주의 입에 디밀었다. 정주가 입을 열어 그걸 받아먹을 때까지 유경은 젓가락을 들고 하염없이 기다렸다.

결국에 정주는 입을 벌렸다.

많이 먹어. 살 좀 찌우자. 유경이 작게 중얼거렸다. 내키지 않는 듯 고기를 꾹꾹 씹는 정주에게 유경이 다시 쌈을 한 점 싸 건네며 빙긋 웃었다.

"야. 그래도 나니까 너 이렇게 챙기지. 베프 아니냐. 베프."

"베프인지 베짱이인지 베 자만 들어가도 치가 떨린다."

"게으를 베 자?"

유경이 쓰린 속을 감추며 키득거렸다. 정주는 가볍게 한숨을 쉬었다.

친구 앞에선 이렇게도 씩씩하고 무던한데 집에만 들어가면 한없이 짜증스럽고 분노에 가득 찬 사람이 되는 자신이 싫었다.

그녀는 잔을 채우려고 병을 들었다. 그때 누군가 병을 **빼앗아** 잔을 채워 주었다.

"어이어이. 니들만 술병 거덜 내고 말이야. 암튼 우리 기수 최고 주당 아니랄까 봐. 있어 봐. 내 한잔 따라 준다."

졸업 학기 과 대표였던 상범이었다. 그는 불콰해진 얼굴로 술잔을 채우고는 비우기를 기다렸다. 유경이 새 잔을 건네며 상큼하게 쏘아붙였다.

"야. 약사가 위생관념 없어서 어떡하냐. 타액 감염 조심 안 해?"

"인생 한 번 살지 두 번 사냐. 그런 거 다 따지면 더 빨리 죽는다? 걍 마셔. 죽죽."

상범은 무척 기분이 좋은지 실실대며 술을 권했다. 그래도 정주가 술을 비우고 새 잔에 술을 따라 주었다. 그는 단번에 잔을 비우고 히죽 웃었다.

"이따 누구 오기로 했는지 알아?"

"뭐, 박보도라도 오냐?"

유경이 툭 내뱉었다. 박보도라니. 알지도 못하는 잘생긴 연예인이 여길 왜 와. 정주가 쓴웃음을 지었다.

"박보도? 그 정도 급은 되지."

상범이 키득거리며 유경에게도 잔을 권했다.

상범과 유경은 만날 때마다 서로 툭툭 건드리며 만담에 열중하는 사이였다. 두 사람 다 서로의 관계에는 지극히 쿨하게 대했다.

"다 늦게 무슨 놈의 연애야. 우린 그런 시시콜콜하고 진부한 관계 싫다고. 비혼 시대 몰라? 비혼."

이성 간의 감정이라고는 한 톨도 없는 '스마트하고 샤프한 사이'라는 게 두 사람의 공통된 의견이었다. 정작 정주는 두 사람을 볼 때마다 뭔가 묘한 기류를 얼핏 느끼곤 했지만.

유경이 술을 들이켜고 상범에게 술을 따라 주었다. 정주는 말없이 두 사람을 보다 고기를 한 점 집었다. 유경에게 줄 요량이었다. 그러나 상추를 든 순간 그녀는 들고 있던 고기를 떨어뜨렸다.

"진현."

"뭐? 누구라고?"

유경이 물어뜯을 듯 으르렁거렸다. 얼떨떨하게 보던 상범이 어깨를 으쓱했다.

"현이. 진. 현. 너도, 얘도 알잖아. 아니지, 그리고 보니 정주랑…… 아."

"정주랑 뭐? 진현 걔 이정주 얘랑 무슨 일 있었어? 둘이 엄청 친했잖아."

옆에 있던 다른 동기 하나가 툭 끼어들었다. 세 사람의 말문이 한꺼번에 막혔다.

유경이 눈살을 찌푸렸다. 약학대 에이스였던 현과 지독한 공붓벌레 정주가 막역한 친구 사이였다가 졸업을 앞두고 미친 듯 싸웠다는 건 유경과 상범만 알고 있는 사실이었다.

"어. 사실은 장학금으로 막 싸우던 사이잖아. 몰랐냐? 서로 드론 으로 자취방 창문 염탐해 가며 누가 누가 잘하나 경연했는데."

상범이 말도 안 되는 너스레를 떨었다.

신도시의 큰 도매 약국 주인답게 사교성이 줄줄 넘쳐흐르면서도 쓸데없는 관심을 완벽하게 차단하는 대응이었다. 끼어들었던 동기는 머쓱하게 고개를 돌려 옆 사람과 수군거리다 자리를 떴다.

상범이 머리를 긁적이며 정주와 유경의 눈치를 보았다. 정주는 무덤 덤하게 술잔을 기울였다. 유경은 뭔가 말하려는 듯 입을 달싹였다가 그대로 다물었다. 상범도 조용히 술을 채워 주고는 자리를 떴다.

"정주야."

"어? 야! 진현이다!"

유경이 입을 연 찰나 누군가가 큰 소리를 냈다. 정주의 눈이 반사적 으로 입구를 향했다. 멀리서도 보였다. 절대로 잊을 수 없는 그 얼굴이.

"이야. KTX 타고 가면서 봐도 진현이네. 잘생기면 나이도 안 먹나 봐."

유경이 너스레를 떨었다. 순간 정신이 번쩍 들었다. 정주는 그대로 고개를 푹 숙였다. 유경이 그녀를 보다 술잔을 부딪치며 넌지시 속삭 였다.

"아직도 화해 안 했어?"

"화해는커녕 만날 새도 없던데? 벌써 몇 년이 지났는데 새삼스럽게."

정주는 아무렇지 않게 씩 웃었다. 유경의 눈에 이채가 돌았다. 그녀는 살짝 마른침을 삼키고 나직하게 물었다.

"그런데 너네. 도대체 무슨 일이 있었던 거야?"

정주가 고개를 숙인 순간, 옆에서 수군거리는 소리가 점차 커졌다.

"현이 재 요즘 엄청 잘나간다며. 그냥 바이오 벤처 사장인 줄 알았더니 TV 아침 방송에 의사로 만날 나오더라? 무슨 금수저가 공부도 잘해. 졸업하자마자 의전원 가더니 병원도 엄청나게 크게 한다며."

"병원은 물려받았겠지. 아버지가 큰 종합 병원 원장이었지, 아마? 그거 숨기고 학교 다니느라 힘들었다던데."

"그래서 전공 바꾼 건가? 원래는 의사 안 하려고 약대 왔다고 했잖아."

그래. 그랬지. 정주는 쓴웃음을 머금었다.

저 잘난 걸 숨기지만 않았더라도. 차라리 나 잘났어 하고 천지 사방에 소문내고 다니지 그랬어. 그랬다면 조금 나았을지도.

그녀는 동기들의 수다를 들으며 다시 술을 한 잔 비웠다.

"손대는 것마다 잘도 풀린다더라. 연예인이랑 사귄다고 기사도 났잖아."

"그거야 스포츠지 기산데 어떻게 믿어. 그것보다 거기, 그 제약그룹 회장 딸이랑 약혼했다는 소문이 더 신빙성 있던데?"

"그건 또 뭐야. 하, 진짜 잘나가나 보네."

비현실적인 소문에 여자 동기들이 수군거리면서도 혀를 찼다. 부러움과 질시와 선망. 그리고 어쩌면……. 한 번쯤은 자신에게 기회가 올지도 모른다는 덧없는 희망.

정주는 그들의 욕망을 선명하게 읽어 낼 수 있었다. 갑자기 구역질이 조금 치밀었다. 그녀의 손은 허둥대며 가방을 챙겨 들고 있었다.

"너 어디 가."

유경이 정주의 손목을 불쑥 잡았다. 그 눈에 담긴 염려를 알아차린 정주가 오롯이 웃음을 담았다.

"화장실."

"속 안 좋아? 어쩐지 너무 달리더라. 그러고 보니 너 약국은 잘돼?"

옆자리에 있던 동기가 새삼스럽게 아는 척을 했다. 정주는 아무렇지 않게 빙긋 웃으며 자리에서 일어났다.

"아까 다 들은 거 아니었어? 약국 리모델링 때문에 당분간 쉬어. 술 취한 건 아니니까 걱정해 줘서 고마워."

또박또박 내뱉은 대꾸에 동기의 얼굴이 조금 구겨졌다. 정주는 눈가를 살짝 접은 후 최대한 당당하게, 하지만 멀리서 동기들에게 붙잡혀 인사를 나누고 있는 진현의 눈에 띄지 않게 옆쪽으로 나갔다.

차라도 가지고 올걸. 핑계 삼아 술 안 마셔도 되는데.

하지만 사실 차도 잘 몰지 않는 데다 술을 마시려고 나온 자리였다.

집에서 마시는 것으로는 감당이 되지 않았다. 아니, 그곳은 이미 집이라고 할 수도 없는 곳이었으니까.

술만은 좀 마음 편하게 마시고 싶은데 서른도 훌쩍 넘어 버린 유부녀의 입장으로는 딱히 혼자 가서 편하게 마실 만한 곳도 없었다.

"단골집이라도 하나 마련해 놓을 걸 그랬나."

정주는 쓴웃음을 지었다. 한심했다. 마흔이 다 되어 가는데 마음 둘 곳 하나 없어 길거리를 방황하고 있는 자신이. 약국 말고는 단 하나도 제 수중에 없는 속 빈 강정 같은 제 꼴이.

"윤혜네나 갈까……. 아니야. 거기 가 봐야 결국 내 잘못으로 전부 다 끝날 건데."

그녀는 중얼거리며 어두운 거리를 걸었다. 윤혜네 커피숍은 여기서 십 분이면 닿을 거리였다. 밤엔 가벼운 주류도 팔아서 손님도 제법 많고 분위기도 나쁘지 않았다. 다만 정주는 의식적으로 자주 가지 않으려고 노력했다. 자신을 뺀 세 사람의 관계 때문이었다.

윤혜와 그의 남편은 정주의 남편인 고지명과 어릴 때부터 친한 사이였다. 그들은 셋이 자주 몰려다니며 술도 마시고 친분을 다졌다. 그런 틈을 비집고 들어가기란 쉬운 일이 아니었다.

처음부터 정주는 그들 사이에 끼는 것이 버겁고 힘겨웠다. 게다가 그들은 언제나 친구인 지명의 편만 들었다.

정주와 싸우고 나면 지명은 반드시 윤혜네로 가서 거나하게 취했다. 그러면 윤혜가 꼭 전화를 걸어 그녀를 불러냈다.

"지명이가 원래 좀 우직하지만 그래도 정주 씨 엄청 좋아하는데. 이해 좀 해 줘요. 그게 부부지 뭐. 솔직히 정주 씨가 남들보다 좀 예민한 것도 사실인데."

"내가 예민하다고요?"

"예민하잖아요. 집안일도 뭐든지 꼭 반씩 나눠서 해야 하고. 사람 일이 그렇게 딱 부러지게 반반 나누어지는 건가요? 지명이 어릴 때는 몸이 되게 약해서 그런 거 해 본 적도 없단 말이에요."

윤혜는 꼭 정주의 속을 긁으려고 작정한 것처럼 웃으면서 갈고리를 뾰족 내민 말을 거침없이 뱉었다.

가끔은 윤혜의 남편, 서경후도 점잖은 척 한 마디씩 거들었다.

"그저 제수씨가 참아요. 좋은 게 좋은 거지. 아무튼, 부부는 한 사람이 참아 줘야 순탄하게 굴러가는 법이에요."

"언제까지 참을까요."

"어머, 저것 좀 봐. 지금도 예민하게 쏘아 대니 어디 무서워서 살겠어."

정주는 세 사람의 앞에 있으면 혼자 이상한 나라의 앨리스가 된 기분이었다. 말도 눈빛도 표정도 손짓도 도통 통하지 않는 스무고개 넘기를 하는 느낌. 그녀는 언젠가부터 그들과 한꺼번에 자리하는 걸 피하게 되었다.

투두둑.

발밑에 뭔가 채는 소리에 정주는 아래를 내려다보았다. 벌써 십 년은 신어 앞코가 닳은 하이힐에 차인 돌이 저만치 툭 굴러갔다. 그녀의 기억이 그 구두에 닿았다.

"정주 씨. 지명이가 나 생일 선물 줬는데 화내지 마요. 알았죠?"

"뭘 줬는데요."

일 년 전, 윤혜가 배시시 웃으며 내민 건 발이었다. 정주 자신의 것과 똑같은 브랜드의 하이힐.

결혼할 때 큰맘 먹고 샀던 명품 브랜드의 제품이었다. 윤혜는 그게 어지간히 갖고 싶었는지 장장 구 년을 졸라 지명이 간신히 사 준 거라며 입에 침이 마르도록 자랑을 아끼지 않았다.

남편도 아니고 소꿉친구가 사 주는 생일 선물. 그게 또 하필이면 그 아내와 똑같은 구두고. 그걸 그 아내에게 자랑할 수 있는 대단한 배포라니.

"좋겠네요."

정주는 어이가 없는 걸 넘어 분노까지 느꼈지만 드러낼 수 없었다. 거기서 화를 내면 자기만 또 이상한 사람이 될 게 뻔했다. 그녀는 겨우 축하 인사를 건네고 곧바로 그 자리를 빠져나오려고 했다. 하지만 지명이 벌써 케이크와 샴페인까지 가져와 불을 붙이고 있었다.

결국에 정주는 원치 않는 생일 축하까지 하고 돌아와 지명과 거하게 싸워야 했다.

윤혜의 생일 선물 때문은 아니었다. 그건 이미 포기한 일이었다.

소꿉친구라면서 두 사람은 종종 이해할 수 없을 정도로 친밀하고 가까웠다. 심지어 윤혜는 남편과의 사이에 아이까지 있었다. 그런 데도 살갑기는 애인이 따로 없다 싶을 정도였다.

두 사람에게 신경을 바짝 곤두세운 정주와는 달리 서경후는 뭐가 그렇게 좋은지 매사에 허허거리며 지명과 윤혜가 노닥대는 걸 보고만 있었다. 결과적으로 신경질적이고 예민한 사람이 되어 버린 건 정주였다. 처음엔 예민하다는 말이 듣기 싫어 어쩔 수 없이 둘의 행각을 내버려 두었다. 이젠 그냥 무덤덤해졌다.

구두 때문에 싸운 날도 사실 윤혜 때문에 신경이 곤두선 건 둘째 문제였다. 술에 잔뜩 취한 지명이 자꾸만 집적거리다 기어이 한 대 때린 바람에 그녀는 미친 듯 화를 냈다.

"내 참. 시발, 더러워서 안 한다. 안 해. 비쩍 마른 몸뚱이 뭐가 좋다고. 목석도 너보다는 쫀득할 거다. 십 년이나 물고 빨아 줘도 애도 안 들어서는 석녀 주제에."

모욕적인 언사를 잔뜩 내뱉고는 술 냄새를 풍기며 잠든 지명을 두고 정주는 그날 밤새 부어오른 볼을 찜질하며 분통을 참아야 했다.

눈물은 나오지 않았다. 언제부터였던가. 정주는 울어 본 적이 없었다. 지명의 일로는 더욱. 부부 사이의 냉랭함은 울거나 화를 낸다고 해결되는 게 아니라는 사실을 그녀는 일찍 깨달았다.

그걸 인정하지 못했던 신혼에는 걸핏하면 달래고 싸우고 우는 게 일상이었다. 하지만 이젠 그저 형식적이고 차가운 몇 마디의 응대로 그들의 하루는 완성되었다.

"그래. 집에나 가야지."

작게 중얼거린 정주는 차도 근처로 다가가 택시를 잡았다. 그래도 죽으나 사나 갈 곳은 이제 그녀의 집뿐이었으니까. 남편의 명의로 된, 제 돈만 오롯이 다 들어간 아파트.

\* \* \*

엘리베이터가 소리를 내며 멈췄다. 정주는 전자 키를 찾아 꺼냈다. 남편이 누르는 버튼에 손을 대기도 싫어서 혼자 전자 키를 쓴 지 꽤 되었다.

그녀는 가볍게 키를 댔다. 작은 소리를 내며 문이 열렸다. 지명이 시끄럽다며 하도 짜증을 내서 무음에 가깝게 문소리를 조절해 두었다.

닫힌 중문 앞에서 잠깐 멈췄다.

지금 신은 것과 똑같은 구두 한 켤레.

볼 때마다 속이 뒤집히는 것 같아서 일 년 동안 처박아 두었다가 동창회 소식에 겨우 꺼내 신을 용기가 났던, 지금 자신이 신고 있는 그 구두.

아니, 똑같지는 않았다. 눈앞의 구두는 더 멀쩡하고 반짝거렸으며 생생했다. 앞코도 낡지 않았다. 돌부리에 한 번 걸린 적도 없는 듯 매끈했다. 새것이라고 해도 믿을 것 같았다.

순간 정주의 얼굴이 일그러졌다. 그녀는 중문을 활짝 열어젖혔다.

"하응, 아, 하앗, 아, 좋아. 더, 더……. 아아, 좋아."

귀에 익은 목소리였다. 조금 톤이 높고 간드러진 교성. 애교가 잔뜩 묻어나는 비음. 그리고 곧이어 들린 목소리.

"헉, 흐웃. 하, 시발. 겁나 좋네. 쫄깃하니. 야, 너도 좋냐."

"하앗, 앙, 아아. 좋아, 너무 좋아. 지명아……."

애원하듯 갈망하며 서로를 탐하는 그 목소리에 정주의 발걸음이 굳어 버렸다. 그녀는 일그러진 얼굴로 가만히 그 자리에 서서 핸드폰을 꺼냈다.

툭툭. 손가락이 자꾸만 엇나갔다. 고군분투한 후에야 간신히 녹음 버튼을 누를 수 있었다. 자지러지는 교성과 신음을 가능한 한 오래 담아야 했다.

문제는, 그만큼 자신이 그 모든 소리를 전부 다 들으면서 이 자리에 오래오래 버티고 서 있어야 한다는 것이었다.

"흐읍."

정주는 제가 내는 소리가 새어 나갈까 봐 입술을 깨물었다.

그녀는 최대한 길게 소리를 녹음한 후 조심조심 자리를 떴다. 마치 리와인드 버튼을 누른 것처럼 중문을 닫고 구두를 도로 신었다. 뒷걸음질 쳐서 살금살금 문을 열고 바깥으로 나왔다. 바깥 공기가 서늘했다.

그녀는 재킷을 여몄다. 차 키야 늘 가방 안에 있지만 잘 쓰지도 않는 차는 지금 약국 건물 주차장에 있었다. 남편의 차를 지금 덥석 몰 수도 없었다. 술도 마셨다. 무엇보다 어느 쪽이든 차는 건드리기도 싫었다. 한참 걷던 정주는 결국 택시를 잡아타고 약국이 있는 거리의 지명을 불렀다.


약국 앞은 어수선했다.

새 주인이 건물 관리인을 통해 리모델링을 통보한 지 일주일이 넘었다. 그동안 이런저런 우여곡절 끝에 약국 짐을 빼고 수리에 들어갔다.

새 주인은 어지간히 너그러운 사람 같았다. 관리인을 통해 놀라울 정도로 파격적인 내용을 전했다. 일체 비용 부담 없이 가장 먼저 수리해 주겠다는 친절한 제안이 고맙기는 했다.

게다가 이제 이 건물에 병원이 들어선단다.

정주는 열쇠로 문을 열었다. 공사 때문인지 다행히 셔터는 내려와 있지 않았다. 그녀는 문을 따고 들어가 여기저기 벌써 철거된 약장들과 바닥을 훑었다. 여기서 잔다는 건 그야말로 불가능했다.

하는 수 없이 그녀는 밖으로 나와 문을 잠갔다. 건물을 가리듯 쳐진 펜스 옆으로 두어 걸음 걷던 그녀는 비틀거리며 주저앉았다. 도무지 걸을 기운이 없었다.

툭.

시야가 흐려졌다.

투두둑. 어두컴컴한 바닥이 까맣게 젖어 들었다. 그제야 정주는 자신이 울고 있다는 걸 깨달았다.

"흐읍……."

숨죽인 흐느낌이 잇새로 새어 나왔다. 그녀는 고개를 저었다.

왜 우는 거야. 뭘 기대했다고. 언젠가는 그럴 거라고 알고 있었잖아. 남편이 아니라 남의 편이라고.

그랬다. 지명은 제대로 된 남편이 아니었다. 그와 그의 가족들은 한 번도 정주를 가족의 일원으로 받아들여 준 적이 없었다. 그저 돈 잘 벌어 오는 하녀 정도로 생각했다.

어쩌면 등골 쪽쪽 빨아먹기 좋은 암소였을지도. 사골이 진국이잖아. 어쨌든 약사니까 돈도 곧잘 벌고 신용도도 좋고.

정주는 울면서도 자신을 냉소적으로 평가했다. 그녀의 마음은 잔뜩 비틀리고 불안정했다.

하지만 그 누구에게도 도움을 청할 수 없었다. 딱히 하고 싶지도 않긴 했다.

　도움을 요청할 만한 사람은 오로지 유경뿐이었다. 그리고 그녀는
제 비참함에 친구를 끌어들여 같이 진창에서 구르고 싶지 않았다.

　편을 들어줄 친정 식구는 애초에 한 명도 없었다. 지금은 아예
남아 있지도 않았다.

　결혼하자마자 세상을 뜬 아버지가 마지막 그녀의 친정 식구였다.
그나마도 구멍 숭숭 뚫려 비바람은커녕 지나가는 가랑비조차 막아
주지 못하던 남루한 지붕 같은 위인이었다.

　걸핏하면 패악을 부리며 사고를 쳐서 정주의 통장을 거덜 내고
빚까지 지게 하던 사람이었다. 아비가 세상을 떴을 때 정주가 처음
느낀 감정은 바로 해방감이었다.

　시댁 식구들이야 말할 필요도 없었다. 무조건 며느리가 딱딱하고
재미없는 데다 애도 안 들어서는 석녀여서 귀한 아들이 바람을 피
웠다고 외려 자신을 책망할 게 분명했다.

　더구나 윤혜랑 얽혔다면 절대 좋은 꼴은 못 볼 터였다. 지명은 동네
토박이에다 꽤 소문난 양아치면서도 특유의 친화적인 성격으로 동내
에선 제법 인심을 얻고 있었다.

　윤혜 역시 시가 식구들의 예쁨을 한 몸에 받고 있었다. 정말이지
왜 그녀를 두고 자신과 결혼했는지 모르겠다고 생각한 적이 한두 번이
아니었다. 물론 이제는 그게 다 돈 때문이었다는 걸 잘 알지만 말이다.

　가만히 생각하던 정주의 입가에 비딱한 웃음이 걸렸다. 그러나
이내 일그러진 울음으로 바뀌었다.

"흑. 흐윽."

나직하던 울음소리가 끝내 커지기 시작했다. 그녀는 결국 동그마니 올라온 무릎에 얼굴을 묻었다.

허어어엉.

어디서 그런 소리가 나오는지 모를 정도로 정주는 울고 또 울었다.

제 목소리가 아니었다. 가슴에 커다란 구멍이 뚫려서, 거기서 나는 소리였다. 절규처럼, 혹은 짐승의 소리처럼 울부짖음이 간헐적으로 계속되었다.

십 년 만에 처음 울음을 토해 냈다.

참으려고 해도 참을 수가 없었다. 오늘처럼 모두가 원망스럽고 미운 날도 없었다. 간신히 참석한 동창회에 나타난 그 자식부터, 제 집에서 뻔뻔스럽게 여자를 안는 저 자식까지.

가슴에 맺힌 피멍이 단단하고 아프게 멍울처럼 자리 잡았다.

독이었다. 언젠가 만개하여 자신을 죽일지도 모르는 독. 치명적인데도 빼내는 방법을 도통 알 수 없었다. 그래서 정주는 그저 울고 또 울 수밖에 없었다.

발소리가 들렸다. 어깨가 반사적으로 움찔거렸다. 누구든 낯선 사람에게 이런 모습을 보이고 싶지는 않았다. 정주는 울음을 추스르려고 가방을 뒤졌다. 손수건이 어디 있더라.

"이거 써."

불쑥 눈앞에 나타난 정갈한 손수건. 절대로 잊을 수 없는 가지런하고 모양 좋은 손가락. 정주는 그 자리에 얼어붙었다.

* * *

"다리 저리겠다. 그렇게 쭈그리고 있으면."

팔이 붙들리나 싶더니 어느새 벌떡 일으켜졌다. 정주를 일으켜 세운 남자, 현이 그녀의 재킷과 스커트를 손으로 탁탁 털어 주었다.

"손수건 안 써? 아, 하긴. 이게 더 편하겠다."

갑자기 부드러운 질감이 느껴졌다. 정주가 입을 벌리기도 전에 현의 옷소매가 가볍게 눈가를 스쳤다. 손수건 따위는 가지고 다니 지도 않던, 젊고 치기 어린 예전처럼.

"너……."

쉬이 입이 떨어지지 않았다. 정주의 놀람과는 달리 현은 부드럽게 웃었다. 차갑고 얼음처럼 냉정한 얼굴이 일순 무너졌다.

정주는 몰랐지만, 그가 그런 웃음을 보이는 건 오로지 단 한 사람 앞에서만이었다. 그는 아직도 눈물이 그렁그렁한 채 멍하게 그를 응 시하는 정주를 보며 다시 가볍게 웃었다.

"뭘 자꾸 그렇게 울어. 예전 친구를 너무 오랜만에 봐서 그래?"

예전 친구라는 말에 정주의 몸이 일순 굳어졌다. 그녀는 재빨리 손수건으로 눈가를 문질렀다. 현이 그 모습을 물끄러미 보다 한숨을 쉬며 손을 뻗었다.

"그렇게 막 문지르면 살갗 다 상한다. 안 그래도 약한데."

부드러운 소매 깃이 다시 그녀의 눈가를 부드럽게 훔쳤다.

정주는 눈을 들어 그를 보았다. 진현. 조각 같은 외모와 어울리는 차가운 눈매를 가졌지만, 눈가를 허물어뜨리며 살짝 웃으면 세상 그 누구보다 다정하고 따뜻해지는 남자. 예전 남자 사람 친구. 그리고…… 마지막으로 딱 한 번, 그녀에게 고백했다 거하게 싸우고 차인 남자.

그는 하나도 변하지 않은 것 같았다. 그 냉정하고 매서운 눈매도 여전하고 싸늘하고 범접하기 힘든 분위기 역시 여전했다. 하지만 그녀에게만 보여 주는 다정한 태도 역시도 여전했다.

그때는 즐겁고 행복했다. 아버지 때문에 힘들고 서럽긴 해도 학교에 오면 다 괜찮았다. 열심히 강의를 듣고, 새벽부터 도서관에서 죽치고 앉아 시험을 준비하고, 함께 밥을 먹고 커피를 마시며 수다를 떨던 그 시절.

현은 유경이 있을 때도 늘 곁에 껴서 잘도 다녔다. 처음엔 셋이 다녔지만, 유경이 동기인 세준과 사귀면서부터는 현과 둘이서 다니게 되었다.

그 이후로 둘은 급속히 친해졌다. 묘하게도 유경에게도 말할 수 없던 이야기들을 현의 앞에선 다 털어놓을 수 있었다. 그는 신입생으로 처음 만났을 때도 그렇게 유독 정주에게만 다정하고 친절했다.

그래서였을까. 정주도 현에게만은 모든 경계심을 풀고 솔직히 대했다. 아버지의 행패 때문에 괴로워하는 걸 고백할 수 있었던 사람도 현이었다. 그리고 그는 그럴 때마다 다정하게 그녀를 감싸 주고 울 때마다 소매로 눈가를 닦아 주었다.

묘하게도 그에게만은 모든 걸 털어놓고 솔직하게 말할 수 있었다.

딱 하나만 빼고는. 그리고 그것 때문에 싸웠지.

정주는 쓴웃음을 지었다. 왜 갑자기 지금 와서 앞에 나타났는지 알 수 없었다. 다만 분명한 것은, 현을 볼 때마다 예전 기억이 자꾸만 떠올라 견딜 수가 없다는 사실이었다.

"여긴 어떻게 알고 왔어."

"알고 온 건 아니고. 어쩌다 마주쳤어."

현이 싱긋 웃었다. 정주는 멍한 머릿속으로도 어떻게 이런 일이 일어날 수 있는지 궁리하고 있었다. 현이 그걸 눈치채기라도 한 듯 시원스럽게 말했다.

"사실은 너 보려고 동창회에 나갔어. 이번에 사업상 일이 좀 있어서 명단 확인하다 너랑 같은 이름을 가진 사람이 있는 거야. 업종도 약국이고. 그래서 호기심이 생겼어. 혹시 그 사람이 너라면 어떨까 하고. 다시 만나면 어떻게 무슨 말을 해야 할지 궁금하더라고."

현은 늘 그랬듯 담담하고 자연스럽게 제 호기심에 대해 알려 주었다. 엉뚱하다 싶게 묘한 부분에 호기심을 갖는 건 여전했다.

정주의 마음이 차분하게 가라앉았다. 현의 말은 늘 그녀를 진정시키는 즉효가 있었다.

"그래서 만나 보니 어때."

정주도 담담하게 되물었다. 현이 눈가를 접었다.

"그러게. 은근히 기대하기도 하고 긴장도 했는데 말이지. 의외로 아무렇지 않네."

"그건 다행이네."

"넌?"

현의 눈빛이 깊은 속을 꿰뚫듯 지긋하게 정주의 시선을 사로잡았다. 그녀는 입술을 달싹였지만 채 말이 되어 나가지는 않았다.

무척, 무척 좋지 않아.

정말이지 좋지 않았다. 이런 식으로, 지금 같은 처지로 만나고 싶지는 않았다. 그렇게 싸우고 단호하게 거절한 것치고는 너무도 꼴사나운 모습으로 그의 앞에 서 있었다.

"뭔지 모르지만 좀 불공평하게 느껴져."

너무 근사하고 괜찮아 보여서, 그래서 속이 쓰려. 정주는 그 말도 삼켰다. 현이 희미하게 입가를 끌어 올렸다. 뭔가 마음에 들지 않을 때 짓는 미소도 그대로였다.

"그래. 불공평하긴 하네. 네가 더 좋은 곳에서 터를 잡길 바랐는데."

"이타적인 척하는 배려는 여전하구나."

"그걸 가식이라고 말없이 비난하는 너도 여전한데."

두 사람의 입가에 희미한 웃음기가 어렸다.

그들은 서로의 비뚤어진 방식에 대해 늘 트집을 잡곤 했다. 딱히 정말로 이기적이거나 냉소적이어서는 아니었다. 그저 각자의 사고 방식에 대해 과하지 않을 정도로 꼬집을 따름이었다.

현은 그녀를 '지나치게 올곧은 감상주의자'라고 불렀고 정주는 그를 '좋은 사람인 척하는 냉혈한'이라고 칭했다. 그건 어떤 평론 가의 비평을 오마주한, 겉멋 가득한 단어들이었다.

다른 사람들이 그걸 보며 눈살을 찌푸려도 상관없었다. 그건 그냥 두 사람만의 온전한 유희였다. 철없고 조금 배타적인 젊음이 부리는 만용. 그래서 더 생생하고 즐거웠다.

여전하구나. 진현.

정주는 아직도 현이 제 말을 즐겁게 받아치는 것을 보고 조금 놀랐다. 매스컴으로 접하는 현은 언제나 차갑고 냉철한 사업가 겸 의사의 면모였다. 그가 의대를 졸업하고 작은 바이오 벤처 기업의 CEO가 된 것은 알고 있었다. 하지만 그가 제 아버지의 병원을 물려받아 TV에까지 출연하는 전문의가 될 줄은 몰랐다.

고작 명단에서 동명이인을 보고 동창회까지 나타나 자신을 보러 왔다고 말할 줄은 더더욱 몰랐다.

"너 하나도 안 변했네. 다행이야."

현이 빙그레 웃었다. 지금 약 올리는 건가. 정주는 아득한 기분을 느끼며 시선을 떨구었다. 앞코가 해진 하이힐과 고급이긴 하지만 너무 오래 입은 재킷과 스커트. 구두만큼이나 한물간 핸드백. 너무 울어서 발개진 코와 눈가. 부드럽게 컬이 져 있긴 하지만 흐트러진 머리카락.

"여전히 예뻐."

현이 다짐하듯 한 번 더 말했다. 정주는 급격하게 창피해졌다.

"그런 말을 듣는 건 예상에 없어서 좀 당황스러워."

"내가 원래 널 좀 당황하게 하잖아."

그는 농처럼 받아쳤지만, 정주는 정말로 수치스러웠다.

행색도 행색이지만 무엇보다 지금 제 상황이 그랬다. 약사라는 걸 빼면 지금 그녀의 현실은 끔찍할 뿐이었다.

아니, 오히려 약사라는 직업은 언제나 그녀의 발목을 잡고 있었다. 아버지한테서 빠져나오기도 전에 그는 딸을 고지명과 그 가족들에게 팔아넘기다시피 했다.

지금도 결혼하기 전과 다를 바 없었다. 직업 덕분에 금융 기관은 높은 신용도를 주었다. 하지만 그 때문에 정주는 남편과 시댁이 멋대로 만든 수많은 빚의 수렁에 빠져 있었다.

신혼 초에 멋도 모르고 인감을 떼 달라고 부탁한 게 화근이었다. 남편은 그때부터 알게 모르게 야금야금 그녀의 명의로 빚을 져 댔다.

교묘하게 핸드폰이며 약국 전화번호를 제 앞으로 돌려 기재하는 바람에 정주는 일 년이 지나도록 까맣게 몰랐다. 단기 대출 하나가 연체되었다며 금융 기관에서 우편물을 약국에 보내지 않았다면 깜빡 모르고 지나갔을 것이다.

지명은 약삭빠르게도 제2 금융 기관에 다니는 제 친구에게 정주의 신분증을 주고 불법으로 대출을 받았다. 은행에서는 더 까탈스럽게 대출 심사를 하고 본인이 직접 가지 않으면 해 주지 않는다는 사실을 알아서였다.

나중에 정주가 금융 기관에 클레임을 걸어 지명의 친구는 퇴직 처리되었지만 이미 빚은 발생한 후였다. 정주는 제 빚이 지명과 시가 식구들의 농간이라는 것을 딱히 증명할 도리가 없었다.

결국에 그 빚은 고스란히 그녀의 몫이 되었다. 그나마 약국만은 온전히 제 명의였지만 아파트는 지명의 명의로 하는 수밖에 없었다.

시어머니의 강요였다.

참다못한 정주가 이혼을 요구했을 때, 그는 싱글싱글 웃으며 고개를 끄덕였다.

"이혼? 하는 건 좋지. 그런데 네가 위자료를 내야 해. 왜냐면 난 절대 재산 분할 같은 건 안 해 줄 거니까. 그리고 네가 귀책사유자가 될 테니까."

그는 누군가에게서 법률적인 조언을 들었는지 현재 빚이 더 많은 정주를 귀책사유자로 만들어 이혼 청구 소송을 내겠다고 했다. 실제로 그는 아내의 빚이 너무 많아 못 살겠다는 내용의 소장까지 떡하니 만들어 왔다.

"이러면 못할 것 같아? 어떻게든 전부 거짓말이란 걸 다 까발려 줄게."

정주라고 가만히 있지는 않았다. 그녀는 어떻게든 대응하고 싶어 차근차근 준비를 시작했다.

그러나 그때부터 약국에 이상한 손님들이 찾아오기 시작했다. 갖가지 그림을 그린 우락부락한 몸통을 내보이며 찾아온 이들은 종일 약국에 진을 치고 사람들을 쫓아내기 일쑤였다.

"어이. 여기서 약 사지 마쇼. 우리 형수가 약사요. 엊그제 여기서 소화제 사 갔는데 그거 먹고 복통이 나서 응급실에 갔어. 어디 무서워서 약 사 먹겠어?"

"아따. 우리 형수가 설마 동생들 잡으려고 했겠냐. 아니지. 혹시 형님 잡으려고 수작 부리다 우리한테 딱 걸린 거 아닌가."

그날부터 약국의 매상이 뚝 떨어져 버렸다. 설상가상으로 대출 독촉장이 계속 날아오기 시작했다. 매출이 없는데 이자를 갚을 수 있을 리 만무했다. 정주는 지명이 동네 아는 양아치들을 총동원해 수작을 부린다는 걸 알아차렸다.

억척같이 살았다고 해서 세상의 어두운 일면까지 다 파악할 수 있는 건 아니었다. 정주는 자신이 그나마도 곱게 살아온 편이었다는 걸 깨달았다. 세상엔 어떻게든 법을 피하고 주먹과 편법으로 모든 문제를 해결하는 방법이 수두룩하다는 것도.

그렇게 십 년이 지났다. 정주는 아직도 빚에 허덕이고 있었다. 아버지가 남긴 수많은 빚은 상속 포기라는 방편으로 넘겼다. 하지만 지금 그녀에게 남은 것들은 더더욱 빠져나오기 막막한 구렁텅이였다.

"얼굴 봤으니까 이제 됐지? 가. 다음 동창회도 있을 거고 또 볼 일이 있겠지 뭐."

정주는 아무렇지 않게 툭 대꾸했다. 정말이지 더는 보고 싶지 않았다. 하지만 현은 미소를 띤 채 고개를 저었다.

"이렇게 만났는데 이야기라도 좀 나눠야지. 그냥은 못 보내겠는데. 정말로 널 보고 싶었거든."

"그렇게 싸우고 끝냈는데 새삼스럽게 왜 보려고 해? 끝난 건 끝난 것대로 남겨 둬. 그게 마지막이 아름다워지는 방법이야."

"아직 마지막이 오지 않아서 아름다울지 아닐지는 좀 더 두고 봐야지. 우리가 어떻게 움직이냐에 따라 마지막도 달라질 테니까."

현은 여전히 부드럽지만 완강했다. 정주는 갑자기 지독하게 피곤해졌다. 그는 가끔 이렇게 집요하리만치 사람을 물고 늘어질 때가 있었다. 그녀는 도리질을 쳤다.

"그만해. 나 아줌마야. 이제 집에 안 가면 큰일 난다고."

"그럼 하나만 말해 줘."

"뭔데."

정주의 피곤한 기색에 현이 잠깐 얼굴을 굳혔다. 그러나 그는 금세 다시 부드러운 얼굴로 말했다.

"왜 여기서 울고 있었어?"

말문이 탁 막혔다.

정주는 현에게서 등을 돌렸다. 말하고 싶지 않았다. 그녀는 그대로 걸으며 손을 내저었다. 잘 가라는 의미였다.

"그냥 가려고? 대답 안 해 줄 거야?"

"할 말이 없어. 잘 가. 잘 지내고. 나도 이만 갈게."

정주는 조금 비척거리며 그에게 등을 돌리고 걸었다.

지하 주차장으로 들어가는 길은 어둡지도 위험하지도 않았다. 언제나 불이 환하게 켜져 있었으니까. 하지만 지금은 더 어두웠으면 싶었다. 그래야 현이 제 몰골을 살피지 못할 테니까.

차 앞에 선 정주는 잠시 망설이다 키로 문을 열었다. 비싸 보이는 겉모습에 비해 속은 엉망인 중고 수입차. 그나마도 이제 세월을 이기지 못해 외관도 허름해지고 있었다.

그녀는 한숨을 한번 쉰 다음 문을 잡고 안으로 들어가려 했다.

"기다려."

문득 팔이 잡혔다. 정주는 돌아보지 않았다. 제 꼴이 얼마나 엉망일지 안 봐도 뻔했다. 그녀는 대신 고개를 흔들었다.

"그냥 가라니까. 잘 지내고."

"이 상태로 차 몰면 안 돼."

"안 몰아."

아차. 불쑥 대꾸해 놓고 정주는 입술을 깨물었다. 현은 그녀를 한번 보고 차를 흘끔 보았다. 정주의 얼굴이 확 붉어졌다.

지명이 딜러인 제 친구를 통해 사 준 차였다. 지명과 그 친구는 정주를 얼마나 우습게 보았는지 사고를 낸 차를 억지로 떠넘기듯 했다. 나중에야 사고 차량인 걸 알고 어찌나 찜찜했는지.

솔직히 차 안에 들어가고 싶지도 않았다. 게다가 현이 이 꼴을 보고 말았다. 솔직히 너무 부끄러워서 얼굴을 들 수도 없었다. 그가 어떻게 생각할지 안 봐도 알 것 같았다.

정주의 시선이 현을 향했다. 그가 입은 정장은 최고급품이었다. 세련되게 재단된 디자인에다 목둘레에 이름이 새겨져 있는 게 분명한 셔츠. 타이는 하고 있지 않았지만, 커프스 링크는 묵직한 빛이 나고 있었다.

새삼스럽게 그와 자신의 격차가 느껴져서 미칠 것 같았다. 한 번도 생각해 본 적 없던 자격지심이 확 밀려들었다.

어른이 되고 세상의 때를 점점 더 탈수록 겉으로 보이는 것에 민감해진다. 그건 정주도 예외는 아니었다. 지금 현의 외양과 제 모습은 천지 차이. 숨길 수 없는 힘겨움과 초라함이 제게서 묻어났다.

"설마 너 여기서 자려고 한 건 아니지?"

어쩌면 순식간에 제 속내를 읽어 내는 것마저 하나도 변하지 않았다. 정주는 고개를 숙였다가 이내 빳빳하게 쳐들었다.

"맞아. 그러려고 했어."

"어째서."

현이 뒷말을 삼킨 걸 정주는 알아차렸다. 무엇 때문에 그러느냐고 묻지 않는 건 마지막 자존심을 지켜 주려는 것이겠지. 자신이 차마 남편이 다른 여자와 섹스하는 중이고, 그 여자가 그의 소꿉친구라는 말을 하지는 못하는 것처럼.

"나 알잖아. 성질 더러운 거."

"좀 까칠하긴 하지."

현이 옅게 웃었다. 순간 정주의 가슴이 툭 내려앉았다. 아마도 그는 마지막으로 격렬하게 싸웠을 때의 기억을 돌이키는지도 모른다.

그때 그들은 정말로 세상이 끝날 것처럼 싸웠다. 정주가 현을 떼어 내려고 모진 말로 상처를 준 것도 사실이었다. 어쩔 수 없는 선택이었지만, 그는 아마도 정말 억울했을 것이다. 정주가 그를 정말로 빈털터리로 알아서, 제 아버지가 그를 반대한다는 말을 서슴없이 내뱉었으니까.

아직도 나를 미워하고 있겠지. 어쩌면 앙갚음을 하고 싶어서 보려고 했을지도 모르고.

정주는 헛웃음을 지었다. 만약 그렇다면 그야말로 지극히 전형적인 복수극이 아닌가. 지금도 눈가를 휘며 부드럽게 웃는 이 남자가 그런 생각을 하고 있을 거라고는 생각되지 않았다.

물론 현의 성격으로는 그렇게 하고도 남겠지만. 그는 생각보다 더 치밀하고 무서운 남자였으니까.

"이제 가. 얼굴 봤으니 됐잖아."

현은 아무 말 없이 그녀를 물끄러미 보고 있었다. 정주는 괜히 초조해서 손으로 이마를 문질렀다. 그걸 본 현이 살짝 미간을 찡그렸다. 그가 뭐라고 말을 꺼내려는 순간 갑자기 묘한 소리가 들렸다.

꾸르륵.

정주의 얼굴이 확 달아올랐다. 그러고 보니 종일 입에 넣은 거라고는 소주 몇 잔과 고기 한두 점뿐이었다. 그나마도 유경이 억지로 챙겨 준 것들이었다.

"밥 안 먹었어?"

현의 물음에 정주는 대답하지 않았다. 아니, 할 수가 없었다. 민망해 죽을 지경이었다. 배가 고픈 건지 아픈 건지 알기 어려울 지경이었다. 배가 쿡쿡 쑤셔 오는 것 같았다.

"가자. 뭐라도 일단 좀 먹게."

"아니, 괜찮아."

"괜찮기는 뭐가. 얼른 가."

현의 손이 그녀의 손목을 죽 잡아끌었다. 힘이라곤 하나도 들지 않았는데 속절없이 잘도 끌려갔다. 순식간에 정주는 현의 손에 이끌려 주차장을 가로질렀다.

도로 지상으로 나간 후 건물 옆에 주차된 차 앞으로 간 현이 키를 꺼내 문을 열었다.

"동창회 장소가 가깝길래 여기다 차를 댔는데 다행이네. 인사는 했지만, 술은 안 마셨거든."

그는 아무렇지 않게 정주를 차에 태우고 올라탔다. 차를 빙 돌아 운전석에 앉는 모습이 너무나 자연스러웠다. 정주는 말없이 입술만 달싹였다. 어색해서 미칠 것 같았다.

"긴장 풀어. 오랜만에 보니 반가워서 밥이나 같이 먹을까 싶은 거니까."

현이 느긋하게 말하고는 차를 출발시켰다. 정주는 불현듯 어지러워져서 눈을 감았다. 손수 차를 몰지 않으면 그녀는 늘 심한 멀미에 시달리곤 했다.

"멀미 심했지. 가까운 곳으로 가야 하나."

현은 차를 몰며 혼잣말처럼 중얼거렸다.

그걸 아직도 기억하고 있다니. 십 년도 더 넘은, 아무것도 아닌 무가치한 정보를. 정주는 어깨를 움츠렸다.

실컷 울었으니 눈가는 화장이 번졌을 것이고 스커트도 잔뜩 주름져 있을 것이다. 이 꼴로 식당에 들어가서 마주 앉아 밥을 먹을 용기는 더더욱 나지 않았다. 그녀는 작게 입을 열었다.

"그냥 편의점이나 가. 샌드위치 하나면 돼. 커피도 파니까."

"그 속으로 편의점 음식 먹으면 곧바로 토할걸. 술도 마신 데다 멀미도 하잖아."

현이 걱정스러운 듯 대답하고는 정면을 바라보았다. 잠깐 침묵이 흘렀다. 정주가 어떻게든 내릴 구실을 찾는 동안 현은 생각에 잠겼다가 고개를 끄덕였다.

"일단 가자."

현은 능숙하게 차를 몰았다. 정주는 옹송그리고 앉은 채 멍하니 창밖만 바라보았다. 어깨를 펴고 당당하게 있고 싶은데 도무지 잘 되지 않았다.

어쩌다 이렇게 비굴해졌나. 이정주.

그녀는 쓴웃음을 지었다. 무엇이 자신을 이렇게 초라하게 만들었는지. 고작 십 년 남짓한 결혼 생활 동안 그녀는 참으로 많은 것을 잃어버렸다. 그리고 앞으로도 얼마나 더 많은 것을 잃게 될지 모르는 일이었다.

작은 한숨이 새어 나왔다. 서늘한 밤공기가 살갗을 에워쌌다. 문득 정주는 자신이 작게 떨고 있다는 걸 깨달았다. 순간 현의 손이 센터 패시아를 훑었다. 따뜻한 바람이 차 안을 채우기 시작했다.

"마음 편하게 있어. 금방 도착하니까."

느른한 재즈가 흘러나왔다. 현이 좋아할 법한 음악이었다. 따뜻한 공기에 몸이 조금씩 녹고 있었다. 정주의 입에서 다시 한숨이 흘러나왔다. 조금은 느긋해진 숨소리였다.

차는 잠시 후에 커다랗고 높은 아파트 단지 앞에 다다랐다. 정주는 눈을 동그랗게 떴다. 현이 싱긋 웃었다.

"내 집 앞이야. 잠깐이라도 편하게 있다 가."

"거길 왜 가."

정주의 가라앉은 목소리에 현이 그녀를 흘끗 보고는 작게 웃었다.

"예전이나 지금이나 다를 것도 없어. 친구 집이라고 잘도 와서 자고 가 놓고는. 그냥 마음 편하게 밥 먹고 가."

"그때야 철딱서니 없을 때였으니 그랬지."

"대학생이면 철이 없다고는 못하지. 그냥 친구 사이인데 뭐 어때. 게다가 너 울고 나면 어디 가는 거 싫어하잖아. 그러니까 제일 편한 데가 내 집이지."

현은 거리낌 없이 대꾸하며 아파트 지하로 차를 몰았다.

"유경이가 밥 꼭 먹여야 한다던데. 저녁도 안 먹고 술만 몇 잔 마셨다며. 속 버린다고 이만저만 걱정이 아니더라고. 그래서 결심 했지. 어떻게든 저녁 한 끼는 꼭 먹이겠다고."

"그 기집애는 이상한 소리만 골라서 하고."

정주는 한숨을 내쉬었다. 유경의 말까지 들었으니 현은 마음먹은 대로 할 게 분명했다. 그는 한번 내뱉은 말은 어떻게든 지키는 사람이었으니까. 정주는 결국 그냥 그가 하자는 대로 하는 게 낫다고 판단했다.

갑자기 이대로는 안 된다는 생각이 들었다. 아쉬운 대로 화장이라도 고치려고 서둘러 백을 뒤졌다. 콤팩트를 꺼내 스펀지로 얼굴을 눌렀다.

그나마 좀 봐 줄 만해졌네.

정주가 백을 잠그자 차가 섰다. 지하 주차장에 차를 세운 현이 문을 열어 주었다. 그가 정주를 데리고 엘리베이터 입구 쪽으로 향했다. 그때 백 안에서 벨 소리가 들렸다.

"잠깐만."

정주는 핸드폰을 보고 그 자리에 굳어 버렸다. 받을까 말까. 짧은 순간 동안 마음의 결정을 내린 그녀는 잔뜩 굳은 표정으로 전화를 받았다.

-어디야?

다짜고짜 소리 지르듯 묻는 지명 때문에 귀가 아플 지경이었다. 정주는 차갑게 쏘아붙였다.

"동창회라고 했잖아."

-시발아. 식당 앞에 왔는데 없으니까 하는 말 아니야. 네 친구인지 하는 년이 화장실 갔다는데 도대체 어디 있는 거야?

다짜고짜 욕이었다. 정주는 이를 갈았다. 뻔뻔하게 제 돈으로 산 아파트에서 감히 다른 여자와 뒹굴어 댄 주제에 의처증 흉내는. 그녀는 냉정하게 대꾸했다.

"잠깐 찬 바람 쐬러 나왔는데 왜."

-어쭈. 야, 너 바람 쐬러 나간 김에 바람피우는 건 아니고?

지명이 낄낄거리며 대꾸했다. 천박하기 그지없었다. 정주는 입술을 지그시 물었다. 답도 없는 개 같은 자식을 어떻게 대해야 할지 감도 오지 않았다.

-지랄 똥 싸지 말고 빨랑 와. 동기들 만나니까 괜히 센티멘탈해진 모양인데 그래 봤자 푹 퍼진 아줌마가 뭔 청승이야.

"지금 갈 테니 끊어."

그녀는 싸늘하게 전화를 끊고 뒤를 돌아보았다.

현은 어느새 조금 거리를 두고 그녀가 통화하는 데 눈치를 보지 않게 배려하고 있었다. 고맙기도 하고 미안하기도 했다. 물론 부끄러움은 덤이었다.

지금 이게 무슨 짓이람.

솔직히 바람직한 행동은 아니다 싶었다. 아무튼, 자신은 유부녀고 현은 엄연히 외간 남자인 셈. 친구라 해도 남이 봤을 땐 어딘지 수상쩍은 행동이었다. 정주는 저도 모르게 맘 편하게 따라나선 자신을 속으로 욕하면서 입을 열었다.

"나 그만 가 볼게. 택시 타고 가면 되니까."

"아니야. 근처까지 데려다줄게. 걱정 마. 남편한테 안 걸릴 만한 데 내려 줄 테니까."

현이 빙긋 웃었다. 정주는 그가 굳어진 분위기를 풀려고 농담한 거라는 걸 알면서도 웃을 수 없었다.

그는 다시 차 문을 열어 주었다. 정주는 그냥 얌전히 올라탔다. 거절하고 싶은 마음은 굴뚝 같은데 너무 피곤해서 거절할 수도 없을 지경이었다. 되돌아가는 길은 아까보다 더 무거운 분위기에 휩싸여 있었다. 정주는 침묵을 지켰다. 현도 딱히 말은 없었다. 그는 음악조차 틀지 않고 어두운 거리를 쏜살같이 달렸다.

차가 멈추었다. 식당에서 한 블록 떨어진 곳이었다. 현이 정주를 바라보았다. 정주도 그를 응시했다. 두 사람의 시선이 부딪쳤다.

"행복해?"

침묵이 흘렀다. 먼저 고개를 돌린 건 정주였다. 그녀는 아무렇지 않게 웃으면서 서둘러 차 문을 열었다.

"그럼. 남편이 꽤 사교적이라서 말이 좀 거칠긴 하지만 괜찮아. 일도 나름 재미있고. 행복해."

현은 고개만 끄덕였을 뿐, 침묵을 지켰다. 정주는 그 시선을 견딜 수 없어 서둘러 차에서 내렸다.

"고마워."

"그래. 조심해서 가."

차 문이 닫혔다. 현은 고개를 돌려 정주가 천천히 걸어가는 뒷모습을 지켜보았다. 여윈 어깨가 조금 비틀거렸다. 조금 굽어진 등과 힘없이 흔들리는 머리카락. 힘을 주면 부러질 것 같은 가녀린 몸과 어두워져 있을 얼굴. 그는 그 뒷모습이 사라질 때까지 계속해서 응시하다 작은 소리로 읊조리듯 중얼거렸다.

"우리 이정주는 거짓말도 참 정말로 잘해서……."

\* \* \*

애써 행복하다고 말한 건 자존심이었을까.

정주는 지명과 돌아오면서도 내내 생각에 사로잡혀 있었다. 굳이 현에게 그렇게까지 말한 이유가 무엇인지 알 수 없었다.

그저 잘 지낸다고, 괜찮다고만 했어도 좋았을걸,

애초에 행복하냐고 물은 건 현이었다. 거짓말을 하고 싶지는 않았다. 하지만 불행하다고 말할 자격은 없었다. 아버지의 강요 때문에 반강제로 한 결혼이라 해도 결국 모든 선택의 책임은 자신에게 있었다.

적어도 정주는 그렇게 생각할 수밖에 없었다. 자존심이 강한 만큼 후회하지 않으려고 애썼다. 누가 뭐라고 해도 제 삶이었다. 싫든 좋든 끝까지 스스로 책임지고 싶었다.

"아, 배고파. 야식이나 좀 시켜 먹을까."

옆에서 흘끔거리며 실없는 소리나 지껄이는 남편 때문에 그런 건 아니었다. 그저 정주 혼자만 오롯이 세운 철칙 같은 것이었다. 그녀는 지명이 뭐라고 하든 못 들은 척 창밖만 보았다.

"어우 안 되겠다. 야, 뭐 좀 시키자. 치킨 먹을래? 족발? 아, 아귀찜 잘하는 집 들어왔다던데 거기서 한번 먹어 볼까?"

술 생각이 궁한지 지명이 입맛을 다셨다. 정주는 코웃음을 쳤다. 그 비용도 결국 제 카드나 핸드폰으로 치를 게 분명했다. 남의 돈 긁어 가는 데는 천재적인 위인이니 또 무슨 구실을 붙일지 무서울 지경이었다.

"오밤중에 웬 빨래야."

집에 들어서자마자 들리는 세탁기 소리에 정주는 미간을 찡그렸다.

가뜩이나 아파트 자치 규약 때문에 모든 가구가 밤늦게 세탁기나 청소기 소음을 조심하자며 관리실에서 계속 안내를 하는 상황이었다. 그녀는 다용도실로 가서 세탁기 종료 버튼을 눌렀다.

"집에서 놀지만 말고 집안일이라도 하라며? 그래서 빨래 좀 하던 참이다 왜."

정주의 눈치를 슬쩍 보던 지명이 이죽거렸다.

"낮엔 뭐 하고 오밤중에."

정주는 미친 듯 쏘아 대고 싶은 마음을 꾹꾹 누르며 차갑게 대꾸했다. 저게 무슨 염치인지 참 궁금하기도 했다.

마음 같아서는 그냥 확 뒤집어엎고 싶었지만 그런다고 해결될 일은 없었다. 지명이 배달 앱으로 야식을 고르는 게 보였다. 그녀는 그냥 한숨을 쉬며 욕실로 들어갔다.

엉망진창이었다.

그나마 아까 파우더로 간신히 얼굴을 뒤덮은 덕에 울었던 흔적은 사라지고 없었다. 문제는 그녀의 속이었다. 잔뜩 뒤집힌 속이 도무지 돌아올 것 같지 않았다.

정주는 뜨거운 물을 콸콸 틀고 욕실을 박박 닦기 시작했다.

혹시라도 윤혜가 이 욕실을 썼을까 봐 짜증이 났다. 아니, 확실했다. 어딘지 모르게 미묘한 체취가 났다. 정주 자신도, 지명도 아닌 전혀 다른 살냄새. 예민하다고 하면 어쩔 수 없지만 그랬다.

그녀와 같은 공간을 소유하고 싶지 않았다. 정주는 미친 듯 손을 놀렸다. 수증기에 화장이 녹아내리고 숨이 턱턱 막혔다. 말라붙은 감정의 찌꺼기가 울컥 솟아오르는 것 같았다. 그러나 그녀는 광이 나도록 욕조를 박박 닦아 댔다.

어느 순간 숨이 턱 하고 막혀 왔다. 정주는 욕조 바닥을 닦던 손을 멈추고 멍하니 주저앉아 길게 심호흡을 내뱉었다.

"헉, 허억, 허억."

울음은 터지지 않았다. 눈물도 채 흐르지 않았다. 이 집에서 그녀는 숨만 쉬는 인형에 불과했다. 모든 것은 그저 숨 막히는 일상일 뿐. 그녀의 감정은 완벽하게 메말라 있었다.

한참 심호흡을 하자 간신히 숨통이 좀 트였다. 그녀는 팔로 코를 슥 훔치고 다시 욕조를 박박 닦기 시작했다.

"야. 이거 좀 먹어."

야식이 왔는지 지명이 소리를 질렀다. 그러거나 말거나 정주는 아랑곳하지 않고 청소를 마쳤다.

욕조에 물을 받고 입욕제를 풀었다. 평소 같으면 있는 대로 짜증을 낼 지명도 오늘만은 더 시비를 걸지 않았다. 동창회에 다녀왔으니 잘나가는 동기들을 보고는 심사가 뒤틀렸을까 봐 눈치는 보이는 모양이었다. 정주는 뜨거운 물에 몸을 담갔다. 한숨이 절로 새어 나왔다.

눈가가 다시 희뿌옇게 변했다. 그녀는 아무것도 생각하고 싶지 않은 듯 타월을 집어 팔다리를 벅벅 문질렀다.

"그 집, 좀 궁금했는데."

지어진 지 얼마 되지 않은 휘황찬란한 고급 아파트였다. 한 층에 한 세대밖에 없다는 펜트하우스. 속물이라 해도 어쩔 수 없었다. 현의 세계가 어떤지 보고 싶었을 따름이었다.

정주는 물이 식을 무렵에야 목욕을 마치고 밖으로 나왔다. 예상대로 지명은 아귀찜을 홀랑 먹어 치우고 안방에서 대자로 뻗어 쿨쿨 자고 있었다.

"어지간히 하시지."

정주는 기가 차서 중얼거렸다. 제 음식에 함부로 남의 수저가 들락거리는 걸 싫어하는 정주의 눈치를 봤는지, 아귀찜이 따로 접시에 덜어져 있었다.

그래 봐야 누구 코에도 못 붙일 분량이었다. 아귀 한 덩이에 콩나물 약간. 그나마 두 병이던 소주는 고스란히 한 병이 남아 있었다. 혼자 TV를 보며 소주 한 병을 해치우고 들어간 모양이었다.

정주는 잠깐 고민하다 부엌으로 가서 밥 한 주걱을 폈다. 밥통에 말라붙은 밥이 서걱거렸다. 그녀는 이를 악물고 대접에 밥을 덜어 넣은 후 아귀찜 콩나물을 그 위에 얹어 비볐다. 참기름 한 방울을 떨어뜨리자 그나마 식욕이 좀 돌았다.

대충 상을 정리하고 쟁반에 밥과 소주를 담아 작은 방으로 들어왔다. 그 방은 유일하게 정주가 좀 편하게 숨을 쉴 수 있는 공간이었다.

작은 방 안은 오로지 정주의 물건만으로 채워져 있었다. 공부에 열중하려고 서재처럼 꾸민 방이었다. 그녀는 책상에 쟁반을 놓고 핸드폰을 켰다.

[야 이 기집애야. 인사도 안 하고 그냥 가면 어떡하냐? 자꾸 톡 씹지 말고 문자라도 좀 해. 손가락에 가시 돋치겠다.]

유경의 문자가 가슴에 사무쳤다. 언제나 늘 곁에서 자신을 돌봐주고 싶어 하는 좋은 친구였다. 다만 정주는 그럴 염치가 없었다. 유경에게 기대 칭얼거리기 시작하면 언젠가 그녀도 지쳐 제 곁을 떠날 것이다. 그 정도로 자신에게 남은 건 끝없는 절망과 분노밖에

없었다. 정주는 가장 가까운 타인에게 제 속내를 드러내서 파국을
맞는 어리석은 짓은 하고 싶지 않았다.

[고맙다. 그냥 이렇게 있어 주는 것만으로도 위안이 돼.]

간단하게 문자를 보내고 소주를 들어 그대로 한 모금 마셨다.
싸한 덩어리가 목구멍을 훑고 내려갔다. 정주는 밥 한술을 떴다.
억지로 밀어 넣고 우물거렸다.

"우윽."

갑자기 메마른 신음이 터져 나왔다. 눈물도 나오지 않는 저릿한
고통. 눈가와 혀가 아려 왔다. 왠지 알 수 없었다. 아마도 그래,
그냥 아귀찜이 너무 매워서였을 것이다.

그녀의 손이 핸드폰을 훑었다. 천천히 '이혼'이라는 단어를 찍
었다. 쏟아져 나오는 수많은 정보며 기사들까지. 그녀는 차근차근
페이지를 넘기며 소주병을 비웠다.

그러고 보니 연락처도 묻지 못했네.

불현듯 현의 얼굴이 떠올랐다. 정주는 액정 화면을 가만히 쓰다
듬다 한숨을 쉬었다.

이정주. 욕심은 더럽게 많네.

현의 안부를 물을 만큼 뻔뻔해졌다니. 그렇게 가차 없이 차 버린
사람인데. 생각할수록 가관이었다. 그녀는 자신이 너무도 한심하게
느껴졌다.

"그래. 잘된 거야. 안 묻는 게 나았어. 네가 무슨 자격으로. 어차피 앞으로 안 만날 사람인데."

더는 뻔뻔해지지 말자. 정주는 그렇게 생각하며 간신히 잠이 들었다.

\* \* \*

"어디 가냐? 약국도 쉰다면서."

"공사하는 거 보러."

지명은 관심도 없으면서 정주가 나갈 채비를 하자 세심한 척 물었다. 정주는 대충 대답하고 문을 나섰다.

예전엔 몰랐지만, 이제 그가 왜 묻는지 모르는 바 아니었다. 아무래도 지명은 정주가 외출할 때마다 윤혜를 끌어들이는 모양이었다. 정주는 예전에도 둘이서 시시덕거리며 아파트 거실에 앉아 있는 걸 본 적이 제법 있었다.

한번은 약국을 정리하고 늦게 돌아왔더니 천연덕스럽게 윤혜와 둘이서 치킨을 뜯고 있었다. 그날따라 몹시 피곤했던 정주가 저도 모르게 발끈해서 윤혜에게 소리 지를 뻔한 적도 있었다.

생각해 보니 그때 진작 한소리 꺼내서 아파트엔 얼씬도 못하게 만들었어야 했다. 정주는 그때 제대로 화내지 못하고 참았던 자신이 바보 같아서 어쩔 줄 몰랐다. 붙어먹으려면 모텔이라도 가든지.

더러워서 미쳐 버릴 것 같았다. 다른 곳도 아니고 굳이 왜 이 집에서 뒹굴어야 하는지 진심으로 멱살이라도 잡고 캐묻고 싶었다.

돌아 버릴 것 같은데 아직도 안 미치네.

정주는 피식 웃었다. 남편의 부정 앞에서도 무기력하다 싶을 정도로 분노조차 생기지 않았다. 냉소적인 자신의 반응이 놀라웠다. 그저 더럽고 역겨울 뿐.

그녀는 모처럼 햇살이 내리쬐는 길을 씩씩하게 걸었다. 운동이 부족한 듯해 매일 약국까지 걸어서 다녔다. 마음도 편했다. 사고 차량보다야 훨씬.

약국 가까운 마트에서 음료수를 사고 옆 분식집에서 김밥과 도시락을 샀다. 그녀는 환하게 웃으며 약국 안에서 일하는 인부들에게 인사를 건넸다.

"많이 힘드시죠?"

"약사 아줌마는 뭐가 그렇게 좋다고 만날 드나들어? 알아서 공사할 거니까 안 와 봐도 돼요."

인부들을 데리고 작업하던 반장이 짐짓 퉁명스럽게 내뱉었다. 정주는 살갑게 웃으며 먹을 것들을 내밀었다.

"알아요. 잠깐 새참이라도 드시라고요. 저야 공짜로 리모델링 받는데 감사해서 그러는 거죠."

"아따, 감사는 저기 건물주한테 해야지 왜 우리한테 이런 걸 준대요?"

"거 아줌마 어지간히 깐깐해야지. 감시하러 오는 거 아뇨?"

말은 그렇게 하면서도 인부들이 나서서 봉투를 받아 갔다. 정주는 빙긋 웃었다. 말은 그렇게 톡톡 쏘면서도 은근히 간식을 기다린 티가 났다. 다른 인부들도 슬쩍 미소를 지으며 툴툴거리고 있었다.

"약사님 인상도 좋고 싹싹한 걸 보니 남편한테 사랑 많이 받으시겠네."

누군가 무심코 던진 말에 정주의 입가가 굳었다. 그녀는 재빨리 미소를 고쳤다.

누구와도 잘 어울리고 호감을 얻는데 정작 그 남편은 바람을 피우고 있지.

"남의 편이 남편이라면서요. 무심하지나 않으면 다행이죠."

인부들이 키득대며 한 마디씩 거들었다.

"그건 그래. 우리 마누라도 남의 편 싫고 같은 성씨 붙은 것들 다 싫다 하대."

"그건 자네가 처가에 잘못해서 그래."

정주는 미소를 짓고 있다 뒤돌아서 굳어진 입가를 늘어뜨렸다.

새삼스레 지명을 처음 만났을 때의 일들이 생각났다. 그는 아버지의 뒷배를 봐 준답시고 졸졸 따라다니며 돈 자랑을 해 대던 동네 한량이었다.

노름에 빠져 정주가 벌어 오는 과외비를 몽땅 빼앗기 일쑤였던 아버지는 씀씀이 크고 노름판에서 도와주는 지명을 마다할 리 없었다. 그는 이래저래 지명과 쿵짝이 잘 맞아떨어졌다.

그때는 미처 몰랐다. 아버지란 위인이, 딸이 대학을 졸업하기도 전에 지명을 신랑감으로 들이밀 거라고는.

어머니가 있었다면 조금 나았을지 모른다. 하지만 어머니는 이미 지병으로 세상을 뜬 지 오래였다. 아버지를 미워하면서도 부모라는 이유만으로 그를 내칠 수 없었던 정주는 어쩔 수 없이 아버지가 하자는 대로 할 수밖에 없었다.

그때 그 양반이 제대로 사람을 볼 줄 알았다면 아마도 현을 골랐을 테지.

정주는 허전한 웃음을 날렸다. 대학 졸업반 마지막 학기에 현은 기어이 제 마음을 고백하고 정주에게 함께 대학원을 가자고 제의했다. 박사 학위까지 받으면 택할 수 있는 진로도 더 다양해지고 원하는 연구도 할 수 있다면서.

하지만 정주는 그의 말에 동의할 수 없었다. 당시 지명과의 결혼이 이미 기정사실로 되어 있었기 때문이었다. 아버지의 난폭한 명령을 거절할 수 없었던 그녀는 단칼에 현의 마음을 거절했고, 결국 현과 미친 듯 격렬하게 싸울 수밖에 없었다. 현이 집요하리만치 그녀에게 선택을 요구했기 때문이었다.

"그냥 내 말대로 하자고! 그럼 뭐든지 다 할 수 있어. 네 아버지도 내가 막아 줄 수 있고!"

"웃기지 마. 네가 뭘 어떻게 할 수 있는데? 너도 과외며 이것저것 닥치는 대로 일해서 간신히 학교 다니는 상황인데 어떡할 건데! 아무것도 없는 사람끼리 만나서 뭐? 반지하에서 과외로 살자고? 대학원 졸업은 가능할 것 같아?"

"……내가 어떻게든 할게. 네가 원한다면."

현은 단단히 굳은 얼굴로 그렇게 말했다. 스스로에게 다짐하듯. 그러나 정주는 그런 식으로 무작정 그에게 모든 것을 맡길 수 없었다.

그건 아주 오랫동안 제 아버지에게 당해 온 수법이었다. 뭐든 믿어 달라, 맡겨 달라 공염불을 왼 뒤 결국 모든 책임은 정주가 지는 것. 함께 살 남자에게까지 배신당하는 일은 겪고 싶지 않았다.

그때 사람을 잘못 본 내 책임이지.

그녀는 쓴웃음을 지었다. 현이 실제로 병원장 아버지를 둔 것도, 결국 의사가 될 것도 몰랐다. 그저 자기처럼 죽자고 아등바등하는 고학생인 줄만 알았다.

그건 제 아버지도 그랬다. 그리도 사람 보는 눈이 없었다. 아마 지금 현이 어떤 사람인지 알게 되면 부럽고 아쉬워서 땅을 치고 있을지 모른다. 그녀는 비웃음을 담아 제 아버지를 떠올렸다.

그 모자라고 짧은 안목을 어쩌면 나한테 고스란히 물려줬는지 참.

그녀는 누군가 뒤를 보이고 그대로 서 있는 걸 발견했다. 어딘지 낯익은 뒤태였다. 하지만 이미 며칠 동안 약국을 드나드는 사람들의 모습에 익숙해진 참이었다. 말쑥한 모습은 인테리어 회사의 직원으로 보였다. 그녀는 아무 생각 없이 남은 도시락을 내밀었다.

"이거 좀 드세요."

"아유. 그 양반 건물주 원장님이셔."

갑자기 새된 목소리가 끼어들었다.

부동산 여사장이었다. 정주가 약국 자리를 알아볼 때부터 이것저것 알려 주던 사람이었다. 그녀가 친근하게 웃으며 팔을 툭 치자 남자가 뒤를 돌아보았다.

"헉."

작은 비명이 정주의 입에서 새어 나왔다. 현이었다.

그는 정주를 보았다. 무심한 듯 차가운 눈빛이 그녀의 전신을 훑었다.

정주는 새삼스럽게 제 모습이 여전히 초라하다는 걸 깨닫고 입을 꾹 다물었다. 오래 신어 발에 익은 운동화와 청바지, 맨투맨 티셔츠. 귀찮아서 화장도 대강 하고 어깨까지 내려오는 머리는 컬을 살려 가볍게 빗어 내린 차림이었다.

"아유. 원장님. 이 약국 임차인이에요. 약사님이시고."

"진현입니다."

그가 정중하게 인사를 해 와서 정주는 저도 모르게 인사를 꾸벅하고 말았다. 현의 입가에 희미하게 웃음기가 내비쳤다. 그러나 정주가 알아차리기도 전에 그 미소는 사라졌다.

"아유. 약사님. 이분 병원장이셔. 여기 이 건물, 위층에 전부 병원 넣으실 거래. 저기 저 대로변에 있는 종합 병원 원장님인데 따로 과 하나를 분과 시키신다나 봐."

"피부과 건물이 좀 모자라서요. 아무래도 여성 환자분들이 많은데 암 병동이며 외과 병동까지 있으니 거부감을 느끼시는 분들이 많아서, 아예 피부 관리와 에스테틱까지 포괄적으로 담당하는 종합 관리 클리닉을 만들 생각입니다."

"조, 좋은 생각이시네요."

정주는 얼떨결에 현의 설명에 맞장구를 치고 말았다. 그는 철저하게 남인 것처럼 행동하고 있었다. 지난번은 혹시 꿈속이었나.

믿어지지 않을 정도로 현은 냉정하고 현실적인 모습이었다. 다정한 모습은 어디로 가고 낯선 타인에게 보이는 모습 그대로 정주를 대하고 있었다. 문득 서운함이 치밀어 올랐다. 정주는 살짝 입술을 깨물었다. 아무래도 전에 만난 이후로 해묵은 감정들이 솟아나 그의 마음을 차갑게 군힌 모양이었다.

다 내 잘못인 셈이니 냉담하게 대해도 어쩔 수 없지.

그녀는 마음을 군히고 현에게 기계적인 미소를 지어 보였다.

"아마 잘되실 거예요. 아파트도 많고 얼마 전엔 주변에 초호화 단지도 들어섰으니까요."

"아유. 약국도 잘되겠지. 원장님이 오죽 알아서 여기로 약 지으러 가라고 하실까."

부동산 사장이 끼어들었다. 정주는 고개를 끄덕거리면서도 의문에 사로잡혔다.

설마 그럴 리가. 종합 병원 분과면 따로 약국을 만들어도 될 텐데.

그녀가 침묵을 지키는 사이 부동산 사장은 현에게 몇 마디 말을 건네더니 고개를 끄덕이며 감탄하는 표정을 지었다.

"아유. 정말 원장님은 끝내주셔. 약사님, 원장님이 이 건물 통째로 현금으로다 매입하신 거 알우? 대출이라고는 십 원 한 장도 안 껴어."

"그래요."

무심하게 대답했지만, 정주의 마음속은 엄청나게 혼란스러웠다.

신도시 초기에 지어 건물 자체는 낡았어도 주변 시세가 엄청나 무척 비싼 건물이었다. 임대 금액도 높아서 정주도 큰맘 먹고 들어온 건물이었다. 아직도 은행에 보증금 대출을 꼬박꼬박 갚는 중이었다.

그걸 전부 현금으로 치렀다고?

요 며칠간 보고 들은 일 중 가장 놀라운 일이었다. 정주는 잠깐 숨이 막혔지만, 이내 고개를 작게 저었다.

알아서 뭐 하겠어. 내 일도 아니고 내 돈도 아닌데.

생각은 그렇게 했어도 마음은 복잡하기 이를 데 없었다. 때마침 인부들이 밥을 다 먹어 치우고 일어나 휴식을 취하느라 나가고 있었다.

현은 정주를 한번 흘끗 보고 묵례한 후 부동산 사장을 따라 밖으로 나갔다. 두 사람은 건물 입구에 서서 뭔가 이야기를 나누기 시작했다.

정주는 약국 안에 쌓인 도시락 상자를 주워 봉투에 담으면서도 현에 대해 생각하고 있었다. 마음이 싱숭생숭했다.

"금수저 인생은 뭐가 달라도 다르구나."

그녀는 작게 중얼거리다 이내 고개를 저었다. 더는 생각하고 싶지 않았다. 아니, 생각해서는 안 되었다. 미련조차 남기지 말아야 했다.

제 것이 아니니까.

\* \* \*

시간은 빨리 흐른다. 바쁘게 일하다 모처럼 갖게 된 휴식 시간이 그야말로 쏜살같이 지나가고 있었다.

"자발적 휴식이면 더 좋았겠지만."

모처럼 전화를 걸어온 유경에게 말하면서 정주는 가볍게 웃었다. 어느새 인테리어가 끝난 약국은 환하고 청결해 보였다.

-뭐, 이참에 쉬었으니 잘됐잖아.

유경이 수다스럽게 말하고는 가벼운 잡담을 줄줄 늘어놓았다. 짧게 대화를 나누는 사이 가게 내부를 채울 약들이 도착했다. 정주는 전화를 끊고 인수증에 서명했다. 이내 상자들이 척척 쌓였다.

"이야. 새로 꾸미니 좋네요"

영업 사원이 살갑게 인사하고는 밖으로 나갔다. 정주는 칼로 포장을 뜯고 하나씩 정리하기 시작했다.

"네 명의인데 내가 왜 가서 일까지 돕냐?"

지명은 뒹굴거리며 오징어를 씹었다. 가뜩이나 비싼 오징어를 두 마리나 구워 척척 뜯고 있었다. 아마도 아들 사랑은 끔찍한 시가에서 없는 돈에 욕심껏 오징어를 축으로 사들인 모양이었다.

"셔터 내리는 것도 자존심 상해서 못하겠는데 약까지 정리하라니 미친 거 아니야?"

지명이 짜증을 벌컥 냈다. 생각할수록 자존심이 상한다는 말까지 덧붙이면서. 말이 셔터 맨이지 셔터 내리는 것조차 정주 혼자 한 지는 꽤 되었다. 그녀는 남편을 가만히 보다가 고개를 저었다.

"정리를 도와줄 수 있냐고 물었지 정리해 달라고 물은 거 아냐."

"그거나 그거나! 아, 진짜 시발 개떡 같아서."

지명이 답답한 듯 캔맥주를 벌컥 땄다.

그럼 그렇지. 그걸 술도 없이 먹자니 오죽 짰겠어.

정주는 냉소적으로 그를 보고는 미련 없이 몸을 돌렸다.

"시발 진짜 개 같네. 아침부터 사람 속 휘저어 놓고는 지는 멀쩡한 얼굴로 출근하면 그만이지."

한 대 치고 싶다는 표정으로 지명이 중얼댔다. 정주는 재빨리 가방을 들고 집을 나섰다. 무의미한 소모전도 피곤했다.

집을 나오자 간신히 숨이 트였다. 그녀는 심호흡을 몇 번 했다.

그동안은 공사를 지켜보느라 외출을 하더라도 집으로 일찍 돌아왔다. 그 때문에 지명은 집으로 윤혜를 끌어들이기 어려웠다.

아무래도 저 짜증은 그래서일 것이다. 쓸데없이 성욕만 왕성한 남자가 요즘 한창 맛 들인 계집질을 어떻게 참겠는가.

[약국 정리하느라 늦을 거야.]

좋아하는 그 여자랑 실컷 뒹굴고 놀아.

하마터면 문자에 덧붙일 뻔했다. 입술을 꾹 깨물었다. 아직은 들켜서는 안 된다. 자신이 지명과 윤혜와의 관계를 알고 있다는 사실을.

어떻게 결말을 내게 될지는 모르지만 어쨌든 모든 것을 차근차근 준비해 두어야 했다.

그래야 이기지는 못해도 최소한 비길 수는 있겠지.

그녀는 이를 꽉 물고 친절하게 문자를 보냈다. 심지어 저녁은 알아서 챙기라고 덧붙이려다 쓴웃음을 삼켰다.

요즘은 정주가 차리는 상도 모자라는지 알아서 따박따박 잘도 챙겨 먹는 이였다. 시가에서 반찬을 통으로 날라 오더니 그걸 끼고 앉아서 퍼먹어 댔다. 정주가 손도 대기 싫어서 따로 밥을 해 상을 차리면 지명은 반찬 통을 가져와 보태 가며 상을 쓸었다. 윤혜를 만나지 못하는 스트레스를 밥으로 푸는 모양이었다.

그 바람에 정주는 더욱 말라 들었다. 그와 마주 앉아 밥을 먹는 게 고역이었다. 기름으로 번들거리는 입술을 볼 때마다 그가 제 여자를 이 집에서 탐하는 게걸스러운 모습이 겹쳐져 보였다.

더러웠다. 가끔은 벗어날 수는 있을지 아득해졌다.

집에 있기 싫어서 약국으로 도피하는 것도 매일은 어려웠다. 공사가 한창 진행 중일 때는 아예 나가지도 못했다.

한창 사서 나르던 도시락도 어느 새부터는 현장에서 지급하는 바람에 따로 뭘 가져가기도 어정쩡해졌다. 정주는 매일 집을 나와 도서관이나 카페를 전전해야 했다.

그나마 이제 공사가 막바지여서 다행이었다. 리모델링 중 가장 먼저 완성된 곳이 약국이었다. 정주는 일찌감치 단장을 마치고 조금 빨리 문을 열 생각이었다.

정신없이 정리하다 오늘도 날이 저물었다. 집에 들어가야 하는데 발이 떨어지지 않았다. 저녁은 알아서 먹으라고 했으니 지명은 희희낙락하며 윤혜를 집으로 끌어들였을 것이다.

정주는 캄캄해진 바깥을 넋 놓고 바라보고 있다 황급히 냉장고 문을 열었다. 아까 사 둔 자질구레한 간식거리며 음료수가 들어 있었다. 그녀는 망설이다 결국 캔맥주를 꺼냈다.

정주는 결국 오후 내내 밥 대신 맥주를 홀짝였다. 맨정신으로 집에 들어갈 수 있을 것 같지 않았다. 한 번도 제집이라고 생각한 적은 없지만, 그렇다고 다른 여자의 냄새가 나는 것은 참을 수 없었다.

　윤혜는 환기도 시키고 나름대로 꼼꼼하게 흔적을 지우는 듯했다. 하지만 정주는 알 수 있었다. 서로 몸을 섞은 뒤 나는 미묘한 체취. 욕실에서 나던 미묘한 냄새가 누구의 것인지 이제 확실해졌다.

　지명에게, 그리고 온 집 안에 배어 있는 그 여자의 향기가 역겨웠다. 얼핏 맡으면 늘 쓰는 샴푸와 샤워 젤 냄새일 뿐이었다. 하지만 정주는 알 수 있었다. 그의 몸에는 낯선 냄새가 배었다. 정이 있든 없든, 그건 함께 사는 부부가 아니면 맡을 수 없는 희미한 냄새였다. 배덕의 향기.

　정주는 입안으로 부정한 단어들을 굴려 보았다. 욕지기가 났다. 바람. 불륜. 그 단어에 밴 더러운 악의가 온몸을 잠식하는 걸 거부하고 싶었다. 그녀는 맥주를 벌컥 들이켰다. 어느새 캔이 다 비었다. 정주는 마지막으로 눈에 띄는 상자를 열어 정리를 시작했다.

　휘청거리며 사다리를 탔다. 약들을 차곡차곡 쟁여 올렸다. 하나둘씩 제자리를 찾아 자리 잡는 약병과 갑들. 정주는 더 높은 곳으로 손을 뻗었다. 약병과 상자들을 밀어 넣는 순간, 머리가 핑 돌았다.

　"어엇."

　사다리가 휘청거렸다. 몸도 따라 흔들렸다. 아차 하는 순간 그녀는 땅바닥으로 추락하고 있었다.

　"추락하는 것은 날개가 없지만."

　나직한 목소리와 함께 푹신한 듯 단단하고 따뜻한 바닥이 정주를 감쌌다. 그녀는 그게 현의 가슴팍이라는 걸 깨달았다.

"대신 튼튼한 받침이 있지."

순간 얼굴이 확 달아올랐다. 그의 가슴팍이 튼튼하고 훌륭하다는 것이 새삼스럽게 느껴졌다.

정주는 재빨리 균형을 잡으려 했다. 하지만 이미 현의 몸에 반쯤 안긴 자세였다. 그녀는 서둘러 몸을 뗐다. 현은 뭔가 미묘한 태도로 그녀를 놓아주었다.

설마 안 놓아주려고 한 건 아니겠지?

현의 손이 천천히 떨어져 나가는 순간, 정주는 엉뚱하게도 그런 생각을 했다. 마치 그녀의 몸을 놓는 것이 아쉬운 것처럼 그는 그렇게 느릿하게 손을 뗐다.

"혼자 일하는 거야?"

"어? 어, 응. 그냥 혼자가 편하기도 하고. 공간도 좁고."

현이 고개를 끄덕거렸다. 정주는 속으로 조금 놀랐다. 얼마 전 약국에서 보았을 때는 생판 남처럼 굴더니 오늘은 또 무척 다정하고 친근했다. 그녀는 잠깐 침묵하다 입을 열었다.

"오늘은 모르는 사람처럼 낯설게 굴지 않네?"

"아하. 그때?"

현이 빙그레 웃었다.

"그땐 어쩔 수 없었어. 낯선 사람들도 많았고. 무엇보다 부동산 사장까지 있는데 아는 척하면 네가 불편할 것 같아서."

정주는 고개를 끄덕였다. 무엇보다 자신을 배려했다는 말이 귓가에 깊숙이 박혀 들었다. 생각해 보면 그는 원래 그랬다. 정주에겐 그 누구보다 친절하고 사려 깊은 남자. 그가 진현이었다.

그는 정주를 한참 물끄러미 보고 있었다. 갑자기 시선이 확 느껴져서 정주는 고개를 돌렸다. 아직 정리되지 않은 상자들이 쌓여 있었다.

정주가 상자 속을 뒤져 약들을 꺼냈다. 뭐라도 해야 덜 어색할 것 같았다. 하지만 현이 나직한 목소리로 그녀의 주의를 돌렸다.

"궁금한 게 있는데."

"말해."

정주는 일부러 바쁜 척 고개도 돌리지 않고 대꾸했다. 현이 그녀를 뚫어지게 보다 상자에 손을 뻗었다. 그녀를 도우려고 약을 한 움큼 들고는 선반에 놓으면서 물었다.

"그러니까, 네가 그렇게 날 찬 후에 말이야. 어째서 한 번도 연락을 받아 주지 않았어?"

갑작스러운 물음에 정주가 그 자리에 굳었다. 현이 다시 한번 약을 집어 선반에 놓으면서 말을 이었다.

"적어도 한 번은 만나 줄 줄 알았는데 말이지."

정주는 현의 말을 듣고도 입을 다물었다. 그러나 대답을 기다리는 듯한 현을 보니 어쩔 수 없었다. 그녀는 길게 숨을 한 번 내쉬고 입을 열었다.

"별로 말하고 싶지 않아. 솔직히 그것보다는 네가 그때 날 속인 게 더 컸거든."

"속이다니."

"맞잖아. 네 집안. 아무것도 없는 것처럼 굴었지만 그 어마어마한 배경. 졸업할 때까지 넌 한마디도 하지 않았어."

이번엔 현이 입을 다물었다. 정주도 입을 다물었다. 어색하고 무거운 침묵이 내려앉았다.

이대로 화를 내면서 나가 버리는 걸까.

정주는 무심코 예전에 현이 화를 냈던 걸 상기하고 말았다. 그는 사귀자는 제안을 거절한 정주에게 서운한 표정을 숨기지도 않았다. 그리고 그건 정주에게 어마어마한 상처를 주었다.

"네가 먼저 말문을 텄으니 너부터 말해 봐."

정주가 나직하지만 단호하게 말했다. 현은 말문이 막혔다. 그는 미간을 살짝 문질렀다.

"여기서 말하기엔 너무 구구절절한데. 알았어. 그건 다음에 얘기하기로 해."

"그럼 용건 끝난 거지? 가."

"아니, 너무 매몰찬 거 아니야?"

현이 난처한 듯 웃음 지었다. 그는 약국 천장 모서리를 가리켰다.

"저기다 CCTV를 설치할까 생각 중이야. 사실은 건물 전체에 설치할 건데, 하는 김에 약국 밖이랑 안에도 할까 하고. 관리실에서 전부 통합해 관리하는 게 나을 것 같아서. 서버가 대용량이라 오래 보관하기도 좋고."

"그건 그러네. 그런데 그 얘기를 왜 이 시간에 와서 해?"

"시간이 지금밖에 안 나서."

어찌 보면 말도 안 되는 소리였지만 정주는 미처 거기까진 생각하지 못하고 고개를 끄덕였다. 피곤하고 무거운 데다 맥주도 몇 캔 들어간 뒤였다.

정주가 납득한 표정을 짓자 현의 얼굴도 조금 풀어졌다. 그는 몰래 한숨을 내쉬었다. 그녀가 더 따지고 들지 않아 다행이었다.

사실 정주를 보려고 온 것이었다. CCTV야 관리실에서 통보해도 되는 일이었지만 그는 기어이 자신이 용건을 전달하겠다고 했다. 관리실 직원이야 일이 줄어드니 나쁠 것도 없었다.

그는 이렇게라도 정주를 조금 도와주고 싶었다. 정주야 그냥 그렇게 넘겼지만 현에겐 이 시간이 무척 중요했다. 그는 정주를 지켜보며 살짝 웃었다. 정주가 상자에서 약을 꺼내며 말했다.

"그래. 그럼 잠깐 앉았다 가."

현은 정주의 말에 고개를 저었다.

"높은 곳에 약 넣어 주고 갈게."

그는 말릴 새도 없이 상자 하나를 들고 사다리를 탔다. 정주는 하는 수 없이 아래 칸을 맡았다.

잠깐 말없이 일하다 현이 다시 CCTV 이야기를 꺼냈다. 정주는 가볍게 맞장구치며 그의 말을 듣다 문득 생각난 듯 물었다.

"요즘 기계가 그렇게 좋아? 녹음도 돼?"

"녹음은 불법이라 안 되고. 대신 영상은 녹화해서 보전할 수 있지. 실시간으로 보는 것도 가능하고."

"그래?"

정주는 잠깐 생각에 잠겼다가 다시 물었다.

"그럼 아주 작아서 남 눈에 들키지 않을 만한 카메라도 있을까?"

현의 눈이 이채를 띠었다. 그는 정주를 물끄러미 보다 신중하게 물었다.

"그런 게 필요하니? 왜?"

"그냥 알려 주면 안 돼?"

아무것도 묻지 말라는 듯 정주가 나직이 대답했다. 현은 사다리 위에 서서 정주를 내려다보았다. 정주가 현을 한 번 올려다보고는 다시 시선을 돌려 약장을 정리하기 시작했다. 현은 가슴이 뛰는 것을 느끼면서 그녀를 물끄러미 바라보았다.

## 2. 그 남자의 나침반

"그냥 알려 주면 안 돼?"

그 말을 꺼내는 그녀의 얼굴이 너무도 절박해 보였기 때문에, 현은 미처 더 물을 수가 없었다. 더 캐묻는다면 추궁하는 것처럼 보였으리라. 그는 입을 다물고 정주가 움직이는 것을 가만히 지켜보는 걸 택했다.

사실 현은 정주에 대해 그녀가 아는 것만큼 많이 알고 있었다. 정주가 여기서 약국을 운영하는 것도 알았고, 그녀의 결혼이며 아버지가 어떻게 세상을 떴는지도 다 알았다. 지명에 관해서도 세세히 파악했다.

솔직히 현은 병원장으로 머물고 싶지 않았다. 좋은 성적으로도 군이 약학대로 진학한 것 자체가 아버지처럼 살고 싶지 않아서였다. 그는 더 진취적인 일을 하고 싶었다.

"바이오 벤처? 그래. 나쁘진 않지. 하지만 내 아들이 그런 일을 하고 싶다고 생각할 줄은 몰랐다. 난 이 병원을 물려줄 자식이 필요한 거지 밖으로 나가 돌며 사업한답시고 돈 펑펑 가져다 쓰는 망나니를 원한 게 아니다."

그리고 당연하게도 현의 아버지는 아들에게 모든 지원을 끊었다. 현은 대학 내내 과외를 몇 탕씩 뛰어 학비와 생활비를 충당했다. 그 와중에 장학금을 놓칠 수 없어서 공부도 해야 했다. 그때 장학금을 서로 타려고 경쟁하던 사람이 바로 정주였다.

그녀는 차갑고 단정한 외모였지만 의외로 속정이 깊었다. 현이 혼자 자취하며 과외로 어렵게 사는 걸 알고는 가끔 반찬이며 먹을 것들을 싸 주곤 했다.

경쟁자지만 친해진 이상 서로 챙겨야 한다는 게 그녀의 주장이었다. 현은 경쟁하는 사이에 그렇게 상대를 챙기는 게 신기하면서도 한편으로는 가슴이 따뜻해졌다.

이상한 경험이었다. 그건. 현은 이제까지 자신에게 아무런 사심 없이 순수하게 대해 주는 사람을 만난 적이 없었다. 특히 또래는. 그것만으로도 정주의 곁에 더 오래 있고 싶었다.

지켜보고 싶고, 가끔은 가까이 있고 싶고. 상상도 해 보지 않았던 미래를 혼자 꿈꾸기도 했다.

그것이 현에겐 놀라운 일이자 경이로운 일이었다. 마치 기적처럼.

그녀에게 고백하고 싶었지만 어쩐지 망설이게 되었다. 아무리 옆에 있어도 정주는 그를 절대 남자로 보는 것 같지 않았다. 아니, 마치 남자로 보지 않아야 한다고 굳게 다짐한 사람 같았다.

"넌 내가 남자로 안 보이지? 혹시 사람으로도 안 보이는 거 아냐? 돌맹이라든가."

"에이. 그 정도는 아닌데. 그냥 지나가는 사람 1로 보이긴 해."

가끔 현과 정주는 실없는 농을 주고받았다. 그럴 때마다 현의 속은 쓰렸다. 농담이 아니라 왠지 진담 같아서.

그래서 마지막 학기에 정주가 제 마음을 거절했을 때 당황하진 않았다. 외려 정작 그가 놀란 건 돈이 없어서 싫다는 말이었다.

"싫어. 너 집에 돈도 없다며. 아무리 약사가 전문직이라고 해도 월급 받아서 여기저기 퍼 주고 나면 우리 살길은 막막할 거 아니야. 난 그렇게 살기 싫어."

정주는 그렇게, 가난한 남자와 결혼하고 싶지 않다고 말했다. 그때 알았더라면. 그녀의 눈 속에 가득했던 죄책감과 미안함을 알아차렸더라면.

그건 인생에서 그가 저지른 가장 큰 실책이었다.

정주에게 사귀자는 말을 꺼낸 뒤 거절당하고 미친 듯 싸운 현은 그길로 의전원에 진학할 준비를 시작했다.

실망하지는 않았다. 돈 싫어하는 사람이 어디 있겠는가. 자신도 다른 방식으로 돈을 벌고 싶어 벤처 기업을 시작하려던 게 아닌가. 다만 그는 뭔가 더 확실한 돈줄을 만들어야 한다는 사실을 깨달았을 뿐이었다.

불순하다면 불순한 동기였다. 그가 의전원으로 다시 진학한 것은. 만약 벤처 기업이 잘되지 않는 경우를 생각해 의사 면허도 따 두겠다는 얄팍한 속셈이었다.

원래도 머리는 좋았다. 마음먹은 건 뭐든 해냈다. 현이 이제까지 살면서 실패한 것이라고는 오직 단 하나, 바로 이정주였다. 그녀가 그의 약점이고 역린이었다.

먼 세월을 돌아 현은 작지만 쏠쏠한 바이오 벤처의 경영자가 되었다. 물론 공부 때문에 직접 경영보다는 투자로 지분을 얻어 내긴 했지만. 그동안 그의 회사는 중증 질환 치료제를 개발해 FDA 승인과 임상도 3차까지 완료해 어마어마한 돈을 쓸어모으고 있었다.

그걸로도 모자라 현은 지분을 더 받고 공동 경영자들에게 경영권 일부를 다시 넘겼다. 아버지의 병원을 물려받으려는 생각에서였다.

"내가 이제야 좀 마음 편하게 은퇴 생활을 즐길 수 있게 되었구나. 누군지 모르지만 불러서 밥이라도 사 주고 싶은데."

농담 반 진담 반으로 그의 아버지가 한 말이었다. 현은 질색했지만 내색하지 않고 고개를 저었다.

"그냥 예전 친구일 뿐입니다. 아버지가 관심 가지실 일은 아니에요. 아무튼, 이걸로 제가 병원을 운영하게 만드셨으니 된 것 아닙니까. 그리고 병원을 맡는 대신 한 가지 부탁드릴 게 있습니다."

현이 그렇게 말했을 때, 이번엔 그의 아버지가 눈썹을 추켜올렸다.

"그 지역 심부름센터 잘 아시지요? 아주 예전에 개업하시고 나서

인술을 베푼다고 동네 조폭들 몰래 치료해 주신 인연이 있는 거 다 압니다."

"뭐?"

그걸 어떻게 알았냐는 듯 기가 막혀 하는 아버지의 눈을 본 현은 제대로 짚었다는 걸 알아차렸다. 그는 회심의 미소를 지었다.

그가 병원장으로 취임한 이유는 확실했다. 하나는 돈이었고, 다른 하나는 바로 정주였다.

현은 아버지에게 도움을 청하기가 죽기보다 싫었지만, 정주 때문에 어쩔 수 없었다. 그 일을 하는 데는 제 아버지의 영향력이 절대적으로 도움이 되었다.

그 무렵 현은 이미 동기들에게 정주의 소식을 캐물은 후였다. 그는 등록된 약국의 이름과 주소지를 알아내고 정주가 제 병원 근처에서 일하고 있다는 사실을 알게 되었다.

그 뒤로는 어려울 것도 없었다. 아버지의 소개로 심부름센터 사장에게 일을 맡겼다. 그는 예전의 인연을 기억하며 싱글거리는 얼굴로 정주에 관한 모든 정보를 가져왔다. 현은 불법에 가까운 상세한 뒷조사 파일을 받았다.

"그러고 보니 이 자식 아는 놈이던데."

"고지명 씨 말입니까."

"어. 그렇수. 동네 양아치인데 저기 길 건너 핸드폰 가게 하거든. 거 조금만 노력하면 돈 좀 벌 건데 마누라 약국 한다고 만날천날 처놀더라고. 하기야 그거 쏠쏠하긴 하지. 셔터 맨이 최고 아녀. 안 그렇수. 의사 선생님?"

"그렇지요."

"그 새끼 빚도 많아. 근데 죄다 마누라 명의로 빌려 댔던데. 그집 노친네들도 욕심 쩔어서 며느리 등골 빼먹더라고. 어째 그런놈이 그런 여자랑 결혼했는지."

현은 심부름센터 사장의 말로 대강 상황을 유추할 수 있었다. 그리고 그가 얻은 서류는 추측을 사실로 여기기에 충분한 근거를 보여 줬다.

그렇다면 이제 다시 제대로 준비를 해야겠군.

현은 혼자 미소를 지었다. 그에겐 모든 것이 게임과도 같았다. 사랑하는 여자를 얻기 위한 길고도 지루한 게임.

그가 조금 더 나이를 먹었고 더 현명했더라면 아예 처음부터 아버지의 이름을 빌려 정주의 가족에게서 그녀를 빼내 올 수도 있었다.

그러나 그는 젊고 어리석었다. 그래서 이제야 겨우 그 모든 대가를 치르고 정주를 빼내 올 수 있게 되었다.

기억해. 이정주.

현은 자신만을 보고 자신만을 기억하라고 주문할 참이었다. 생생하게 느끼게 할 생각이었다. 그의 모든 세포가, 모든 의식의 첨단이 모두 그녀에게로 향해 있었다.

\* \* \*

"혹시 원하는 물건이 있어? 어떤 기능이 필요한데."

정주는 멍한 채 약장을 정리하다 문득 정신을 차렸다. 현이 아직 약국 안에 있었다. 그는 위쪽 장에 약을 욱여넣으면서 아무렇지 않게 물었다.

"어, 그게. 괜찮아. 어디서 파는지만 알면 직접 사 오지 뭐."

"CCTV든 몰래카메라든 사는 거야 어렵지 않지. 인터넷에도 널렸는데. 다만 그걸 어디에 어떻게 설치할 건지가 문제고. 자칫하다간 역으로 추적당할 수도 있으니까."

"역추적을 당한다고?"

정주의 눈에 설핏 두려움이 보였다. 절박하면서도 죄책감에 사로잡힌 얼굴에 현은 속으로 혀를 찼다.

그 개망나니는 도대체 이 올곧은 여자를 어떻게 다뤘길래 본능적으로 자신을 방어하려고 하면서도 계속 죄의식을 가지나.

그는 언짢음을 감추고 느긋한 표정으로 고개를 끄덕였다.

"그럼. 당연히 가능하지. 그러니까 최대한 몰래 설치하는 게 최고야. 그러려면 전문가의 도움 내지는."

그의 손이 제 가슴을 가리켰다. 무슨 뜻인지 알아듣지 못해 눈을 깜빡거리던 정주가 갑자기 웃음을 터뜨렸다.

"네가 전문가야?"

"전문가는 아니고 조금문가 정도지만 이번엔 또 다르지. CCTV 업체랑 계약했으니까 그 사람들한테 부탁하면 따로 달아 줄 거야."

조금문가. 그게 뭐야. 정주가 다시 환하게 웃었다.

그녀의 마음속에 아주 약간의 신뢰가 솟아났다. 그 신뢰는 동시에 용기도 조금 가지게 해 주었다.

"그래. 그럼 네가 알아서 해 줄래?"

"걱정 마. 완벽하게 해 줄게. 너랑 같이 가야 하나? 언제쯤?"

"어, 같이 가는 건 힘들 것 같은데."

어떡하지. 정주가 말끝을 흐렸다. 그녀는 현과 함께 그 엉망진창인 집에 발을 들여놓고 싶지 않았다. 특히 지명과 윤혜의 흔적이 남았을 그 방엔.

현이 고개를 끄덕였다. 그는 갑자기 뭔가 생각난 듯 정주에게 물었다.

"너 유경이한테 비번 알려 줘. 그럼 내가 유경이랑 갈 테니까. 나한테 비번 알려 주기 좀 그러면 그렇게 해도 돼."

아. 정주의 눈이 빛났다. 지명이 집을 비울 때나 약국을 쉬고 하루쯤 휴식을 취할 때 가끔 집에 놀러 오기도 해서 유경은 이미 비번을 알고 있었다.

그래. 차라리 제삼자의 입장인 두 사람이 다녀오는 게 낫겠지. 왜 그 생각을 못 했을까.

정주가 흔쾌히 고개를 끄덕였다. 이미 고민을 끝낸 현의 얼굴도 밝아졌다.

현은 어떻게든 그녀를 도울 생각이었기 때문에 유경까지 끌어들이기로 마음먹었다. 그가 뭘 하려는지 알게 되면 유경도 어느 정도까지는 도울 터. 그는 마음을 정하고 고개를 끄덕였다.

"그럼 그렇게 하자. 나머지는 내가 유경이랑 알아서 할 테니까."

정주가 고개를 끄덕였고 현은 흡족한 마음으로 다시 약장을 정리하기 시작했다.

재개장한 약국은 문전성시였다. 현이 따로 분원 한 피부과는 그야말로 사람이 북적거려 정신이 없을 정도였다.

현은 병원 안에 따로 약국을 두지 않았다. 종합 병원 과목이라 해도 겉으로 보기엔 일반 병원인데 굳이 따로 약국까지 둘 필요는 없다는 게 그의 주장이었다. 그는 대신 정주에게 위탁 약국 계약서와 처방하는 약 목록을 주며 웃었다.

"병원 본원 약국이랑 여기랑 두 군데면 처방은 딱히 걱정 안 해도 될 것 같아서. 본원에 들러서 약 타 가는 사람도 꽤 될 테니까."

본원 앞에 커다란 아파트 단지가 있어서 집에 가는 사이에 들러 약을 타 갈 사람이 꽤 될 것이라는 현의 말에 정주는 난색을 표했다.

"그래도 본원에선 약값까지 합쳐서 청구될 텐데. 여기선 내가 따로 수가를 청구하고. 그럼 너한테는 이득이 하나도 없잖아."

"그러니까 그걸 우리 병원에서 처리하려고 위탁 계약을 하자는 거야. 신도시라 우리 병원이 이득을 많이 보지만 나만 잘 먹고 잘살고 싶진 않거든. 그렇지만 또 이왕 밀어주는 거면 친구인 널 밀어주는 게 낫지. 안 그래도 네 약국이 이 건물에 있어서 희한하다 했는데, 이것도 또 다른 인연 아니겠어?"

현은 유창한 말발로 정주의 귀를 쏙 녹이려 들었다. 속으로 불안감이 잔뜩 들면서도 정주는 결국 현이 하자는 대로 할 수밖에 없었다. 건물주가 하겠다는데 거부할 수 있는 세입자가 몇이나 되겠는가. 합법적인 위탁 계약서까지 들고 왔는데.

"정 그러면 따로 수수료 내. 몇 프로면 되는지 원무과랑 상의해서 알려 줄게."

그렇게 해서 첫날부터 사람이 미어터졌다. 정주는 몰려드는 사람들 때문에 정신이 없으면서도 왜 굳이 현이 이렇게 번거롭게 일을 처리하는지 의문이었다.

게다가 계약서를 보니 자신에게 손님을 몰아주는 건 자선 행위 정도가 아니었다. 그야말로 병원 수익 일부분을 떼 주는 수준이었다. 돈을 많이 벌어서 나쁠 거야 없겠지만 이 돈이 전부 지명과 시가로 흘러 들어가는 건 아까웠다.

-너 그거 따로 장부 하나 몰래 기재하고 꿍쳐 놔.

"어떻게 그래. 이중장부나 마찬가지잖아."

유경이 선뜻 장부를 하나 더 만들라고 제안해서 정주는 놀랐다. 하지만 유경은 혀를 차며 말을 이었다.

-당연히 세무사에겐 노출해야지. 내 말은 네 남편 몰래 하나 만들라는 거야.

"남편?"

-그래 이 바보야. 전자 장부 만들고 암호 걸어 두면 되지. 그 머저리는 컴으로 기껏해야 고스톱이나 치는데 뭘 알겠어. 더구나 약국 컴은 건드리지도 못하잖아. 프로그램 때문에. 세무사 보는 거, 세금

문제 전부 네가 다 해결한다며. 그러니까 비자금 만들기 딱 좋지.

아. 그제야 정주는 왜 진작 그렇게 하지 않았는지 멍해졌다. 매출을 따로 기재해 두고 전자 통장을 하나 더 만들기만 했어도 돈을 따로 적립해 둘 수 있었을 텐데.

그걸로 빚도 조금 더 빨리 갚을 수 있을지 모르니까. 그리고 만약……. 만약에 저 망종에게서 벗어날 수도 있다면.

그녀는 가슴 한구석에 아주 작은 희망이 자리 잡는 걸 느끼면서도 한편으로는 제 멍청함에 풀이 잔뜩 죽어서 속삭였다.

"나 진짜 헛똑똑이인가 봐."

-그걸 이제 알았어? 바쁘지? 사람 하나 더 써. 나 말이야 나. 전화 끊는다. 나중에 현이랑 너네 집 다녀오면 알려 줄게.

유경이 웃으며 전화를 끊었다. 정주는 가볍게 한숨을 쉬었다. 안 그래도 현이 병원 약국에서 파견한 보조 약사가 손님들을 응대하고 있었다.

"미안해요. 바쁜데 통화하느라."

"아니에요. 그나저나 이것도 재미있는데요? 병원에 처박혀 있다가 분원으로 나서니까 나름 괜찮네요. 아마 한 달은 제가 여기서 계속 근무할 것 같아요. 다음 달은 로테이션 될 것 같지만요."

한미령이라는 약사는 생각보다 더 수다스럽고 친근하게 정주에게 말을 걸었다. 어쩐지 주눅이 들어 있던 정주에게 많은 도움이 되어 주었다. 그녀는 스스럼없이 환자들과도 잘 어울렸다. 덕분에 정주는 무리 없이 손님을 응대할 수 있었다.

"뭐 이렇게 손님이 많아?"

오후에 지명이 어슬렁거리며 나타났다. 병원 진료가 끝날 무렵이었다. 미령이 그를 한번 보고는 퇴근을 한다며 서둘러 나갔다. 정주는 지명이 자양강장제 한 병을 따는 걸 보고 고개를 돌렸다.

"위에 병원 분과가 생겼잖아. 본원에서 약사가 파견될 정도로 환자가 많아."

"아이구. 돈 좀 긁겠네."

지명의 눈에 탐욕이 어렸다. 정주는 황급히 손을 내저었다.

"여기다 처방전 주는 대신 수수료도 확실히 내기로 했어. 당신 돈 아니니까 욕심내지 마."

"누가 뭐래? 이게 기분 좀 좋아지려니까 또 초 치고 있어. 하 시발."

지명이 사납게 눈을 추켜 뜨고 짜증을 냈다.

그 여자랑 싸우기라도 했니?

정주는 그렇게 묻고 싶은 마음을 억누르고 입을 열었다.

"병원 원무과에서 연락이 왔던데, 못 받았어?"

"뭐?"

"비퍼 말이야. 호출기. 병원 의사들 호출기가 오래되어서 전부 교체하고 싶대. 당신이 핸드폰 가게 한다니까 그거 좀 알아봐 줄 수 있냐고 묻던데."

그래? 지명의 얼굴이 금세 환해졌다. 그는 험상궂던 표정을 싹 지우고 정주의 어깨를 살살 두드렸다.

"우리 마누라, 고생하네? 참 복덩이야. 남편 일도 알아서 물어다

주고. 뽀뽀나 한 번 할까?"

"힘 아꼈다 다른 여자한테 해. 안 해 줘도 화 안 낼 거니까."

이미 윤혜 말고도 가벼운 외도라면 숱하게 걸린 지명이었다. 노래방 도우미나 룸살롱 아가씨 등등. 그는 조금 겸연쩍은 표정을 지었지만 이내 능글맞게 웃었다.

"우리 약사님은 참 너그럽기도 하고 마음씨도 고와. 남들은 강짜 놓느라 시끄럽다던데 좀처럼 화도 안 내고. 저 몸 비실비실한 거 알고 알아서 이쁜이들한테 몸보신 받으라고 밀어주기까지 하네? 내가 그래서 우리 마누라를 좋아하지."

진열대를 정리하려고 나온 정주의 엉덩이를 찰싹 때리며 지명이 히죽거렸다. 정주는 이를 악물었다.

여자들과 자는 게 어떻게 몸보신이야.

처음 술집 여자와 자고 온 걸 들켰을 때 지명이 내뱉은 말도 안 되는 소리에 정주는 버럭 소리를 지르고 말았다.

그놈의 몸보신. 사람을 깔고 누르는 걸 몸보신으로 치는 야만적인 사고방식부터 끔찍했다. 어쩌면 그때 아버지가 뭐라든 이혼했어야 했다. 지명에게 어떤 피해를 보더라도 이혼을 감행했어야 했다.

정주는 그때도 순진했고 지금도 여전히 헛똑똑이 같은 일면이 있었다. 똑 부러지고 당차면서도 한편으로는 허술하고 겁 많은 여자. 그녀는 자신이 그런 사람이라는 게 정말로 싫었다.

"말 나온 김에 나 저기 노래방 좀 간다. 정 사장이 얼굴 좀 보자고 해서."

"알았어."

정주는 그가 나가자마자 현에게 전화를 걸었다.

"오늘 그이 좀 늦을 거 같아."

"방금 약국에 있다 나갔지? 봤어."

현의 말에 정주는 입술을 깨물었다. 왠지 죽고 싶을 정도로 창피했다.

현은 알았다고 말하고 전화를 간단하게 끊어 버렸다. 그는 차를 몰면서 좀 전에 본 광경을 떠올리고 이를 갈았다.

감히 누구한테 그렇게 쉽게 손을 대?

가벼운 터치였다지만 아무나 다 들여다볼 수 있는 공간에서 함부로 엉덩이를 때리다니. 현의 상식으로는 있을 수 없는 일이었다. 그는 그런 유희가 철저하게 두 사람만의 것이어야 한다고 믿는 사람이었다.

얼마나 제 아내를 하찮게 여기면.

생각할수록 기가 막혔다. 누구는 손을 대기는커녕 아까워서 침만 삼키는데 감히 그 더러운 손으로.

정주의 절박하던 얼굴도 떠올랐다. 순간 피가 거꾸로 도는 것 같았다.

침실에 남편을 감시하는 장치를 달려고 생각하기까지 얼마나 많이 고민했을까. 그 정직하고 절대 굽히지 않는 강직한 여자가.

현은 이를 바득 갈면서 유경을 데리러 지하철역으로 향했다.

\* \* \*

"흐흥. 이거 재미있네."

유경은 차에 올라타며 다짜고짜 말했다.

"갑툭튀한 옛날 남사친이라. 야, 어째 좀 냄새가 난다 너."

"남사친이니까 그냥 돕고 싶어서 하는 거야. 너도 정주 도와주려고 하는 거잖아."

현은 대수롭지 않게 대꾸하며 차를 몰았다. 유경이 탐색하는 눈길로 그를 바라보았다.

"정말 그것뿐이야? 진짜?"

"아 좀. 믿어 주라. 진짜 순수하거든요."

"아이고. 그 진현 씨가 순수하다니요. 음흉한 것 같은데? 옛날 여사친 집에 CCTV인지 몰카인지 달러 가는 사람이 어디가 순수해."

현은 피식 웃고는 고개를 흔들었다.

"여사친 집에 그런 거 달아 주러 가는 사람이 순수한 거라고는 생각 안 해? 얼마나 순수하면 아무런 의심도 의도도 없이 그저 그런 거 달아 주러 가겠어. 그것도 또 다른 여사친까지 같이."

"말이나 못 하면."

유경이 눈을 흘겼다.

하지만 그녀도 적이 만족스럽긴 했다. 그저 물먹은 솜처럼 축 늘어진 채 살던 정주가 드디어 뭔가 살아 보겠다는 의지로 대책을 마련하는 것 자체가 기뻤다.

게다가 이 남자가 앞에 나타났다. 그저 남사친인 줄만 알았던 진현이. 보다 더 적극적으로 정주의 삶에 개입하기 시작했다.

유경은 이것만으로도 정주가 다시 제 삶을 확고하고 명료하게 잘 꾸려 나갈 걸 예감했다.

"저기야."

현은 시키는 대로 얌전히 차를 댔다. 정주의 집이 어딘지 이미 알고 있다는 사실을 유경이 알아서 좋을 건 없었다.

유경이 스릴감에 가득 차서 숨을 죽였다. 현은 자연스럽게 아무렇지 않은 기색으로 그녀를 따라갔다.

"뭐 그렇게 재미없게 구냐. 이왕 스파이 놀이하는 거 좀 진지하게 역할에 몰입해 보라고."

유경이 투덜대면서도 조심스럽게 아파트 현관으로 진입했다. 현은 그저 웃기만 했다.

"아, 재미없는 건 이정주랑 똑같아."

"정주랑 나랑 좀 잘 맞지."

유경이 눈을 흘기고 엘리베이터에 올라탔다. 정주의 집 층에서 내린 유경이 아무렇지 않게 버튼을 꾹꾹 눌렀다.

"얼른 들어가자."

현은 조용히 유경을 따라 집으로 들어섰다. 살풍경한 아파트 내부가 가슴 아프도록 시렸다.

그가 아는 한, 정주는 절대 이렇게 집을 내버려 두는 사람이 아니었다. 예전 서울의 학교 근처 자취방을 생각해 보면 더욱 그랬다. 작은 원룸일지언정 아기자기하게 꾸며 놓아 아늑하고 좋았다.

아마도 저 자식 때문이겠지.

거실 벽 한쪽에 대충 걸린 결혼사진을 보다 현은 저도 모르게 이를 악물었다. 그는 유경이 다가와 툭 건드릴 때까지 사진을 한참 노려보았다.

"와 봐. 저기 설치하면 될 것 같은데."

현은 유경이 가리키는 곳을 보고 고개를 끄덕였다. 침대 위쪽 벽 모서리. 사람들 얼굴이 잘 보이면서 에어컨이 달려 있어 눈에 띄지 않을 것 같았다. 그는 고개를 끄덕였다.

"그러네. 의자 좀 갖다줄래? 얼른 하고 나가자. 저녁 살게."

유경이 히죽 웃고 부엌으로 갔다. 현은 그사이 침대 가를 살피다 뭔가를 발견하고 미간을 찡그렸다. 그가 발견한 것은 레이스가 잔뜩 달린 팬티와 싸구려 큐빅이 달린 귀걸이 한 짝이었다.

"재수도 없는데 멍청하기까지 하고."

현은 중얼거리면서 핸드폰을 꺼내 사진을 찍었다. 그는 준비해 온 라텍스 장갑을 끼고 속옷과 귀걸이를 주머니에 넣었다.

정주가 집에 돌아와 그걸 발견하는 불상사를 겪게 하고 싶지 않았다. 물론 언젠가 쓸 데가 있을 게 분명하다는 생각도 했다. 그는 속으로 웃었다.

빙고. 잘하면 아귀가 딱딱 떨어지겠군.

그는 유경에게서 의자를 받아 올라갔다.

\* \* \*

딸깍.

마우스 버튼을 눌렀다. 핸드폰에 하나. 그리고 약국 컴퓨터에 또 하나. CCTV 모니터링을 한 부분을 따로 저장하라고 직원이 두고 간 외장 하드 하나. 정주는 세 개의 저장 장치에 지명과 윤혜의 섹스를 갈무리해 두었다.

"하아."

길고 무거운 한숨이 흘렀다. 정주는 이마에 손을 짚었다. 모두 퇴근한 약국 안은 조용했다.

일은 잘 진행되고 있었다. 약국은 매일 북적거렸다. 지명도 그걸 볼 때마다 흡족한지 낄낄거렸다.

점점 그의 씀씀이가 커지는 중이었다. 하루에도 몇 번씩 카드 결제 문자가 울렸다. 그럴 때마다 정주는 이를 악물었다. 벌써 한 번은 잔소리라도 해야 했지만, 그녀는 일부러 그를 내버려 두었다. 어디까지 가나 두고 보는 중이었다.

언젠가는 뒤엎을 수 있을 거야.

그녀는 소리 없이 칼을 갈고 있었다.

지명 몰래 장부를 기재하는 것도 순조로웠다. 왜 진작 이런 방법을 쓰지 않나 싶을 정도였다. 하지만 생각해 보면 남편이 약국 컴퓨터를 손대지 않게 된 건 얼마 되지 않았다. 불법 도박 사이트에 들어갔다 랜섬웨어에 걸려 컴퓨터를 몽땅 포맷해야 했던 이후였다.

그때 입은 손실은 제법 컸다. 조제 기록 정보며 회계 프로그램까지 전부 날아가 데이터를 건질 수도 없었다. 정주의 난감한 얼굴에 드물게 지명이 눈치를 보며 쩔쩔맨 일이기도 했다.

그때 이후로 지명은 약국 컴퓨터엔 손을 대지 않았다. 그게 전화위복이 될 줄이야. 정주는 이제 그때 일이 고마울 정도였다.

그녀는 컴퓨터에 저장된 파일들을 훑었다. 지명과 윤혜는 제법 많이도 관계하고 있었다. 정주는 이를 갈면서도 언젠가 이 모든 것들을 다 폭로할 생각을 하면 마음 한구석이 시원하게 내려가는 것을 느끼곤 했다.

예전과는 확연히 달랐다. 아무런 감정도 드러내지 않았지만 뭔가 속에서부터 뒤틀려 썩어가는 감정들이 가득 찼었다면 지금은 조금이나마 숨통이 트였다. 그리고 그건 전부 현이 나타나면서부터였다.

"아무것도 필요 없는데? 그렇게 고마우면 술이라도 한잔 사."

얼마 전 정주가 현에게 고마움을 표시하고 싶어 물었을 때 그는 뜻밖의 말을 건넸다. 정주는 흔쾌히 고개를 끄덕였다.

"유경이도 불러. 지난번에 도움 줬으니까 신세 갚는다고."

현은 아무렇지 않게 대학 시절처럼 셋이서 한잔하며 재미있게 이야기나 나누자고 제안했다. 정주는 긴가민가하며 유경에게 전화했고 유경은 아무렇지 않게 승낙했다. 그렇게 해서 반쯤은 즉흥으로 술자리가 마련되었다.

핸드폰이 울렸다. 현이었다.

-약속 잊지 않았지? 먼저 가 있어. 금방 갈게. 회의가 좀 있어서.

정주는 약간 들뜬 기분으로 거울에 제 모습을 비춰 보았다. 얼마 전 큰맘 먹고 산 플레어 원피스와 하이힐. 특히 구두는 일부러 지명을 끌고 신발 한 켤레 사 준다고 아웃렛까지 가서 그의 것과 함께 산 것이었다.

"돈 좀 번다고 생색 좀 내는 거야? 야, 그럼 우리 엄마 아버지 것도 하나씩 사자."

"그건 다음에 해. 아직 정확하게 수익 계산도 안 했으니까. 이건 내가 어른들 몰래 당신 하나 사 주는 거야. 그런 것도 재미있잖아."

살살 달래자 지명이 기분 좋은 듯 히죽 웃으며 정주의 볼을 꼬집었다.

"돈이 좋구만? 이쁜 짓도 좀 하고."

정주는 그 손을 뿌리치고 싶은 충동을 참으면서 옅게 웃었다.

구두를 사 주면 도망간다는 말도 있잖아? 제발 도망이라도 가. 아니면 나중에 전부 다 청구할 거니까. 이건 그 증거와도 같아. 지금 즐겨. 이게 마지막이니까.

그녀는 그때 떠올린 생각을 되새기며 제 신발을 보고 한 번 웃었다.

가볍게 파우더를 덧바르고 틴트를 꺼내 발랐다. 유경이 개업 선물이랍시고 사다 준 것이었다. 그녀는 무슨 생각인지 예뻐 보여야 한다며 정주에게 잘 어울리는 색으로 틴트를 서너 개나 가져왔다.

그때는 난감했지만 지금 보니 고마운 선물이었다. 정주의 손길이 분주해졌다. 그녀는 매무시를 정돈하고 약국의 불을 껐다.

\* \* \*

셋이 만난 곳은 신도시 번화가의 한 맥줏집이었다. 직접 맥주를 만들어 파는 곳이었다. 정주가 도착하기 무섭게 유경이 나타났고 곧이어 현도 달려왔다.

"조금 늦었지? 미안. 그래도 회의가 빨리 끝났어. 다행이지?"

현이 예전처럼 서글서글하게 웃으며 넉살을 부렸다. 정주는 고개를 끄덕였고 유경은 입술을 삐죽 내밀었다.

"어쭈. 이제 아주 잘나가는 병원장님이라 이거야? 장난 아니네. 서울에서 여기까지 오느라 힘 다 빠졌는데 늦기까지 해."

"미안, 미안. 대신 맛있는 거 살게."

"오늘은 내가 사는 건데?"

정주가 웃으며 현의 말을 가로챘다. 현이 못 말리겠다는 듯 고개를 젓고는 메뉴판을 집어 안주를 더 주문했다. 로스트비프와 트러플 오일을 뿌린 에그 베네딕트, 버섯과 가지 그라탱, 콥샐러드. 유경은 그제야 기분이 풀린 듯한 표정을 지었다.

"하, 희한하게 나이 먹을수록 사는 게 재미는 없지 않냐. 그냥 딱 하나만 찾는다. 오늘 뭐 맛있는 거 먹을까. 맛있는 거 뭐 없나. 맛있는 거 어떻게 먹지."

유경의 말에 정주가 웃음을 머금었다.

"그냥 잘 먹겠다고 해. 꼬리가 길잖아."

그런가. 유경이 키득거리며 포크와 나이프를 들었다. 현이 맥주 잔을 들고 건배를 청했다.

"자주 보자고, 주유경. 너 그냥 이쪽으로 이사 와서 정주랑 약국

하든지."

"어이쿠. 농담이래도 무섭네. 아주 경호원으로 붙여 두려고? 내가 힘친이냐?"

유경이 질색하면서도 은근히 구미가 당긴다는 표정을 지었다. 정주는 뭔가 자기 모르게 꿍꿍이를 부리는 건가 싶어 의문스러운 눈으로 두 사람을 보았다.

"힘친은 또 뭐야."

"있어. 힘센 친구들이라고 사설 경호원 업체. 지금 나더러 너 경호하라고 네 약국에 취직하라는 거잖아."

"설마."

정주는 눈을 동그랗게 떴다. 유경이 히죽 웃고는 고개를 끄덕였다.

"뭐, 신도시긴 해도 서울에서 가깝고 강남 못지않고 해서 난 마음에 드는데. 문제는 약국 주인 마음이지. 생각 있으면 한번 고려해 봐. 나야 아직 페이 약사니까 어디든 갈 수 있잖아."

정주는 얼떨떨한 채로 고개를 끄덕였다. 유경이 제 옆에서 함께 일하는 모습은 생각해 본 적도 없었다.

그런 게 가능한 걸까. 현이 제 앞에 나타나기 전까지는 한 번도 가능하다고 여겨 본 적이 없는 것들.

"그것도 나쁘지 않겠는데? 이정주. 주유경 돈 많이 줘라."

현이 싱긋 웃으며 유경의 말에 맞장구치고는 맥주를 한 모금 들이켰다.

분위기가 조금씩 느긋하게 풀어졌다. 정주는 요 몇 년 이래 가장 많이 웃고 가장 많이 떠들었다. 오랜만에 유경과 수다도 마음껏 떨었고 현도 적극적으로 동참해 맞장구쳤다. 대학 시절 셋이서 떠들며 놀던 그 분위기 그대로였다.

"어머. 정주 씨?"

갑자기 들려온 목소리에 얼굴이 굳어졌다. 정주는 입술을 굳게 다물며 위를 올려다보았다. 윤혜였다.

"장사 안 하나요?"

절로 가시가 돋쳐 나가는 건 어쩔 수 없었다. 사실 화를 내거나 이성을 잃지 않는 것만도 용했다. 하지만 윤혜는 못 알아차린 척 부드럽게 웃었다.

"그렇게 됐어요. 오늘만 하루 쉬려고요. 약국 장사 끝났나 봐요? 지명이는 없네? 이분들은 누구예요?"

"뭔데 더럽게 궁금한 것도 많네."

유경이 나직하게 중얼거렸다. 순간 정주의 입가에 웃음기가 어렸다. 역겨워서 말을 섞기 싫었는데 유경의 말을 들으니 갑자기 정신이 번쩍 들었다.

그래. 까짓거. 내가 본처인데.

정 없는 남편이지만 여하간 자신은 법적으로 그의 아내였고 윤혜는 그 옆자리를 탐내는 도둑년이었다. 왠지는 모르지만 마치 아침 드라마의 한 장면이 펼쳐진 것 같은 기분이 들었다. 정주는 천천히 입을 열었다.

"내 친구들이에요. 인사했으니 가 보세요."

"어머."

윤혜의 얼굴에 순간 불쾌한 빛이 감돌았다.

여하튼 이런 자리에서 주변 사람들을 소개하는 건 당연한 예의가 아닌가. 매번 상식을 가르쳐 줘도 이 작은 커뮤니티에조차 적응하지 못하는 주제에 뭐가 잘났다고 저러는지 알 수 없을 지경이었다. 윤혜는 이를 갈 듯 말하면서도 활짝 웃었다.

"뭐예요. 정주 씨. 그러고 보니 오늘 꽤 까칠하네요? 예의 없다는 말 들을지도 몰라요. 동네 장사하는 사람이 그러면 안 되죠."

"동네 장사건 마을 장사건 내가 알아서 하니 걱정 안 해 줘도 돼요."

정주는 무심하게 대꾸했다.

솔직히 윤혜가 이런 식으로 지적한 것만도 수백 가지는 될 터였다. 예전에야 주눅 들어서 그런가 보다 하며 충고를 받아들였지만 이제 그러고 싶지도 않았다.

무엇보다 저 여자는 지극히 도덕적이고 상식적인 사람인 척하면서 알고 보면 제 남편과 붙어먹는 더럽기 짝이 없는 인간 아닌가. 그런 사람이 감히 잘난 척 충고하는 꼴이 같잖지도 않았다. 그래서 정주는 누구보다 담담하고 냉정하게 윤혜를 대할 수 있었다.

"정주 씨 오늘 기운이 넘치시네?"

윤혜의 말에 시비조가 섞였다.

그녀는 정주의 모습을 아래위로 훑어보다 입술을 살짝 깨물었다.

지명의 집에 가서 심심풀이 삼아 옷장을 훑었을 때는 안 보이던 새 원피스와 새 구두. 언제나 단정하게 컬을 넣어 어깨까지 늘어뜨린 머리가 오늘은 어쩐지 더 탄력 있고 생생해 보였다.

오늘따라 정주는 아름답고 생기 있어 보였다. 처음 결혼 전 지명의 친구들과 인사를 하려고 나타났던 때 같았다.

그때만 해도 젊고 예뻐서 깜짝 놀랐다. 제 아버지가 어지간히 등골을 빨아먹어 힘겨워서 만날 죽을상을 한다고 지명이 투덜거릴 때만 해도 그런 줄 알았다.

그런데 정작 나타난 정주는 생각보다 더 싱그럽고 화사했다. 일찍 결혼해 이미 시들어가는 것 같아 심란한 자신과는 비교도 되지 않았다.

윤혜는 새삼스레 정주가 걸치고 꾸민 모든 것이 다 탐난다고 느꼈다. 처음 보았을 때 그랬던 것처럼.

"요즘 약국 잘된다더니, 신수가 훤하네요? 지난주만 해도 영 꽁지 빠진 닭 같던데."

노골적인 말에 유경이 얼굴을 찡그리고 한마디 하려는 순간 정주가 그녀의 손을 가볍게 쥐었다. 그녀는 유경에게 고개를 살짝 흔들며 옅게 웃고는 윤혜를 바라보았다.

"그러게요. 윤혜 씨도 요즘 좋아 보여요. 참, 지난번에 우리 남편이랑 차 타고 어디 가는 것 같던데. 어디 갔던 거예요?"

윤혜의 얼굴이 살짝 굳어졌다.

사실 어림짐작이었다. 자신이 약국에 있는 동안 둘이 여기저기 쏘다니겠거니 해서 넘겨짚은 것인데 윤혜는 의외로 쉽게 넘어가 버렸다.

윤혜의 얼굴이 조금 붉어졌다. 그녀는 말문이 막힌 듯 입술을 깨물고 있다 현에게로 시선을 돌렸다.

"차가 고장 나서 잠깐 태워 달라고 한 것뿐이에요. 나야 지명이랑 친구니까 그럴 수도 있죠. 정주 씨도 다른 남자랑 같이 있네요 뭐."

그녀의 시선이 현을 훑었다. 그 시선에 은근한 욕망과 유혹이 묻어난다는 걸 모를 정주가 아니었다. 현은 무표정하게 윤혜를 한 번 보고는 곧바로 그녀를 무시했다. 일순 윤혜의 얼굴에 모욕감이 묻어났다.

"새로 건물 인수한 분이에요. 내 친구랑 아는 사이여서 인사하던 참이에요. 원장님 덕분에 약국 장사가 잘되어서요."

"어머나. 그 병원 원장님? 진짜요? 저 그 건너편 길목에서 커피숍 하는 사람이에요. 언제 한번 오세요. 맛있게 내려 드릴게요."

윤혜가 모욕감은 깡그리 잊은 듯 애교를 떨며 콧소리를 냈다. 심지어 정주가 여기 있다는 것도 잊은 듯했다. 유경이 미간을 있는 대로 구겼다. 현은 천천히 윤혜를 보고는 무심하게 입을 열었다.

"그러지요. 감사합니다."

윤혜의 얼굴이 다시 일그러졌다. 그녀는 불쾌감을 숨기지도 않고 정주를 노려보았다. 그 눈에 독기가 서렸다. 진심으로 정주가 가진 모든 것이 탐난다는 표정이었다.

저 눈빛을 왜 이제야 읽어 낼 수 있었을까. 정주의 얼굴이 굳어졌다.

진작에 읽어 냈어야 했다. 더 빨리 윤혜란 여자가 제 것을 욕심낸다는 걸 알아차려야 했다. 그랬어야 애정 없는 결혼의 명맥을 유지할 일말의 마음마저 좀 더 빨리 날려 보냈을 것이다.

그 자식이라면 언제든지. 얼마든지 줄 수 있어. 하지만 다른 건 안 돼.

정주는 윤혜에게 소리 없는 경고를 보냈다. 물론 질투와 욕심에 눈이 뒤집힌 윤혜가 그걸 알아차릴 리 만무했다. 그녀는 끝까지 현에게 잘 보이려는 듯 예쁘게 웃으며 고개를 끄덕이다 정주를 보았다.

"약사도 전문직이라 나름 개천에서 용 나나 보네요. 일행들이 세련되어서 본인도 용이나 된 기분인 모양인데. 동네 장사 그렇게 얼굴 구기고 하면 결국 다 돌아와요."

"동네 장사하려면 말도 예뻐야 하죠. 막말 시원하게 잘한다고 다 사이다는 아니에요. 이유가 정당하고 사리가 맞아야 후련한 거지."

유경이 쿡 하고 작게 웃었다.

어우 진짜 사이다다 야. 작게 속삭이는 말에 윤혜가 뒤돌아섰다. 마지막에 한 방 먹은 게 어지간히 분한 듯 인사도 없이 떠났다. 정주는 무표정하게 그 뒷모습을 바라보다 쥐고 있던 유경의 손을 놓아주었다.

"아 왜 말렸어! 한 대 쳐 줘야 정신 차릴 년인데. 뭐 저런 게 다 있어? 너만 한 방 먹었잖아. 그걸로는 답도 없겠던데."

"남편 친구야."

"뭐?"

되묻던 유경의 얼굴이 심각해졌다. 현과 함께 정주의 집에 들어가 카메라를 설치했으니 대강 어떤 상황인지 알아차린 모양이었다. 정주는 쓴웃음을 지었다.

"저, 저, 저걸 가만히 둔다고? 야 이정주. 너 예전 그 성질머리 다 어디 갔냐! 저런 싸가지 없는 걸 반쯤 죽여 놔야지!"

"저런 걸 그런 식으로 조져 봐야 소용없어. 그냥 때가 되면 본때를 보여 주는 게 더 나아."

정주가 가라앉은 목소리로 차분하게 대답했다. 유경이 그녀의 눈치를 보다 입을 다물었다.

유경도 잘 알고 있었다. 정주가 어떤 사람인지. 말은 안 해도 이미 속은 썩어 났을 것이다. 그런데도 더 대거리하지 않은 건 뭔가 이유가 있어서일 것이다. 그녀는 한숨을 푹 내쉬었다.

"어휴. 내가 진짜 네 아버지한테 할 말은 많은데. 오늘도 감정 쓰레기 하나 적립하는구나."

"나 때문에 속상할 것 없어. 나름대로 정신줄 잘 챙기고 준비도 잘하고 있으니까."

정주는 이혼을 준비 중이라고 대놓고 말하지는 않았다. 다만 조용히 증거를 모으는 만큼, 현과 유경에게도 어느 정도 암시하는 것 정도는 괜찮다고 여겼다. 그녀는 미안한 얼굴로 두 사람을 보았다.

"나 때문에 분위기 망쳤지. 미안해."

"그게 왜 너 때문이야. 날파리가 들어와서 깔짝대다 간 건데."

현이 말도 안 되는 소리를 한다는 듯 웃었다. 그의 웃음에 마음이 조금 풀어지는 게 느껴졌다. 정주는 입가에 옅게 웃음을 머금었다.

"배려해 줘서 고마워."

유경이 단숨에 술을 들이켜고 씩씩하게 탁자의 벨을 눌렀다.

"여기 맥주 세 잔 더!"

"속이 부글부글 끓으니 왠지 술이 더 잘 들어가네."

유경이 맥주잔을 탕 내려놓으며 호탕하게 낄낄거렸다. 정주도 화사하게 웃었다.

셋 다 주량이 어지간해서는 지지 않는 사람들이라 금세 맥주잔이 오갔다. 현은 웃음 띤 얼굴로 정주를 보았다. 동창회에서 본 이후로 가장 밝고 환하게 빛나고 있었다.

그는 그 뒤에 숨겨진 어두움까지도 꿰뚫어 보았지만 그걸 건드릴 생각은 없었다. 현의 눈은 오직 환하게 웃는 정주만을 담고 싶었다. 제 앞에서 울거나 슬퍼하거나 화내는 건 더 보고 싶지 않았다.

물론 그러려면 몇 번 더 그런 꼴을 봐야겠지만.

그는 맥주잔을 들다 무심코 창밖으로 비치는 광경에 시선을 돌렸다.

"헐. 힘친이래도 믿겠다. 아니지. 진짜 힘친인 거 아냐? 여기까지 무슨 일이래. 연예인이라도 왔나?"

유경이 주절대며 안주를 뒤적였다. 현은 벨을 눌러 가벼운 과일과 치즈를 주문하고 창밖을 보았다. 검은 양복 차림의 키 큰 남자들이 여자 하나를 둘러싸고 걸음을 옮기고 있었다.

"어, 그건 아닌가. 동네 양아치들 같네. 그치, 정주야?"

유경이 동의를 구하는 듯 물었고 정주는 그들을 살펴보다 고개를 저었다.

"그쪽도 아닌 것 같아. 좀 더 본격적인 사람들 같아. 동네 애들은 얼굴을 좀 알아서."

지명이 동네 양아치인 만큼, 아는 동생이나 친구도 꽤 많았다. 그들은 전부 조폭들 끄나풀이나 하면서 떡고물을 얻어먹거나 지명처럼 알량한 가게 간판을 걸어 놓고 노닥거렸다.

하지만 저 남자 중에 아는 얼굴은 하나도 없었다. 외려 저들은 잘 훈련받은 것처럼 절도 있는 모습이었다. 정주는 유경에게 동의했다.

"네 말처럼 힘찬인지 뭐 그런 사설 경호원들인 것 같아. 긴장을 늦추질 않잖아."

"하긴. 네가 더 잘 알겠네. 여기서 십 년이나 살았으니. 그럼 저 여자는 뭐냐고. 무슨 조폭 마누라도 아니고 겁나 떡하니 힘찬들 끼고 여장부처럼 다니잖아."

유경이 키득거렸다. 정주도 하염없이 당당한 여자의 신원이 조금 궁금했다.

떡 벌어진 어깨와 훤칠한 키. 단정하게 빗어 넘긴 커트 머리와 귓가에 매달린 커다란 다이아몬드 귀걸이. 또렷한 이목구비와 메이크업 아티스트의 손을 빌린 듯한 근사한 화장과 고급스러운 의상. 여러 가지로 호기심을 갖게 하는 사람이었다.

세 사람이 이런저런 억측을 하는 동안 여자는 길을 건너 한 건물로 들어갔다. 윤혜의 커피숍이 있는 건물이었다.

"저 위층은 전부 비어 있는데. 꽤 오래된 건물인데 무슨 일일까."

정주의 말에 유경이 눈을 반짝거렸다.

"그럼 저기 빌려서 뭐 하려나 보다! 뭐지? 학원? 술집? 돈도 많아

보이는데 신기하다. 그지?"

그녀는 갑자기 화살을 현에게 돌렸다.

"야 진현. 그 뭐냐, 너 그 배우랑 사귄다며? 저 언니 보니까 갑자기 생각났네."

미모로 유명한 배우의 이름이 유경의 입에서 튀어나오자 현은 난처한 웃음을 지으며 고개를 세게 저었다.

"오해하지 마. 전에 진료받으러 온 적 있어서 같이 사진 찍고 할인 좀 해 준 것뿐이야."

"어, 그럼 진짜 연예인 할인 있는 거야? 말만 들었지 진짜 확인하긴 또 처음이네."

"별것도 아니야. 관리를 꾸준히 해야 하는 직업이니까 그만큼 비용이 들지. 그걸 절감하고 싶어서 병원에 연락하는 거야. 홍보 대신 비용을 절감해 주는 거고. 그냥 비즈니스야. 철저하게 서로 이용하는 관계."

정주는 눈을 동그랗게 떴다. 왜 저렇게 장황하고 상세하게 설명하는 건지.

"어머? 야 정주야. 현이 좀 봐. 갑자기 말 겁나 많아져! 뭐 찔리는 거라도 있나 봐."

유경이 까르르 웃으며 정주의 팔을 쳤다. 현이 빙긋 웃으면서 말을 보탰다.

"뭐, 혹시 뭔가 있더라도 너희 둘한테는 절대 말 안 해 줘."

"뭐야! 왜?"

유경의 억울한 듯한 말에 현이 정주를 똑바로 응시했다.

"전에 내가 궁금한 걸 물었는데 정주가 자세히 대답해 주질 않아서."

"그게 뭔 말이야. 이정주. 너 쟤한테 뭐 이상한 빚 졌나?"

유경이 눈살을 찌푸렸다. 그 눈 속엔 호기심이 잔뜩 끼어 있었다. 정주는 유경을 난감하게 보다 조심스럽게 현을 응시했다. 그의 눈 속에 무슨 속셈이 들었는지 궁금했다.

"아."

깊고 흔들림 없는 확고한 눈동자. 그가 계속해서 물어 오던 질문. 그녀는 현이 무슨 말을 한 것인지 깨달았다.

그랬다. 다시 만난 후부터 현은 계속해서 정주에게 물음을 던졌고 그녀는 단 한 가지도 제대로 대답한 것이 없었다. 동창회 하던 날 약국 앞에서 왜 혼자 울고 있었는지, 어째서 카메라를 집에 설치하고 싶었는지.

아니, 어쩌면 현이 묻고 싶었던 것은 그보다 더 근본적인 문제일지도 모른다. 왜 이 지옥 같은 생활을 그대로 질질 끌려가듯 유지하고 있는 것인지.

거기까지 생각한 정주는 다시 현을 보았다. 그는 그 자리에서 여전히 그녀를 기다리고 있었다. 말없이, 하지만 단단하고 거침없는 모습으로.

문득 현의 마음이 여전히 제게로 향해 있을지도 모른다는 헛된 생각이 들었다.

이게 무슨 말도 안 되는 자신감이람.

그러나 정주는 문득 예감처럼 선득한 기분을 느꼈다. 지금이 아니라면 다시는 자신이 원하는 자유로운 삶으로 나아갈 수 없다는 기묘한 예감. 그녀는 결심한 듯 입을 열었다.

"대답하지 않은 게 아니라 못한 거야."

그녀의 검은 눈이 현에게로 향했다.

"처음엔 분명히 이유가 있었겠지. 근데 너무 오래되어 잊어버린 것 같아. 아마도 처음부터 잘못된 것이었는데 벗어날 수 없었던 거야. 그게 시간이 흐르면서 그대로 굳어진 것뿐이고."

어떻게 말할 수 있겠어. 아예 선택하지 않았어야 했다고, 죽어도 그렇게 살고 싶지 않다고 말할 수 없었던 나약함에 대해서.

현은 정주의 말속에 든 그 고백을 알아들었다. 그는 아주 작게 고개를 끄덕였다.

"너네, 나 모르게 둘이 뭐 찍냐? 무슨 사연이라도 있는 거야? 이게 도대체 무슨 분위기야? 뭔 알아들을 수도 없는 말이 막 난무하고?"

유경이 투덜거리면서도 흥미에 찬 얼굴로 두 사람을 번갈아 보았다. 현은 고개를 돌려 유경을 보면서 빙긋 웃었다.

"정주가 대답해 줬으니 나도 말해 줄게. 진짜 솔직히 말하는데 아무것도 없어. 그건 어디까지나 사업 이야기고 그런 일로 사적인 관계를 만들진 않아. 난 결백해. 순결한 몸이라고."

현이 장난스럽게 팔로 몸을 감싸며 허리를 꼬았다. 유경이 낄낄거리며 정주의 팔을 마구 때렸다.

"쟤 좀 봐! 미쳤어 진짜. 무슨 스무 살 아가씨처럼 순진한 척해. 야. 정주야. 쟤 원래 저렇게 능글맞은 애였니?"

"세상의 때란 때는 다 꼈다 왜."

현이 웃으면서 농을 받아쳤다. 한참 웃던 유경이 정주를 툭툭 쳤다.

"야. 너 조심해. 건물주님한테 너무 튕기니까 완전 맛이 갔잖아. 너 때문에 원장님이 병원에서 이상한 짓 한다고 소문날라. 뭐 물어보면 얌전히 대답해 주고 그래라."

"그래. 그래야지."

정주는 오랜만에 활짝 웃었다.

* * *

"내가 데려다줄게."

정주는 팔을 잡은 현에게 고개를 저었다.

"유경이나 데려다줘. 난 여기서 걸어가도 코앞에 닿을 거리인데 뭐. 동네 사람들 다 아는데 별일이야 있으려고."

"어어, 무슨 소리야. 나야말로 여기서 그냥 가는 게 더 편하다."

유경이 불쑥 끼어들어 대꾸하고는 앱으로 택시를 호출했다. 오 분도 안 되어서 택시가 앞에 섰다. 유경은 손을 흔들고는 곧장 택시에 올라탔다.

"나 페이로 쓰는 거 잘 생각해 봐. 월급 많이 줄 거지? 간다."

그녀는 뒤도 돌아보지 않고 떠나 버렸다. 정주는 난처한 얼굴로 손을 흔들었다. 현이 택시 번호판을 핸드폰으로 찍어 둔 걸 보여 주었다.

"혹시 모르니 이 정도는 해 줘야지."

그의 말에 정주도 고개를 끄덕였다.

두 사람은 천천히 걷기 시작했다. 서늘한 바람이 달아오른 뺨에 닿아 상쾌했다. 정주는 문득 둘이 걷는 길이 조금 더 길었으면 하고 생각했다.

"같이 걷는 게 얼마 만이야."

현이 나른하게 웃었다. 그 수려한 얼굴에 정주는 잠깐 시선을 주었다.

희미하게 맥박이 뛰었다. 그 언젠가 느꼈던 달콤함. 연인도 혈육도 아니지만 조금 더 가깝고 조금 더 친밀한 타인. 친구라고 정의 내리고 조금씩 그에게 젖어 들었던 시간.

이 남자도 조금은 그렇게 여겨 줄까. 그냥 타인은 아니라고 생각할까. 하지만 만약 그저 지나간 옛 추억의 미련에서 베푸는 호의라면.

괜히 눈가가 시렸다. 가슴에 구멍이 뚫린 것처럼 허전함이 일었다. 정주는 저도 모르게 한쪽 어깨를 감싸고 숨을 내쉬었다.

"추워?"

현의 목소리에 염려가 배어들어 있었다. 언제든 기꺼이 친절할 수 있는 남자. 어쩌면 이 친절은 그저 누구에게나 베풀어지는 것인지도 모른다. 정주는 상념을 떨치고 아무렇지 않게 웃었다.

"아니. 괜찮아."

어째서 너는.

현은 그렇게 부르짖을 뻔한 걸 숨기고 정주를 응시하다 고개를 돌렸다. 늘 그렇게 혼자서 모든 걸 감당하려는 듯 꼿꼿하게 등을 세우고 걷는다. 그저 단 한마디만 해도 세상이 제 것이 될 텐데. 현이 느끼고 가진 모든 세상. 그 모든 것의 주인이 될 텐데.

"오호라. 형수 오랜만이네? 요새 신수가 훤하다며요?"

불쑥 나타난 사내들이 그들 앞을 막아섰다. 현이 본능처럼 반걸음 나서 정주를 반쯤 가렸다. 패거리들이 피식거리며 천천히 다가섰다.

정주는 누군지 알고 얼굴을 굳혔다. 지명이 동생처럼 끌고 다니는 바로 그 양아치 무리였다.

하필이면 이 시간에 어떻게 여기 딱 나타난 거지?

그렇게 생각하자마자 떠오르는 얼굴이 있었다. 윤혜. 그녀가 아니면 이 남자들이 맞춘 것처럼 제 앞에 나타날 리 없었다. 굳이 지금 아는 척을 할 이유도 없었다. 어쩐지 상황이 딱 맞춰지고 있었다. 그녀는 현에게 불똥이 튀지 않게 먼저 나서 그들을 노려보며 물었다.

"남편은?"

"형님은 요새 피곤하시다던데. 형수 하는 걸 보니 피곤도 하겠수. 거 여자가 내조도 안 하고 밤늦게 외간 남자랑 싸돌아다니기나 하니 원."

사내들이 낄낄거리며 험한 말들을 쏟아 내었다. 정주의 입가에 냉소가 서렸다. 그녀는 현의 팔을 살며시 잡아당기며 매섭게 입을 열었다.

"유치한 짓 그만하고 돌아가. 나도 집에 가는 길이고 이분은 약국 건물 주인이라 월세랑 권리금 이야기 좀 들은 것뿐이니까."

"하이고, 누가 뭐래요? 우리도 딱히 형수한테 볼일 있는 거 아니유. 이 양반한테 볼일 있는 거지."

현은 그들을 보다가 싱긋 웃었다. 그 웃음에 기가 찼는지 사내들이 험상궂은 얼굴을 보였다.

"이 동네 왔으면 인사는 하셔야지. 어째 개업 떡 한 장 안 돌리시나."

"애들도 아니고 뭐 하는 짓이야. 저기 종합 병원 원장님이셔. 아직도 제 버릇 남 못 주고 이러고 있어."

"어이쿠야. 형수 화나셨다. 조용히 해 봐."

그중 가장 우두머리뻘인 남자가 정주의 눈치를 보며 패거리들을 제지했다.

그는 그래도 제법 정주에게 경외감을 가지고 있는 축이었다. 약사에다 언제나 단정하고 침착함을 잃지 않는 걸 봐 온 터라 그런지도 모른다.

하기야 사실 이 패거리가 그랬다. 윽박지르기는 해도 정주를 함부로 건드리진 않았다. 약국에 쳐들어와 소란을 떨어도 결국은 비타민이나 음료수 한두 상자 들고 사라지기 일쑤였다.

여하간 그렇게 나오니 정주도 조금은 안심이 되었다. 하지만 문제는 현이었다. 그는 조금도 긴장하지 않은 태도로 정주를 보며 씩 웃었다.

"이정주 아직 폼 안 죽었네. 동네 바보 동생들도 살살 어르고."

"뭐야?"

그걸 들은 사내들의 눈치가 사나워졌다. 정주는 황급히 현의 팔을 잡아당겼지만 이미 분위기는 험악해져 있었다.

"원장님. 형수는 두고 우리 남자끼리 대화 좀 나눕시다."

"대화라. 우리 사이에 그런 대화가 필요할까 싶은데. 딱히 볼일이라도 있었던가?"

현의 능청에 사내들이 더 험악한 표정을 지었다. 정주의 얼굴도 굳어졌다. 그 가운데 오직 현만 느긋한 얼굴로 미소를 짓고 있었다.

"저쪽 공원 가서 차근차근 이야기나 좀 할까요?"

"너희들 그만해."

정주가 나서자 현이 그녀를 가로막았다. 시선이 마주쳤다. 현은 알 수 없는 눈빛으로 정주를 보았다. 일순 정주는 기묘한 감정에 사로잡혔다. 그의 눈은 알 수 없는 자신감으로 가득 차 있었다.

"걱정하지 마."

현이 정주를 안심시키며 웃었다. 정주는 대답할 수 없었다. 뭔지는 모르지만 이미 현은 이 정도는 가볍게 넘길 수 있다는 얼굴을 하고 있었다.

패거리가 노려보는 가운데 현은 느긋하게 자리를 떴다. 그의 뒤로 사내들이 수군거리며 걸음을 옮겼다. 정주는 발을 동동 굴렀지만, 딱히 할 수 있는 일도 없었다. 그녀는 그 자리에 서서 경찰에 신고해야 하는지 갈등했다.

그러나 곧바로 검은 양복을 입은 남자들이 우르르 몰려와 현과 동네 패거리들이 간 방향으로 달렸다. 그들 중 한 사람이 뒤돌아보고는 정주에게 손가락으로 입술을 가렸다. 조용히 하라는 의미였다.

정주는 어안이 벙벙해서 그들을 바라보았다. 그들은 아까 여인을 경호하던 이들이었다.

저 사람들이 현과 무슨 관계가 있지? 아까 그 여자를 따라가지 않았던가?

정주가 저도 모르게 아까 그 여자가 들어간 건물 방향으로 고개를 돌렸다. 빌딩 위층은 불이 꺼져 있었다.

한데 난데없이 그들이 사라진 쪽에서 소리가 작게 들렸다. 사람들이 비명을 지르는 소리였다. 이게 무슨 일인가 싶어 경황이 없는 사이 현이 슬렁슬렁 나타났다.

"많이 기다렸지?"

정주는 얼떨떨해져서 그를 보았다.

"어떻게 된 거야. 좀 전에 너 따라간 그 사람들은 누구고. 아까 그 여자랑 무슨 관계야? 그 사람 경호원 아니었어?"

"설명하자면 좀 긴데. 오늘은 날이 아닌 것 같아. 아무튼, 저 사람들이 도와준 건 맞아. 힘센지 힘친지."

현이 빙긋 웃으며 얼른 집에 가야 하지 않냐는 듯 정주의 팔을 끌어당겼다. 정주는 그를 계속 응시했지만, 그 자리에 계속 머물 수도 없었다. 결국 그녀는 한숨을 쉬며 현과 함께 그 자리를 떴다.

\* \* \*

"아, 간판 올라간다."

미령이 중얼거렸다. 정주는 약을 나누다 말고 밖을 흘끔 내다보았다. 길 건너 윤혜의 커피숍 건물이었다. 늘 비어 있던 위층에 드디어 뭔가 들어오고 있었다.

"페이 약사 들어온다면서요?"

미령이 밝은 어조로 물었다. 정주는 잠시 망설이다 웃었다.

"아직은 결정하지 않았어요. 친구를 고용하는 게 잘하는 일인지 모르겠어서."

"하긴 그것도 그러네요. 친구란 거 참 은근히 어려운 사이예요. 그죠?"

미령의 말에 정주는 고개를 끄덕였다. 유경도 어렵지만, 그 누구보다 현도 어려웠다. 아니, 오래된 친구라는 존재가 이렇게도 어려울 줄은 미처 몰랐다. 특히 이성 친구라는 존재는.

가끔은 혼란스러웠다. 현이 자신을 어떤 눈으로 보고 있는지. 그야말로 철저하게 그저 친구로 보는 듯하다가도 어떨 때는 미묘한 열기가 어린 눈으로 보는 것도 같고.

하지만 정주가 그 눈을 똑바로 볼 때면 현은 그저 무심한 미소로 그녀를 마주 볼 뿐이었다. 열기가 아닌 그저 미적지근한 따뜻함.

그게 불만족스러운 거야?

정주는 가끔 자신이 현에게 뭘 원하는지 알고 싶을 때가 있었다.

가끔은 그를 볼 때마다 도무지 알 수 없는 열기가 제 속에 도사리고 있다는 게 느껴졌다. 그럴 때 그녀는 고개를 돌려 현의 시선에서 비껴갔다. 하니, 어쩌면 제 시선을 현에게 들키고 싶지 않은지도 모르겠다.

사실은 이 묘한 긴장 상태를 계속 유지하고 싶은지도 모른다. 여기서 한 발짝 나서면 어떤 일이 벌어질지 두려웠다. 정주는 갈피를 잡지 못하고 위태롭게 서 있는 자신이 싫었지만 그렇다고 불쑥 나서서 간신히 유지하고 있는 선을 넘을 수는 없었다.

내가 그런 마음을 갖게 된다 해도 그는.

유부녀라는 점도, 그에 비해 별 볼 일 없는 외적인 조건도 조건이지만 무엇보다 현의 마음을 얻을 자신이 없었다. 사람의 마음을 제멋대로 움직일 수는 없다. 그렇다면.

난 도대체 어떻게 하고 싶은 걸까. 괜히 그의 앞에서 얼쩡거리며 방해하고 있는 건 아닐까.

정주는 급작스럽게 의기소침해졌다. 그저 친구인 주제에 현의 앞에서 알짱거리는 건 어쩌면 지나친 행동이 아닐까 싶었다.

"어, 저 사람 부동산 사장님 맞죠? 누가 이 동네 알아보는 건가? 돈 많아 보이네요."

여자 두 명이 이쪽으로 걸어오는 게 보였다.

한 사람은 분명 부동산 사장이었고 다른 한 명은 그때 맥주를 마시다 본 여자였다. 단정한 커트와 미모가 눈에 띄는 중년의 여인. 두 사람은 윤혜의 커피숍 상표가 붙은 종이컵을 들고 있었다.

두 사람은 길가 건너에서 인사를 하고 헤어졌다. 부동산 사장이 곧바로 길을 건너 약국 문을 열고 들어왔다. 정주는 웃으며 묵례를 했고 미령이 눈치 빠르게 비타민제를 내놓았다.

"아유. 고마워라. 잘 먹을게요. 여기는 약사들도 어찌나 친절하고 예쁜지. 주인 닮아 그런가 봐."

부동산 사장이 정주에게 공치사하고는 의자에 앉았다. 정주가 그 옆에 앉자 사장은 서류 봉투를 꺼냈다.

"이거, 건물주 원장님이 세입자들한테 돌리는 서류예요. 새로 계약 사항 수정한 건데, 한번 봐봐. 약사님 땡잡았어."

정주는 무슨 말인지 몰라서 눈을 깜빡거리며 서류를 훑다 놀라서 부동산 사장을 보았다. 그녀가 고개를 끄덕이며 신기하다는 듯 웃었다.

"비밀로 해요. 여기 약국만 월세가 파격적으로 깎였어. 병원 분과 때문에 일이 많아서 미안하다네? 자세한 건 원장님 보게 되면 물어봐요. 뭐라고 설명은 해 줬는데 다 기억이 안 나."

정주는 믿어지지 않는 기분으로 서류를 꼼꼼하게 훑었다. 월세가 이만큼 내려가면 병원에서 약사를 파견받는 대신 따로 고용하고 파트타임 직원도 하나 고용할 수 있을지 모른다. 그녀는 얼떨떨한 기분으로 서류를 끝까지 보았다.

"아 참. 저쪽 커피숍 사장이랑 아는 사이지? 그 건물도 이번에 주인 바뀌었어요. 서울에서 온 양반인데 아주 뭐 여장부야. 기가 얼마나 드세고 활달한지 건물 인수하는데 거침이 없어."

"그래요? 괜찮은 분인가 보네요."

"그럼. 돈도 많대. 여기 조만간에 지하철 급행 뚫린다는 소문 있잖아. 그래선가 요새 서울에서 간 보러 오는 사람들이 많거든. 근데 이렇게 호쾌하게 돈 쓰는 양반은 여기 원장님이랑 저 사장님밖에 못 봤네."

부동산 사장이 배부른 표정으로 커피를 홀짝였다. 아마도 거래가 시원하게 잘된 모양이지. 정주는 고개를 끄덕였다.

"그 양반 진짜 뭔가 소스가 있는지 저 건물 말고도 몇 채 더 사 들일 모양이야. 원래는 여기도 사려고 했다던데 누가 먼저 채간 모양이라면서 아쉽다고 하더라고."

부동산 사장은 선심 쓴다는 양 목소리를 낮춰 속삭였다.

"약사님 남편, 핸드폰 가게만 하는 거 아니지? 건물 관리 용역도 하지 않아?"

"그러긴 해요. 본인 업체는 아니지만요."

"응응. 바지 사장인 거 다 알아. 용역회사 회장은 이 동네에서 다 아는 조폭인데 뭐. 그런데 그거 알아? 약사님 바깥양반 관리하는 건물마다 그 여자가 눈독 들이는 거. 약사님 남편 당분간 기 좀 펴 기 어렵겠어. 그 여자랑 용역회사 회장이랑 잘 아는 사이래."

정주는 미간을 살짝 찡그렸다. 그 여자도 조폭인 걸까. 조폭 마누라 같다던 유경의 말이 떠올라 문득 조금 불편해졌다. 그녀의 기색을 알아차렸는지 부동산 사장이 눈치를 보면서도 살금살금 속삭였다.

"아무래도 서울서 유명한 조폭들이랑 연관이 없지는 않은 것 같아. 저 여자가 아주 그냥 뭐 어지간한 남자들도 깨갱하는 두목 이라는 소문도 있더라고? 오늘도 안 보여서 그렇지 차 세 대에 양복 입은 남자들 좍 끌고 다니는데. 어휴, 진짜 무섭더라. 자기네 도 미움 사지 않게 조심해. 바깥양반 말이야."

"그래야겠네요. 말 전할게요."

정주는 부동산 사장을 돌려보내고 나서 생각에 잠겼다.

그 여자가 여기에 터를 잡으려는 것일까. 그날 어째서 그 경호원들이 현을 뒤따라가 지명의 동생들을 손봐 준 걸까. 그 여자는 현과 무슨 관계라도 있는 것일까?

곰곰이 생각해 봐도 별다른 이유를 찾을 수 없었다. 그렇다고 현에게 물어보기도 난감한 주제였다. 정주는 결국 더는 생각하지 않으려고 애써야 했다.

그보다도 그녀는 이제 더 바쁘고 절박한 일에 뛰어들어야 했다. 몰래카메라를 설치한 것만으로는 불법으로 몰려 증거 능력이 상실될지 모른다. 더 많은 증거를 모아야 했다. 정주는 이를 악물고 핸드폰을 열어 자신이 모아야 할 증거들을 훑어보았다.

\* \* \*

"아 시발. 야. 아직도 국 간도 제대로 못 맞추냐. 일 좀 바쁘다고 징징거리길래 봐줬더니 빠져 가지고."

지명이 버럭 역정을 냈다. 금방이라도 수저를 던질 기세였다. 정주는 어이가 없어서 그를 보았다.

문득 부동산 사장의 말이 떠올랐다. 지명이 왜 예민하게 성질을 부리는지 알 것 같았다. 그녀는 숨을 두어 번 길게 내쉰 다음 침착하게 입을 열었다.

"오늘 아침에 먹을 땐 괜찮다고 하지 않았어? 찌개는 새로 끓인 거니까 그거 먹어. 국은 내가 먹을 테니까."

정주의 명료한 대답에 지명이 입을 다물었다.

식탁 위에 무거운 침묵이 내려앉았다. 지명이 수저를 내팽개쳤다. 그는 더러운 꼴 다 본다는 듯 식탁 위를 경멸스럽게 훑어보았다.

"여편네가 뭐 하나 제대로 하는 게 없어. 그러게 엄마한테 반찬이나 얻어 온다니까 죽어도 안 처먹는다고 지랄하더니 밥상머리 꼴 좀 봐라. 아침에 먹던 국이 나오질 않나. 죄다 냉장고에 들었던 것만 꺼내 놓고."

정주는 기가 차서 말문을 닫아 버렸다. 지금 차려진 것만 해도 국이며 새로 끓인 찌개, 볶자마자 내놓은 제육볶음과 등심구이에 갓 구운 햄이며 소시지만 해도 네 접시였다.

지명은 유난히 고기를 좋아하고 햄이 없으면 밥도 안 먹을 정도였다. 처음엔 불균형한 영양 상태를 고쳐 보려고 노력깨나 했다. 하지만 제 버릇 못 고치는 걸 아내라고 고칠 수 있을 리 만무했다.

그나마도 이제는 포기 상태를 넘어 방관에 이르렀다. 시가에만 가면 엄마 밥이 그리웠다며 응석을 부려 대는 지명 때문에 정주는 시모에게도 잔뜩 찍혀 있는 상태였다.

"네가 알량한 전문직이라고 우리 아들 구박하니?"

시어머니는 늘 뱁새눈을 하며 그녀의 몸을 훑어 댔다. 뭐라도 좋아 보이는 게 있으면 몽땅 뜯어 갈 기세였다.

실제로도 그녀는 갖고 싶다고 애면글면 울어 대 정주의 결혼 예물

중 일부를 빼앗아가 당신이 끼고 다녔다. 딱 하나, 오부짜리 다이아 몬드가 박힌 결혼반지만이 정주가 사수할 수 있었던 전부였다.

희한하게 지명은 다른 건 어물쩡 넘어가면서도 그건 안 된다고 못을 박았다.

처음엔 그런 그가 고마웠지만, 이제는 왜 그랬는지 안다. 자신이 아내에게 그런 것을 해 줄 수준이 된다고 주변 사람들에게 과시해야 했기 때문이었다.

아이러니하게도 예물을 빼앗아 갔다는 하소연에 제일 화를 내 주던 사람이 윤혜였다. 그 때문에 정주는 지명에게 맞았다. 제 가정의 치부를 남에게 드러냈다는 게 그 이유였다.

"하필이면 걔야. 내 친구잖아! 이 등신이 앞뒤 가리지도 못하고 어디다 막 입을 털고 다녀?"

윤혜는 그때부터 그 반지를 탐냈는지 모른다.

신나게 맞고 시가에서 혼이 나는 것도 모두 감수할 만한 반지였던가. 정주는 과감하게 아니라고 말할 수 있겠지만, 윤혜에겐 지명과의 결혼을 보장받을 수 있는 프리패스 같은 것이리라.

언젠가 정주는 지명이 기분 좋은 틈을 타 넌지시 물어본 적이 있었다.

"윤혜 씨랑 결혼할 기회가 있지 않았어? 당신이랑 말도 잘 통하고, 윤혜 씨 예쁘잖아. 엄청 화려하게 생겨서 연예인 해도 되겠던데."

"걘 안 돼. 집이 너무 가난해서 우리 엄마가 완전 질색했거든. 하긴, 요즘은 좀 나을지도 모르겠다. 걔 커피 팔아서 돈 많이 벌었다니까 엄청 부러워하던데."

"그렇게 많이 벌었어?"

"결혼한 남자도 돈 많잖아. 커피 내리는 윤혜 보고 뿅 갔다더라고. 땡잡았지."

지명은 은근히 서경후를 부러워하는 뉘앙스였다.

모든 게 난센스였다. 정주도 가난하긴 마찬가지였다. 다만 회사에 다니며 돈을 모아서 자영업을 하는 윤혜와 전문직 간판을 단 정주의 차이였을 뿐이다.

지금은 어떨까. 윤혜는 돈을 잘 벌어 돈 많은 남편을 잡았고 자신은 빚에 눌려 허덕이는데. 정주는 가끔 시모에게 지금 심정이 어떠냐고 비아냥거리고 싶은 마음을 꾹 눌렀다.

"그 새끼는 누구야?"

불쑥 던진 말에 정주가 고개를 들었다. 그녀의 눈이 동그랗게 떠진 걸 본 지명이 미간을 한층 구겼다.

"새로 바뀐 건물주. 그 새끼 요새 약국 쥐새끼 드나들 듯 기어들어 온다며."

"누가 그래?"

"야. 내가 모를 줄 알아?"

이게 날 빙신 핫바지로 보고 있어! 지명의 거친 말에 정주가 놀란 듯 가슴을 움켜잡았다. 그가 손을 대는 걸 주저하게 만드는 몸짓이었다. 순진하고 불쌍해 보이는 동작. 아이러니하게도 윤혜가 하는 걸 보고 배운 것이었다.

과연 지명은 그녀를 노려보면서도 더는 욕설을 퍼붓지 않았다. 정주는 뭔지는 모르지만 잘못한 것 같다는 양 눈을 내리깔며 조심스럽게 입을 뗐다.

"리모델링 때문에 부동산 아주머니랑 몇 번 왔다 갔어. 알고 보니까 대학교 동기더라. 그리고 위층에 병원 들어서잖아. 이래저래 잘 부탁한다고 하더라고. 사실 나야말로 잘 봐 달라고 해야 할 판이지. 병원에서 처방받으면 환자들이 어디로 오겠어. 다 우리 약국으로 올 거 아냐."

정주의 말에서 돈 냄새를 맡은 지명이 눈을 번득였다. 은근히 기분이 들뜨는 듯 그가 정주의 기색을 살피며 운을 뗐다.

"야, 그래서 요새 손님이 미어터지고 우리 마누라 지갑에 돈이 좀 도는 거지?"

"미어터지긴. 여긴 분원이고 원내에 따로 처방 약국 있어. 그래도 귀찮은 환자들은 여기서 약 지어 가니까 조금은 들어오는 거지. 아직 정산은 안 해서 모르겠어. 병원에 수수료도 줘야 해서 많지는 않을 거야."

지명은 그나마 돈이 좀 돈다는 말에 기분이 갑자기 확 풀어진 듯했다. 그는 상을 치우려고 일어난 정주의 엉덩이를 슬금슬금 어루만졌다. 정주는 입술을 깨물었다. 그때 지명의 손이 엉덩이를 찰싹 때렸다.

"뭐 하는 거야!"

정주가 놀라 몸을 피했다. 순간 지명이 얼굴을 찡그렸다.

마누라가 돈 벌어 온다는데 예뻐 보이지 않을 수 없었다. 이참에 단단히 버릇도 들이고 오랜만에 봉사도 해 줄까 싶어 엉덩이를 좀 두드려 준 것뿐인데 저 뻣뻣하기 짝이 없는 여자는 그것만으로도 펄쩍 뛰었다.

윤혜 같으면.

순간 그의 눈에 허리를 비틀며 애교를 떠는 윤혜의 모습이 떡하니 떠올랐다. 그는 짜증스럽게 벌컥 소리쳤다.

"커피나 타 와! 어휴, 등신이 눈치도 없어."

정주는 얼른 상을 치우고 물을 끓였다. 커피를 타서 가져가자 지명은 핸드폰을 쥐고 소파에 앉아 이것저것 넘겨보고 있었다. 정주는 고개를 갸웃거렸다.

어지간히 초조한 모양이네. 무슨 일이지?

다리를 달달 떨고 있는 게 보였다. 지명이 핸드폰을 노려보며 중얼거렸다.

"시발. 여기서 터 잡은 지가 몇 년인데 어디서 굴러들어온 것들이 남의 나와바리를 꿰차려고 들어?"

지명의 말을 들으니 문득 떠오르는 것이 있었다. 서울에서 온 조폭들이 지명이 관리하는 업체를 밀어내려 든다던가.

역시 부동산 사장이 말하던 것과 연관이 있는 듯했다. 뭔가 문자를 보내는 걸 보니 다급한 듯했다. 정주의 가슴속이 시원해졌다. 십 년 묵은 체증이 내려가는 것 같았다.

"오밤중에 무슨 문자를 그렇게 보내? 다들 잘 텐데."

지명은 대답도 하지 않고 문자를 마구 눌러 댔다. 그러나 답은 없었다. 그가 커피를 훌쩍 비우고 벌떡 일어났다. 정주가 커피를 들이켜는 순간 그가 그녀의 손목을 잡았다.

"야, 오랜만에 한판 뜨자."

"뭘?"

"뭐긴 뭐야. 그거지."

지명의 눈동자가 번들거리고 있었다.

정주는 그가 지금 어떤 상태인지 알아차리고 황급히 고개를 저었다.

"안 한 지가 언젠데 또 튕기냐?"

"그, 그게 아니라 아직 씻지도 않았고……."

"그거 뭐 별거냐. 하고 씻으면 되지. 넌 그냥 누워서 가랑이나 벌려 주면 되는데 뭐가 그렇게 절차가 많아."

노골적인 말에 정주는 그냥 눈을 감아 버렸다. 그녀가 못 들은 척 침묵을 지키자 지명도 더는 하려 들지 않았다. 그는 대신 입맛을 쩍쩍 다시다 이에 음식물이 꼈는지 쯧쯧 소리를 냈다.

그 소리에 오만 정이 다 떨어졌다. 정주는 구역질을 참으며 다소곳하게 눈치를 보는 척했다.

"야, 네가 싫어도 오늘 밤은 한판 떠야겠다. 오랜만에 마누라 엉덩이를 보니까 이게 들썩거리는데."

지명이 제 앞을 툭툭 건드리며 희롱했다. 욕지기가 날 것 같았다. 정주가 어떤 표정을 짓거나 말거나 지명은 아까 나온 약국 수입 이야기에 희색이 만면해서 벌떡 일어났다.

"우리 마누라가 깨끗한 걸 원하니까 내가 간만에 씻어 준다. 야,

그동안 핸드폰 좀 잘 보고 있어라. 문자 오면 바로 일러. 알았어?"

그가 핸드폰을 툭 던졌다. 순간 정주의 눈이 반짝 빛났다. 그녀는 제 표정을 보이지 않으려고 고개를 숙이며 조심스럽게 물었다.

"톡 온 거 확인하려면 패턴 알아야 하잖아. 당신이 다 잠가 놔서."

"아 시발. 그냥 말해 주면 되잖아!"

"스팸 문자면 더 짜증 날 거 아니야. 문자 확인하고 알려 줄게."

정주의 순순한 말에 지명이 잠깐 생각에 잠겼다. 아슬아슬한 순간. 정주는 재빨리 제 핸드폰을 열며 작게 중얼거렸다.

"보름 뒤에 정산이 얼마나 되려나? 수수료 지급해도 어느 정도는 남을 테니까 꽤 될 것 같은데."

넌지시 흘리자 지명의 귀가 쫑긋했다. 정주는 혼잣말로 계속 돈 이야기를 중얼거렸다. 그는 정주의 눈치를 살살 보다가 패턴을 알려 주고 욕실로 들어갔다. 문이 닫히자마자 정주는 재빨리 그의 핸드폰을 들어 톡을 열었다.

전에 이혼에 관해 검색했을 때 주워들은 것들이었다. 식어 빠진 아귀찜 콩나물에 비빈 밥만큼이나 오래오래 가슴에 걸려 내려가지 않던 것들. 아니, 사실은 늘 꿈만 꾸고 있었지만 이제야 비로소 사실로 만들 수 있을지 모르는 작은 희망의 실마리들.

정주는 핸드폰을 켜서 망설이지 않고 윤혜와 지명이 대화를 나눈 톡방을 열었다. 다행히 지명은 톡은 잠가 두지 않아 얼른 찾아낼 수 있었다. 그녀는 제 핸드폰의 동영상 버튼을 누르고 윤혜와 지명이 나눈 대화를 스크롤해 가며 동영상으로 찍었다.

그 와중에도 그녀의 신경은 욕실로 향해 있었다. 걸리면 증거고 뭐고 전부 삭제될 위험을 각오해야 했다. 어디 그것뿐이랴. 자칫하다간 출근조차 못 할 수도 있었다.

다행히 윤혜와의 대화는 동영상으로 확보할 수 있었다. 정주는 대화방을 제 메일로 전송한 다음 흔적을 지웠다. 그러고 나서 사진첩을 열었다.

정주가 예상한 대로 윤혜는 어지간히 사진 찍는 걸 좋아했다. 그녀는 지명의 핸드폰 속에서 다양한 포즈와 노출을 보여 주고 있었다. 아슬아슬하게 노출한 것부터 심지어 지명과 둘이 발가벗고 침대 안에서 찍은 것도 있었다.

정주는 지명이 나오기 전 서둘러 사진도 메일로 보냈다. 하지만 그녀가 핸드폰을 아직 손에서 놓기 전에 욕실 문이 열렸다. 순간 문자 도착음도 울렸다. 정주가 화들짝 놀라는데 지명이 수건으로 머리를 닦으며 나왔다.

"야, 뭐 하냐?"

지명이 대뜸 캐물었다. 정주가 제 핸드폰을 들고 있는 게 이상해 보인 모양이었다. 등에서 식은땀이 흘렀다. 정주는 최대한 침착하게 대꾸했다.

"방금 문자 와서. 당신 욕실에서 나올 때 왔거든."

지명이 정주를 슬쩍 째려보고는 핸드폰을 빼앗다시피 가져갔다. 그 문자를 열어 본 지명의 얼굴이 확 구겨졌다. 그는 입술을 잘근잘근 깨물며 노기를 가라앉히려고 애쓰고 있었다.

"야. 이정주."

일어서려던 정주는 손목을 잡혀 도로 주저앉았다. 지명의 눈에 탐욕이 가득 들어찬 게 보였다. 그는 아까 정주가 중얼거린 말들을 잊지 않고 끄집어냈다.

"우리 돈 좀 있나? 다음 달까지 기다리면 돼?"

"돈이 어딨어. 전부 빚인데. 석 달 전에 어머님 여행 보내 드린다고 가져간 돈이 끝이야. 그것도 반은 보험 대출로 메꾼 거고. 다음 달에 돈 들어와도 이자랑 원금으로 나가는 돈이 우리 생활비보다 많아."

"야. 아까는 뭐, 병원 들어와서 돈 좀 벌리겠다며!"

"그거야 그때 얘기고. 들어와도 모을 돈이 없잖아. 버는 족족 다 써 버리는데……."

"시끄러워! 이게 좀 예쁘다 해 줬더니 또 기어올라. 어디서 훈계질이야?"

지명이 버럭 소리를 지르는 바람에 정주는 입을 다물었다. 분위기가 심상찮았다.

"하. 시발. 새 됐네."

지명이 중얼거렸다. 분노가 어른거리는 얼굴. 이럴 때 침묵을 지키고 있다가는 잘난 척한다며 공연히 분을 사기 십상이었다. 정주는 조심스럽게 입을 열었다.

"왜 그러는데?"

"넌 몰라도 돼."

짜증스럽게 대꾸한 지명이 핸드폰을 노려보다 중얼거렸다.

"하 시발. 이거 애새끼들 풀어서 좀 잡아야 하나. 골치 아프네."

정주는 조금 고소한 기분으로 그를 보다가 나직하게 입을 열었다.

"너무 골치 앓지 마. 뭔지는 모르지만, 차근차근 풀어 가면 잘될 거야."

"네가 뭘 알아?"

지명의 눈이 갑자기 험상궂게 변했다. 아차. 정주는 자신이 격려한답시고 건넨 말이 그를 이유 없이 건드린 셈이 되었다는 걸 알아차렸다.

"아무것도 모르는 건 맞는데. 그래도 너무 화내면 몸에도 안 좋잖아. 다른 사람들도 그래. 겁을 주면 오히려 더 사람들이 당신 피할 것 같아서. 직접 만나서 좋게 좋게 말하는 게 낫잖아. 참견하는 건 아니고 그냥 당신 화 많이 난 것 같아 걱정돼서 그래."

정주는 조금 기죽은 목소리로 나직하게 말했다. 그러나 지명은 이미 잔뜩 기분이 상한 상태였다. 그는 정주의 조언을 받아들일 만큼 여유 있는 상황이 아니었다.

"하 시발. 이 병신 같은 년이 어디서."

지명이 소파에서 벌떡 일어났다. 정주는 그가 화풀이 삼아 자신을 괴롭히려는 걸 알아차렸다. 오래된 경험에서 오는 씁쓸한 연륜이었다.

그녀는 재빨리 방으로 도망치려 했다. 그러나 조금 늦었다. 지명의 손이 핀으로 꽂은 머리채를 확 잡아챘다. 순간 정주의 얼굴이 공포에 질렸다.

"야 이년아. 불난 집에 부채질하니 좋냐? 어? 하 시발. 요새 좀 덜한다 싶더니 이게 돈 좀 번다고 아주 남편 알기를 우습게 알아. 모처럼 예뻐해 주려고 했더니 피하질 않나. 뭔 배짱이야? 네 구멍은 금테 둘렀냐? 그렇게 비싸? 너 오늘 혼 좀 나 볼래?"

"그런 뜻이 아니잖아. 그만해!"

"그만두긴 뭘 그만둬! 이게 안 맞은 지 한참 됐다고 유세 떠나! 그래, 오늘 어디 날 좀 잡자! 내가 네년 패고 개값 무는지 어쩌는지!"

쩌렁쩌렁한 욕설과 함께 눈앞에서 별이 번쩍 터졌다. 그것이 길고 긴 밤의 시작이었다.

* * *

정주는 약국 문을 단단히 잠그고 불을 끈 다음 서둘러 방으로 들어갔다.

새로 단장한 방이었다. 가게에 딸린 방인데 전에는 약들을 넣어 두는 창고로 쓰다가 리모델링할 때 다시 방으로 만들었다. 작은 싱크대와 전자레인지도 따로 딸려 간단하게 음식을 만들 수도 있었다.

정주는 방문도 단단히 잠그고 벽에 걸린 거울을 보았다. 입술이 터지고 머리는 산발이었다. 그나마 얼굴에 상처를 내면 손님들이 수상하게 여긴다는 걸 아는 지명은 더는 얼굴에 손대지 않았다. 대신 온몸에 멍이 들었다.

"으으읏."

옷을 들추는 순간 작게 비명이 터졌다. 온몸이 쑤시고 아팠다.

하지만 더 큰 상처는 역시 마음에 든 멍들이었다.

비참했다. 억울하고 비참해서 견딜 수 없었다.

참아. 조금만 더 견디자. 언젠가는.

정주는 이를 악물고 상반신을 드러낸 후 핸드폰을 집었다. 폭행의 증거를 남겨 둘 생각이었다. 인터넷에서 본 대로 모든 것에 대해 증거를 남길 생각이었다. 이미 불륜의 증거도 남겨 두지 않았던가. 그녀는 참담한 심정으로 카메라 버튼을 눌렀다.

꼼꼼하게 드러난 부분은 다 찍었다. 등 쪽은 거울을 보고 최대한 상세하게 남기려 애썼다. 그렇게 자신을 전부 드러내는 작업을 끝마친 뒤에야 뭔가 속에 있던 응어리가 터져 나왔다. 한숨도 비명도 울음소리도 아닌. 정주는 입을 벌려 속에 든 감정들을 모두 뱉어 내려 애썼다.

"허어어어……."

몇 번이고 비워 내고 나서야 간신히 숨이 쉬어졌다. 그녀는 눈가에 맺힌 눈물을 손으로 문질렀다. 슬픔이 아니었다. 너무 고통스러워서 생리적으로 나온 눈물이었다.

그녀는 약국에서 밤을 지낼 요량으로 담요를 폈다. 남들의 눈을 피해 화장실을 다녀오려고 건물 복도 쪽으로 난 뒷문을 열었다. 복도로 나간 순간 그녀는 황급히 모퉁이 벽 뒤로 몸을 피했다.

"이쪽으로 나가시죠."

"고마워요. 진 원장. 덕분에 마음이 좀 놓였어."

현과 함께 다정하게 웃으며 나가는 여자는 전에 맥줏집 앞에서 본 그 여인이었다. 부동산 사장이 건물을 인수 중이라고 알려 주었던 여인. 단정하게 빗어 넘긴 커트와 눈에 띄게 크고 화려한 보석 귀걸이가 인상적인 여자. 오늘은 루비였다.

나이가 제법 있다고 생각했는데 의외로 현과 잘 어울렸다. 정주는 문득 기묘한 패배감에 사로잡혔다. 어째서 이런 감정이 드는지. 그녀는 서둘러 화장실로 향하면서도 아까와는 좀 다르게 속이 답답한 것을 느끼고 심호흡을 했다.

"바보 같아. 이정주."

자신을 책망해도 답답한 마음은 가시지 않았다. 물을 틀어 이마를 적셨다. 머리가 식으니 조금씩 이성이 되살아났다. 하지만 마음은 여전히 싱숭생숭했다.

무슨 관계가 있는 게 분명해.

그러니 현이 위험에 처했을 때 경호원들을 보냈을 터였다. 정주는 현과 그 여자가 뭔가 모종의 관계가 있을 거라고 여기면서도 왠지 쓸쓸함을 감출 수 없었다.

아무렇게나 자유롭게 다니고 싶었는데.

유경이 부러웠다. 하고 싶은 대로 행동하고 떠나고 싶을 때 어디든 훌쩍 떠날 수 있는 그녀가. 그리고 현이. 아무것도 책임지지 않고 누구든 만나 자유롭게 말하고 웃을 수 있는 그 자유가.

정말로 자유롭고 싶은 건데 왜 진작 그러지 못했을까. 난 왜 망설이며 아무것도 안 하고 있었던 거지?

머릿속에 작은 의문이 남았다. 정주는 거울 속 자신을 들여다보았다. 터진 입술에 물이 닿자 쓰라렸다. 그녀는 지금 자기가 진짜로 원하는 게 무엇인지 지극히 궁금해졌다.

약국으로 돌아와 자리를 펴고 누웠다. 얻어맞은 곳이 쑤셔서 잠도 오지 않았다. 그래도 정주는 그대로 누워 잠을 청했다. 내일은 또 아무 일도 없었던 것처럼 약국 문을 열고 손님을 맞아야 했다.

"너 이년. 지금 도망가면 문 안 열어 줄 줄 알아! 시발, 내가 내일 문 자물쇠 다 바꿀 거니까 그렇게 알아."

씨근덕거리던 지명의 목소리가 아직도 귀에 생생했다. 그는 정주의 머리채를 잡고 등짝이며 복부를 신나게 때리고 걷어찼다. 그러면서도 힘 조절은 또 끝장나게 잘했다. 이제까지 맞으면서도 한 번도 병원에 갈 정도로 맞은 적은 없었으니까.

다만 정주는 언젠가부터 꼼꼼하게 모든 것을 기록해 두었다. 특히 폭력과 폭언은 더욱 열심히 기록하고 녹취했다. 그렇게 해도 이혼은 요원해 보였다. 하지만 그녀는 발악이라도 하듯 모든 것을 준비했다.

솔직히 그녀는 지명의 불륜이 반가웠다. 드디어 이제야 이혼할 기회를 잡은 거나 마찬가지였다. 그리고 그걸 가능하게 해 준 사람. 그동안 구박받고 맞는 일에 익숙해져 스스로 길이 들어 버린 자신을 슬쩍 부추긴 사람이 누구였던가.

……보고 싶기도 하고, 보고 싶지 않기도 하고.

아까 여인과 나가던 모습이 뇌리에서 지워지지 않았다. 잊으려 해도 가슴 언저리에 커다란 그늘처럼 남았다. 지명의 폭력보다 왠지 현이 다른 사람과 즐거워 보이는 모습이 더 쓰렸다.

무슨 말도 안 되는 생각을.

나직한 한숨과 함께 그녀는 뒤로 돌아누웠다. 옆구리가 욱신거렸지만 참을 만했다. 그녀는 일부러 약도 바르지 않았다. 언제까지 멍과 상처가 남을지 기록할 요량이었다.

밤은 길고 눈을 감을수록 의식은 선명해졌다. 정주는 등을 돌리고 누운 채 아무것도 생각하지 않으려 했다. 그저 가물거리는 의식을 서둘러 무의식의 세계로 보내려고 애썼을 뿐. 이윽고 정주는 고른 숨소리를 내며 잠이 들었다.

"허억!"

이불을 걷어 낸 정주의 눈에는 공포가 가득했다. 그녀는 몸을 일으키려다 얼굴을 찡그리며 간신히 숨을 내뱉었다.

온몸을 관통하는 통증과 함께 식은땀이 불쑥 솟았다. 성마른 기침이 날카로웠다. 누군가 칼로 목구멍을 쑤셔 박아 돌리는 것 같았다.

"아윽."

온몸이 퉁퉁 부어 아프고 쑤셨다. 그녀는 신음을 삼키며 간신히 일어나 시계를 보았다. 여섯 시 반. 샤워라도 하고 싶었지만 지금 집에 들어가도 괜찮을지 알 수 없었다.

아마도 술에 취해 잠들어 있겠지.

약국에 있는 걸 알 테니 찾지도 않는 모양이었다.

지명은 낮에는 그녀를 때리지 않았다. 그리고 이렇게 한 번 때리고 난 뒤에는 한 달 정도 조용히 지냈다. 아무래도 가정 폭력으로 신고 당할까 봐 두려운 모양이었다.

그도 그럴 것이, 신혼 초에 그는 이미 두 번이나 정주의 신고로 경찰서를 들락거린 경험이 있었다. 처음엔 더 성질을 냈지만 그래도 정주가 신고를 계속하자 뭔가 좀 두려워진 듯했다. 관할 경찰서에 제 선배가 있어서였다.

물론 지명의 선배 역시 근본적으로 그의 편이었다. 하지만 여하간에 신고가 들어온 것은 처리해야 하니 표면적으로는 상황 처리 과정을 전부 알려 주었다.

동시에 경고도 잊지 않긴 했다. 자꾸만 가정 폭력이 누적되면 나중에 몹시 불리할 수도 있다고. 그 말을 들은 지명은 그때부터 시도 때도 없이 화내는 짓은 그만두었다. 대신 뭔가 화풀이를 하고 싶을 때 트집을 잡아 폭력을 행사했다.

교묘했다. 심한 상해는 입히지 않고 주기적으로 적절히 화풀이하면서 사람은 꼼짝없이 옥죄는 방식. 정주는 그렇게 지명의 폭력에 길들고 있었다.

그러나 정주도 그렇게 만만하지는 않았다. 아버지가 돌아가신 후에도 쉽사리 빠져나가기 힘들다는 걸 깨달은 그때. 그녀는 대신 증거를 차곡차곡 모으기 시작했다. 언제든 그것들이 자신에게 유리하게 작용할 거라고 믿었다.

다만 언제 그걸 터뜨릴지 고민하던 중이었다. 빚을 더 갚아야 할지, 아니면 파산 신청을 한 후 그에게 복수할 것인지.

그런 찰나에 현이 나타났다.

그의 등장으로 정주도 한층 기묘한 상황에 사로잡혔다. 어쩐지 자꾸만 자신에게 일이 유리하게 돌아가고 있었다. 정주는 왠지 이 모든 상황을 현이 만들어 가고 있는 건 아닌지 의심스러워질 때가 있었다.

설마. 그럴 리 없어.

현이 제 생활에 영향을 끼친다 해도 그저 일시적인 일일 것이다. 정주는 애써 그렇게 생각하며 주섬주섬 가방을 챙겨 약국을 나섰다. 어쨌든 샤워라도 하고 싶었다.

사람이 없는 작은 사우나로 향했다. 부득이하게 잘 쓰지 않는 차를 몰고 나서야 했다. 그녀는 재빠르게 샤워를 마치고 옷을 입고 쫓기듯 약국으로 돌아왔다.

약국 문을 열고 얼마 지나지 않아 미령이 출근했다. 정주는 피로에 찌든 얼굴을 문질렀다. 샤워도 하고 화장도 했지만 눈 밑 그늘을 완전히 가릴 수는 없었다. 게다가 커피도 고팠다. 뭔가 머리를 깨울 것이 필요했다.

그녀는 잠깐 생각하다 미령에게 잠깐 나갔다 온다고 말하고 윤혜의 커피숍으로 향했다.

"어머나. 어쩐 일이실까. 이렇게 새벽같이 우리 가게도 다 오고."

윤혜가 비아냥거렸다. 그러나 내심은 퍽 놀란 눈치였다.

하지만 그건 정주도 마찬가지였다. 사실 그녀는 이른 아침엔 으레 아르바이트생이 윤혜의 가게 문을 연다는 걸 알고 있었다. 출근하는 직장인을 대상으로 문을 열면서도 아침엔 나오지 못해 꼭 사람을 쓰는 버릇을 알고 있어서였다. 한데 난데없이 윤혜가 직접 문을 열고 가게에 있으니 놀랄 수밖에 없었다.

"나야말로 놀랐네요. 윤혜 씨 아침엔 잘 없던데."

그 말에 윤혜가 정주를 잠깐 노려보다 뭘 마시겠냐고 심드렁하게 물었다. 정주는 에스프레소와 아메리카노 한 잔씩과 토스트를 주문하고 자리에 앉았다.

"무슨 커피를 막 들이부어요."

"머리가 좀 아파서……. 두통이 있나 봐요."

"약사인데 두통도 못 다스려요? 참 나. 난 또 나처럼 골치 아픈 일이라도 있나 했네."

윤혜가 독기를 내뿜으면서도 뭔가 할 말이 있는 듯 투덜거렸다. 정주는 그 말을 놓치지 않고 받아 주었다.

"무슨 일이라도 있어요?"

"아니, 뭐……. 근데 저 건물 월세 얼마나 해요?"

"월세요? 왜 물어요?"

윤혜가 입을 꾹 다물었다가 불만스러운 표정으로 입술을 삐죽거렸다.

"아니 그게, 이 건물 주인이 바뀌었는데 갑자기 월세 폭탄이야. 정주 씨네도 바뀌었잖아요. 그 원장님. 월세 많이 올리지 않았어요? 리모델링도 새로 싹 해 줬잖아."

"그래요?"

정주는 입가에 미소를 띠고 말았다. 유치하지만 왠지 한 방 먹이고 싶었다. 그녀는 아무것도 모른다는 듯 고개를 갸웃거리며 웃었다.

"그렇구나. 여기 건물주는 월세를 올렸군요? 우리 건물 원장님은 안 그러시던데. 오히려 깎아 주시던데요? 알아서 공생하자고."

순간 윤혜의 얼굴이 확 썩어 들었다. 시샘 많은 성격이니 오죽 하랴 싶었다. 정주는 이때다 싶어 아예 쐐기를 박듯 말을 이었다.

"전에 맥줏집에서 한잔 사 드린 것도 그래서인데. 윤혜 씨도 언 제 부동산 사장님한테 건물주 소개 좀 해 달라고 해요. 커피 한잔 대접하면서 솔직히 말씀드리면 사정 좀 봐주시지 않을까요."

"하, 그렇군요. 알려 줘서 고마워요."

윤혜의 말에 짜증이 잔뜩 묻어났다. 괜히 말을 섞었다는 듯 눈초 리도 차가워졌다.

정주는 에스프레소 잔을 비우고 토스트에 버터를 발랐다. 잼까지 얹어 한입 베어 물자 따뜻하고 달콤한 맛이 입안에 가득 찼다. 사소 한 승리감의 맛이었다.

속물 같지만 약을 올려보고 싶었다. 요즘 갈수록 점점 더 얄미운 소리만 골라 해 대는 통에 보기만 해도 짜증이 솟구쳤다. 정주는 어 설프게나마 윤혜를 한 방 먹였다는 생각에 통쾌함을 맛보았다.

"아메리카노 한잔 더 줄래요? 테이크아웃 잔으로요."

"매장에선 종이컵 못 써요."

윤혜가 짜증스럽게 대꾸했다. 가지고 갈 거라고 말하려는 순간 우체부가 들어왔다. 등기였다.

"뭐야. 누가 보낸 거야?"

짜증스러운 기색을 숨기지도 않으며 윤혜가 봉투를 뜯었다. 순간 그녀의 얼굴이 새파랗게 변했다.

"헉."

정주는 윤혜를 유심히 보았다. 갑자기 손에 든 우편을 뜯어보자마자 안색이 변하는 게 심상찮았다.

윤혜의 손이 바들바들 떨렸다. 서류 봉투에서 나온 것은 사진이었다. 한 장은 아무렇게나 벗어 둔 속옷. 또 한 장은 귀걸이였다. 그 뒤에 나온 것은 에이포지 용지 한 장. 거기엔 딱 한 줄의 문장이 인쇄되어 있었다.

[당신 남편도 알고 있어?]

"이, 이게……."

윤혜는 혼비백산했다. 분명 자신이 지명의 집에 두고 온 것들이었다.

심지어 사진엔 날짜와 시간까지 선명하게 찍혀 있었다. 그걸 보는 순간, 자칫하면 정말로 제 남편에게 걸릴 수도 있겠다는 생각이 들었다.

사실 정주를 약 올리고 싶어 안달이 난 상태에서 충동적으로 두고 온 것들이었다. 게다가 속옷을 입지 않은 채 집에서 나왔다는 걸 안 지명이 어지간히 지분거려 결국 차에서도 뜨거운 섹스를 나눈 날이었다. 이래저래 윤혜에겐 즐거웠던 시간이었다.

게다가 윤혜는 정주를 한층 얕보고 있었다. 돈 문제 때문에 쉽게 이혼도 못 하고 지명에게 매달려 사는 주제에 전문직이랍시고 거들먹거린다고 생각했다.

정주가 무얼 하든, 윤혜에겐 그녀의 모든 게 전부 부러움의 대상이었다. 윤혜는 언젠가부터 정주가 가진 모든 걸 다 빼앗고 싶었다. 잘 아는 사이도 아닌데 괜히 그녀가 하는 게 다 좋아 보였다.

그냥 싫었다. 제가 좋아하던 친구를 빼앗아 간 것이. 평생 함께 살고 싶은 남자와 살면서도 매번 볼 때마다 시무룩한 표정을 짓고 있는 것도 짜증이 났다. 그래서 조금 약을 올려 보고 싶었을 뿐이었다.

하지만 이렇게 고스란히 제 행동의 증거가 사진으로 되돌아올 줄은 몰랐다. 윤혜는 이를 악물었다. 만약 이 사진이 제 남편이 있을 때 왔다면. 상상만 해도 끔찍했다.

윤혜의 남편인 서경후는 그저 모른 척해 주는 것뿐이지 결코 너그러운 사람은 아니었다. 제 눈에만 안 보이면 상관없지만, 만약 들키면 죽여 버린다고 입버릇처럼 말하는 사람이었다.

그는 제 말을 늘 입증하려는 듯 언제나 불시에 커피숍으로 나타나 윤혜가 일하는 걸 보곤 했다. 돈은 많지만, 지명보다도 더 질이 나빴다. 윤혜는 가끔 경후가 자신을 죽이는 악몽을 꾸곤 했다.

남편이 이 사진을 발견하는 걸 상상만 해도 끔찍했다. 윤혜는 새파랗게 질린 얼굴로 사방을 노려보았다. 허공을 헛되이 맴돌던 그녀의 시선이 멀뚱멀뚱 자신을 바라보는 정주에게로 향했다.

"정주 씨예요? 이거?"

"네?"

무슨 말인지 영문을 알 수 없는 정주는 그저 고개만 갸웃거렸다. 저 싸가지 없는 여자가 갑자기 표독스러운 눈으로 자신을 보며 다짜고짜 채근하는 게 우스울 따름이었다. 그녀는 조금 억울한 표정을 지었다.

"무슨 말인지 모르겠지만 시비 걸지 말아요. 그리고 커피 가지고 갈 거니까 얼른 내려 줘요."

"지금 커피가 문제야? 솔직히 말해 봐요! 이거 당신이 그랬지?"

"그게 도대체 뭔데요?"

정주가 윤혜의 손에 들린 사진을 흘끔 보았다. 순간 윤혜의 얼굴이 다시 새파래졌다. 만약 정주가 진짜로 모르는 사실이라면 이 사진을 들켰다가는 큰일이었다. 그녀는 재빨리 사진을 등 뒤로 감추었다.

"아, 아니. 아무것도 아니에요."

윤혜가 재빨리 앞치마 주머니에 사진을 쑤셔 넣고 돌아섰다. 정주가 미간을 찡그리는데 커피숍 문이 열렸다.

안으로 들어선 사람은 그 여자였다. 이 건물의 새 주인. 어젯밤 현과 웃으며 나가던 그 사람. 정주는 저도 모르게 멍하니 그 여인을 바라보았다.

여인이 사방을 둘러보다 정주와 눈이 마주쳤다. 그냥 모른 척하기는 어색해서 정주는 그만 묵례하고 말았다. 여인도 가볍게 고개를 숙였다.

그걸로 끝날 줄 알았다. 하지만 그 여인은 스스럼없이 정주에게로 다가왔다.

"저기요."

그녀는 얼굴에 가벼운 미소를 띠고 있었다. 정주는 조금 어색하게 따라 웃었다. 몇 번 보기는 했지만, 낯이 익지도 않은데 친근하게 다가오니 어색하기 그지없었다.

그러나 여인은 익숙한 듯 시원하게 웃으며 말을 걸었다.

"저쪽 맞은편 약국 분이시죠?"

"아, 네. 맞는데요."

"잘됐네. 약사님. 나 약 하나 추천받을 수 있을까?"

다짜고짜 말을 놓는데도 왠지 얄밉지 않았다. 정주는 그 여인을 물끄러미 보다가 자리를 권했다.

"여기 잠깐 앉으세요."

"그럴까? 여기 아이스 아메리카노 한 잔 줘요."

여인은 자리에 앉더니 손을 내밀었다.

"반가워요. 나 김용원이라고 해요. 얼마 전에 이 건물 매입해서 둘러보러 왔죠."

"이정주입니다."

얼떨결에 악수까지 마치고 나니 한결 편해졌다. 용원이 싱긋 웃으며 입을 뗐다.

"사실은 속이 뒤집혀서. 화병 난 데 좋은 약 없을까?"

"화병이요?"

"그래. 아주 속에서 천불이 나. 사실은 남편이란 새끼랑 내 배꼽 친구가 바람이 났어. 얼마 전에야 그걸 알았는데 지금 어떻게 연놈을 죽여 버릴까 궁리 중이거든? 근데 생각하면 생각할수록 내 속이 더 뒤집히네? 어떻게 해야 할까. 아주 개작살을 낼 판인데."

정주는 용원을 응시하다 잠깐 윤혜의 뒷모습에 눈길을 주었다.

순간 윤혜의 등이 움찔하는 것 같았다. 커피 머신 앞에서 부지런히 일하는 척하면서도 그 눈과 귀는 온통 용원과 정주에게로 쏠려 있는 것 같았다.

정주의 입가에 쓴웃음이 걸렸다. 그녀는 용원에게 시선을 돌려 미안한 듯 웃었다.

"그럴 땐 약에 의지하는 것보다 상담을 받는 게 더 좋으실 거예요. 가볍게 수면을 돕거나 마음을 좀 진정시키는 약은 있지만 중요한 건 근원적인 문제를 얼마나 해결할 수 있나 하는 거니까요. 그러니 우선 병원을 가 보시는 게 나을 거예요."

"상담? 내가 문제가 아니야. 그 연놈들이 받아야지. 내가 받을 상담은 딱 그거 말고는 없어. 변호사랑 하는 거. 이혼 상담 말이야. 그리고 그건 우리 애들이랑 그 연놈들 어떻게 처리할지 의논한 다음이지."

순간 용원의 얼굴에 살기가 돌았다. 정주는 일순 놀라서 그녀를 응시했다. 서글서글하고 단정한 미모가 한순간에 표독하고 싸늘하게 변했다. 무섭기까지 할 정도였다.

"그건 안 돼요."

"왜?"

"일단 합법적인 증거를 모으세요. 많을수록 좋아요. 그리고 변호사랑 먼저 상담하셔야지, 다른 사람들이 거들면 큰일 나요. 폭력은 더더욱 안 되고요."

용원이 조폭인 걸 알면서도 정주는 용기 내 그렇게 말했다. 법적으로 절차를 밟아야 이혼도 정당해진다고. 그걸 들은 용원이 고개를 끄덕이고는 만족스러운 표정을 지었다.

"어쩜. 말도 잘하고 똑똑하네. 이쁘다 이뻐."

정주를 유심히 뜯어보던 용원이 고개를 갸웃거렸다.

"약사님은 그 예쁜 얼굴에 왜 이렇게 그늘이 졌어? 나야 다 성형한 거라 겉으로나 봐 줄 만하지만, 약사님은 본판이 아주 미인인데? 왜 이렇게 기운이 없고 시들시들해."

호탕하게 제 비밀 아닌 비밀까지 드러낸 용원이 뒤를 돌아보며 짜증을 벌컥 냈다.

"사장님! 빨리 커피나 좀 줘요. 쥐새끼처럼 남 얘기 몰래 듣느라 뒤에서 궁싯거리지 말고!"

"네, 네!"

윤혜가 놀라 펄쩍 뛰었다. 정주는 비죽 새어 나오는 웃음을 참을 수 없어 입을 가렸다. 가늘게 휘어지는 눈가를 보던 용원이 뭔가 용단을 내렸다는 듯 탁자를 가볍게 탁 쳤다.

"약사님. 나 좀 도와주라."

"어떻게요?"

정주의 눈이 커졌다. 용원이 정주에게로 머리를 기울이며 샐쭉 웃었다.

"나, 변호사 좀 알아봐 주라. 아무래도 말 나온 김에 상담부터 해야겠어. 애들 풀어 봐야 나한테 불리하단 말이잖아? 그럼 우선 변호사 만나서 재산 분할 못 하게 손부터 써야겠어."

"변호사요?"

"그래. 난 원래 건달 집 딸내미로 태어나서 딱히 가방끈 긴 쪽이랑 연관이 없어. 법률 자문이 있긴 한데 이혼 쪽은 잘 모르더라고? 사실은 전에 소개받긴 했는데 영 맘에 안 차더라고. 그래서 아예 먼저 해결해 보려고 했는데. 약사님 말을 들어 보니 역시 변호사 끼고 해결해야겠어."

정주는 생각에 잠겼다가 유경을 호출했다.

-드디어 이 몸을 페이로 쓸 생각이 났느냐. 엣헴.

"그건 아직 생각 중인데. 너한테 물어볼 게 있어서."

-힝, 뭔데?

정주는 유경의 주변에 이혼 전문 변호사가 있는지 물었다.

"내가 아무리 생각해 봐도 내 주변에 환경 좋고 마당발인 사람이 너밖에 없어서 그래."

농담이 아니었다. 유경은 원래 강남 부잣집 막내딸이어서 주변 친구며 아는 사람들이 전부 법조계나 재계의 인물들이었다.

그녀가 약국을 차리지 않는 이유는 그 어머니가 고생한다며 반대하기 때문이었다. 그저 대강 일하다가 시집을 가든지, 아니면 느지막이라도 의전원에 가서 의사가 되라는 게 어머니의 요구였다.

게다가 유경도 일보다는 쉬엄쉬엄 놀며 사는 것을 즐겼다. 원래도 마당발인 유경은 학부 시절에도 온갖 동아리를 섭렵했고 타 학부에도 친구가 많았다. 그래서 정주가 믿고 물어볼 수 있는 유일한 사람이었다.

-하. 그거라면 네가 번지수를 제대로 찾았지. 내 친구 중에 여성

이혼 전문 하나 있다. 걔 승률 끝내주거든? 지금 번호랑 명함 보내 줄게.

정주는 통화를 끊고 유경이 보내 준 전자 명함을 내밀었다. 용원이 고개를 끄덕이며 핸드폰 번호를 알려 주었다. 명함을 전달하고 나자 용원은 만족스러운 듯 비죽 웃었다.

"역시 배운 사람이 다르다니까. 주변에 사람 물이 좋잖아. 고마워. 내 한턱 거하게 쏠게."

"아니에요."

정주가 웃으며 손을 내저었다. 용원은 그런 정주가 기특한 듯 다정하게 바라보다 갑자기 고개를 돌려 버럭 소리를 질렀다.

"그렇게 일하니 월세를 올려 달라고 해도 여유가 없는 거 아냐! 커피 달라고 한 지가 언젠데 아직도 꾸물거려!"

워후. 갑질이 따로 없네.

괜한 트집을 잡는 용원이 무서우면서도 한편으로는 적이 후련했다. 정주는 입가를 가리고 혼자 살짝 웃었다.

## 3. 국면의 전환

　정주는 혼자 창가를 보다 피식 웃었다. 며칠 전 용원의 모습이 떠올라 괜히 즐거웠다.

　용원은 제 말 그대로 정말 조폭 가문의 딸인지 그 뒤로도 흉흉한 소문만 들려왔다. 건너편 건물 사람들이 임대료와 관리비 때문에 사색이 되었다는 말도 있었다.

　윤혜가 계속 혼이 난다는 소문도 있었다. 실제로 그녀는 용원만 나타나면 꼬리를 말고 도망친다고 했다.

　그렇다고 문을 안 열 수도 없었다. 정주가 본 대로 아침에 오픈 시간을 책임지던 직원이 그만둔 뒤라 윤혜가 항상 문을 열어야 했다. 그리고 그때마다 용원이 들이닥쳐 윽박지르는 모양이었다.

어쩐 일인지 용원은 윤혜를 아주 싫어했다. 무슨 사연이라도 있나 생각했지만 그런 건 아니었다.

"관상이 안 좋아. 저년 저거 사람 여럿 잡아먹을 상이야."

가끔 약국에 들를 때마다 용원은 윤혜의 커피숍 쪽을 보며 얼굴을 찡그렸다. 말도 안 되는 관상론을 펼칠 때마다 정주는 난처하게 웃어야 했다.

"진짜야. 자기 저년이랑 별로 안 친하지? 앞으로도 친하게 지내지 마. 대신 나랑 놀아. 나 이래 봬도 깨끗한 돈만 취급해. 건물도 전부 내가 정정당당하게 벌어서 산 것들이야. 시세 차익이 꽤 생겨서 현금이 돌아. 그러니까 뭐 나쁜 사람으로 보지는 마."

"네. 알아요. 그럴게요."

그녀는 정주의 약국에서 늘 진통제나 자양강장제를 사면서 한두 시간씩 죽치다 갔다.

그사이 유경이 소개한 변호사도 만난 듯했다. 정주의 어깨를 두드리며 흡족하다는 말을 늘어놓은 걸 보면.

그러고 보면 짧은 시간 안에 많은 것이 변했다. 그리고 그 모든 변화가 전부 진현이란 남자가 제 앞에 나타난 후부터 일어났다.

가끔 정주는 얼떨떨해졌다. 이렇게 즐거워도 되는지. 묘하게 모든 일이 잘 풀리고 심지어 아주 조금은 행복하다는 생각까지 들기도 했다.

며칠 전 거하게 난장을 편 후로 지명은 그녀를 본체만체했다. 약국에서 지내면서 가끔 집으로 들어가도 안방에서 좀처럼 나와 보지도 않았다. 여느 때처럼 달콤한 말로 달래거나 구슬리지도 않았다.

대신 그는 늘상 핸드폰을 손에 달고 있었다. 윤혜와 놀러 다니고 문자를 주고받느라 정신이 없는 모양이었다. 이제 아예 대놓고 드러내기로 작정한 듯, 어딘가에 항상 윤혜의 흔적이 있었다. 정주는 그걸 전부 모았다.

외려 다행이었다. 블랙박스 메모리 카드도 바꿔 칠 수 있었다. 지명이 차를 두고 윤혜의 차를 타고 간 날이었다. 깔끔하게 지워져 있었지만, 아마도 복구하면 될 일이었다. 그녀는 수집한 모든 증거를 약국에 조심스럽게 숨겨 두었다.

그녀는 가게가 조금 한산해진 틈을 타 커피를 타다가 유경과 용원이 함께 들어오는 걸 보고 놀라서 눈을 크게 떴다.

"야. 놀러 왔어. 나 사표 썼거든."

유경이 대수롭잖다는 듯 손을 흔들었다. 용원이 싱긋 웃으며 엄지를 척 들어 올렸다.

"약사님. 자기 친구 아주 마음에 든다 야. 시원시원하고 말도 잘 통하고."

"어떻게 같이……."

놀라서 보는 정주에게 유경이 씩 웃었다.

"변호사 사무실. 어쩌다 잠깐 들렀는데 거기 딱 계시더라고? 인사하고 말 좀 나눠 보니까 나랑 너무 잘 맞잖아. 용원 언니가. 그래서 언니 동생 하기로 했어."

화끈한 만큼 친화력 좋은 두 사람이라 금세 의기투합한 모양이었다. 정주는 두 사람을 번갈아 보다가 그만 웃고 말았다. 용원이 빙긋 웃으며 손가락을 까딱거렸다.

"잠깐 나가서 뭐 좀 먹고 오자. 내 오늘 좋은 동생 둘이나 두게 됐으니까 쏜다."

"그러세요. 제가 약국 보고 있을게요. 오늘은 손님도 좀 적고."

미령이 방글방글 웃으며 손을 저었다. 정주는 미안한 마음에 작게 말했다.

"올 때 뭐 사다 줄게요. 먹고 싶은 거 있어요?"

"아니에요. 그냥 오셔도 돼요. 얼른 다녀오세요!"

유경이 마음에 든다는 듯 쿡쿡 웃으며 정주의 손을 잡아끌었다. 졸지에 두 사람에게 이끌려 정주는 좀 이른 점심을 먹으러 나섰다.


점심은 의외로 아주 즐거웠다. 용원은 신도시에서 가장 잘나간다는 한정식집으로 두 사람을 데려갔다.

"지난주에 이 동네 법원 영감들 모시고 식사한 곳이야. 시작은 우리 노친네가 더럽게 했지만 난 그렇게 지저분하게 사업할 마음 없거든. 나름 합법적이고 깨끗하게 사업하는 거 보여 드리려고 영감들한테 인사했지. 영란법 때문에 통 크게 쓰진 못했지만."

그날 제법 맛있더라며 용원이 식사를 권했다. 정주는 깜짝 놀랐다. 남도식인데 그야말로 한 상 떡하니 차려져서 상다리가 휘어질 지경이었다. 가격에 비해 깔끔하고 화려한데 맛은 더 일품이었다.

"야 야. 너 현이랑 언제 여기 와서 밥 먹어."

유경이 툭툭 치며 건넨 말에 정주가 살짝 움찔했다. 그걸 놓치지 않은 용원이 예리한 눈길을 보냈다.

"진 원장? 아, 둘이 친구랬지. 그런데 자기 남편은 뭐 하는 사람이야?"

"남편이요?"

"그래. 도대체 뭐 하는 위인이길래 이렇게 예쁜 부인을 데리고 이런 곳도 한 번 못 나와? 남편이랑 밥도 못 먹고 친구랑 먹어야 할 정도면 어째 영 그른 인간 같은데."

정주는 잠깐 망설였다.

아무래도 지명에 대해 털어놓다 보면 그가 하는 사업도 딸려 나올 것 같았다. 그리고 그가 용원 때문에 고전하고 있다는 것도 알게 될 것 같았다.

그런 이야기로 용원과 서로 얼굴 붉히거나 민망한 관계가 되고 싶지 않았다.

"맞아요. 솔직히 정말로 한참 모자란 사람이에요. 정주가 아주 많이 아깝죠."

유경이 젓가락을 내려놓으며 투덜거렸다. 정주가 유경의 옆구리를 살짝 찔렀다. 유경이 입술을 삐죽댔지만 이내 금세 명랑하게 떠들어 댔다.

즐겁고 유쾌하게 점심시간을 보냈다. 유경과 용원을 배웅하고 약국으로 들어오던 정주는 흠칫 놀랐다. 창가에 비딱하게 기대어 밖을 내다보며 입술을 비죽이는 지명 때문이었다.

"어딜 싸돌아다니냐?"

대뜸 시비조로 나오는 통에 말도 섞고 싶지 않았다. 정주는 못들은 척 따로 사 온 음식이 든 봉투를 미령에게 건네주고 지명을 보았다.

"웬일이야. 이렇게 일찍. 요새는 자동 셔터라 안 내려 줘도 되는데."

"시발."

지명이 나직하게 욕을 내뱉었다. 그의 얼굴은 잔뜩 일그러져 있었다.

"저번에 한 대 맞고 나서 좀 얌전해졌나 하고 두고 보니까. 이게 또 사람이 만만하지?"

지명이 다짜고짜 손을 올렸다. 정주의 어깨가 절로 움찔거렸다. 익숙해질 만도 한데 언제나 버겁고 힘든 상황. 게다가 지금은 대낮이고 약국 안이었다.

하지만 그녀는 이를 악물었다. 많은 사람이 이 광경을 보는 게 소송엔 더 유리할 게 분명했다. 약국 CCTV에도 찍힐 테니 명백한 증거가 또 생겼다.

정주는 등을 꼿꼿하게 폈다. 이제 더는 지명이 두렵지 않았다. 아니, 두려워하지 않겠다고 결심했다. 그리고 정주의 예상대로 지명은 한껏 손을 휘둘러 주었다.

"꺄악!"

비명과 함께 골이 지끈 울렸다. 순간 시야가 희게 바래는 것 같았다. 눈앞에 놀라서 비명을 지르는 미령의 모습이 보였다.

"지금 뭐 하시는 거예요. 이게 무슨 행패예요!"

"내 마누라 내가 가르치는데 네년이 뭐라고 소리 지르는 거야?"

지명이 버럭 소리를 지르며 잡은 머리채를 고쳐 잡았다. 약국 안에 있던 사람들이 비명을 지르며 달아났다. 몇몇은 호기심 넘치는 시선으로 두 사람을 눈여겨보고 있었다.

창피함은 둘째치고 두려움이 일었다. 무서워하지 않으려고 했지만 역부족이었다. 오랫동안 버릇처럼 인이 배겨 왔으니 당연했다. 계속해서 타인의 분노와 폭력에 노출되어 온 전형적인 방어 기제였다.

다리가 후들거렸다. 정주는 두려움을 꾹꾹 누르며 머리채를 잡은 손을 뿌리치려 했다.

"이거 놔! 안 놔? 내 약국에서 이게 무슨 행패야!"

"어, 말 잘했다. 손님이 이렇게 많은데, 어? 어디서 가게 남한테 던져 놓고 싸돌아다녀? 어? 그렇게 잘났냐? 그렇게 잘났어?"

"내가 넌 줄 알아? 어디 가서 바람이라도 피우고 다니는 줄 아나 보지? 그건 너잖아!"

사람들이 보는 앞에서 그런 의심까지 받는 건 도무지 용납할 수 없었다. 아무리 폭력이 두려워도 그건 아니었다.

지명이 순간 멈칫하는 게 느껴졌다. 바람을 피우는 걸 정주가 모를 거라고 여겼던 모양이었다. 정주의 입가가 비딱하게 끌어 올라갔다. 그녀는 있는 힘을 다해 지명에게 대들었다.

"내가 모를 줄 알아? 당신이 바람피우고 있다는 거? 어떻게 알았는지는 안 궁금한가 보지? 그게 누군지 여기서 한번 밝혀 볼까? 어떻게 되는지?"

악에 받쳐 정주가 소리 지르자 지명이 눈을 부라렸다.

"왜. 겁나? 그 여자 이 동네에서 소문날까 봐? 난 여기서 이렇게 맞아도 되고, 그 여자는 소문나면 안 되나 보지? 아예 약국 문 앞에 이름 석 자 크게 써 놓을까?"

"너, 너. 그만 안 해? 이게 아직도 정신을 덜 차렸나!"

"커피숍 사장. 그 여자 남편도 이거 알아? 내가 가서 말해도 돼?"

"죽을래?"

지명이 소스라쳐서 버럭 소리를 지르며 정주를 마구 흔들었다.

그러나 그의 얼굴엔 이미 낭패감이 가득 껴 있었다. 밖에 서서 열린 문으로 새어 나오는 소리를 듣고 있던 윤혜의 얼굴도 희게 질렸다. 그녀가 몇 발짝 뒤로 물러났다.

정주가 고소한 마음에 웃자 지명이 갑자기 버럭 화를 냈다.

"이게 감히 뻔뻔하게 눈 바짝 뜨고 덤벼들어. 비꼬고 협박하는 건 또 어디서 배워서. 어디 입만 벙긋해 봐. 어떻게 되나. 이 개잡년이."

욕설과 함께 한 바퀴 휘둘린 머리채가 간신히 놓여났다. 중심을 잡지 못하고 비틀거리다 주저앉았다. 흐릿한 시야에 바깥에 서서 팔짱을 끼고 있는 여자가 비쳤다. 윤혜였다.

그녀는 무척 고소한 듯 웃음을 짓고 있었다. 지명이 정주를 잡도리하는 걸 보니 즐거운 모양이었다. 바깥 창에 바짝 다가서서 팔짱을 끼고 고개를 까딱거리고 있는 품이 가관이었다.

순간 정주의 머릿속에 상황이 그려졌다. 분명 요 며칠간 용원 때문에 잔뜩 신경이 곤두선 윤혜가 괜히 화풀이하는 것이 분명했다.

"치사하게 남편이라고 남의 편만 들면 다야?"

저도 모르게 불쑥 말이 튀어 나갔다. 엉뚱한 말이지만 뼈가 들어 있었다. 순간 지명의 얼굴이 좀 붉어진 것 같았다.

그도 자신이 뭘 하는 중인지 안 것이겠지.

아마도 불륜 상대인 여자 친구의 울음 섞인 하소연에 불쑥 화를 낸 것일 터다. 안 그래도 용원의 수하들 때문에 잔뜩 신경이 곤두섰으니 제 아내가 용원과 가까이 잘 지낸다는 말만 들어도 울화통이 터졌을 테지.

그 와중에도 작게 쿡쿡거리는 소리가 들렸다. 사람들이 정주의 비아냥에 작게 웃는 소리였다.

지명의 얼굴이 붉어졌다. 지금 제 모습이 사람들에게 어떻게 보이는지 알아차리자 더 화가 나는 모양이었다. 철썩 귓가를 울리는 소리와 함께 한쪽 뺨이 화끈해졌다.

"망할 년이 어디서 잘났다고! 이게 남편 무서운 줄 모르고."

"으윽."

소리를 내지 않으려고 억눌렀지만 작은 비명이 잇새로 삐져 나갔다. 몸 여기저기 구둣발이 어지럽게 오갔다. 평소와는 강도도 난폭함도 달랐다. 어차피 남들 눈에 띈 것, 아주 본전을 찾겠다는 듯 알차고 매몰차게 때리고 있었다.

"그만하세요!"

"그만해!"

미령이 겁도 없이 달려들었다가 뒤로 튕겨 갔다. 그 와중에도 정주가 지명의 다리를 잡아 더는 미령에게 덤벼들지 못하게 막았다. 지명이 성질을 내며 그녀를 다리에서 떼 내려 했지만 여의치 않았다.

그의 손이 다시 머리채를 쥐려는 순간 누군가 약국 문을 벌컥 열고 달려 들어왔다. 검은 옷을 입은 사내들. 용원의 경호원들이었다. 그리고 그 뒤로 달려온 흰 가운의 남자.

경호원들이 순식간에 지명에게 달려들어 그를 제압했다. 현이 재빨리 정주에게 달려와 그녀를 안아 들었다.

"정주야!"

다급하게 그녀를 부르는 소리가 들렸다. 반가움보다는 창피함이 먼저 훅 들었다. 정주는 거의 반사적으로 제 얼굴을 가리려 했지만. 현은 고개를 저으며 귀에 입술을 대고 속삭였다.

"가만있어."

그는 그녀를 번쩍 안아 들고 일어났다. 정주가 그의 품에서 벗어나려 발버둥을 쳤다.

"내려 줘."

"지금은 안 돼."

정주의 가슴이 거세게 뛰었다. 좀 전에 지명에게 느꼈던 공포심과는 완전히 반대였다. 그의 품은 아늑해서 벗어나고 싶지 않았다. 그녀는 저도 모르게 그의 어깨에 머리를 기댔다. 지명이 경호원들 사이에 둘러싸여 있다가 고래고래 소리를 질렀다.

"어디 가. 이정주!"

현이 못 들은 척 그녀를 안고 걷자 지명은 초조한 기색으로 고래

고래 소리 질렀다.

"이정주! 너 지금 그렇게 도망가면 집에 못 들어올 줄 알아! 이 병신 같은 년이 어디서 호구 하나 물었나 보지? 저 새끼냐? 병원장인지 하는 놈? 가만 보니 너도 저 새끼랑 붙어먹었어! 맞지? 네가 날 욕할 권리가 있어? 어?"

순간 정주의 얼굴이 벌게졌다. 그녀는 무슨 힘이 났는지 현의 팔을 뿌리치려고 버둥거렸다.

"내려 줘. 내려 달라고!"

"정주야."

"내가 저 같은가 본데 저딴 소리 듣고는 못 살아."

현은 몸을 부들부들 떠는 정주를 보다가 그녀를 내려 주었다. 정주는 그의 부축을 받으며 똑바로 섰다. 분노로 비틀거리면서도 정주는 지명을 향해 다가갔다.

시선이 마주쳤다. 그녀는 손을 들어 지명의 뺨을 내리쳤다.

"시발!"

차진 타격음과 함께 지명의 얼굴이 휙 돌아갔다. 예상외의 반격이었다.

지명의 얼굴이 황당함으로 붉게 물들었다. 꼭 슬로우 모션을 보는 것 같았다. 이윽고 그가 미친 듯 날뛰었지만, 경호원들이 그의 팔을 꽉 잡고 있어 움직일 수 없었다. 지명은 굴욕감에 견딜 수 없는지 목이 터져라 욕설을 퍼부어 댔다.

"시발! 어디서 까불어. 너 같은 년이! 저게 지 아버지 불쌍해서 노름빚 떠안아 가며 같이 살아 줬더니 이제 내 목을 물어뜯으려고 들어? 너 같은 년을 두고 배은망덕이라고 하는 거다!"

"당신이야말로 그 입 다물어!"

정주가 형형한 눈빛으로 지명을 노려보았다. 그녀는 이를 악물고 숨을 크게 들이쉬었다.

"내 아버지가 어떤 허물이 있었다 해도 당신이 나한테 한 짓보다 나쁘진 않을 테니까. 자식 등쳐 먹는 부모보다 바람피우는 배우자가 더 나빠. 알아? 그 양반은 적어도 돈을 주면 배신하진 않았어. 하지만 당신은 어땠어? 내가 정말로 당신 아내였어? 그냥 빨대 꽂아 쪽쪽 등골 빼먹기 좋은 호구였잖아. 같이 자 주고 밥 차려 주고 온갖 모멸 다 뒤집어써도 넘어가 주고."

"뭐가 어째?"

말하다 보니 설움이 복받쳤다. 정주는 이를 악물었다. 눈물은 나지 않지만, 잇새로 작은 흐느낌이 새어 나왔다.

"야 이년아, 너 말 다 했어? 뭐가 어쩌고 어째? 이게 제 아버지 빚 대신 받아 줬더니 감히 대들어? 그래, 좋다! 나 아니면 너 같은 년 누가 받아 준다고!"

지명이 악다구니를 썼다. 하지만 그는 경호원들의 손아귀를 벗어날 수 없었다. 그 틈을 타서 현이 잽싸게 정주를 끌어냈다. 그는 그녀를 다시 안아 들고 재빨리 건물을 나가 엘리베이터로 향했다.

"걸을 수 있어. 내려 줘."

"싫어. 도망갈 것 같단 말이지."

현이 슬쩍 웃었다. 그는 고집스럽게 그녀를 안고 주차장까지 걸었다. 그리고 그녀를 차에 태웠다.

"마침 분과에 잠깐 나온 게 다행이었어. 몰랐으면 더 큰 일 났을지도 모르는데."

현은 차를 타고 정주의 얼굴을 유심히 들여다보았다.

정주의 몸이 움츠러들었다. 그녀는 당황하고 부끄러워서 저도 모르게 시선을 내리깔고 말았다. 그 바람에 현이 어떤 얼굴로 그녀를 보는지 미처 보지 못했다.

"너랑 나랑 이렇게 가까이 본 게 얼마나 됐는데 새삼스럽게."

현이 작게 웃고는 고쳐 앉았다. 차가 움직이기 시작했다. 정주는 그제야 숨을 후 내쉬었다. 어쩐지 현과 함께 있으면 긴장이 되어 손발이 굳는 느낌이었다. 그녀는 눈치만 보며 몸을 최대한 웅크리고 있었다.

"아프진 않아? 일단 엑스레이부터 찍을까. 아니면 CT?"

"그 정도는 아냐. 병원 안 가도 돼. 괜찮아. 그냥 아무 데나 가서 좀 쉬면 돼."

"다 왔는데?"

현이 차를 몰면서 장난스럽게 대꾸했다. 정주는 깜짝 놀라서 창밖을 보았다. 정말로 병원 앞이었다.

"아냐. 병원은 안 갈래. 진짜야. 더는……."

더는 사람들 앞에 나서고 싶지 않았다. 정주는 입술을 깨물다 얼굴을 찡그렸다. 작게 터져서 쓰리고 아팠다. 그녀는 그제야 온몸이 욱신거리고 쑤시는 걸 깨달았다.

"혹시 사람들이 볼까 봐 그러는 거면 걱정하지 마. 뒷문도 완비되어 있고 특실로 가는 전용 엘리베이터도 있으니까. 병원장 친구라는 특권을 맘껏 이용해 보라고."

정주는 현의 말에 조금 놀랐다. 그가 자신이 얼마나 수치스러워하는지 알고 있다는 게 놀라웠다. 요 몇 년간 누군가가 이렇게 세심하게 자신을 배려하는 걸 겪어 보지 못했다.

갑자기 눈물이 날 것 같았다. 정주는 고개를 돌리고 눈을 똑바로 떴다. 그 작은 배려만으로도 갑자기 용기가 솟아올랐다. 그리고 그 용기는 이제 그녀가 뭘 해야 하는지 알게 해 주었다. 그녀는 잠깐 생각하다 고개를 끄덕였다.

"그래. 병원에 가는 게 낫겠어. 경찰에 신고하려면."

"신고하려고?"

"사진 찍고 진단서를 발급받으면 좋겠어."

"잘 생각했어."

현이 싱긋 웃었다. 그 격려의 말에 정주의 마음이 한층 편안해졌다.

주차장에 차를 대고 현은 다시 정주를 안으려고 문을 열었다. 그녀가 손사래를 치자 현이 슬쩍 속삭였다.

"그냥 나가면 멀쩡해 보이잖아. 진단서 안 끊어 줄지도 몰라."

"뭐야. 그런 게 어딨어."

"내가 그렇다면 그런 거야."

그는 정주가 더는 말하지 못하게 번쩍 들어 안아 올렸다. 정주는 불현듯 창피해져서 그의 가슴에 얼굴을 묻었다. 현은 곧바로 VIP용 엘리베이터에 올라타 정주가 아무에게도 보이지 않도록 했다.

\* \* \*

"다 됐습니다. 수고 많으셨어요."

현이 불러 준 의사는 아무 말도 하지 않고 상처의 사진을 찍고 치료를 했다. 늘 본다는 듯 익숙하고 태연한 침묵. 외려 정주가 눈치를 볼 정도였다.

"이런 사건에 익숙해서 그래. 긴장 풀고 편안하게 있어."

의사와 간호사가 나간 후 현이 다시 들어와 정주의 손을 다독거렸다.

"며칠 입원해서 진단서에 그 항목도 추가해. 신고할 때 도움이 될 거야. 그리고."

현이 정주의 손을 잡았다.

"이혼 소송도 할 거지?"

순간 정주의 얼굴이 굳어졌다. 그녀는 잔뜩 굳은 얼굴로 고개를 숙였다. 그녀의 손이 차가워졌다. 현은 잡은 손에 조금 더 힘을 주었다. 그녀가 제 체온을 느낄 수 있도록.

"일단은."

정주가 고개를 들었다. 이상하게도 두렵지도 불안하지도 않았다. 그건 바로 그녀의 손을 잡고 있는 그 따뜻한 손 때문인지도 모른다.

그렇게 생각하자 두려울 게 없었다. 적어도 이 손이 자신을 붙잡고 견고하고 따뜻한 믿음을 계속 줄 수만 있다면.

아니야. 그러면 안 돼.

일순 정주의 얼굴이 일그러졌다. 제가 뭐라고. 제가 뭐길래 이 근사한 남자가 제 곁에 계속 있어만 주면 다 잘될 거라고 우기고 있는지. 그저 친구일 뿐인데.

"일단은 증거부터 모을래. 그다음에……."

정주가 입을 다물었다. 갑자기 속에서 복받치는 감정들이 목구멍에 일렁거렸다. 그녀는 지금 자신이 느끼는 감정이 얼마나 어둡고 끈적거리는지 깨닫고 놀랐다.

속이 뒤엉켰다. 검고 질척한 오물처럼. 더 입을 열었다간 무슨 말이 나올지 몰라서 그녀는 그냥 입을 닫은 채 가슴을 쓸어내렸다. 진득하게 내려앉은 기분이 거북했다. 무언가 얹힌 것 같아서 몹시 힘들었다.

"괜찮아? 어디 아픈 거야? CT 결과는 괜찮은 것 같던데."

"아니야. 그냥 갑자기 좀 힘들어. 이것저것 생각했더니."

"그래. 상황이 좀 더럽긴 하지. 네 남편이란 자식이 영 별로여서."

현이 작게 혀를 찼다. 정주는 아무 말도 하지 않고 베개에 머리를 기댔다. 갑자기 온몸이 내려앉는 것처럼 무겁고 피곤했다. 급격하게 쑤시고 아파서 그녀는 미간을 찡그렸다.

"안 되겠다. 너 많이 아픈 것 같은데……. 가만. 열이 있잖아."

현의 손이 이마를 쓸었다. 그는 놀란 듯 손을 떼고 그녀를 들여다보았다.

"아니, 난……."

시야가 흐려졌다. 가만히 있으라는 현의 목소리가 들렸다. 정주는 고개를 끄덕이려고 했지만 이미 몸이 말을 듣지 않았다. 그리고 그녀의 의식은 깊이 침잠했다.

* * *

"이정주. 눈 좀 떠 봐."

귓가에 나직한 소리가 웅웅거렸다. 정주는 눈을 찡그렸다. 어둡던 시야가 조금씩 희미하게 밝아졌다.

"열도 내렸고 아픈 덴 없는데 왜 눈을 못 뜨는 거야."

나직한 목소리에 심장이 서서히 뛰기 시작했다. 손이 따뜻한 것으로 감싸졌다.

현의 손이구나.

그렇게 생각한 순간 현이 손을 들어 제 얼굴에 맞댔다. 그가 내뿜는 따뜻한 숨결이 고스란히 느껴졌다.

"잘했다. 진짜 마음고생 많았을 텐데. 혼자 고생하면서도 열심히 살아 줘서 정말 장해."

처음이었다. 엉망진창이었던 삶이었는데. 그걸 잘했다고, 고생했다고 말해 주는 사람은 정말로 아무도 없었다.

그런데 현은, 십 년이 넘도록 얼굴 한 번 보지 못했던 이 남자는 그 말을 너무도 쉽게 해 준다.

오직 이 남자만이.

정주의 눈꺼풀이 파르르 떨렸다. 눈을 뜨고 싶은데 물먹은 솜처럼 무거웠다. 좀처럼 몸을 움직이기 어려웠다. 그녀는 그냥 그대로 누운 채 현이 저를 쓰다듬어 주는 손길을 느끼고 있었다.

머리카락을 쓸어내리는 손이 조심스러웠다. 그의 손과 숨결이 따뜻하고 기분 좋아서 정주는 눈을 감은 채 가만히 그를 느끼고 있었다. 안도감과 함께 느른한 감각이 그녀를 사로잡았다.

"이정주. 너는 내가 어떤 기분으로 너를 보는지 모르겠지."

현이 나직하게 중얼거렸다. 정주의 눈가가 다시 파르르 떨렸지만, 현은 미처 보지 못했다. 그는 그녀의 손을 쥐고 볼을 맞댄 채 계속 중얼거렸다.

"난 지금 무척 화가 나 있어. 왜냐면 네가 겨우 그런 작자 때문에 상심하고 슬퍼서 열이 나고 힘들어하니까 말이야. 그리고 나한테도 화가 나 있어. 진작에 네 주변에 사람들을 보냈더라면 그 자식이 널 때리는 일은 없었을 텐데 말이야."

그는 잠시 침묵을 지켰다. 정주는 눈을 감은 채 현의 말을 듣고 있었다. 눈을 떠야 한다고 생각하면서도 그럴 수 없었다.

왠지는 모르지만, 가슴 한구석이 간질거렸다. 머릿속은 여전히 복잡한데 어쩐지 조금 뜨끈해졌다. 그녀는 눈을 뜨려고 마음먹었다. 그러나 현의 손가락이 볼에 닿는 순간 모든 생각이 뚝 끊어졌다.

마른 손가락이 볼을 쓰다듬었다. 조금 서늘했다. 손끝이 천천히 볼을 쓸어 더듬었다. 목덜미 아래 가볍게 닿는 가슬한 손가락의 감촉.

그 끝이 닿을 때마다 심장이 조금씩 빠르게 뛰었다. 정주의 눈꺼풀이 다시 떨렸다. 현은 그걸 못 보았는지 계속해서 서서히 그녀를 어루만졌다.

그의 손가락이 조심스럽게 다른 쪽 볼로 왔을 때 서서히 온기가 되살아났다. 엄지손가락이 가볍게 입술 가를 덧그리고 부드러운 살을 스쳤다.

"내가 더는 화내지 않기를 바라. 적어도 너 때문이 아니라 내 멍청함에 화를 내지 않고 싶어. 무슨 말이냐면……."

현은 잠깐 말을 끊었다. 생각에 잠겼다가 그는 다시 입을 열었다.

"내가 널 다시는 놓치지 않겠다는 뜻이야."

그는 잠시 망설이다 고개를 숙였다. 그의 숨결이 느껴졌다. 희미하게 느껴지는가 싶더니 입술에 뭔가 와 닿았다. 따뜻하고 건조한, 하지만 뜨거운 숨결이 느껴지는 그의 입술.

심장이 빠르게 뛰었다. 차갑게 식었던 가슴이 다시 거세게 움직였다. 그런데 손발은 차갑게 식었다. 머릿속이 새하얗게 변했다.

현의 입술이 떨어졌다. 정주는 그 자리에서 꼼짝도 하지 못했다. 그저 눈을 감고 숨을 죽였을 뿐.

그가 천천히 고개를 들었다. 손가락이 볼을 가볍게 쓸었다. 그녀를 내려다보던 현이 천천히 발을 옮겼다. 발소리가 멀어져 갔다. 문이 닫히는 소리를 들은 후에야 정주는 조심스럽게 눈을 떴다.

"무슨 생각이야……."

그녀의 목소리가 힘없이 흐려졌다. 정주는 천천히 몸을 일으켰다. 성마른 갈증에 목이 타들었다.

가만히 앉아 제 입술을 덧그려 보았다. 현이 그랬던 것처럼. 마음 속에서 알 수 없는 불길이 조금씩 일었다. 어둡고 진득한, 앞이 안 보이는 아득한 진창. 절대 없어지지 않을 흉터 같은 것들.

"안 돼."

정주는 고개를 숙였다. 자신이 얼마나 어리석고 암울한 삶을 살았는지 지나치게 잘 알았다. 이제 와서 굳이 그걸 현에게 모두 맡길 수는 없었다. 의지할 수도 없었다. 그랬다간 얼마나 자신이 얼마나 파렴치한 사람이 될지 모를 일이었다.

"너는 어쩌자고……."

그의 마음을 몰랐던가. 아니, 어쩌면 조금은 알았을지도 모른다. 알면서도 모른 척했을지도 모른다.

아냐.

정주는 고개를 저었다. 그건 아니었다. 이미 식은 감정. 아니 뭉개지고 짓밟힌 감정이라고 생각했다. 그래서 완전히 닳아 없어졌을 거라고 여겼다.

다시 만났을 때 제 모습이 어땠는지. 지금도 이 꼴은 뭔지. 이런 사진을 보면서도 여전히 닳지도 뭉개지지도 않았을까.

그럴 리 없다고 생각했다. 왜냐면 현의 마음을 언제나 완벽하게 짓밟은 건 자신이었으니까. 과거에. 그리고 얼마 전에 보인 제 모습은 완벽하게 엉망이었다. 자신이 생각해도 도무지 예전과는 딴판이었다.

그래서 이제 더는 아닐 거라고 여겼다. 아니, 그랬다고 생각했는데 그는 아니었던가.

혼란스러웠다. 정주는 무릎에 고개를 파묻었다. 그가 그렇게 차갑게, 그런데 그리도 뜨겁게 말하는 걸 들은 게 얼마 만이었던가.

딱 한 번. 가슴속 깊이 묻어 둔 그 말들을 들었을 때뿐이었는데.

눈을 감았다. 아무도 모르는 말들. 현이 그날 자신에게 했던 밀어들. 길지도 않았던 두어 마디의 선언.

그때 자신은 뭐라고 대답했던가.

"아니야. 이건 아니야."

괴로웠다. 차라리 그때 아버지에게 반항했더라면. 더는 당신의 인생을 모조리 책임지지 않고 내 삶도 챙기겠다고 말했다면. 두드려 맞는 한이 있더라도 그랬어야 했다. 그랬다면 지금 이렇게 힘겹지는 않았을 텐데.

정주의 입에서 괴로운 한숨이 새어 나왔다. 차라리 못 들었으면 나을 뻔했다. 그냥 몰랐다면 그저 좋은 친구라고 애써 위안할 수 있었을 텐데.

나는 어떻게 해야 할까.

가슴이 터져 버릴 것 같았다. 짓무른 심장이 다시 거세게 뛸 때마다 숨을 쉬기 힘들었다. 정주는 고개를 무릎에 묻은 채 숨을 몰아쉬었다. 쓰리고 성마른 감정이 그녀의 속을 훑었다.

나는 어떻게 하고 싶은 걸까.

뜨겁고 쓰린 신물이 울컥 올라왔다. 정주는 고개를 묻은 채 한숨을 삼켰다.

"폭력은 차고 넘친다. 너무 많아서 변호사가 행복한 비명 지르겠네."

현의 손이 정수리를 가볍게 덮었다. 스쳐 지나가는 듯한 가벼운 소리. 잘했다. 고생 많았어. 정말 수고했어.

정주는 소파에 머리를 기댄 채 그의 손길이 주는 여운을 즐겼다. 들을 때마다 달콤한 여운을 주는 칭찬. 그 말만 있으면 뭐든지 할 수 있을 것 같았다.

"불륜도 증거가 넘친다. 네 희생과 수고 덕분에."

정주는 몰랐지만, 현은 가볍게 말하면서도 속으로 이를 갈았다. 그는 언젠가 정주를 이 지경으로 몰아넣은 그 남자를 단단히 손봐 줄 거라고 다짐하고 있었다.

"블랙박스 영상도 복구 중이고 CCTV 영상도 잘만 하면 증거로 인정받을 수 있을 거야. 변호사와 얘기를 해 봐야겠지만. 그리고 더 있어. 이건 또 나름 치명적이지."

"그게 뭔데?"

정주는 현의 말을 들으면서 다리를 까딱거렸다. 소파가 무척 편안했다.

"그게 뭐냐면 녹취 파일이지."

현이 싱긋 웃었다.

그녀가 병원에서 며칠을 보내고 현의 집에 들어온 지도 일주일이 지났다. 그동안 그녀에겐 완전히 새로운 일상이 펼쳐졌다.

약국은 당분간 유경이 맡아 주기로 했다. 그녀는 마침 사표를 써서 다행이라고 웃으며 흔쾌히 뒤처리를 맡아 주었다. 정주가 지명이 찾아올까 봐 걱정했지만, 유경은 손을 휘휘 내저으며 활짝 웃었다.

"걱정 마. 용원 언니가 경호원들 보내 준댔어."

정주는 그제야 조금 안심했다.

"우리 집으로 가자. 당분간 갈 곳도 없잖아. 호텔은 네 성격에 절대 편하지 않을 거고."

"호텔이 나을 것 같은데. 네 집에 어떻게 가. 남자 혼자 사는 곳인데."

정주는 현의 권유를 완강히 거절했지만, 현도 고집을 꺾지 않았다. 그는 퇴원하자마자 그녀를 끌고 오다시피 제집으로 데려왔다.

"이 침실 말고는 너 다 써도 돼. 아니, 침실로 와도 돼."

현이 농담을 건네며 빙긋 웃은 순간, 정주는 저도 모르게 전율을 느꼈다. 불쾌하거나 슬프지는 않았다. 다만 자신이 여기 머물러도 될까 하는 염려였을 뿐.

"내 건 다 네 거야. 그러니 마음껏 쓰고 누리고 즐겁게 보내."

"다 내 거라니. 지나치게 너그러운 거 아니야?"

"나는 관대하다 이거지."

현이 장난스럽게 웃었다. 정주는 어이가 없는 얼굴로 그를 응시하다 피식 웃고 말았다.

그러나 그게 농담만은 아니었다. 현은 정말로 그녀가 집에서 편하게 지낼 수 있게 모든 수단을 아끼지 않았다.

청소며 식사 등 가사노동은 도우미가 매일 와서 꼬박꼬박 해 두고 사라졌다. 피트니스며 필라테스 이용권도 배달되었다. 현은 그녀에게 차 키도 건네주었다.

"몰랐냐. 나 부자잖아. 노는 차니까 네가 써. 운동도 다니고. 병원에서 직원용으로 계약한 곳이라 언제든 가면 시간만 정하면 돼. 나도 가끔 가서 달리기 정도는 하거든."

정주는 그 모든 걸 받고도 한동안 집에서 나가지 않았다. 그걸 받을 염치도 없었다.

"내 건 다 네 거니까 맘껏 쓰고 누려도 돼."

현은 그렇게 말했지만, 정주는 단호하게 고개를 저었다. 지금까지 일을 끌어온 것만도 현이 제 앞에 나타났기 때문이었다. 그 와중에 그의 것을 뻔뻔하게 가져다 쓰고 누릴 자격이 있을까 싶었다.

그녀가 한 거라고는 매일 현이 가져다주는 CCTV 영상 파일을 확인하는 게 다였다. 그간 모자랐던 휴식을 전부 취하려는 듯 집에서 뒹굴기만 했다.

현은 정주가 제 말을 듣지 않은 것에 대해 조금 실망한 듯했지만 이내 쉬는 것도 괜찮다며 그녀의 머리를 쓰다듬어 주곤 했다.

무엇보다 현이 고마운 건 그가 늘 잘했다고, 그동안 열심히 잘 살았다고 말해 준다는 점이었다.

그는 배부른 맹수처럼 느긋하게 소파에 몸을 묻으며 정주에게 태블릿을 건네주었다.

"형사 소송이라면 두 사람만 있을 때 대화는 증거 채택이 안 되겠지만 가사 소송은 다르다고 들었어. 그리고 엄밀히 말해서 불법 녹취도 아니야. 네 목소리가 있는 파일도 있고, 또 변호사에게 누군가 자꾸 불법 침입하는 것 같아서 의심하던 중에 낯선 물건을 주워서 그 뒤로 CCTV도 달고 녹취도 했다고 말해 주면 될 거야."

"낯선 물건?"

정주가 눈을 동그랗게 떴다. 현이 빙긋 웃으며 서류 봉투를 건넸다. 무심코 열던 정주는 깜짝 놀랐다. 지퍼 백에 든 속옷과 귀걸이.

현이 윙크하며 키득거렸다. 정주는 어안이 벙벙해서 비닐 속에 든 내용물을 보다 현을 보았다.

"이건 또 어떻게 된 거야."

현은 정주에게 유경과 CCTV를 달려고 갔을 때 주운 거라는 말을 해 주었다.

"무슨 자신감인지 모르지만 아마 너한테 보여 주려고 작심했던가 봐. 그 여자. 생각보다 멍청하더라."

그제야 상황이 이해되었다. 정말로 멍청하기 짝이 없었다. 정주는 작게 탄식하며 녹음 파일을 틀었다. 좀 전에 확인한 CCTV 영상 속 두 사람의 목소리가 고스란히 재생되었다.

두 사람은 아예 부부처럼 생활하고 있었다. 윤혜의 아이가 집을 들락거리는 것도 알 수 있었다.

저 여자, 남편이 알면 가만두지 않을 텐데.

정주는 서경후가 얼마나 더러운 사람인지 알고 있었다.

겉으로는 너그럽게 허허 웃지만, 화가 나면 생각보다 더 무섭게 변하는 사람이었다.

양아치였다가 정비 기술을 배워 세차장 겸 정비소를 운영하고 있었다. 하지만 여러 가지 더러운 일에 아직도 연루되어 있다는 소문이 파다했다. 그가 마음만 먹으면 지명도 함부로 덤빌 수 없다는 게 정설이었다.

정주는 생각을 그만두었다. 그녀는 턱을 괸 채 파일을 듣는 현을 흘끔 보고 목소리에 집중하려고 애썼다.

〈야, 나 잘했지? 허억. 흣.〉

〈하앙. 아, 잘했어. 우리 지명이. 아앗, 아! 그래, 더 데! 아아 좋아!〉

민망한 신음에 정주의 얼굴이 벌게졌다. 현은 그저 지루하기만 한 여흥처럼 심드렁하게 듣기만 했다.

〈아이, 너무 좋아서. 역시 네가 제일 잘해. 남편은 넣자마자 싸서 토끼가 따로 없다니까.〉

〈흠흠, 그럼. 내가 좀 잘하지. 좋았냐?〉

〈그럼. 야. 근데 너 이참에 그냥 이혼하는 게 낫지 않아?〉

〈이혼하라고?〉

지명의 목소리는 조금 긴장한 듯 들렸다. 그 정도 용기도 없는 놈이었나 싶어 정주는 실소를 머금었다.

〈그래. 아파트 명의도 네 거고, 저 여자가 돈도 더 많을 거 아냐. 약국도 있고, 또 빚도 다 저 여자 명의라며? 그러니까 빚 빼고 나머지 자산은 분할 신청해서 서로 나누면 아쉬울 거 없잖아.〉

부추기는 윤혜의 목소리가 교만했다. 남자를 휘두를 수 있다고 믿는 전형적인 자신감이었다. 좀 전에 들은 신음보다 더 역겨웠다. 정주는 눈을 감았다.

〈예전처럼 기 좀 펴고 살아. 이 동네에서 떵떵거리고 살아도 되는 사람이잖아. 기껏 저런 약사 마누라 때문에 이러고 살 거야? 돈보다도 이래저래 자존심이 상해서 못 살겠어.〉

〈자존심이 상해?〉

〈그래! 자존심. 네가 그 여자한테 쩔쩔매는 꼴이 보기 싫단 말이야. 나까지 쩔쩔매야 하잖아. 그냥 이혼하고 나랑 이렇게 지내. 조만간에 나도 이혼할 거야. 내가 애 아빠 약점 잡은 게 있다고. 그것만 쥐고 흔들면 쉽게 할 수 있어.〉

"이야. 야심 찬 맥베스 부인이네."

현이 혀를 내둘렀고 정주가 웃음을 터뜨렸다. 비참하지도 서운하지도 않았다. 충격적이지도 않았다. 그저 올 게 왔다 싶었을 뿐.

"어떻게 할래?"

"유책 배우자가 이혼 소송을 하는 건 무슨 배짱인지 모르겠어. 하지만 뭐, 소송하지 뭐. 모아 둔 건 얼마 안 되지만 변호사 비용 정도는 댈 수 있을 거야."

"그래. 선빵 필승이지. 변호사는 걱정 마. 우리 병원이랑 회사 맡아 주는 법인에서 해결하면 돼."

정주가 눈을 들었다. 그녀는 살짝 웃으며 고개를 저었다. 마음이 여전히 무거운 걸 내색하지 않으려고 애써야 했다. 현이 자신에게 베풀어 주는 호의가 고맙기도 하지만 목에 걸린 것처럼 껄끄럽기도 했다.

"그건 안 돼. 마음은 고맙지만."

"안 되긴. 그건 나중에 얘기하고. 너 나랑 잠깐 나가자."

"어딜?"

"따라와 보면 알아."

현은 정주를 기어이 끌고 나섰다. 그가 정주를 데리고 간 곳은 백화점이었다.

"여긴 왜?"

"네 옷 좀 사려고."

"옷?"

정주는 불현듯 제 아래위를 훑어보았다. 그러고 보니 유경이 사다 준 옷가지 몇 개로 버티는 중이었다. 그녀의 얼굴이 굳어지는 걸 본 현이 황급히 손을 내저었다.

"아니 아니. 옷이 별로란 게 아니야. 그냥 집에만 계속 있었잖아. 답답할 것 같아서. 핑계 대기 좋잖아. 새 옷 사면 밖으로 나가기도 좋고."

그는 정주의 마음이 바뀔까 봐 두려운 듯 냉큼 손을 잡아끌었다. 정주는 그를 보다 웃고 말았다. 솔직히 부담스러우면서도 좋았다.

이 남자가 온전히 내 것이라면.

문득 든 욕심에 정주는 소스라쳤다. 정말로 그렇게 될 수만 있다면. 헛된 욕심인 걸 알면서도 그녀는 묵묵히 현의 손에 이끌려 매장 안으로 들어갔다.

"VVIP 놀이할래? 우리 아버지가 여기 들를 때마다 단골 놀이 중이라."

"그게 뭐야."

"그런 거 있어. 우리 아버지 취미가 뭔지 아냐? 인테리어 바꾸기야. 사시사철 들러서 병원에 놓을 소품 구경하고 바꾸는 게 낙이셔."

뭐? 정주가 놀라서 입을 벌리자 현이 웃었다.

"우리 어머니, 그림이랑 소품 엄청 좋아하셔서. 아버지는 젊은 시절 그걸 철철이 못 사 준 게 지금도 한인가 봐. 잊을 만하면 백화점 엠디들 불러다 소품이며 의자 같은 거 바꾸고 갤러리 들러서는 그림 사들이고 병원 벽마다 걸어 놓고. 병원장 자리 넘기고는 아주 아들 등골 죽죽 빼먹는 중이지."

"어머나."

"그러니까 해도 돼. 귀빈 놀이."

현이 웃으며 전화를 걸었다. 잠시 후 사람들 몇 명이 달려와 공손하게 인사하고 두 사람을 전용 특실로 이끌었다.

"옷이랑 뭐 필요한 거 다 골라 봐."

정주는 카탈로그의 방대함에 놀랐다. 펼치는 것도 버거웠다. 하지만 현은 익숙한 태도로 카탈로그를 들고 펼쳐 엠디들에게 이것저것 지시했다.

그걸 보고 있으려니 왠지 마음이 무거웠다. 정주는 난생처음 겪는 일을 현은 잘도 느긋하고 세련되게 해치우고 있었다. 그녀는 카탈로그를 내려놓았다.

"왜. 마음에 안 들어?"

"아니 그냥……. 뭐가 뭔지 모르겠어. 못 고르겠어."

"그럼 보고 고르자."

현의 말에 엠디들이 사라졌다. 조금 뒤 그들은 기다란 옷걸이에 가득 걸린 옷 한 무더기를 끌고 나타났다. 현이 정주의 어깨를 톡톡 두드렸다. 마치 격려하듯이.

"느긋하게 골라 봐. 아무 간섭도 안 할 거니까. 전부 그냥 네 선택이야. 고르기만 하면 돼. 뭐든지 다 그래. 적어도 너한테는."

정주가 현을 똑바로 응시했다. 두 사람의 시선이 마주쳤다. 먼저 시선을 돌린 건 정주였다.

"내가 이런 걸 다 받아도 되는 건 아니잖아. 대가도 없이."

"대가는 있어. 치르면 돼. 근데 지금 얘기할 건 아니라서."

현이 빙긋 웃었다. 정주의 가슴속이 또다시 진득하게 눌어붙었다. 저 시선이 어떻게 자신을 바라보는지. 그의 손가락이 어떻게 어루만지는지. 저 입술이 어떻게 자신을 부드럽게 더듬을지.

갑자기 웬 엉뚱한 생각이야. 정신 차려.

그렇게 자신을 다독이면서도 심장이 세차게 뛰었다. 그녀는 제 동요를 감추려고 억지로 옷을 고르는 척했다.

"왜 이렇게 망설여. 안 되겠다. 이 사람 옷 좀 골라 주세요. 좋아하는 게 어떤 거였지? 심플한 거지? 가끔은 레이스 달린 것도 좋을 텐데."

"그럼 레이스 속옷은 어떠실까요? 겉은 단순한 디자인을 입으셔도 속옷은 레이스 달린 걸 선호하시는 분들이 많거든요."

엠디가 방긋 웃으며 속닥거리더니 다른 옷걸이를 서둘러 가져왔다. 빼곡하게 걸린 속옷들의 향연에 정주의 얼굴이 붉어졌다. 현이 빙글거리며 정주에게 물었다.

"마음에 드는 걸로 골라. 아니다. 그냥 다 살까?"

"미쳤어."

"왜? 나 죽어라 돈 버는데. 아주 잘 버는데. 잘 번 돈 보람차게 한번 써 보자."

현이 느긋하게 손가락을 까딱거렸다.

"여기 있는 거 다 싸 줘요. 옷도. 아, 그리고 잠옷, 이지 웨어. 그리고 화장품도. 향수, 바디용품들. 그리고 또 뭐가 필요하지? 아, 그래. 시계. 귀걸이. 목걸이도."

순식간에 물건들이 착착 쌓였다. 현은 능숙하게 시계와 귀걸이, 목걸이를 고르고 나머지는 전부 싸라고 지시했다. 정주는 이제 질려서 말도 나오지 않았다.

"아, 이건 지금 전부 하고 나갈 거니까 따로 빼 주고."

현의 말에 물건들을 든 엠디가 정주의 손을 잡았다. 그녀는 정주를 널찍한 파우더룸으로 이끌었다.

"남편분이 정말 자상하시네요."

"저쪽 종합 병원 원장님이시죠? 어쩜. 사모님 있으신 줄은 몰랐어요. 진짜 좋으시겠어요."

"아, 네."

아니라고 말하려던 정주는 그냥 수긍하는 것처럼 대답하고 말았다. 현에 대해 이상한 소문이 돌면 안 된다고 생각하면서도 부정하는 게 더 이상할 것 같았다. 어차피 다음엔 보이지도 않을 테니 상관없다 싶었다.

엠디들이 정주에게 옷을 건네고 입는 것을 도와주었다. 뭔가 어색했지만 금세 끝났다. 하지만 그건 오판이었다. 이내 다른 과정이 기다리고 있었다.

또 다른 사람들이 들어왔다. 그들은 정주를 거울 앞에 앉힌 다음 머리를 손질하고 메이크업을 해 주었다. 깜짝 놀라서 거절하려고 했지만 그럴 새도 없었다.

"평소에도 백화점을 종종 찾아 주세요. 여기 입점한 미용실 직원들이랍니다. 제가 따로 명함을 드릴 테니 전화만 주시면 됩니다. 부득이하실 땐 저희가 상품을 들고 직접 방문도 하니 언제든 편하게 연락 주세요."

엠디 중 우두머리가 명함을 건넸다. 정주는 어색하게 그걸 받아 챙겼다. 마지막으로 거울을 본 다음 그녀는 현이 기다리고 있는 곳으로 향했다.

"이야."

현의 눈빛이 변했다. 그는 묘하게 번득이는 듯한 시선으로 정주를 꼼꼼하게 훑어보고는 만족스러운 웃음을 지었다.

"진짜 예쁘잖아."

"사모님께서 평소에 소탈하셔서 잘 안 꾸미시나 봐요. 오랜만에 꾸미시니 이렇게 근사하신데."

엠디들의 말에 현이 자랑스러운 미소를 지었다.

"그렇죠. 안 꾸며서 탈입니다."

그는 어색하게 서 있는 정주에게 다가가 상자를 내밀었다.

"들고 있어 봐. 내가 걸어 줄게."

상자를 열자 아까 그가 고른 장신구가 주르륵 놓여 있었다. 현이 조심스럽게 목걸이와 귀걸이를 걸어 주었다. 딸깍 소리가 날 때마다 손끝이 가볍게 살갗에 닿았다. 그때마다 미묘한 떨림이 가슴속 깊이 울렸다.

"자. 다 됐다. 우리 정주 오늘 예쁘다. 진짜."

현이 가벼운 어조로 귓가에 속삭였다. 조금 달아오른 듯한 날숨이 귓가를 흔들 때마다 가벼운 전율이 일었다. 정주의 귓가가 살짝 뜨거워졌다. 그녀는 아무렇지 않은 척하려고 노력했다.

"자, 이제 변호사를 만나러 가실까요."

현이 그녀의 손을 잡아 제 팔에 끼웠다. 정주는 얼떨떨한 가운데에서도 현에게 가볍게 웃어 보였다.

"이렇게까지 안 해 줘도 되는데."

"고마워하지 않아도 돼. 언젠가는 한 번쯤 해 주고 싶었어. 예전 학교 다닐 때 네가 매일 반찬 챙겨 주고 그랬잖아. 그 보답이라고 생각해."

현이 너무 아무렇지 않게 대답해서 하마터면 가슴 한구석이 무거워지는 걸 알아채지 못할 뻔했다. 정주는 곁을 차지하고 걷는 남자의 팔짱을 끼고 있는 저 손을 내려다보았다.

언제부터 이런 게 자연스러웠을까.

다시 만난 지 얼마 되지 않았는데 현은 벌써 제 곁을 차지하고 있었다. 그의 마음이 느껴지는 걸 어떻게 받아들여야 할지 흔들렸다. 그녀는 애써 마음의 동요를 감추며 미소를 지었다.

* * *

"이혼 소송 전에 서로 조정이 성립될 수도 있습니다."

"이혼 조정이요?"

"네. 서로 원하는 걸 협의해서 순조롭게 이혼을 협의 청구하는 방식입니다. 유책 배우자의 경우 소송보다는 조정을 선호하지요. 물론 이 경우엔 당연히 이정주 씨가 유리하긴 합니다. 다만 어느 쪽이든 아직은 위자료 액수가 적으니 재산 분할 청구도 함께 들어가야겠죠."

정주는 고개를 끄덕이고 챙겨온 자료들을 내놓았다. CCTV 영상이며 녹취록, 지명이 내내 일삼았던 폭력의 증거까지. 변호사가 파일들을 챙긴 후 이런저런 서류들을 내밀었다.

정주가 꼼꼼하게 훑어보고 도장을 찍는 사이 현은 그녀의 안색을 면밀하게 살폈다. 변호사가 파일을 하나 재생하자 익숙한 목소리가 들렸다.

〈걔 아직도 병원에 입원해 있대? 돈도 많네. 특실인가 보던데.〉

〈재수 없고 밥맛 떨어지는 년이라니까.〉

〈그러게. 성질머리가 그 모양이니 너처럼 괜찮은 남자도 못 알아

보지. 그때 네 어머니가 나 돈 없다고 반대하지만 않았어도 지금쯤 행복하게 살고 있을 텐데.〉

〈우리 엄마가 좀 멍청해서 그래.〉

"저거 머리에 든 게 없는 건 제 엄마 닮아서 그런 거야? 역시."

자식은 엄마 머리를 닮는다더니. 현이 작게 투덜거렸다. 심각한 와중에도 웃음이 비죽 튀어나왔다. 정주는 현을 살짝 흘겨보고 다시 변호사의 표정에 집중했다.

〈난 네가 진짜 좋아. 지명아. 우리 사랑 영원히 갔으면 좋겠어. 하늘보다 땅보다 네가 더 좋아.〉

"으아악. 이거 뭐야. 무슨 드라마도 아니고."

현이 끔찍하다는 얼굴로 중얼거렸다.

〈나 요즘 이혼 준비 많이 했어. 그거 알아? 어쩌면 내가 위자료랑 재산 분할 더 받을 수 있을지도 몰라. 왜냐면 그 새끼 술집 마담이랑 딴살림 차리고 있거든. 원래 쥐고 있던 게 문제가 아니었어. 일단 캐 니까 고구마 덩이처럼 줄줄이 나오더라.〉

윤혜가 분한 목소리를 냈다. 지명이 딱하다는 듯 어르고 달래 주는 소리가 들렸다.

〈그래. 속상한 티 팍팍 내고 당분간 여기서 지내. 네 집처럼. 아 니 뭐, 조만간에 우리 집 될 거니까. 안 그래? 너 이 아파트 엄청 좋아하잖아.〉

〈그럼. 브랜드 아파트라 집값 잘 오르고 평수도 꽤 넓고, 너무 좋아. 예전부터 너 여기 사는 거 엄청 부러웠어. 지명아, 우리 여기 팔지

말고 오래오래 살자. 응?〉

〈그래. 너 원하는 대로 다 해 줄게.〉

윤혜가 감동에 젖은 듯 작게 한숨 쉬었다. 지명이 피식 웃는 소리가 들렸다. 잠시 후 낯뜨거운 소리가 마구 들려왔다. 변호사가 재생을 멈췄고 현이 고개를 절레절레 저었다.

"세기의 사랑일세."

"풉."

저도 모르게 웃음이 튀어나왔다. 그러면 안 된다고 생각하면서도 터진 웃음을 막기가 힘들었다. 정주는 나직하게 계속 웃고 또 웃었다.

그녀가 웃음을 멈출 수 있었던 건 현이 가볍게 등을 쓸어 준 후였다. 순간 미묘한 떨림이 그녀의 살을 스치고 지나갔다.

현의 손이 닿을 때마다 몸이 움찔거렸다. 정주는 제 몸의 변화가 놀라우면서도 조금은 두려웠다.

이래도 되는 걸까.

현과 닿을 때마다 흔들리는 마음이 혼란스러웠다. 변호사가 어쩔 수 없다는 웃음을 보였을 때, 정주는 고개를 작게 흔들어 제 마음속에 싹트는 작은 불씨를 지워 버렸다.

"원래 유책 배우자가 더 당당한 경우가 많습니다. 그래야 자기가 하는 사랑이 당당하다고 말할 수 있거든요. 아무튼, 폭력도 그렇고 이렇게 증거가 많으니 생각보다 쉽게 진행될 수도 있을 겁니다. 물론 상대방이 원만하게 합의해 주겠다고 해야 가능하겠지만 이런 경우는 증거만 봐도 합의부터 찾는 분이 꽤 많거든요."

현의 말대로였다. 정주는 변호사에게 몇 가지 주의 사항과 이런 저런 조언들을 듣고 자리에서 일어났다.

"될 수 있으면 입원 상태를 조금이라도 더 유지하세요. 나쁘진 않을 겁니다. 너무 오래 있으면 보험 회사나 의료 공단에서 이의를 제기하겠지만요."

"그건 제가 알아서 하겠습니다. 법정 기한까지는 있어도 되니까요."

현은 변호사와 인사를 나눈 후 정주를 데리고 밖으로 나왔다.

"어떡할래? 저녁 먹고 들어갈래?"

"아니. 얘기 들어 보니까 섣불리 나가면 안 되겠는데? 당분간 병원에 틀어박혀 있을까 하는데."

정주가 지친 얼굴로 힘없이 말했다. 오랜만의 외출이었던 데다 장시간의 쇼핑이며 변호사까지 만났더니 몸도 마음도 무거웠다. 그녀는 차에 올라타자마자 축 늘어졌다.

"괜찮아. 한숨 푹 자. 집으로 바로 갈 테니까."

현의 말을 듣자마자 잠이 쏟아졌다. 정주는 눈을 감았다. 혼곤한 사이에도 옆에 있는 남자가 의식되어서 꿈인지 현실인지 몽롱했다.

누군가 그녀의 손을 가볍게 만지는 것 같았다. 눈을 뜨려고 했지만 좀처럼 깰 수가 없었다. 아까 현이 등을 쓸어 주었을 때처럼 가벼운 전율이 느껴졌다. 그녀는 무심결에 중얼거렸다.

"……안 돼. 그러면."

"뭐가?"

"그게……."

뭐라고 중얼거린 것도 같았다. 무슨 말을 했는지 누군가 낮게 웃는 것도 같았다. 그러나 그것도 잠시, 그녀는 곧바로 깊은 잠으로 빠져들었다.

* * *

눈을 뜨자 낯익은 천장이 보였다. 현의 집이었다. 그녀가 묵고 있는 방. 정주는 아이처럼 눈을 비비며 자리에서 일어났다.

그녀는 제 몸을 내려다보았다. 이불은 곱게 덮여 있었으나 어제 입은 옷 그대로 잠들어 있었다. 그제야 어제 현의 차 안에서 그대로 잠든 게 생각났다. 당황스럽고 부끄러웠다.

"맙소사."

정주는 서둘러 장신구를 떼고 밖으로 나갔다. 집안은 조용한데 주방에서 뭔가 소리가 들렸다. 고소한 기름 냄새도 풍겼다. 베이컨이었다.

도우미 아주머니가 뭔가 준비하시나.

아침을 준비하기엔 좀 늦은 시간이었지만 정주가 내내 자고 있었으니 지금에야 준비할 법도 했다. 갑자기 배고픔이 느껴졌다. 그녀는 서둘러 욕실로 들어갔다.

샤워를 마치고 큰 수건으로 몸을 두르고 나오는 순간이었다.

"정주야……엇!"

현이 당황한 표정으로 그녀의 앞에 서 있었다. 욕실 맞은편 그녀의 방으로 들어가려던 참이었다. 두 사람의 눈이 마주쳤다. 순간 정주는 당황해서 수건을 꼭 여몄다.

현이 그녀를 뚫어지게 응시했다. 당황함도 잠시, 기묘한 갈증이 가득한 얼굴로. 꼭 잡아먹을 것처럼 노려보다시피 하는 시선에 정주의 심장이 크게 뛰었다.

움직여야 하는데 발길이 떨어지지 않았다. 시선이 계속 마주쳤다. 어디로 피해도 그 끝엔 현이 있었다. 무언가를 갈망하는 집요한 시선.

뜨거웠다. 온몸이 화끈거렸다. 심장이 제멋대로 뛰고 입이 바짝 말랐다. 정주는 자신도 현과 같은 눈으로 그를 보고 있다는 사실을 깨달았다. 머릿속은 텅 비었는데 뭔가 말이라도 해야 했다. 속 언저리가 뜨끈하게 얹혔다.

"아니, 저, 그러니까 그……. 어제 그냥 차에서 잠들어 버려서."

"아. 그랬지. 피곤한 것 같아서 그냥 재웠어. 옷도 갈아입히려다 아침에 민망해할까 봐 뒀고."

"어, 어……. 그런데 출근 안 해?"

아. 현이 나직하게 웃었다. 어딘지 서늘해 보이는 얼굴이 일순 조금 다정한 듯도 보여서 정주의 심장이 툭 내려앉았다. 그는 잠깐 턱을 쓰다듬다 바지 주머니에 손을 꿰었다.

"휴가야. 안 그래도 요 며칠 너무 바빠서 좀 쉬고 싶었어. 병원은 유능한 비서진과 이사진이 있고, 회사는 일선 경영은 일단 다 넘겨 준 상태라. 쉬고 싶을 때 쉴 수 있게 조금 독선을 부려 뒀지."

대신 평소에 일 안 하면 두들겨 맞지만. 현이 농처럼 가볍게 뒷말을 던졌다. 정주는 그저 고개만 주억거렸다.

현이 빙긋 웃었다. 날카롭고 서늘한 눈매가 휘어지고 부드러워졌다.

저렇게 웃었던가.

아주 잘 안다고, 익숙하다고 생각했는데. 정주의 가슴속이 순식간에 횡횡해졌다. 그녀는 제 눈빛에 무엇이 비치는지 잘 몰랐다. 하지만 현은 금세 알아차렸다. 그건……. 어쩌면 자신과 같은 갈증일지도 모른다.

"아, 참. 아침 식사 만들었는데. 먹어 줄래?"

"어 정말?"

"그럼. 내가 딴 건 몰라도 베이컨과 달걀은 좀 하거든."

그제야 자신이 아직도 수건만 달랑 두르고 있다는 게 떠올랐다.

얼굴이 횡횡해졌다. 가슴이 거세게 뛰었고 체온이 급격하게 오르는 것 같았다. 반대로 손발은 차가워졌다. 제 몰골이 어떨지 안 봐도 휜했다.

"감기 걸린다."

현이 싱긋 웃으며 문을 열어 주었다. 정주는 쫓기듯 서둘러 방 안으로 들어갔다.

놀란 가슴은 여전히 마구 방망이질 치고 손이 덜덜 떨렸다. 어째서 이렇게 두근거리는지. 그녀는 가슴을 쓸어내리며 고개를 흔들었다.

"안 돼. 이정주. 걘 멀쩡한 싱글이고 넌 이미 이혼 직전의 유부녀야. 엄청나게 폐를 끼치게 되는 거라고."

머리를 쥐어뜯었다. 골치가 아팠다. 앞을 둘러싼 문제 외에 커다란 돌덩이 같은 짐이 또 하나 얹어진 기분이었다. 그녀는 옷을 마구 헤집었다. 손은 떨리고 가슴은 여전히 거세게 뛰는데 머릿속은 뒤죽박죽이었다.

정신 차려. 이래선 안 돼. 아직은.

아직? 정주의 머릿속이 뒤엉켰다. 아직은 아무것도 결정된 것 없고 여전히 지명의 아내인 자신. 그런데 저 남자만 보면 이렇게 가슴이 뛰고 목이 말랐다. 심장이 거세게 뛰어 금방이라도 터질 것만 같았다.

만약 이혼하고 난 후라면.

정주는 힘없이 고개를 저었다. 현이 아무리 잘 대해 준다 해도 온전히 제 사람이 될 수는 없었다. 그건 욕심이었다. 너무 커서 감당할 수 없는 욕망.

차라리 당분간 병원으로 가 있는 게 나을 듯싶었다. 아니, 어디론가 숨고 싶었다. 정주는 주저앉아 머리를 감싸고 한참 숨을 내쉬었다.

거세게 뛰던 심장은 이제 갑갑해진 심정에 억눌려 고통스러워하고 있었다. 그녀는 한참 동안 숨을 몰아쉬다 간신히 옷을 주워 입고 나섰다.

"괜찮아? 한참 안 나오길래 걱정했네."

주방으로 들어가자 현이 뛰쳐나와 그녀를 반겼다. 그의 손이 이마를 쓸었다. 그 눈에는 이제 염려와 다정함만이 남아 있었다.

"열은 없는데."

"어, 괜찮아. 어젠 좀 피곤했나 봐. 배고파."

"그렇지? 어제는 저녁도 안 먹었으니."

현이 그녀의 등을 감싸 식탁 앞에 앉혔다. 그리고는 커다란 접시를 가져왔다. 정주는 작게 헉 소리를 냈다. 그러니까, 이건 예술이었다.

베이컨은 상추 위에 얌전히 놓여 있었고 달걀 프라이 옆엔 조그만 오믈렛도 담겨 있었다. 신선한 샐러드와 토마토, 소시지와 크루아상, 바삭하게 구운 토스트가 함께 자리 잡고 있었다. 정주는 브런치 전문 카페처럼 예쁘게 담긴 음식들을 물끄러미 보았다.

이 남자는 어떻게 이렇게 할 수 있는 걸까.

심장이 또다시 거세게 뛰었다.

대단찮은 일이야. 이 집에 초대받는 누구에게나 이렇게 해 줄 거야. 하물며 오랜만에 보는 불쌍하고 하찮은 대학 동기에게야 어련하려고.

괜히 마음이 비죽거렸다. 마치 사춘기 소녀처럼 불쑥 입을 삐죽거리며 투덜거리듯. 정주는 제 마음의 갈피를 잡지 못하고 그저 시선만 내리깔고 있었다.

"겨우 식사 한 접시로 이렇게 감동할 일이야? 자주 해 줘야겠네."

현이 옆에 앉으며 미소를 보였다.

"얼른 먹어. 식겠다. 아, 접시 조심해. 식을까 봐 오븐에 넣어 둬서 뜨거울 거야."

그가 포크와 나이프를 들었다. 정주가 그걸 뺏으려 들었지만, 그는 싱긋 웃으며 접시를 끌어당겨 음식을 단정하게 잘랐다.

"자, 아 해."

포크에 음식을 이것저것 잘도 찍어 입가에 갖다 댔다. 정주가 난처하게 웃으며 포크를 받아 들려고 하자 그는 고개를 저었다.

"아니. 안 돼. 얼른 먹어. 다 떨어진다."

"내가 먹는다고."

"아 참. 얼른 입이나 벌려. 응?"

하는 수 없이 입을 벌렸다. 놀랄 만큼 맛있었다. 현은 칭찬을 바라는 강아지처럼 그녀를 빤히 바라보고 있었다. 정주는 고개를 끄덕였다.

"진짜 맛있어."

"으흐흐. 다행이다. 하긴, 그동안 갈고닦은 솜씨인데 맛없을 리가 없지."

현이 즐겁게 웃으며 다시 한 입 내밀었다. 이번에도 거절할 수가 없었다. 당연했다. 정주는 결국 그가 주는 대로 다 받아먹어야 했다.

그가 아무리 손님 대접을 잘해도 먹여 주기까지 할 리 없었다. 왠지 미묘하게 뿌듯함이 들었다. 그녀는 그걸 그냥 배가 불러서 그런 거라고 치부하고 말았다.

"잘 먹었으니 상으로 커피 줄게."

"그게 상이야? 커피는 기본 옵션 아니었어?"

정주가 어이없어서 웃자 현이 고개를 갸웃거렸다.

"그런가? 그럼 이건 어때?"

그의 얼굴이 가까이 다가왔다. 뭐가 뭔지 알아차릴 사이도 없었다. 순식간에 따뜻한 감촉이 이마에 느껴졌다.

정주의 눈이 커졌다. 그의 입술이 이마를 누르고 간 감각이 선명했다. 이마가 화끈하게 느껴졌다. 그때 뒤에서 인기척이 났다.

"어머나! 드디어 여자 친구 생긴 거야? 이거 정말 축하할 일인데?"

정주의 몸이 굳어졌다. 현의 눈도 커졌다 이내 가늘어졌다. 뭔가 마음에 안 들 때 짓는 표정. 살짝 짓씹은 입술. 마치 영화의 정지 장면처럼 선명하고 느릿하게 시야에 잡혔다.

순간 정주는 황급히 몸을 돌렸다.

그녀의 시야에 들어온 여자는 낯익은 얼굴이었다. 가늘게 잡힌 주름만 아니라면 현과 똑같은 서늘한 눈매. 더 가늘고 여리지만 단호한 입매와 얼굴. 현의 어머니. 도형주 교수였다.

"어머. 이게 누구야? 정주. 이정주. 맞지? 이게 몇 년 만이니? 세상에. 살아는 있었어?"

정주를 반기는 모습조차 예전과 똑같았다. 더구나 어째서 몰랐는지 신기할 정도로 두 모자는 닮아 있었다. 정주의 동공이 흔들렸다.

도 교수는 예전 학교의 시간 강사였다. 그때 도 교수는 정주를 무척 아껴 주었다. 시간 강사일지언정 조언이며 지도를 아끼지 않았던 사람. 그런데 그가 현의 어머니였다니.

정주는 최대한 반갑게, 하지만 조심스럽게 인사를 건넸다.

"안녕하셨어요. 교수님. 그간 잘 지내셨지요?"

"아이고. 교수는 무슨 교수야. 은퇴한 지가 언젠데. 현이 나이를 보렴. 그나저나 넌 하나도 안 변했다. 어째 이렇게 한참 말갛고 예쁘니."

"그럴 리가요. 나름대로 고생도 많이 하고 때도 많이 묻은걸요. 교수님이야말로 하나도 안 늙으셨어요."

도 교수가 고개를 저으며 환하게 웃었다.

"거짓말하면 못써. 주름이 자글자글한데 무슨. 그런데 놀랐지? 내가 현이 엄마라서?"

"어, 그게."

정주는 잠시 망설이다 고개를 끄덕였다.

"솔직히 엄청 놀랐어요. 그런 줄은 꿈에도 몰랐어요."

"그치? 쟤가 그렇게 무심해. 어떻게 내가 엄마라고 친구한테 한 마디도 안 할 수 있니. 진짜 서운하단다."

도 교수가 환하게 웃으며 정주의 손을 쓰다듬었다.

"고생이 많았다며. 그동안 힘들었겠구나. 모처럼 쉬게 됐으니 마음 편하게 있다 가. 나도 어쩌다 한 번 오는데 딱 만나게 돼 버렸네. 놀랐지? 그래도 앞으로는 미리 알리고 올게. 오랜만에 널 봐서 정말 기쁘단다."

"어머니!"

현이 질색하며 버럭 소리 질렀다. 정주는 민망해서 고개를 들 수 없었다. 도 교수가 깔깔 웃으며 손을 내저었다.

"죄송해요. 그……. 방금은 놀라셨을 텐데."

"어머나. 아냐 얘. 아 참, 그래. 오늘 시간 있니? 현이 너 정주 좀 빌려줄래?"

"물건도 아니고 빌리고 말고가 어딨어요. 연락도 없이 불쑥 쳐들어오질 않나. 갑자기 사람 달랑 데려가려고 하질 않나. 어머니가 제일 무례한 거 아시죠?"

그만. 정주가 난감해져서 현의 옆구리를 쿡 찔렀다. 현은 어깨를 으쓱거리며 마음에 안 든다는 얼굴로 두 여자를 번갈아 보고 있었다. 그러나 도 교수도 만만찮았다.

"그만하고 나랑 좀 나가자. 난 지금 내 옆에서 조언을 줄 사람이 꼭 필요해."

정주는 얼떨결에 도 교수와 외출하는 상황이 되어 버렸다.

* * *

"아휴. 난 언제나 네가 참 보기 좋았어. 예쁘기도 하지만 공부도 잘하고 똑 부러지고. 너도 알겠지만, 현이 쟤는 생각보다 더 제멋대로 잖니. 사실 쟤가 빨리 여자 친구 데려와서 결혼이라도 하길 바랐단다."

도 교수는 옷을 고르는 내내 사춘기 소녀처럼 수다를 떨었다. 정주는 졸지에 그녀의 말동무가 되어 열심히 고개를 주억거리고 있었다.

바로 어제 왔던 백화점이라 엠디들은 전부 정주의 얼굴을 기억하고 있었다. 정주는 어색함에 진땀만 흘려야 했다.

"사모님. 이건 어떠세요? 다음 시즌 신상인데 먼저 세 개 들어왔어요. 색만 바꿔서 작은 사모님이랑 같이 하나씩 드셔도 좋을 것 같은데요."

"어머. 그럴까? 얘. 이거 어떠니? 마음에 드니? 이거 한번 들어 볼래?"

"저, 교수님."

도 교수가 얼굴을 찡그리며 고개를 저었다.

"어머나. 아직도 교수님이래. 얘. 어머니라고 불러. 어색하게. 나

은퇴한 지 엄청 오래됐다니까?"

"작은 사모님께서도 잘 어울리시는데요?"

"그러니까 말이야. 아유, 예뻐. 우리 아가가 세련된 편이죠?"

정주는 얼떨떨한 가운데서도 매장 엠디가 저를 작은 사모라고 부른 게 못내 마음에 걸렸다. 재빨리 그 말을 부정하려는데 도 교수가 한술 더 뜨는 바람에 아무 말도 할 수 없었다.

도 교수는 뭐가 그렇게 즐거운지 연신 웃으며 정주에게 윙크까지 보냈다. 그 바람에 정주는 꼼짝없이 그 거짓말을 묵인해야 했다.

기어이 정주 것까지 새 클러치 백을 챙긴 도 교수가 옷을 마저 고르다 말고 눈을 동그랗게 떴다. 정주가 어떤 용도로 고르는 것인지 물은 다음이었다.

"회사 창립 기념일이래. 어머, 현이가 말 안 했니?"

"회사요?"

"그래. 그 벤처 기업. 경영권은 넘겼다지만 지분도 있고 창립자 중 한 명이니까 꼭 가야지. 참, 너도 갈래? 현이한테 같이 가자고 해. 옷은 내가 사 줄게."

정주가 거절할 새도 없이 도 교수는 신나게 옷을 골라 정주의 몸에 대보았다. 엠디가 고개를 끄덕였다.

"아예 드레스 코드를 맞추시는 건 어떨까요? 레드나 퍼플, 아니면 골드도 좋을 것 같네요."

엠디의 말에 도 교수가 반색하며 옷을 헤집었다.

"어머나. 그럴까? 얘, 어떤 색이 좋겠어? 창립일이니까 레드도 좋겠다. 아니, 골드로 할까?"

결국에 정주는 도 교수와 함께 색까지 맞춰 옷을 사고 말았다. 도 교수는 그것도 모자란다 싶었는지 구두까지 새 걸로 장만해 준 뒤에 점심까지 함께 먹었다.

그녀는 커피까지 마신 후에야 현의 집 앞에 정주를 내려 주고는 손을 흔들며 사라졌다.

"언제 우리 집에도 놀러 와. 저 녀석은 아무리 말을 하라고 해도 도통 말을 안 해서. 너 만나서 다행이다. 꼭 와야 한다? 현이한테 꼭 데려다 달라고 해. 알았지?"

대답하지 않을 수 없는 분위기. 정주는 작게 고개를 끄덕였다.

"네, 그럴게요."

도 교수를 태운 엘리베이터가 닫히자 뒤에서 현이 그녀의 허리를 감쌌다. 그는 자연스럽게 허리에 감은 손을 풀지 않은 채 그대로 그녀를 집안으로 이끌었다.

"무슨 얘기가 그렇게 많은지. 하고 싶은 말이 많아서 교직에 있으셨나 봐. 넌 어머니 때문에 정신없었지?"

"너야말로 날 계속 정신없게 해."

정주는 눈을 흘겼다. 현이 소리 내 웃었다. 현관문이 닫힌 후에도 그의 손은 여전히 그녀의 허리를 감고 있었다.

심장이 두근두근 마구 방망이질 쳤다. 현에게 거센 맥박과 빨라진 숨결이 느껴질까 봐 두려웠다. 하지만 현은 정주의 마음을 알아채지 못한 듯 계속 허리를 감은 채 아무렇지 않게 말을 이었다.

"아, 어머니가 도형주 교수였다는 거? 그건 미안해. 그땐 어머니랑 아버지가 사이가 안 좋아서 별거 중이었거든. 가뜩이나 두 양반 때문에 심사가 꼬였는데 또 굳이 우리 학교에 강사로 올 게 뭐냐고. 누구 아들이라고 밝히고 싶지도 않았어."

"그것만이 아냐. 그 아침……. 아, 아니다. 그것보다 회사 창립일은 또 뭐야."

정주는 아침에 그가 이마에 입맞춤한 걸 따지려다 황급히 말을 돌렸다. 현은 이번엔 눈치챘다는 듯 느긋하게 웃으며 다시 그녀의 이마에 입을 맞췄다.

심장이 터지는 것 같았다. 아마도 볼이 새빨개졌을지도 모른다. 정주는 열기로 달아오른 얼굴을 들어 현을 똑바로 보았다.

"그, 그만해."

"뭐 왜 뭐. 내가 좋아서 하겠다는데."

"하지만 우린."

정주는 말을 삼켰다.

여전히 친구. 그 외엔 아무것도 아닌 사이. 심지어 자신은 아직도 남편이 있는 유부녀. 그걸 알면서도 마치 시험하듯 자신에게 입을 맞추는 현을 어떻게 생각해야 하나. 그녀의 마음이 다시 혼란스러웠다. 달콤하면서도 쓰고 매운 두려움이었다.

현은 너무도 여상하게 허리를 감은 팔로 그녀를 자연스럽게 거실로 이끌었다.

"어머니 말대로 창립 기념일 파티에 같이 갈래? 옷도 샀다며.

어머니가 손이 좀 커서 이것저것 다 사 주셨지?"

"그것도 난처해서 죽는 줄 알았어. 거길 내가 왜 가. 갈 만한 관계도 아닌데."

"그럼, 갈 만한 관계로 만들까?"

정주가 문득 마른침을 꿀꺽 삼키고 말았다. 현의 눈이 그녀를 빤히 응시하고 있었다.

이건 단순한 농담이 아니야.

정주의 머릿속이 새하얗게 변했다. 그녀의 눈동자가 흔들렸다. 현은 그걸 보며 고개를 살짝 갸웃거렸다.

"왜 이렇게 긴장해. 아무튼, 같이 가자. 옷도 샀으니 어디든 한번은 입어 봐야지."

"나중에 입지 뭐."

"이정주."

현이 정주 앞에 마주 섰다. 그의 눈동자가 그녀를 향했다. 안 그래도 서늘한데 더 복잡한 그늘이 생긴 그 깊은 눈동자가.

"너, 내 마음 알고 있는 거지?"

시린 숨결을 내쉴 때마다 주변이 얼어붙는 것 같았다. 동요 없는 남자와 갈대처럼 부대끼는 여자. 여린 몸이 흔들릴 때마다 안아 주고픈 충동이 일었다. 현은 콧잔등을 조금 찡그리며 손끝을 가볍게 떨었다.

정주의 동공이 흔들렸다. 그녀의 마른 시선이 현을 향했다. 그녀의 입술이 잘게 떨렸다. 본능적으로 말이 튀어나왔다.

"……응."

나직하게 토해 낸 한 마디.

정주의 얼굴이 희게 질렸다. 꼼짝도 할 수 없었다. 왜 그렇게 대답했는지는 모르지만, 그녀는 본능적으로 현에게 답했다. 하지만 그 대답에는 보이지 않는 벽이 도사리고 있었다.

현은 웃었다. 어쩌다 알게 되었는지는 모르지만, 이 여자는 본능적으로 제 감정을 알고 있었다. 그리고 한없이 단단하고 두꺼운 벽을 뒤집어쓰고 있었다.

어쩌면 못내 깨지지 않을지도 모른다. 저렇게 간결하고 확고하게 대답할 수 있다는 건, 동시에 절대 허락하지 않을지도 모른다는 무언의 암시일 테니까.

"천천히 알게 하고 싶었는데."

"……"

"그래서, 서서히 녹이고 싶었는데."

네 심장. 현이 쓰리게 웃었다. 정주는 그 자리에 얼어붙은 채 그를 응시하고 있었다. 한기가 든 것처럼 작게 떨리는 몸이 안쓰러웠다.

안아 주고 싶었다. 당장이라도 입술을 부딪쳐 말캉한 살을 느끼고 싶었다. 축복처럼 사랑한다는 말을 쏟아붓고 싶었다. 그래서, 그렇게 해서 이 여자가 조금이라도 행복해진다면.

그런데 어째서 이 여자는 이렇게 시린 눈으로 쳐다보기만 하는 걸까.

"그건, 그러니까 지금은."

"나중엔 괜찮고?"

그런 말이 아닌데. 정주는 그만 말을 삼켰다. 무슨 말을 해도 이 남자는 절대 물러서지 않을 것이다. 그렇게 자신을 똑바로 응시하며 언제든 저 팔을 벌려 안아 줄 준비를 하고 있을 것이다.

그걸 깨닫자마자 가슴이 거세게 뛰었다. 그 예전, 그가 갖게 했던 감정들. 하지만 전부 묻어 두어야 했던 마음들. 하지만 여전히 꺼내기 두려운 것들.

"그런 뜻이 아니라고 말할 거야?"

현이 다시 찡그리듯 웃었다. 의식할 수 있을 만큼 맥박이 빨라졌다. 손발이 차갑게 식었다. 어쩐지 조금 추운 것처럼 느껴지는데 이마엔 진땀이 배었다. 그의 웃는 얼굴이 한없이 다정한데도 그랬다.

"난 언제나 그랬는데."

그의 얼굴이 조금 가까워졌다. 부지불식간에. 정주는 자신이 지금 뭘 하고 있는지도 의식하지 못했다. 그 사이 현은 조금 더 가까워졌다.

눈을 마주치기 전에 입술이 먼저 부딪쳤다. 따뜻한 감촉이 느껴졌다. 현의 손이 그녀의 팔을 잡았다. 뿌리치고 싶은데 꼼짝도 할 수 없었다. 정주는 그 입술의 감촉을 느끼면서 눈을 감았다.

키스는 짧았다. 아니, 사실은 그저 가볍게 입술 위에 내려앉은 것에 불과했다. 어린아이를 달래듯 살짝 말캉한 살이 부대끼다 사라졌다. 그런데도 속이 자꾸만 홧홧해졌다. 미처 다 지피지 못한 위태위태한 깜부기불처럼 가슴 언저리를 데우다 금세 꺼졌다.

모자라.

저도 모르게 그리 생각한 정주가 헛숨을 들이켰다. 현이 시리게 웃었다. 평소처럼 다정하게 웃는데 가슴 한구석엔 서리가 내린 것 같았다.

"언제 솔직해질 거야. 이정주?"

나직한 목소리가 귓가를 파고들어 진창처럼 엉겨 붙은 속을 헤집었다. 정주의 눈동자가 흔들렸다. 현이 나직하게 덧붙였다.

"알고 있잖아. 내가 너 좋아한다는 거. 그리고 너도 그랬잖아. 그때, 날 거절하던 졸업반 때부터. 아니, 사실은 그 전부터 좋아했으면서 넌 결국 끝까지 말하지 않았어. 그렇지?"

"……."

"지금처럼 입을 꾹 다물고 화를 내도 난 알았어. 그래서 끝까지 놓지 않으려고 했어. 아니, 놓지 않아. 인생의 절반 가까이를 어이없게 써 왔지만 후회하지도 않아. 나머지 반은 널 위해 살면 되니까. 그리고 너도 역시 날 보며 네 삶의 절반을 쓰면 돼."

"……너무 늦었어. 이제 와서."

"하나도 안 늦었어."

현의 손이 볼을 감쌌다. 흔들리는 눈동자를 잡아챈 그가 시선을 고정한 채 단호하게 속삭였다.

"우린, 늦지 않았어. 말했잖아. 아직 우리 삶은 절반이나 남았고 그걸 모두 너한테 줄 거니까."

"아니야. 늦었어. 늦은 건 사실이잖아."

"너, 우리 어머니 아버지 연세가 얼만지 잘 알잖아. 우리 나이보다 더 늦게 싸우고 별거하고도 지금 또다시 화목하게 잘 살아. 그리고 우리도 그럴 거고."

"난 아냐. 우리 부모는 안 그랬다고."

"젠장. 그런 게 무슨 걱정이야."

현이 툭 내뱉었다. 그는 그녀의 볼을 쥔 채 눈을 들여다보았다.

"네가 얼마 남든, 내가 얼마 남든 상관없어. 남은 모든 걸 너한테 줄 거니까. 전부. 후회하지 않을 만큼 주고 또 줄 건데. 바닥이 나도록 퍼서 줘도 절대 바닥나지 않을 거니까."

정주의 눈이 다시 파르르 떨렸다. 견딜 수 없어져서 눈을 감았다. 입술에 다시 따뜻한 살이 닿았다. 말캉한 혀가 다물린 입술을 비집어 열었다.

부드럽게 닿던 입술이 집어삼킬 것처럼 거세게 들이쳤다. 세게 빨아들이며 혀가 입안을 쓸었다. 치열을 탐색하고 입안 깊숙이 들어와 혀를 쓸었다. 순식간에 그녀의 혀가 그의 입안으로 빨려 들어갔다.

현은 정주의 입술을 폭풍처럼 거칠게 전부 쓸어 갔다. 세게 빨아당기며 놓치지 않겠다는 듯 그녀의 목을 젖혔다. 더 깊숙이 들어갈 수 있게.

그녀의 몸이 두 팔 안에 갇혔다. 현은 팔에 힘을 주어 그녀를 끌어당겼다. 놓치지 않겠다는 듯 꽉 틀어쥐었다. 부서질 것 같아 조심스러웠던 것은 다 잊었다.

정주의 팔과 다리가 현의 몸에 부닥쳤다. 탄탄한 가슴이 그녀를 꼭 끌어안아 감쌌다. 성마른 갈증이 온몸으로 퍼졌다. 이대로 그녀를 안고 싶었다. 어디에도 갈 수 없다고, 네게 내 모든 것이 전부 다 속해 있다고.

입술이 떨어졌다. 놀랐던 눈이 키스하는 동안 잠시 감겼다 떠졌다. 정주가 퍼뜩 시선을 떨구었다. 현은 그조차도 전부 집요하게 놓치지 않았다. 그는 정주의 몸을 안은 채 놓아주지 않았다.

"놓아줘."

"싫어."

"갑갑해."

"거짓말. 엄청 편할 텐데. 침대만 과학인 건 아니라서."

심각하던 정주의 눈에 희미하게 웃음기가 번졌다. 그녀는 입술을 꾹 깨물었다. 현이 고개를 비틀어 그녀와 시선을 맞추었다.

"웃어. 영 실없잖아. 마음껏 웃고 화도 내고 서운해도 해. 밀어내지만 말고. 부탁이야. 넌 날 밀어내면 안 돼."

"왜?"

"그거야 내가 네 거니까."

단도직입적으로 말을 끝낸 현이 다시 정주를 품에 가두었다. 그의 다리 하나가 정주의 무릎을 비집고 들어왔다. 순간 정주의 몸이 흠칫거렸다. 그녀는 서둘러 몸을 빼려고 했지만, 남자의 힘을 당해낼 순 없었다.

현의 손이 그녀의 등을 쓸었다. 소름처럼 서늘한 감각이 척추를 타고 흘렀다. 정주의 몸이 휘청거렸다. 지독하게 낯설면서도 오롯이 이 남자만이 줄 수 있는 걸 직감적으로 알 수 있는 감각.

"그만해. 지금은."

"싫은데."

목소리가 갈라졌다. 현이 혀를 내밀어 입술을 핥았다. 그의 눈에 가득한 욕망이 그대로 옮겨졌다. 갈증과도 같은 열망. 정주는 힘없이 손을 들어 그의 가슴을 밀어냈다.

"제발……. 알잖아. 안 돼."

순식간에 공기가 가라앉았다. 현의 얼굴이 서늘해졌다. 그도 알고 있었다. 하지만 간신히 손에 쥔 것이다. 놓고 싶지 않았다.

정주가 절박한 표정을 짓고 있는 게 보였다.

아마도 너는 다 알면서도 그러겠지. 늘 그랬듯.

주변의 모든 것에게 호구처럼 뜯어먹히면서도 정작 제 마음 얻고 싶은 사람에겐 한없이 독하게 구는 여자. 그래서 더욱 움켜쥐고 절대 그런 것들에게 내주고 싶지 않은 여자.

현은 이대로 그녀를 안고 침실로 들어가 버릴까 고민하고 또 고민했다. 짧은 시간 동안 무간지옥에 빠진 것 같았다. 뜨겁고 독한 불길이 그의 육신과 마음을 송두리째 불태웠다. 그는 간신히 호흡을 갈무리하고 정주를 보았다.

"그래. 지금은 좀 그렇긴 하지. 짐승들이 아무렇게나 흘레붙는다고 사람도 그래선 안 되니까."

현의 팔이 풀렸다. 그의 시선도 여느 때처럼 서늘해졌다. 하지만 탐색하듯 그녀를 보는 건 여전했다. 긴장이 풀린 정주가 살짝 휘청거리자 그의 손은 다시 그녀의 어깨를 감쌌다.

"괜찮아. 난……."

정주는 입술을 깨물었다. 침묵이 흘렀다. 그녀는 눈을 질끈 감고 단호하게 말했다.

"당분간 병원에 있는 게 나을 것 같아. 어쨌든 내 일을 처리하지 않으면 안 되니까."

"독한 여자."

현이 장난스레 덧붙였다.

"나한테만 독한 여자인데 왜 이렇게 더 갖고 싶은지."

그의 숨결이 귓가를 스쳤다.

"가끔 뽀뽀는 하게 해 줘. 누가 물어보면 미국식 스웨그라고 하자. 내가 미국에서 오래 살다 왔다고 해. 알았지?"

"말도 안 되는 소리 그만해."

정주의 입가에 결국 희미하게나마 웃음기가 스쳤다. 현도 빙그레 웃었다.

마음에 조금 찜찜함이 엉겨 붙긴 했지만 당장은 그럭저럭 마무리된 기분. 정주는 그제야 한숨 놓고 짐을 쌀 수 있었다.

## 4. 사랑이 시작된다면

"뭐? 야 이 바보야. 그 좋은 기회를 놓치냐? 꽉 잡아야지!"

병원에 찾아온 유경이 정주의 멱살을 쥘 듯 다그쳤다. 약국이 휴일이라 문 걸어 잠그고 맘 편히 놀러 왔다 정주의 말에 놀란 후였다. 정주는 고개를 흔들며 찡그리듯 웃었다.

"그게 말처럼 쉽니. 날 좀 봐. 그런 말 꺼낼 처지도 시기도 아니잖아."

"네가 뭐 어때서. 요즘 재혼이 재혼이니? 그냥 결혼 한 번 더 하는 것뿐인데. 이혼녀라고 무조건 재취 자리 들어가야 하는 것도 아니고, 무엇보다 걔가 좋다잖아."

"결혼 이야기는 꺼내지도 않았어. 그럴 새도 없었고. 그냥…….

예전에 걔가 나랑 사귀고 싶어 했거든. 아직 미련이 남았나 보지."

"야. 이정주! 으이구 진짜! 암튼 저 고지명인지 개지명인지 하는 개새끼랑 네 아버지가 애 다 버려 놨어. 도대체 똑똑 잘도 부러지던 깍쟁이는 어디로 간 거야? 아니, 다른 건 그럭저럭 잘 해내면서 왜 네 일에는 이렇게 바보처럼 굴어!"

유경이 답답하다는 듯 소리를 버럭 질렀다.

"그게 말처럼 쉽지 않다고!"

정주도 결국 소리를 지르고 말았다.

"생각 좀 해 봐. 걔 어머니까지 만나고 말았어. 아예 모르는 사람도 아니고 도 교수님이란 말이야! 그런데 그 아들이 내가 좋다고 해도 걘 총각인데, 난 누가 봐도 빤하잖아. 이제 곧 이혼할 유부녀. 그분들 성에 차나 해? 언감생심이잖아. 감정만 앞세우면 다 돼? 상황은 안 봐? 난 뭐 몰라서 걔랑 안 사귀려고 하는 줄 알아?"

"그럼 걔가 좋기는 한 거네?"

정주가 입을 꾹 다물었다. 순간 유경이 키득거렸다.

"뱅. 너 나한테 한 방 먹었어."

"……."

"간단하잖아. 문제. 너 이혼하고, 걔랑 만나면 돼. 물론 네가 원하고 걔가 원하면 언제든 그 전에도 가끔은 만나도 되는 거고, 물론 이혼에 불리해질 수 있으니까 자주 만나면 안 되겠지만. 가끔 밥 먹고 차 마셔. 드라이브 가. 그 정도면 돼. 일단은. 그리고 정말 좋으면, 가끔은 그냥 하자는 대로 해. 몰래."

"야!"

"아, 본능인데 어떡해? 그냥 눈 딱 감고 몰래 해. 좋은데 어때."

"안 돼. 그건. 절대."

정주는 고개를 저었다. 남편이 부정하다고 해서 저도 같이 진창을 구르고 싶지는 않았다.

"그거야말로 최악의 문제 해결법이야. 그러고 싶지도 않고."

"그거 서운한데."

현의 목소리에 정주의 눈이 커졌다. 유경이 미안한 듯 어깨를 움츠리며 혀를 쏙 내밀었다. 정주는 천천히 뒤를 돌아보았다. 문간에 서 있던 현이 커다란 상자를 들어 보이며 가볍게 웃었다.

"다 들은 거야?"

"다 들은 거지."

맙소사. 정주의 얼굴이 희게 질렸다. 현은 침대에 달린 테이블에 상자를 놓았다. 유경이 재빨리 상자를 열고 킁킁거렸다.

"우어어. 아침이라고 도넛이랑 커피 가져온 거 좀 봐. 난 빠질 테니까 둘이서 얘기 잘해 보셔. 잠시 후에 올게."

그녀가 재빨리 도넛 하나와 커피를 들고 사라졌다. 정주가 그 뒷모습을 노려보다 한숨을 쉬었다. 현이 피식 웃으며 커피를 그녀의 손에 쥐여 주었다.

"좀 먹어야 머리도 돌아가거든. 병원 아침 안 먹었다며."

그런 것까지 체크하는 남자라니. 정주의 마음이 들썩거렸다. 알 수 없는 감정이 그녀의 목울대에 차곡차곡 쌓였다. 그녀는 현에게서 시선을 돌리고 간신히 힘겹게 대꾸했다.

"신경 안 써도 돼."

"내가 좋아서 하는 거야."

정주는 커피를 한 모금 들이켰다. 씁쓸하고 짙은 커피가 넘어가자 마음이 좀 가라앉았다. 현이 어디까지 들었는지 궁금했지만, 묻기도 곤란했다. 현이 노트북을 틀어 유경이 가져온 외장 하드를 점검했다.

"오늘도 볼 만한데."

이젠 익숙해진 지명과 윤혜의 정사. 현도 정주도 눈 하나 깜짝하지 않았다. 외려 그녀는 지금 현이 무슨 생각을 하는지 더 궁금했다.

"이 인간들 아주 갈 데까지 갔잖아. 이정주."

"그래서."

"저것들은 저러고 있는데 왜 우리는 데이트 한 번 시원하게 못해?"

현의 말에 정주는 그를 똑바로 응시했다.

"진현."

"틀린 말은 아니잖아. 내가 널 잡아먹겠다는 것도 아니고, 저것들처럼 뒹굴자는 것도 아니고. 그냥 밥 먹고 영화 보고, 드라이브하고 손 한번 잡고. 절대 안 건드리겠다고 약속하면 되는 것 아니야? 졸업하고 몇 년을 참으며 널 다시 볼 준비를 했어. 새삼스럽게 이제 와서 내가 그런 약속 하나 지키지 못할 성싶어?"

"내가 왜 안 그러는지 알잖아."

"……."

이번엔 현의 말문이 막혔다. 그는 입을 다문 채 그녀를 마주 보았다. 어린아이도 아니고. 정주는 그의 입술이 조금 부루퉁하게 튀어나온 걸 발견하고 희미하게 입가를 끌어 올렸다.

"나도 알아. 너무 많은 시간이 흘렀다는 거. 그런데도 아직은 벽이 너무 많아. 내 안에."

"······그래."

"다 깨끗하게 정리하고 잊고 싶어. 그런 다음에야 새롭게 시작할 수 있을 거야. 현이 너도 마찬가지야. 네 말마따나 그게 몇 년이야. 예전에 느꼈던 감정이 여전히 그대로인지 확신할 수 있어?"

둔중한 충격. 현의 눈동자가 흔들렸다.

"그건 또 무슨 말이야."

"그렇잖아. 그동안 너무 많은 시간이 흘렀어. 너무 오래된 과거는 언제나 변질되기 마련이고. 네 마음이 어떤 건지 아무도 모르니까. 그저 갖고 싶은 욕심이나 집착일 수도 있고······."

"젠장."

현이 나직하게 이를 갈았다. 형형하게 빛나는 눈에 정주의 얼굴이 희게 질렸다. 저렇게 번득이는 시선이 무얼 의미하는지 그녀는 잘 알았다. 분노라는 이름의 감정이 응축된 눈빛. 순간 그녀는 저도 모르게 한 발짝 뒤로 물러섰다.

그의 눈빛이 변했다. 안온하던 분위기를 깨뜨린 것에 대한 후회일까. 처참하게 찢어진 일상을 끌어안고 널브러진, 지친 여자를 동정하는 것일까. 정주는 낭패감에 고개를 떨어뜨렸다.

이를 악물었다. 지나간 시간은 보상할 수도, 돌이킬 수도 없었다.

그저 더는 비참하지 않고 싶었다. 겨우 눈빛으로 보인 감정에도 물러서고 마는 남루한 제 마음이 한심했다. 그러나 현은 그녀가 자책할 겨를조차 주지 않았다.

"너 내가 고작 그 정도인 것 같냐."

현이 어처구니없다는 듯 한숨을 쉬었다.

"내가 지금 널 어떻게 할 거라고 느껴서 두려운 거고? 그래서 그렇게 고개 숙이고 뒤로 도망치고 싶은 거야?"

지금 나도 못 믿겠는데 널 어떻게 믿어.

정주의 눈에 가득 담긴 건 자책이자 책망이었다. 그녀는 말없이 그만 바라보았다. 어쩔 수 없었다. 살면서 아무도 믿을 수 없다는 건 그녀의 가장 큰 강점이자 약점이었다.

"하긴. 그래. 너 강한데 약하지. 네 주변 사람 중 뒤통수 안 친 건 유경이 하나뿐이고. 심지어 나도 어떤 의미로는 뒤통수를 친 셈이었으니."

현이 중얼거렸다. 그의 손이 정주의 볼을 가볍게 쓸었다. 순간 정주의 눈꺼풀이 살짝 떨렸다.

"알았어. 네가 아직은 모든 게 다 두렵다는 것도. 나조차 믿을 수 없다는 것도. 그래. 알면서 한번 투정 부린 셈이야. 기다릴게. 얌전히 내 진심을 내보이면서. 그럼 되는 거지?"

정말로 투정 부리는 것처럼 보였다. 기어이 어른에게 사랑을 얻고 싶은 아이처럼. 정주는 저도 모르게 웃음을 흘리고 말았다.

그 미소에 현의 눈이 가늘어졌다. 짙어진 눈동자가 그녀를 응시했지만, 정주는 미처 그걸 보지 못하고 말았다. 그는 제게 다짐하듯 견고한 어조로 정주에게 말했다.

"그래도 충고 겸 조언 하나 할게. 금방 결정해야 할 때가 올 거야. 얼른 마음을 정해 주는 게 좋을걸."

현의 얼굴에 다시 웃음이 그려졌다. 그는 상자 안에 있던 컵 하나를 들고 사라졌다. 그제야 숨통이 트였다. 정주는 길게 숨을 내쉬고 나서야 고개를 절레절레 흔들었다. 속절없이 흔들리는 자신이 낯설었다. 그녀는 심호흡을 한 번 하고 나서야 간신히 커피를 마저 들이켤 수 있었다.

* * *

소송 준비는 생각보다 빠르게 진행되었다. 다만 예상하지 못한 변수가 생겼다. 바로 윤혜의 남편 서경후였다.

먼저 연락해 온 서경후는 상당히 격앙된 모습이었다. 그는 정주의 병실에 다짜고짜 쳐들어와 강짜를 부렸다.

"이게 어떻게 된 일인지 다 알고 있었던 거 아닙니까? 맞죠? 그런데 왜 나한테 말도 안 해 줬습니까."

"내가 그걸 서경후 씨에게 말해야 할 이유라도 있나요?"

마침 들렀던 변호사를 대동한 정주가 차분하게 묻자 그가 멈칫했다. 변호사가 고개를 끄덕이며 정주에게 동의했다. 서경후가 이를 가는 게 확연하게 보였다. 그는 가뜩이나 험상궂은 얼굴에 더 노기를 띠고 있었다.

"서경후 씨는 어디서 알게 되었나요? 딱히 말한 적도 없는데요."

"당신 변호사한테 물어보쇼."

정주가 시선을 돌렸다. 변호사가 겸연쩍은 얼굴을 했다.

"하윤혜 씨 측 증거 자료 때문에 이것저것 알아보다가 서경후 씨와 접촉하게 되었습니다."

"여편네가 칠칠맞아서 여기저기 흘리고 다니길래 수상쩍다고 생각은 했는데. 요새 집이며 회사 근처에 누가 얼쩡거리는 것 같아서 애들 좀 풀었더니 딱 걸렸더군."

서경후가 한숨을 쉬었다. 그러나 그의 눈에 다시 분노가 들어찼다.

"애 엄마란 여자가 본분도 잊고 친구랑 놀아나고 말이야. 기가 차서. 게다가 그걸 알고도 언질도 안 하고 뒤에서 의뭉스럽게 소송 준비나 하고. 이게 친구입니까?"

"그 여자랑 내가 친구인 적은 없었는데요?"

"……."

"솔직히 서경후 씨와도 친구인 적은 없었는데요."

"……동네 친구 말입니다."

"억지 쓰지 마세요."

정주는 냉정하게 서경후의 지청구를 잘라 냈다. 그제야 그는 한풀 꺾인 표정으로 정주를 보았다. 비 맞은 대형견 같아 보여서 입맛이 썼다.

"이혼 소송 하실 거라면 같이 하시는 게 어때요? 변호사님이 함께 맡아 주신다는데요. 증거도 많지만 내가 하윤혜 씨에게 민사 소송 걸어서 피해 보상금 받아 낼 건데 그때 서경후 씨 주머니에 서 그 돈이 나가게 되면 억울하잖아요."

"허, 꿍꿍이 한번 대단하시네."

"그걸 말 안 한 건 좀 미안하긴 하네요. 하지만 그것도 내 잘 못은 아니죠. 원인을 따지자면 당신 아내가 문제의 시초니까요. 물론 어리석은 내 남편이란 작자도 한몫했고요. 그러니 해결책을 함께 마련해 보자는 거예요."

서경후가 입을 다물었다. 만만찮은 인간임이 틀림없었다. 정주의 등에 식은땀이 배어났다. 그녀는 그가 입을 열 때까지 마주 앉아 침묵을 지켰다.

"그럼 이 변호사가 내 소송까지 맡아 준다 이거죠? 소송 비용은 얼마나 됩니까?"

"그건 염려하지 않으셔도 됩니다. 이정주 씨의 소송 건과는 별도로 비용이 들긴 하겠지만 생각보다 많이 들진 않을 겁니다. 일반적인 비용의 절반만 받을 예정이니까요."

정작 그 말에 놀란 건 정주였다. 서경후는 그저 덤덤하게 고개만 끄덕였을 뿐.

하지만 그 눈빛엔 숨길 수 없는 탐욕과 안도가 드러나 있었다.

똑같은 위인들. 이번엔 더 입맛이 썼다. 정주는 그에게서 시선을 돌려 변호사를 보았다. 변호사는 고개를 끄덕이며 다음 만날 시간을 지정하자고 제안했다.

서경후는 인사도 없이 나가면서 뒤돌아 정주를 한번 보고 나갔다. 그 눈빛에 소름이 오싹 끼쳤다. 그녀는 작게 몸을 떨었다.

그러나 그 뒤로도 두 사람은 변호사를 대동해 자주 만날 수밖에 없었다. 그리고 일단 마음을 정하자 서경후는 누구보다 협조적이었다.

그는 사람을 시켰는지 윤혜가 지명과 만나거나 집으로 들어가는 사진을 한가득 들고 나타났다. 그것 말고도 여러 가지 잡다한 것들을 증거랍시고 내밀었다. 질적으로 좋지 않다 해도 증거는 많을수록 좋다는 변호사의 말에 그는 의욕적으로 이것저것 모아 내밀곤 했다.

"언제 밥이나 한번 먹죠. 우리 애도 그렇고 나도 영 기운이 안 나서."

"아이가 알아요?"

변호사와 만날 때도 아닌데 불쑥 찾아온 서경후가 어깨를 으쓱했다. 정주의 눈이 커졌다. 아무래도 윤혜가 칠칠치 못하게 지명과의 관계를 들켰거나 대놓고 드러낸 모양이었다.

"애한테 다른 집으로 이사 가서 새아빠랑 살면 어떠냐고 물어본 모양입디다."

"그렇게까지 해야 직성이 풀린대요?"

"그러게 말이오. 참 기가 막혀서. 그래서 내가 병원까지 이정주 씨 찾아왔던 거요. 어쨌든 우리는 밥이나 한 끼 하죠."

"변호사님께 물어봐야겠네요."

"거, 밥 먹는 것도 허락받아야 합니까."

"당연하죠."

이번에도 끼어든 귀에 익은 목소리. 현이었다. 그는 대뜸 병실 안으로 들어와 정주 옆에 앉았다. 그의 손이 어깨를 감싸는 게 느껴졌다. 정주가 슬쩍 고개를 돌렸다. 현은 빙그레 웃고는 정면의 남자를 응시했다.

"엄밀히 말하자면 공동 소송도 아니고, 소송 비용 반은 내가 내는 겁니다. 딱히 정주가 서경후 씨 마음에 들어서 처리하는 거 아닙니다. 그저 재판을 빨리 진행하고 얼른 저 사람들 처리하고 싶어 손쓰는 거니까."

"아하."

서경후가 알겠다는 듯 눈썹을 좁혔다. 정주도 그제야 변호사가 소송 비용을 덜 받는 이유를 알았다. 서경후의 시선이 현에게로 향했다가 정주에게 돌려졌다. 그의 입가에 비웃는 듯한 웃음이 떠올랐다. 어깨에 올려진 손이 급격하게 무겁게 느껴졌다. 정주가 그 손을 뿌리치려 했지만, 현은 손에 힘을 주어 어깨를 잡았다.

"거, 보기 좋습니다. 잘 어울리시네."

황당했다. 정주가 참다못해 입을 열려는데 현이 그걸 가로챘다.

"오해는 마시죠. 그런 사이 아니니까. 오래된 친구인데 그저 도와주고 싶어서 이러는 겁니다. 이 사람은 그런 걸 용납하지 않죠. 그래서 내가 얼른 진행하려고 혼자 용쓰는 겁니다."

싸늘한 말투에 경고가 섞여 있었다. 그의 눈빛이 냉철하게 번득였다. 정주는 놀랐다. 현에게서 뿜어져 나오는 위압감은 그녀마저도 두려워질 정도였다. 현의 말을 알아들은 서경후가 살짝 굳어진 얼굴을 보였다. 그러나 그는 이내 허세를 떨며 피식 웃었다.

"그거 좋네. 돈 많고 빽 좋은 친구가 소송도 도와주고. 그럴 줄 알았으면 좀 좋은 인맥 잡아 보는 건데. 쓸데없이 동네 친구들 좋다고 어울려 주다가 뒤통수나 얻어맞고 참. 내가 영 모지리였군."

그가 일어서며 정주에게 고개를 까닥였다. 문이 쿵 소리를 내며 닫혔다. 정주는 현의 팔을 뿌리치고 매몰차게 내뱉었다.

"방금 그건 무슨 말이야. 한마디로 난 네 거니까 건들지 마라? 그런 거야?"

"그래. 아주 질투 나서 죽는 줄 알았다. 어쩔래."

현이 한숨을 쉬며 낙담한 표정을 지었다. 그는 정주의 얼굴을 빤히 보면서 그녀를 잡아당겼다.

두 사람의 눈이 마주쳤다. 물끄러미 자신을 뜯어보는 눈길에 정주의 입가가 미묘하게 굳어졌다. 현의 팔이 정주를 가두었다. 그의 가슴이 정주의 얼굴에 닿았다.

가만히 숨을 내쉬자 그의 심장 고동이 느긋하게 섞여들었다. 현이 고개를 숙여 정주를 내려다보았다. 그의 시선이 집요하고 느른하게 그녀를 훑었다. 갑자기 심장이 거세게 뛰었다. 정주의 시선이 흔들렸다. 입안이 바짝 말라붙었다. 바짝 긴장한 채 굳어진 그녀의 몸을 느낀 현이 비식 웃었다.

"왜 긴장해. 좀 전까지 당차게 집적대는 남자 잘도 물리치던 녀석이."

"너 지금 나보고 녀석이라고 불렀니?"

"오랜만에 듣는 호칭이라 어색하지?"

현이 나직하게 웃었다. 정주도 살짝 입가를 끌어 올렸다. 현이 그걸 놓치지 않고 곧바로 고개를 비틀었다. 살짝 꺾인 채 입술이 닿았다. 아랫입술이 가볍게 부딪치는가 싶더니 곧장 입술을 비집어 열었다. 뜨거운 숨결과 함께 혀가 안을 헤집었다.

"으읍."

순간 집어삼킬 듯 현이 깊게 키스했다. 그의 팔이 으스러지듯 정주의 등을 껴안았다. 서투른 호흡으로 그를 감내하던 정주가 끝내는 견디지 못하고 헐떡였다.

떨리던 숨이 뭉개졌다. 잡은 손의 핏줄이 도드라졌다. 정주의 손이 가볍게 그의 가슴을 쳤다. 하지만 그의 너른 어깨와 가슴은 꿈쩍도 하지 않았다. 끝내는 저를 집어삼켜 잡아먹을 때까지.

\* \* \*

"안 돼."

나직하고 갈라진 목소리. 현은 정주를 천천히 품에서 떼어 냈다. 그의 손은 여전히 그녀의 팔을 잡고 있었다. 그 팔에 의지해 지탱하면 안 된다고 생각하면서도 좀처럼 다리에 힘이 들어가질 않았다. 정주의 시선이 그녀를 지탱하는 현의 얼굴로 가 닿았다.

복잡하고 단단한 얼굴. 어둡게 가라앉은 시선. 그는 마치 어둠 속에서 사냥감을 노려보는 맹수 같았다. 위태로운 분위기가 감돌았다. 정주는 애써 서툴게 미소 지었다.

"아직은 안 되는 걸 아는데."

현이 으르릉거리듯 입술을 짓씹었다. 정주의 심장이 덜컹거리며 기묘하게 불뚝거렸다. 그녀는 두려우면서도 알 수 없는 긴장감에 휩싸였다.

"그런데 갖고 싶다."

보기 드물게 현은 여유가 없어 보였다. 잔뜩 가라앉은 시선이 어지럽게 배회하며 그녀를 속속들이 훑었다. 방금 입을 맞췄는데도 바짝 마른 입술이 유혹적으로 우물거렸다.

현이 눈가를 찡그리며 낮게 한숨을 뱉어 냈다. 복잡한 속이 쓰렸다. 그는 그대로 정주를 한 팔로 감싸서 이끌어 소파에 앉혔다. 그리고는 옷장을 열었다.

"옷 가방 제대로 안 풀었어? 어떤 거 입을래. 어머니가 사 준 거? 아니면 나랑 산 거?"

"무슨 말이야."

갑자기 아무렇지 않게 자신을 닦달하듯 하는 현의 스스럼없는 말에 정주는 눈을 동그랗게 떴다.

"오늘이야. 창립 기념일."

아. 그제야 정주는 무슨 말인지 알아들었다.

"그러니까 결국은 날 끌고 가려고?"

"그래. 꼭 모시고 가야겠거든. 내 파트너로."

현이 다정하지만 가차 없이 선고하듯 말했다. 그는 가방을 뒤지다 정주를 보았다.

"그 옷들은 안 챙겼나 보지? 그럼 집에 들렀다 가야겠네."

"나 아직 간다고 안 했어."

"가게 될 거야."

현이 빙긋 웃고는 어디론가 전화를 걸었다. 그사이 정주는 고민에 빠졌다. 굳이 그 자리에 이 남자의 파트너로 가야 하는 걸까. 남들이 보면 어떻게 생각할까. 그녀가 고민에 빠진 사이 통화를 끝낸 현이 카디건을 꺼내 어깨에 둘러 주었다.

"가자."

"안 갈래."

"가야 해."

현의 눈이 형형했다. 그는 날카로운 눈빛으로 정주를 응시하며 단정하듯 말했다.

"누가 뭐래도 내 파트너는 너야. 물론 안 가도 상관은 없어. 그건 네 선택이지. 하지만 그 지긋지긋한 생활 떨쳐 내고 이왕 새로운 인생을 살려는 거면 내 손 잡아. 네겐 나뿐이야."

"하지만."

말문이 막혔다. 정주는 가만히 입술만 깨물었다.

"내 말이 틀려? 이미 내 마음도 알고, 내가 이렇게 가까이 와도 밀어내지 않고, 심지어 키스도 했어. 새삼스럽게 도망치려고 하지 마. 비겁하잖아."

"비겁하다고?"

"그럼 아니야? 아니라면 너도 네 마음을 보여. 내 앞에서 당당한 것처럼 다른 사람들 앞에서도 당당하게 굴어. 아무도 네게 어떤 책임도 이유도 묻지 않아. 적어도 내 세계에선 그게 당연해. 내가 널 원한다는 것만으로도 넌 그 거지 같은 상황에서 자유로워질 수 있어."

"……."

"금방 결정할 때가 온다고 했지?"

현의 말이 귓가에 이명처럼 웅웅 울렸다. 그게 그런 뜻이었는데. 자신은 그저 하루하루 결정을 미루고 또 미루기만 하고 있었다.

알고 있었다. 두려워서, 기껏 지독한 결혼에서 빠져나오기로 마음먹었으면서 또 다른 인연에 엮이는 건 아무렇지 않게 생각하는 게. 그를 둘러싼 주변 사람들의 시선도. 함부로 남을 평가하는 잣대 위에서 금을 벗어나지 않으려고 안간힘을 써야 하는 것도.

가끔은 그냥 확 소리 지르고 싶었다. 지쳤다고. 그 모든 일을 감내하기에는 지나치게 힘들고 늦었다고. 하지만 현은 여전히 그녀를 밀어붙이고 있었고 선택을 강요하고 있었다.

"아무것도 걱정할 필요 없어. 모든 건 내 뜻대로 돌아가는 곳이야. 그리고 내 모든 건 네 뜻대로 돌아가는 곳이고. 딱 한 번만 마음먹으면 돼. 그렇게만 하면 심지어 내 부모라 해도 널 비난하고 함부로 재단할 수 없게 해 줄게."

"나 때문에 네 부모님도 버릴 수 있다고?"

"못할 것 같니?"

현이 얼굴을 찡그리며 웃었다. 정주는 눈을 감고 싶었다. 망가진 속에서 끔찍한 죄책감이 꿈틀거렸다.

왜 이 남자는 제 밑바닥을 훤히 드러내고 보여 주지 못해 안달일까.

제가 아는 진현이란 남자는 그렇지 않았다. 십 년도 넘게 제 부모가 강사였다는 사실조차 숨기는 사람이었다. 진득하고 느긋하게 속을 달이며 서서히 다가왔다. 그런데 하등 두려울 것 없어 보이는 남자가 왜 이렇게 급격하게 초조해하는 것처럼 보이는지.

알면서도 묻고 싶었다. 왜 자꾸만 진창 같은 속내를 서로 드러내자고 유혹하는지. 그게 단 하나 남은 진심이라 해도.

이제까지 잘도 숨겨 온 희미한 옛정 때문이라면 당장 그만두라고 말하고 싶었다. 그런데 이 남자는 자꾸만 아니라고 우기고 있었다. 그리고 정주는 그게 진심인지 여전히 혼란스러웠다.

"정확하게 다시 말해 줄게. 집착도 미련도 아니야. 이건 그냥 끔찍할 정도로 강렬한 애정이야."

너무 생생해서 가끔은 애증이 뒤섞인 게 아닌가 싶은 더운 피. 심장의 두꺼운 근육에 붙어 툭툭 튀어 나가 온몸으로 퍼지는 달콤하고 지독한 미약. 널 갖고 싶은 욕망. 현은 입술을 비틀어 웃었다.

\* \* \*

주차장으로 내려온 현은 정주를 제 차로 데려갔다. 그는 기어이 정주의 한쪽 팔을 잡아 저만 따라오게 단단히 고정하고 있었다.

"여전히 마음이 어지럽다면 내가 너를 어떻게 대하는지 보고 느껴봐. 그럼 좀 쉽겠지."

마음을 결정할 시간을 주겠다는데 더는 거절할 수도 없었다. 결국에 정주는 말없이 그를 따라나선 터였다.

운전석엔 낯선 사람이 타고 있었다. 현이 문을 열어 주며 말했다.

"기사야. 내가 잠깐 일을 더 보고 가야 해서. 너도 준비해야 할 테니 집에 들렀다 와."

그는 정주의 눈을 유심히 보다 한마디 덧붙였다.

"만약 정말 오기 싫으면 안 와도 돼. 실망지도 화내지도 않을 거고 그냥 내버리지도 않을 거니까. 그러니까 정말 싫으면."

현이 말을 끊었다. 그는 뭔가 감정이 치받는 듯 고개를 돌렸다가 다시 그녀를 보았다. 정주는 말없이 고개만 끄덕였다. 그녀가 차에 올라타자 현이 카드키를 쥐어 주었다. 문이 닫혔고 곧바로 차가 출발했다. 얼마 안 되는 거리지만 매끄럽고 빠르게 차가 달렸다.

"준비 마치시면 바로 내려오시면 됩니다. 여기서 대기하고 있겠습니다."

기사가 문을 열어 주며 정중하게 말했다. 정주는 알겠다고 대답하고는 집으로 올라갔다. 그리고 현관문을 열자마자 놀랐다. 이미 두 명의 전문가가 대기하고 있었다.

"오늘 바쁘시다면서요. 얼른 해 드릴게요."

여자들이 웃으면서 그녀를 앉히고 재빨리 머리와 메이크업을 해 주었다. 정주는 막상 거절하지도 못하고 어정쩡하게 앉아 손질을 받았다.

옷도 이미 싹 다림질되어 걸려 있었다. 그녀는 망설이다 도 교수가 사 준 옷을 골랐다. 종아리를 덮는 길이의 붉은색 레이스 원피스였다. 평소라면 돈이 있어도 고를 엄두도 못 낼 화려한 드레스였다.

"어머. 오늘 화장이랑 잘 어울리시네요"

클러치 백과 구두도 도 교수가 골라 준 것들이었다. 정주는 거울 속의 낯선 여인을 보았다. 영 적응이 되지 않는 모습이었다. 하지만……. 묘하게도 아름다웠다. 그랬다.

제법 봐 줄 만은 하네. 아마도 지명이나 윤혜가 보았다면 그렇게 후려치지 않았을까. 윤혜는 이 명품 브랜드가 분명한 원피스를 보고 질투에 휩싸여 눈을 번득이며 이를 드러냈겠지.

정주는 가만히 거울 속을 들여다보다 쓴웃음을 지었다. 그저 겉치장을 조금 한 것만으로도 제 궁핍하고 남루한 삶이 가려지는 것처럼 보이는 기분은 꽤나 묘했다. 그녀는 그렇게 그 자리에 서서 계속 제 모습을 뚫어지게 보기만 했다.

이게 저 남자가 약속할 수 있는 것들일까. 마음이 어지러웠다. 처음엔 연민인가 싶었다. 그래서 그의 손을 뿌리칠 수 있었는데.

이제 다시 내민 손을 뿌리치긴 힘들었다. 현의 마음이 그저 불쌍한 여자를 보는 알량한 호의가 아니어서. 얼떨결에 알고 있다고 대답하긴 했지만, 사실은 그보다 더 깊고 더 진득하고 진창처럼 엉겨 붙는 독하고 맵고 쓰린 감정이어서.

그 남자가 그런 감정을 오랫동안 지니고 있었다는 것이 더 힘들었다. 자신은 그에게 진심으로 대답해도 되는 것일까. 그런 자격은 있는 걸까. 정주는 거울 속 자신을 보며 물었다. 하지만 답할 수 없었다.

"늦겠어요. 얼른 출발하세요."

정주가 퍼뜩 정신을 차리고 방을 나서 구두에 발을 꿰었다. 도 교수가 사 준 것보다 현이 사 준 신발이 더 어울릴 것 같아 그걸로 골랐다. 의도치 않게 공평해졌다.

그녀를 태운 차가 빠르게 순환 도로를 질주했다. 파티는 강남 도심의 호텔에서 열릴 예정이었다. 휙휙 스쳐 가는 창밖 풍경이 어지러워 정주는 그냥 눈을 감았다.

차는 호텔 입구로 진입했다. 사람들이 북적이고 있었다.

"여기서 내려 주실래요?"

"예? 하지만."

기사가 주저했다. 정주는 재촉했다.

"얼른요."

\* \* \*

파티가 열리는 홀은 어마어마하게 넓었다. 호텔 연회장뿐만 아니라 그 옆 작은 행사가 열리는 연회장과 프라이빗 룸까지 전부 대여한 모양이었다. 정주는 그 입구에 서서 오도카니 안을 들여다보았다.

오가는 사람들 사이로 이리저리 시선을 옮겼다. 깊숙한 곳, 홀 중앙 부근에 한 무리의 사람들이 담소를 나누고 있었다.

그들 사이에 서 있는 현이 또렷하게 보였다. 신기했다. 그렇게 많은 사람 속에서도 그 모습만이 명료하게 보인다는 게.

그는 아름다웠다. 이상하지만, 정말로 아름답게 보였다. 남자답고 늘씬한 몸매는 딱 맞는 슈트로 감싸져 있었고 서늘한 얼굴이 잠깐씩 웃음으로 일그러질 때마다 감탄이 나왔다. 주변을 둘러싼 여자들의 눈에 찬탄이 드러나는 게 즐거우면서도 어딘지 속이 쓰렸다.

욕심이야. 과분해. 정주의 마음속에 거센 돌풍이 불었다. 외롭고 쓸쓸한 바람. 누군가 현의 앞을 가로막았다. 예쁜 여자. 바로 그 연예인이었다. 동창들이 수군거리던 그 여자.

그녀가 현의 주의를 끌려는 듯 샴페인 잔을 건네며 밝게 웃었다. 그때 또 누군가가 두 사람을 가로막고 섰다. 세련된 모습의 여자. 한눈에도 부잣집 딸처럼 보이는 구김살 없는 우아함.

둘 다 차이 나게 아름답고 근사했다. 정주 자신과는 비교도 되지 않는 화사함이 있었다. 돈 많고 좋은 배경에서 자란 사람들 특유의 밝음. 한 번도 빼앗겨 보거나 포기해 본 적 없고 원하는 건 얼마든지 얻을 수 있는 사람들.

"예쁘다."

부러웠다. 혼잣말이 나올 만큼 부러웠다. 눈물이 날 것 같았다. 억지로 이 자리에 오겠다고 했지만 그러는 게 아니었다. 그냥 여기 오는 게 아니었다.

정주는 몸을 돌렸다. 들어가지 않는 게 나았다. 아니, 들어가지 않아야 했다. 그녀는 고개를 숙이고 재빨리 계단으로 향했다. 엘리베이터 앞에 서 있다간 현이나 도 교수를 맞닥뜨리게 될까 봐 두려웠다.

내내 복잡하던 속이 아예 절절 끓었다. 쓰리다 못해 시렸다. 시야가 흐릿하고 손이 덜덜 떨렸다. 정주는 묘한 기시감에 시달렸다. 바로 지명과 윤혜가 한데 엉킨 걸 발견한 그날이었다.

아니, 좀 달랐다. 지명을 사랑한 적은 없었으니까. 세상 그지없는 망종인데도 일단은 제 경계 안에 있던 사람이었다. 어쨌든 그 정도의 신의는 있을 거라고 믿었던 이가 뒤통수를 쳤다. 그때 느꼈던 격렬한 분노를 그녀는 아직 기억하고 있었다.

그런데 그때 느낀 감정과 지금은 결이 비슷하면서도 달랐다. 그게 분노와 배신감이었다면 지금은 엄연한 질투였다. 그걸 인정하는데 걸린 시간은 그리 길지 않았다. 눈에서 비늘이 떨어지듯. 문득 꽃잎이 떨어지듯. 한순간에 다가와 벼락처럼 머리를 울리고 지나가는 놀라운 자각. 아아. 정주는 작게 신음했다. 손으로 벽을 짚었다. 머리가 윙윙 울렸다. 벗어나지 못할 거야.

눈이 멀 것처럼 반짝거리는 조명 아래 서 있던 현은 이미 자신과는 동떨어진 사람이었다. 그가 가진 모든 것들은 어떻게 해도 정주가 가질 수 없는 것들이었다. 비록 그는 그 모든 걸 그녀에게 다 주겠다고 자신 있게 말했지만, 염치도 없이 넙죽 받을 수는 없었다. 그럴 자격이 없었다. 그건 아마도 다른 여자가 받아야 할 것들이었다.

그런데도 정주는 상처 입었다. 가슴이 찢어지는 것처럼 괴로웠다. 염치없다고 생각하면서도 현의 주변을 맴돌던 여자들을 떠올리면 눈가가 시렸다. 진짜 뻔뻔하구나. 이정주.

정주는 쓴웃음을 지었다. 정말로 상처 입고 힘들었던 사람은 아마도 현일 것이다. 그런데도 그는 여전히 웃으며 저를 향해 손을 내

민다. 그러지 말라고, 그럴 자격이 없다고 온몸으로 거절하는데도 태연하고 느긋하게.

로비 입구로 나섰다. 대기하고 있는 택시 앞으로 다가갔다. 차문을 열려는 순간 손이 불쑥 튀어나왔다.

"어서 와."

그의 목소리는 선명하게 귀에 와서 꽂힌다. 언제나. 내민 손은 오롯이 저만을 향해 있다. 정주는 현을 쳐다보았다.

"안 올 줄 알았어. 그런데 기사가 전화했더라고. 호텔 앞에서 그냥 내렸다고. 원래는 도착하면 바로 내려가려고 했는데."

현이 빙긋 웃었다. 하지만 그 눈은 웃고 있지 않았다. 얼굴은 딱딱하게 굳어 있었다. 그걸 알아차리자 몸이 굳었다. 자기방어. 어쩔 수 없는 본능적인 두려움. 현이 또다시 분노할지 모른다고 생각하면서도 한 발짝 뒤로 물러섰다. 현이 작게 혀를 찼다.

"겁내지 마. 그냥 파티를 즐기고 싶어서 그래. 너랑."

"나 아니어도 되잖아."

"아니. 난 너여야 되겠는데."

현은 이제 기다리지 않았다. 그는 손을 뻗어 정주의 팔을 잡았다. 그녀가 멈칫하는 동안 그는 허리에 팔을 감아 당겼다. 순식간에 정주는 현의 품에 반쯤 안겼다. 그는 그대로 그녀를 이끌었다.

"거짓말인 것 같아?"

엘리베이터 안에서 현이 나직하게 속삭였다. 정주는 용기를 내그를 보았다.

"사실 좀 힘들어. 여긴 내가 있을 공간이 아니라고 생각하거든. 지금 내 모습도 영 어색하고 낯설어서. 그런 거 있잖아. 사람이 안 어울리는 짓 하고 안 어울리는 장소에 있으면 꼭 사달이 나고. 솔직하게 말하면 누군가 날 아는 사람이 여기 있을 것 같아."

"그게 무슨 죄도 아닌데 왜 움츠려. 넌 엄연히 이 자리에 있을 자격이 돼. 아무것도 잘못한 거 없고 그 누구도 해치지 않았어."

죄 없다 말하는데 저리 냉랭한 목소리였다. 그러나 그 목소리와는 반대로 얼굴은 어지간히 심란해 보였다.

정주는 이 남자의 본심이 어떤지 조금 혼란스러워졌다. 그는 늘 확신하는 사람. 제 소홀함을 단죄하듯 하다가도 이렇게 흔들리게 만든다. 속이 조금 울렁거렸다. 명치끝이 답답해졌다. 홧홧해진 가슴팍을 손으로 문질렀다. 현의 날카로운 눈길이 그걸 놓칠 리 없었다.

"화병이야 그거?"

"화병은 무슨. 그런 거 걸릴 깜냥도 안 돼. 그냥 좀 답답해서."

"안 되겠다. 잠깐 쉬자."

현이 정주를 데리고 빠르게 걷기 시작했다. 파티가 열리는 홀 부근 복도에 큰 양 문이 있었다. 그는 카드키를 꺼내 문을 열고 정주를 밀어 넣었다. 프라이빗 룸이었다.

방은 크고 넓었다. 푹신한 양탄자가 발밑을 감쌌다. 두어 걸음 걷던 정주는 뒤에서 안아 오는 팔에 휘청거렸다. 현의 입술이 귓가에 닿았다.

"어떻게 말하고 뭘 보여 줘야 네가 내 말을 믿을까. 너 자신에게 확신을 가질 수 있을까."

희미한 열기가 묻어났다. 나를 믿지 않으면 결국엔 다 소용이 없는데. 그의 입에서 새어 나오는 혼잣말 같은 속삭임.

좀 전까지만 해도 질투로 배배 꼬이다 못해 거멓게 타 버린 속이 홧홧했는데 이젠 거짓말처럼 그를 믿고 싶어졌다.

"그만해. 나 너무 얄팍해서 네 말만 들으면 이랬다가 또 저랬다가 해. 너무 병신 같아서 속상해."

"그건 얄팍한 게 아냐."

현이 그녀를 뒤에서 안은 채 중얼거렸다.

"네가 널 사랑하니까 불안한 거지."

"잠깐만. 나 아직 아무런 말도……."

"솔직해져. 이정주. 너 나 좋아하잖아. 그러니까 아까 내 세상에 적응하지 못할까 싶어서 불안했던 거고. 만약 내 옆에 여자가 있다면 질투도 했을걸?"

정주의 말문이 막혔다. 제 속을 어쩌자고 저리도 훤히 헤집고 있는지. 도대체 이 남자는 얼마나 속속들이 다 알고 있는 것일까.

불현듯 부끄러워졌다. 현이 제 속을 지나치게 많이 아는 게 싫었다. 그러나 현은 거리낌 없었다. 그는 그녀를 뒤로 돌려세웠다. 단호한 눈빛이 꿰뚫듯 그녀를 향했다.

"아직도 내가 시답잖은 집착만으로 널 보고 있다고 생각해?"

"무서운 거지 시답잖은 건 아냐. 집착만으로도 사람을 죽일 수 있잖아. 집요함 때문에 사랑과 집착을 혼동하게 되면 그건 정말로 커다란 비극이 될 테고."

"안 그렇다고 했지?"

공기가 서늘해졌다. 그의 미간에 깊게 골이 파였다. 정주가 뒷걸음질 치려 했지만, 그의 팔이 놓아주지 않았다. 주춤거리던 정주가 고개를 떨구었다. 현의 손이 그녀의 턱을 틀어쥐었다.

"보여 주면 믿을 거야?"

"우읍."

힘겹게 몸을 틀어 보았지만, 남자의 힘을 당해 내긴 어려웠다. 아프진 않지만 제법 단단히 틀어쥔 턱이 고정되었다. 입술을 비집어 여는 단단한 입술이 찝찔했다. 그러나 이내 달콤하고 말캉하게 바뀌었다.

혀가 파고들어 은밀한 영역을 탐했다. 서로의 혀가 얽히고 현의 혀가 그녀를 옭매고 잡아당겼다. 거세게 빨아들여 놓아주지 않았다.

숨이 막힐 것 같았다. 키스를 멈추려고 해도 현은 용납하지 않았다. 그는 거세게 그녀의 입안을 탐했다.

질척한 소리가 났다. 귀가 뜨거워졌다. 깊은 속 어딘가가 뜨거워지는 걸 깨닫자 아랫배가 묵직해졌다. 다리가 후들거릴 정도로 거세고 치열한 입맞춤에 정신이 날아가 버릴 것 같았다.

현이 입술을 떼는가 싶더니 곧바로 귀 뒤의 연한 살에 입술을 붙였다. 질척한 소리와 함께 살갗이 타액으로 젖어 들었다.

목덜미를 따라 키스를 흩뿌렸다. 순식간에 그녀의 몸을 돌려 볼에도 입술을 맞추었다. 눈가와 코, 이마에 자잘하게 키스의 비를 뿌린 그가 등을 강하게 어루만졌다.

"그마……읍."

그만두라고 말하려던 입술이 다시 막혔다. 그가 전하는 감각에 가슴이 저릿해졌다. 척추 아래서부터 뜨끈하던 감각이 점점 열기를 더했다. 정주는 저도 모르게 현의 어깨에 손을 올렸다. 그때 현의 손이 등을 더듬었다. 작게 지퍼 내려가는 소리가 들렸다. 맨살을 더듬는 손바닥의 감촉에 정주의 몸이 움츠러들었다. 현의 키스가 짙어졌다. 혀를 강하게 얽으며 그의 손이 등을 거세게 쓸었다.

꽤 자극적이었다. 몸에 조금씩 힘이 빠졌다. 현의 손이 옷을 젖혔다. 어깨와 가슴이 절반쯤 드러났다. 현이 입술을 턱으로 미끄러뜨렸다.

"흐으……하, 하지 마."

현은 말없이 목에 입술을 대고 가볍게 빨아들였다. 온몸의 피가 빠르게 돌았다. 그녀의 육체는 현의 입술이 닿기만 해도 달아오르고 있었다.

"정말 싫은 건 아니지?"

상투적인데 그지없이 유혹적이었다. 머릿속이 휙 날아갈 것처럼 느껴졌다. 정주는 제 안에 숨어 있던 욕망이 얼마나 큰지 비로소 깨달았다. 그건 그것대로 어마어마한 충격이었다.

현의 손은 뜨겁고 축축했다. 그의 몸이 밀착할 때마다 흥분한 육체가 느껴졌다. 그것만으로도 입안이 바짝 말랐다. 놀라운 경험이었다.

반쯤 벗겨진 옷 사이로 드러난 앙가슴 위에 입술이 닿았다. 심장이 세차게 뛰었다. 머리로는 거부해야 하는 걸 아는데 몸은 좀처럼 움직이지 않았다. 아니, 오히려 그의 리드에 맞춰 착실하게 쾌감을 느끼고 있었다.

"정주야……."

나직하게 울리는 목소리가 욕망으로 한층 더 낮아졌다. 현의 애절한 부름에 정주의 눈이 반쯤 감겼다. 그녀는 취한 듯 그의 입술을 받아들였다. 그만두라고 말해야 하는데 그냥 이대로 있고 싶은 욕망이 한층 커졌다. 그녀가 대답하지 않자 현이 조바심 나는 얼굴을 들었다 다시 입술을 붙였다. 거칠게 들먹이는 가슴이 그녀의 흥분을 말해 주는 것 같았다. 현이 혀로 브래지어와 맞닿은 살갗을 쓸어가자 정주가 이를 악물었다.

"……그만해."

현은 못 들은 척 혀를 브래지어 안쪽으로 들이밀었다. 조금만 더파고들면 그녀의 달콤한 정점을 맛볼 수 있을 것 같았다. 그토록 갈망하던 순간이었다. 남들은 고작 이것 때문이냐고 비웃을지 몰라도그에겐 가장 절실한 욕망이었다. 이 육체를 온전히 얻고 싶어 보낸길고 끔찍한 시간이 주마등처럼 스쳤다. 현의 목울대가 시렸다. 삼키기엔 지나치게 고통스러운 얼음을 삼켜 버린 것처럼.

이렇게 초조하고 급하게, 사춘기 소년처럼 경우 없이 마구 덤비는 자신이 싫으면서도, 한편으로는 지금이 아니면 안 될 터였다. 이러지 않으면 이 작은 여자는 미련 없이 모든 것을 훌훌 털어 버릴지도 모른다. 심지어 저까지도.

"……그만하라고 했어."

떨리는 목소리가 욕망을 부추겼다. 자극적이었다. 새로 바르고 나온 향수도, 말간 살갗과 반짝이는 입술도. 쾌감을 숨기지 못해 조금 젖은 눈가와 반쯤 드러난 어깨와 가슴도. 현은 이대로 이 여자를 덥석 안아 침실로 들어가 버리고 싶었다. 후회한다 해도.

"널 안고 싶어."

정주의 눈가에 희미하게 열기가 어렸다. 그녀의 목울대가 꿀렁거렸다. 긴장과 욕망이 교차하는 순간이 이렇게도 달콤하고 괴로울 줄은 미처 몰랐다. 지독한 갈증이었다.

"알아. 아직 안 되는 거. 하지만 그렇게 하고 싶어. 아까 네가 그랬지? 그저 집착일지도 모른다고. 언제 꺼질지도 모르는 단순한 욕망이라고 생각했다면 넌 아직도 날 잘못 본 거야."

현이 옅게 웃었다. 그의 눈은 여전히 독하고 쓰린 욕망으로 번들거리고 있었다. 정주의 마음속에 묘한 죄책감이 들었다. 알면서도 그를 이 지경으로 몰아넣은 건 자신이었다.

"……미안."

갈라진 목소리에 현의 눈빛이 조금 가라앉았다. 그는 조심스럽게 정주의 볼을 쓸었다.

"미안할 것 없어. 그냥. 그냥 이제 네 마음을 확실하게 정해. 그래야 네가 아픈 결정을 내렸을 때 널 가둬 버릴 수 있을 테니까."

"날 가두면 어떻게 되는데? 아니, 어떻게 될 것 같아. 그렇게 하면 내가 널 사랑할 수 있을까?"

"바보구나. 이정주. 그런 건 묻는 게 아냐. 내가 널 가두는 순간, 모든 것은 네 것이 될 거야. 심지어 자유도. 다만 그땐 네가 날 떠나지 못할 거야."

그의 웃음은 시퍼랬다. 자상하지만 싸늘해진 손으로 그가 옷깃을 여미며 지퍼를 올려 주었다.

"왜냐면 내가 날 떠날 수 있을 만큼 여유를 주지 않을 거거든. 무엇으로든. 돈이든, 육체든. 원한다면 일 년에 한 번만 볼 수도 있겠지만, 대신 넌 절대 날 떠나지 못할 거야. 내가 그렇게 만들 거니까."

"……그게 가능할 거라고 생각해?"

"어. 넌 기필코 날 사랑하게 될 거라서."

현이 싱긋 웃었다. 그의 손가락이 옷 위로 불룩한 가슴의 정점을 살짝 스쳤다.

"하앗."

작은 신음이 정주의 입에서 새어 나왔다. 다리가 살짝 휘청거렸다. 현의 손이 그녀를 지탱했다. 순간 그녀는 흠칫했다. 속옷이 잔뜩 젖어 있다는 걸 깨달은 건 그다음이었다.

"사실 날 사랑하잖아. 지금도."

현이 자신만만하게 웃었다. 부정하고 싶은데 그럴 수 없는 확신이었다. 정주는 힘없이 미소를 지었다.

"너한테 아직 말 안 한 게 있어."

"그래. 사랑을 고백할 기회를 줄게."

"그런 거 말고."

정주가 살짝 눈을 흘겼다. 현이 그녀의 말을 잠자코 기다렸다. 그녀는 심호흡을 한 번 하고 말을 꺼냈다.

"내일 소장 접수할 거야. 어제 변호사가 전화했어."

"그래."

의외로 현은 담담했다. 방금까지 열정적으로 제 소유욕을 드러내던 것과는 대조적이었다. 어쩐지 좀 서운했다. 자신의 일에 소극적으로 반응하는 건.

"관심 없는데 괜히 말했나 봐."

"관심 없는 게 아니라 결과가 이미 정해진 거나 마찬가지니까. 네가 이미 다 이긴 싸움이야. 난 기다렸다가 축하만 하면 되니까 당연히 여유만만이지."

현이 피식 웃으며 정주의 손을 잡았다. 길고 모양 좋은 손이 그녀의 가느다란 손가락을 쓸었다.

"난 이미 너한테 끼워 줄 반지까지 다 생각해 둔 상태야. 물론 네가 가드 링이나 엔게이지 링은 골라야 하지만 프러포즈 링은 이미 정해 뒀다고. 그런데 그런 일로 내가 눈 하나 깜짝할 것 같아?"

장난스러운 어투에 정주도 그만 웃고 말았다. 하지만 웃으면서도 프러포즈란 말에 가슴이 다시 뛰었다. 그녀는 몰랐다. 제 얼굴이 지금 어떤 색으로 물들어 있는지를. 이러면 안 되는데.

현이 저렇게까지 말하지만, 결국엔 자신이 그에게 얼마나 짐이 될지는 모른다. 어쩌면 저 때문에 커다란 대가를 치러야 할지도. 그렇게 생각하는 정주의 가슴은 벅차면서도 여전히 무거웠다.

어떻게 잘 거절해야 할지 고민해야 할지도 모른다. 현의 손을 잡고 있으면서도 가슴 한구석에 찬바람이 불었다. 그녀는 그가 알아채지 못하게 가만히 한숨을 내쉬었다.

\* \* \*

소장을 접수하는 날, 정주는 굳이 변호사와 동행하기로 했다.

"보통은 그냥 맡기시죠. 이렇게 직접 가시는 경우는 잘 없어요. 소송 시작되면 법원 드나들 일이 참 많거든요."

변호사가 웃으면서도 의아한 눈길을 보냈다. 정주는 그냥 웃고 말았다.

"변호사님 의심해서가 아니에요. 그냥 제가 와서 내밀고 싶었거든요. 앞으로 갈 길이 머니 마음의 준비를 하는 셈 치려고요."

서류를 내고 송달 비용을 치른 후 법원을 나오면서 정주가 조심스럽게 대답했다. 변호사가 이해한다는 듯 안경을 고쳐 쓰며 고개를 끄덕였다.

"하긴 쉽지는 않습니다. 앞으로 법원에서 조정 기간도 거치라고 할 테니 함께 합석해서 면담도 해야 할 거고요. 민사 소송은 또 따로 내니까 그것도 대비해야 하고요."

"시부모님이 제 명의로 얻은 빚도 받을 수 있는 거지요?"

"음, 배우자의 과도한 빚이 사유 중 하나인데 이정주 씨 경우는 일부 받아 낼 수 있을 겁니다. 고지명 씨가 딱히 용도를 밝히지 않고 시가에 돈을 줬잖아요. 은행에서 시모의 통장에 입금한 내역도 발부받았으니 그쪽에서 온전히 상환하는 것도 가능하긴 합니다. 다만 법원 판례상 한쪽이 완벽하게 책임을 물게 하지 않아서요. 아무튼, 공동 재산 일부고 기여도라는 것도 있어서요."

정주는 작게 한숨을 쉬었다. 혼자서 시가에서 얻은 빚을 다 처리하려면 몇 년이 걸릴까. 비록 현이 약국 위탁으로 도와주고는 있지만 빚은 온전히 그녀의 몫이었다.

"될 수 있으면 많이 변제할 수 있도록 애는 써 보겠습니다. 일단 위자료와 아파트 매각 후 재산 분할 청구까지 하면 받을 수 있는 돈도 적지는 않을 거예요. 물론 그쪽에서 재판 결과를 이행하는 게 또 문제긴 하지만요. 강제로 이행하도록 집행 명령을 해도 발뺌하는 사람들이 워낙 많거든요."

"그렇겠죠. 그럴 수도 있네요."

아마 보나 마나 시가에선 펄펄 뛰며 정주를 찾아와 지청구를 늘어놓을 터였다. 매사 신경질적인 시모와 시동생들을 생각하니 짜증이 벌컥 치밀었다. 그나마 결혼 생활 동안 끝까지 싸운 덕분에 정주가 찾아가지 않는 건 별말이 없었지만 돈 문제는 확연히 달랐다.

그러고 보니 아무도 찾아오지 않는구나.

아마도 폭력을 쓴 것 때문에 체포라도 당할까 봐 겁이 난 지명이 시가에 입을 막은 모양이었다. 생각보다 더 비겁하고 겁 많은 인간이었다. 왜 진작 벗어나려고 생각하지 못했는지. 정주는 고소를 머금었다.

하지만 이제 소장이 날아가면 달라질지도 모른다. 지명은 분명 시가로 연락할 것이고, 시모 역시 가만있지는 않을 것이다. 아들 일이라면 발 벗고 나서는 양반이었으니까.

그렇게 되면 당장 내일부터 시끄러울 수도 있었다. 정주는 아무래도 따로 원룸이라도 하나 얻어야겠다고 생각하면서 변호사와 인사를 나누고 돌아왔다.

"어땠어?"

놀랍게도 현이 병실에 앉아 있었다. 정주는 눈살부터 찌푸렸다.

"바쁜 사람이 여기 있어도 돼?"

"잠깐 짬 냈다. 벌써 구박이야? 아, 서운하네."

현이 빙글거리며 은근한 어조로 물었다. 정주의 얼굴이 살짝 물들었다. 지난번 호텔에서의 일이 떠올랐다. 갑자기 그를 보는 게 어색하고 민망했다. 아무것도 아니라고 치부하면서도 절대 그렇지 않다는 사실이 그녀의 머릿속을 계속 괴롭혔다.

정주는 조금 뻣뻣하게 걸음을 옮겼다. 현이 지켜보고 있다는 사실만으로도 왠지 몸이 제 의사와는 다른 방향으로 삐걱거리며 움직이는 것 같았다. 그녀는 어색한 미소를 지으며 그를 흘끔 보았다.

"오늘 내가 준 차 키 썼다며. 그 차 어때? 잘 나가지?"

"생색은. 그래. 잘 나가더라. 끝장나게 잘 썼어."

"계속 써. 난 안 쓰는 차니까."

정주는 고개를 절레절레 젓고는 계속 곰곰이 생각하던 걸 털어놓았다.

"돈으로 애정을 표현하려고 들지 마. 자꾸 그러니까 더 의심스러워. 사실 날 좋아하는 게 아니라 트로피 와이프처럼 갖고 싶던 여자들여 놓는 건가 싶어. 그런데 이렇게 늙고 후줄근해진 여자 갖다 어다다 쓰나 싶고. 그래서 사실은 진짜 날 좋아하는 게 아니라 그냥 오랫동안 원하던 거 돈으로 사서 진열장에 놓고 잊어버리는 건 아닌가 싶고 그래."

"하."

현이 기가 찬다는 듯 짧은 신음을 냈다. 그의 얼굴이 완벽하게 일그러진 걸 보는 건 정말 오랜만이었다. 자신이 그를 찼던 때였던가.

수려하지만 아직 풋풋하던 얼굴이 기억났다. 지금 현의 얼굴은 그때와 별다르지 않아 보였다. 찡그려도 분노에 휩싸여도 근사한 얼굴. 하지만 정주는 제 얼굴을 떠올리고 저도 모르게 얼굴을 손으로 가렸다. 삶에 찌들어서 거울 보는 것조차 두려운 얼굴. 한숨이 터지려는 순간 현의 손이 다가와 얼굴에서 손을 떼어 냈다. 그의 얼굴이 지척에 다가와 있었다.

"너 정말로 그렇게 생각했어? 네가 이제 나이 먹고 별로라고? 왜, 한번 다녀왔으니 싸구려나 다름없다는 말이나 하려고 그러는 거야?"

"현아."

분노에 가득 찬 눈빛이 정주를 노려보았다. 어째서 네가 더 화를 내는 거야. 그렇게 묻고 싶은데 입이 떨어지지 않았다. 그녀는 멍하니 그를 볼 수밖에 없었다.

"한 번만 더 그런 생각하는 거 들키면 그땐 진짜 어디 납치라도 해서 네가 얼마나 근사하고 아름다운 여자인지 생생하게 확인시켜 줄게. 기대해."

스산한 말투가 악문 잇새로 흘러나왔다.

정주는 아무 말도 할 수 없었다. 그는 조용했지만 외려 그게 무서웠다. 미친 듯 화를 내고 있다는 사실은 누가 봐도 명확했다.

"너 방금 얼굴 가린 거. 그거 너 자신이 초라하게 느껴져서 그런 거지. 모를 것 같아? 난 너에 관해서라면 논문 다섯 개도 쓸 수 있어. 그건 너만 모르지. 아니, 안 가르쳐 주려고 했던 건데. 그런데 어쩌냐. 난 그렇게 너에 대해 다 알고 있는데. 그리고 그만큼 널 사랑하는데."

현의 눈빛이 짙어졌다. 그는 정주의 손목을 확 낚아챘다. 그리고는 그녀를 벽으로 밀쳤다. 퉁 소리와 함께 등이 벽에 부닥쳤다. 몸이 떨렸다. 그녀의 눈에 들어찬 두려움을 보면서 현이 이를 악물고 중얼거렸다.

"날 두려워하지 마. 밀어내지도 마. 난 그런 남자가 아니야. 네가 잠깐 속해 있어야 했던 세상의 병신 같은 머저리들과는 다르다고. 난 네 남자야. 네 것이라고. 네가 아무리 밀어내도 소용없어. 난 너한테만 기능하고 작용하니까."

그는 손을 들어 얼굴을 문질렀다. 지독하게 피곤해졌다.

접촉을 시도할 때마다 이 여자는 우선 두려워하고 본다. 오랫동안 쌓아 온 견고한 자기방어. 그걸 볼 때마다 말문이 막히고 가슴이 답답해졌다.

사람을 두렵게 만드는 게 뭔지 안다. 그래서 현은 가끔 지독한 살기에 시달리곤 했다. 지명을 맞닥뜨리면, 그가 제 앞에 서 있으면 어떻게 할까. 그는 언제나 생각할 수 있는 가장 잔인한 방법으로 그

형편없는 사내의 숨통을 끊어 놓을 계획을 머릿속에 그려 두었다.

문제는 다른 것이다. 그런 말종을 해결하는 건 오히려 쉽다. 하지만 당장 눈앞에서 떨고 있는 이 여자가 가장 큰일이었다.

어떻게 저 두려움을 없애 줄 것인가. 가까이 다가갈 때마다 설레하면서도 문득 내비치는 두려움을 볼 때마다 그의 심장은 덜컹 내려앉곤 했다. 제가 겪은 것처럼 안타깝고 비참했다. 자신을 거부하는 게 보일 때마다 참담함에 뭘 더 어떻게 해 보겠다는 마음조차 들지 않았다. 그는 무의식에 빠진 것처럼 중얼댔다.

"이정주. 넌 그냥 이정주야. 한 번 결혼해서 허물어지지도 않았고 시들지도 않았어. 진창에 발 좀 담갔다 빠져나왔다고 발목이 썩어 들어가진 않잖아. 너도 그래."

정주의 눈에서 두려움이 조금씩 빠져나가는 것이 보였다. 그녀는 조심스러운 눈으로 그를 쳐다보았다. 어색하던 표정이 어느새 말갛게 바뀌었다. 젠장. 저게 또 기막히게 예뻐서.

현은 미칠 것 같았다. 이대로 그냥 어디론가 단둘만 사라져 버리고 싶었다. 그러면 좀 나아질까. 저 말간 얼굴을 가리며 우중충하게 드리워진 패배감도, 피곤한 여운도.

그는 다시 얼굴을 문질렀다. 틀렸다. 패배감이 든 건 외려 자신이었다.

"게다가 내가 맑은 물로 네 발도 한참 씻어 줄 생각인데."

"알아. 난 다만……."

"그냥 느긋하게 받아먹어. 네 발 깨끗하게 씻기고 푹신하고 예쁜 구두 사다 신길 거니까. 그때 가서 나 꼴같잖다고 차지나 마라. 신발 신겨 주고 있을 때 엉덩방아 찧는 거 진짜 기분 더러우니까."

정주의 눈가에 희미한 웃음기가 번졌다. 하긴, 뭐. 상상만 해도 우습지. 철푸덕. 현이 마저 남은 말을 내뱉고는 피식 웃었다. 길게 내뿜으려던 숨을 꿀꺽 삼키는 대신.

그 미소에 공기가 누그러졌다. 정주도 더는 두려운 얼굴을 하지 않았다. 딱딱하던 얼굴도 한결 풀어졌다. 현이 끄응 길게 기지개를 켜고 소파에 풀썩 주저앉았다. 그녀는 조용히 그 뒤를 따라 섰다.

"당해 본 적 있는 모양이네."

"어. 초등학교 때던가. 사촌 누나가 운동화 끈 풀어졌다고 생떼를 써서. 그때 막 운동화 끈 묶는 법을 배웠거든. 신나게 복습하고 있는데 누나 손이 어깨를 꾹. 철푸덕. 비 오는데 엉덩이는 점점 젖어 들어오잖아. 그날 난생처음으로 살기를 느꼈다. 어휴."

시답잖은 추억에도 저렇게 웃어 주면서 모른 척 가슴에 비수를 잘도 꽂는다지.

말갛게 웃는 정주를 보면서 현은 씁쓰름한 마음을 꾹꾹 눌러 붙였다. 그는 아무 일도 없었던 것처럼 다시 느른하게 웃었다.

조금 전까지 강렬한 분노를 터뜨리다가도 저를 염려해서 다시 시답잖게 구는 남자. 정주의 속 언저리가 조금 따뜻해졌다. 이대로 가다간 물렁물렁 이내 다 녹아 버리겠다고 생각하면서도 정주는 현의 배려가 좋았다.

"암튼 쓸데없는 고민하지 말고 더 실용적인 걸 말해 봐. 법원 다녀오면서 뭐 결정하거나 생각한 건 없어?"

현의 아무렇지 않은 물음에 정주의 심장도 조금씩 평온을 되찾았다. 그녀는 문득 뭔가를 떠올리고 손을 맞부딪쳤다.

"어, 이 얘기도 하려고 했는데. 이제 원룸이라도 하나 얻어야 할 것 같아. 병원 입원일이 너무 길어도 저쪽에서 물고 늘어질 수 있대. 요양 병원 아닌데 장기 입원도 곤란하고. 네 집은 가면 안 되니까."

"아. 그래. 그렇지. 그래서 말인데, 너 김 사장 누님 좀 만나 봐."

"용원 언니?"

현이 고개를 끄덕였다. 정주가 아, 하고 짧은 감탄사를 냈다. 요즘 이 신도시에서 가장 건물을 많이, 그리고 빠르게 매입한 사람이 바로 용원일 것이다. 게다가 아무튼, 더러운 돈은 아니라고 당당하게 말하지 않던가.

"그런데 많이 화나셨을 것 같아. 연락도 한 번 안 하다가 갑자기 불쑥 전화하면."

"뭐, 그 양반도 바빠서 안 그럴걸. 요즘 한창 이혼 조정 중이던데. 아마 그쪽은 잘 풀릴 것 같지만. 아무튼, 일단 연락해 봐."

정주가 고개를 끄덕이는데 때마침 유경이 들어왔다. 약국이 쉬는 날이라 일찍 온 듯했다. 그녀는 할 말이 많은 듯 정주의 목을 감고 방방 뛰었다.

"야. 우리 엄마가 나 여기서 자취하는 거 허락해 줬다! 순전히 네 덕분이다. 이정주!"

"어머, 정말? 어머니 너 결혼 안 하고 독립하는 날 다시는 안 본다고 엄포 놓으시지 않았어?"

"그랬지. 엄포뿐이니? 일단 다리몽둥이 분지르고 얘기하자던 양반인데. 으흐흐, 내가 네 얘기 술술 불었지. 너한테는 미안하지만 천하에 박복해도 이렇게 박복한 년이 없다고. 그래서 내가 당분간 네 약국 좀 돌봐야겠다고 했거든."

"어머니……. 많이 놀라셨지?"

정주가 조심스럽게 물었다. 유경의 말처럼 그녀를 유달리 아껴 주고 딸처럼 보살펴 준 분이었다. 그런 분에게 제 이야기로 심려를 끼쳤다는 것만으로도 죄송스러웠다.

"말도 마라. 우리 엄마, 눈물 한 바가지 쏟고는 내가 눈물 묻은 휴지 치우는 동안 오지게 단단히 결심하셨나 봐. 너 잘 지켜 주라고 신신당부하시더라. 너 겉으로만 강한 척하고 속은 약해빠져서 그런 놈한테 잘못 걸려 또 넘어가면 안 된다고. 참, 정말 우리 이정주는 진짜 어른들한테도 사랑받고 말이야. 그 모지리 새끼 집구석 말고는 어디 가서 미움은 안 받는다 이 말이야. 그리고 이제 나한테도 요렇게 이쁜 짓을 해 주고! 고맙다고!"

저를 팔아 독립을 쟁취했다고 거침없이 말하는 유경의 당당함에 실소를 머금은 정주가 입을 열었다.

"그럼 어디 살려고? 집은 봐 뒀어?"

"어. 용원 언니네 오피스텔 좋던데? 아파트처럼 평수 넓은 곳도 있어서 거기 얻으려고."

"그렇구나. 안 그래도 언니한테 연락할 참이었는데. 인사라도 하러 가야겠다."

정주는 일부러 유경에게 집을 얻는다는 말은 하지 않았다. 분명 유경은 같이 살자고 말할 테지만, 이제 예전처럼 그렇게 부대끼며 살 수는 없었다.

무엇보다 유경에게 폐를 끼치고 싶지도 않았다. 보나 마나 자신은 보증금이 모자란 상황이 될 텐데 얹혀사는 것도 미안했다.

게다가 소송을 청구했으니 앞으로 시가며 지명도 찾아올지 모른다. 이제 막 독립한 유경에게 그 패악 부리는 망종들을 보여 줄 이유가 없었다.

유경이 호들갑을 떨며 파일을 내밀었다. 전자 장부도 가져와 처리할 것들이 많았다. 정주는 파일을 열어 내용을 확인했다. 지명과 윤혜는 여전히 열렬하고 뜨겁게 정사를 치르고 있었다.

〈야. 혹시 그 여자가 너 빨아 준 적 있어?〉

〈빨긴 뭘 빨아 줘. 시발, 신혼 초에 술 한잔하고 흥이 나서 좀 해 보라고 억지로 무릎 꿇렸더니 펑펑 울더라. 순식간에 흥 떨어져서 한 대 치고 말았네. 어찌어찌 하긴 했는데 얼굴에 좀 쌌다고 혼이 나가서는 욕실 들어가서 토하고 지랄하길래 짜증 나서 좀 더 팼다.〉

순식간에 세 사람의 얼굴이 썩어 들어갔다. 정주의 얼굴이 새하얗게 질렸다. 유경도 유경이지만 현이 있는 데서 제 과거의 생활을 확인하는 절차가 끔찍했다.

유경이 입을 헤 벌리며 역겹다는 표정을 지었다. 그녀는 한층 과장되게 손발을 퍼드덕거렸다. 정주가 덜 민망하게 만들려는 듯했다.

"저게 바람난 연놈들의 보편적 정서야, 아님 내가 음란 마귀가 껴서 저년 말을 알아듣는 거야?"

누구도 대답하는 사람은 없었다. 정주는 가라앉은 얼굴로 그들의 대화를 듣기만 했다.

〈그치? 역시 그 여자는 널 사랑하지 않은 거야. 어디서 봤는데, 사랑하면 서로 빨아 주고 입안에 싸는 것도 예사로 할 수 있다더라. 우리처럼.〉

지명이 만족스러운 듯 윤혜를 안고 지분거렸다. 윤혜가 제법 베갯머리 송사라도 하는 양 비장하게 중얼거렸다.

〈근데 그 여자는 안 그랬잖아. 그냥 제 아버지가 결혼하라고 하니까 억지로 한 거야. 그 아버지란 사람 너한테 빚을 어마어마하게 졌다며.〉

〈그랬지. 너 거기 알지? 예전에 내가 하던 하우스. 거기서 만날 밑천 까먹고 허구한 날 돈 빌려서 섯다 판에 몸 바친 쪼다가 그 양반이야. 빚 대신 딸내미 팔았지.〉

〈어머 진짜? 정말 쪼다 같다. 부녀가 똑같이 멍청하네. 참. 역시 유전자는 거짓말을 못 해. 그치?〉

〈에이, 밥맛 떨어진다. 야, 너야말로 이거 좀 빨아 봐. 사랑하면 서로 빨아 준다며.〉

〈흥. 대신 나중에 나도 해 줘야 해. 입으로. 알았지?〉

윤혜가 지명의 앞에 고개를 숙이는 순간, 정주는 파일을 닫았다. 더 보고 싶지 않았다. 눈알을 끄집어내 씻을 수만 있다면. 저 더러운 입에서 쏟아져 나오는 말들을 모두 주워 담으라고 명령할 수만 있다면.

"아우 시발. 저것들 안 본 눈 삽니다. 왜 부끄러움은 내 몫이냐고!"

유경이 절규했다. 정주는 슬쩍 현을 훔쳐보았다. 그는 아무 표정 없이 핸드폰을 꺼내 화면을 들여다보고 있었다. 유경이 정주를 보고는 눈썹을 팔자로 찡그렸다.

"야. 괜찮아. 괜찮아. 얼굴이 허얘져 가지고 그렇게 무표정하게 있으니 내가 더 속상하네. 장부 보고 마음 풀어. 수입 아주 죽여준다. 돈 잘 벌면 됐어. 내 월급도 잘 챙겨 줘. 이제 관리비 내야 하니까. 알았지?"

"용원 언니한테 물어는 봤어?"

"어. 전세 준다고 해서 냉큼 얻기로 했지. 이따 너 거기 갈 때 따라가서 커피나 얻어먹어야겠다."

"사실은 나도 언니한테 집 좀 알아보려고."

유경이 눈을 동그랗게 떴다가 금세 고개를 끄덕였다.

"그래. 병원에 오래 있긴 좀 그렇지. 잘됐네. 나 들어갈 오피스텔에 방 있으면 좋겠다."

정주는 조금 놀랐다. 예전 같으면 대뜸 같이 살자고 졸랐을 텐데. 좀 전만 해도 아이처럼 목을 휘감고 방방 뛰더니 또 갑자기 차분하게 구는 유경이 낯설었다. 그녀는 어색하게 고개를 끄덕였다.

"아 뭐야. 일부러 꾹 참고 있는데 그런 얼굴 하기야? 같이 살고 싶은데 넌 지금 혼자 이것저것 처리하고 푹 쉬는 게 더 나을 것 같아서 그러는 거야. 본심은 방 두 개짜리 얻어서 같이 살고 싶다고.

너 내 마음 약해지게 하지 마라."

유경이 으름장 놓듯 투덜거렸다. 정주는 그녀를 꼭 안아 주었다.

"고마워."

"그럼. 고마워해야지. 나 같은 친구가 어디 있다고."

"얘보단 내가 더 좋은 친구야. 이정주. 잊어버리지 마."

현이 불쑥 끼어들었다. 그의 손이 등에 닿는 걸 느낀 정주가 살짝 움찔했다. 유경이 그를 휙 째려보며 입술을 비죽 내밀었다.

"웃기지 마셔. 진현. 넌 이제 정주 친구 아니니까 꿈 깨. 얘 친구는 나야."

"과연 그런지 두고 보자고."

현이 빙긋 웃었다. 유경이 그를 노려보고는 정주를 유심히 응시했다. 아차. 정주는 황급히 유경을 안고 있던 팔을 뗐다.

몸속 떨림이 그치지 않았다. 하필이면 유경을 안아 줄 때 현이 손을 댔으니 이 떨림이 고스란히 유경에게도 전해졌을 게 분명했다. 정주는 유경이 자신을 조심스럽게 탐색하듯 보는 걸 깨달았다.

"참나. 그래그래, 친구라고 해 두자고. 나중에 두고 봐."

유경이 비식비식 웃었다. 현이 눈을 가늘게 뜨고 그녀를 보았다. 유경이 분위기를 바꾸려는 듯 핸드폰을 꺼내며 큰 소리로 말했다.

"야. 진현. 너 나랑 모바일 게임 일대일로 한판 뜨자. 이기는 놈이 밥 사기."

"지는 놈이 밥 사야지. 내가 왜."

"저것 봐. 자기가 이길 건 알아서. 야, 정주야. 저런 놈이 잘해 줘도 홀리면 안 돼. 저거 사람 꼬드겨서 잡아먹는 짐승이야."

정주는 말없이 웃기만 했다. 유경은 뭐가 그렇게 재미있는지 빙글
거리며 두 사람을 번갈아 보고 있었다. 현이 유경을 뚫어지게 보다가
한숨을 쉬었다. 당해 낼 수 없다는 항복의 표시였다.

"나가자. 게임 안 해도 밥은 사 줄 테니까. 누님한테도 가야지."

현은 서둘러 두 여자를 데리고 밖으로 나갔다. 그의 귓불이 조금
물들어 있었다. 하지만 그걸 알아챈 사람은 아무도 없었다.

\* \* \*

"어유 정말? 잘했어, 잘했어. 야, 내가 이거 이혼 한번 해 보니까
별로 어려운 것도 아니야. 그냥 마음이 좀 힘들고 앞으로 살아갈 날이
걱정돼서 잠 좀 설친 거 말고는 별것도 없더라. 당장 그 지옥 같은
생활 빠져나오는 게 최고더라고."

용원은 반색하며 정주의 이야기를 들어 주었다. 얼마 전까지만
해도 '자기'라고 부르던 그녀는 이제 아예 동생이라고 여긴다며
친근하게 말을 붙였다.

오피스텔 임대를 묻는 정주와 유경에게 그녀는 걱정하지 말라며
비서를 시켜 집 사진들을 보여 주었다. 한참 집을 고르는데 그녀가
문득 생각난 듯 정주를 보며 물었다.

"주차장에서 바로 엘리베이터로 왔지? 그럼 그년 안 부딪쳤겠네?"

"그녀…… 아, 네."

이 건물에 있는 윤혜의 커피숍을 떠올리며 정주가 심상하게 대답했다. 용원이 잠깐 생각에 잠겼다가 말을 꺼냈다.

"좀 전에 그년이 네 남편이랑 나가더라고. 혹시나 저년이 또 뭔가 꾸미나 해서 애들 좀 붙였더니 네 집에 간 모양이더라."

"그래요?"

아무렇지 않았다. 하기야 처음에도 그랬다. 분노했던 건 그들이 제 보금자리를 짓밟았기 때문이었다. 법적인 배우자를 기만했기 때문이었다. 애정이나 슬픔 따위 없었다. 그저 온전한 배신감이었을 뿐.

"기분 안 좋아?"

"아뇨……. 솔직히 말하면 그냥 혼이나 좀 내 주고 싶어요. 원래도 별반 감정은 없었으니까. 사실 이렇게 말하면 좀 그렇지만 내가 결혼한 게 아니라 우리 아버지의 빚이 그 사람과 결혼한 셈이었어요. 난 그냥 볼모처럼 여기서 저기로 끌려다녔을 뿐이고."

지금은 후회해요. 정주는 입안으로 중얼거렸다.

애초에 내가 더 똑 부러지게 굴었어야 했는데. 그냥 아버지 빚 정도는 모른 척하고 독립했어야 했는데. 어린 나이에 들러붙은 가장 아닌 가장이라는 무게가 그저 버겁기만 했는데.

"넌 그냥 그게 옳다고 생각하며 살아서 그런 것뿐이야. 그렇잖아. 집에 빚이 생기면 온 식구가 다 함께 열심히 벌어서 빚을 갚아야 한다고 생각하는 거. 그 애정과 책임감이 가족을 지탱하는 기반이고 매달려야 할 끈이니까. 하지만 너 말고 네 아버지는 그렇게 생각하지 않은 게 문제지."

유경이 나직하게 말했다. 정주는 말없이 고개만 끄덕였다. 새삼스럽게 자신이 얼마나 가족을 무너뜨리지 않으려고 애썼는지 깨달았다. 그리고 그 노력이 아무짝에도 쓸모없었다는 뼈아픈 진실도.

그녀는 이제 더는 밑 빠진 독에 물 붓는 허무한 노력은 하지 않겠다고 생각했다. 그녀는 마음을 정하고 용원을 응시했다.

"언니. 나 진짜로 해 보고 싶은 게 있는데, 도와줄 수 있을까요?"

"말만 해!"

용원이 상큼하게 웃었다. 정주는 고개를 끄덕이고 지금 가장 하고 싶은 일을 털어놓았다.

"아이고, 겨우 이 정도야? 더한 것도 해 줄 수 있는데."

"이 정도면 돼요."

정주는 보조석에 앉아 웃었다. 용원이 차를 몰면서 고개를 끄덕였다.

"그래 뭐. 너만 행복하면 됐다."

"으하하. 언니가 그런 유행어도 다 알아요?"

뒷좌석에 앉은 유경이 까르르 터졌다. 정주도 웃었다. 용원이 한숨을 쉬었다.

"내가 이래서 어디 가서 출신 성분 안 까는 거야. 뻑하면 사람 써서 묻고 까고 파는 줄 안다니까. 나도 인터넷하고 방송 보고 SNS도 한단다. 아가야."

"우와. 아가야 하고 부르는데 소름이 쫙. 잘못했어요."

유경이 어깨를 움츠리며 혀를 빼꼼 내밀었다. 용원이 어조를 바꿔 자상하게 말했다.

"괜찮아. 근데 나 기분 나쁠 때는 하면 안 돼. 특히 술 마셨을 때."

다정하지만 살벌한 멘트가 끝나기 무섭게 차가 멈췄다. 아파트 앞이었다. 정주는 심호흡을 한 번 하고 차 문을 열었다. 이미 용원의 지시로 먼저 도착한 사내들이 줄지어 서 있었다.

"가자."

용원이 성큼 앞으로 나섰다. 그녀는 유경에게 차에 있으라며 손을 내저었다.

"아직 시집도 안 간 아가씨가 이런 꼴 보면 영 안 좋아. 결혼은 해 보고 살아야지. 반면교사 되면 어떡해."

"전 괜찮아요!"

유경이 씩씩하게 나섰다. 용원이 어쩔 수 없다는 듯 어깨를 으쓱했다.

"그건 그렇고, 넌 괜찮겠어?"

그녀는 앞장서 휘적휘적 걸어가면서 염려하는 듯한 시선을 보냈다. 정주는 걱정 말라는 듯 웃어 보였다. 엘리베이터에 내리자마자 그녀는 문을 열었다.

사내들이 구둣발로 성큼성큼 안으로 들어갔다. 마루에 닿은 발소리가 우렁차게 들렸다. 정주가 뒤따라 들어가는 순간 비명이 터졌다.

"꺄아악! 누구예요!"

윤혜였다. 공포에 질린 듯한 소리였다. 곧이어 지명이 버럭 소리를 질렀다.

"뭐야, 당신들! 누구야?"

침실에서 함께 뒹굴다 딱 걸린 모양이었다. 정주는 입술을 깨물었다.

용원의 경호원들은 신속하고 효율적으로 난장판을 칠 줄 알았다. 비명과 우당탕거리는 소리, 물건들이 나동그라지는 소리가 찰지게 들렸다.

"역시 둘이 있었네. 제 버릇 남 주나. 개가 똥을 끊지."

유경이 이죽거렸고 용원은 거실을 둘러보다 고개를 저었다.

"약사님 아파트치고는 너무 초라한 거 아냐? 우리 정주 동생이 영 부실하게 살았구먼."

"그러게요. 제가 오랫동안 호구 노릇 하면서 바보처럼 살았더라고요."

그래서 이제 안 그러려고요. 정주는 입가를 끌어 올렸다. 그녀는 차갑게 얼굴을 굳힌 채 침실로 들어갔다.

지명은 웃통을 벗어 던진 상황이었고 윤혜는 이불로 아랫도리를 가린 채 바닥에 앉아 있었다. 두 사람의 눈엔 당황함과 분노, 두려움이 마구 뒤섞여 있었다. 정주가 들어가자 두 사람의 시선이 일제히 그녀에게로 향했다. 정주는 무표정한 얼굴로 두 사람을 번갈아 보았다.

"야, 이정주! 너였어? 이 미친년이."

지명이 사내들의 눈치를 보다 꽥 소리를 질렀다. 그러자 경호원 중 하나가 지명의 턱을 걸어 붙잡아 당겼다. 그는 숨이 막히는지 경호원의 손목을 잡으며 컥컥거렸다.

"이, 이거 놔, 쿨럭. 놔! 이 새끼들아."

아내와 상간녀 앞에서 창피했는지 그가 커헉거리면서도 끝까지 성질을 부렸다. 정주는 지명을 무시하고 바닥에 앉아 부들부들 떨고 있는 윤혜에게 향했다.

"까아악!"

그녀의 손이 산발이 되어 있는 윤혜의 머리채를 잡았다. 윤혜가 정주의 손을 잡으며 비명을 질렀다. 정주는 무표정하게 그녀를 내려다보며 머리채를 두어 번 휘둘렀다.

"끄아악! 이거 놔!"

"싫은데."

무심하고 냉정한 대꾸에 윤혜의 눈이 커졌다. 그녀는 입을 헤 벌리고 정주를 보다가 이내 이를 악물었다.

"이거 놓으라고! 네 남편이 바람난 걸 왜 나한테 화풀이야?"

"그 바람, 쟤 혼자 났니? 너랑 같이 났지."

정주가 윤혜의 머리채를 다시 잡고 휘둘렀다. 윤혜가 머리를 사수하려고 휘둘리면서 계속 비명을 질렀다. 그러거나 말거나 정주는 속이 좀 시원해질 때까지 윤혜의 머리채를 잡고 휘둘렀다. 마치 조리돌림 하듯.

"걱정 마. 너 끝내고 저 인간도 손봐 줄 거니까. 단, 내가 일단 손본 다음에 남자답게 남자들이 손을 봐 줘야지."

지명의 눈에 공포가 들어차는 게 보였다. 윤혜의 얼굴이 굳었다. 정주는 고개를 숙여 그녀의 눈에 시선을 맞추었다.

"왜. 세기의 사랑이니 네가 저 인간 대신 맞아 주고 싶은 얼굴이네. 그럴래?"

"미, 미쳤어? 누굴 죽이려고!"

윤혜가 무서운 듯 고개를 저었다. 그녀의 얼굴이 하얗게 질려 있었다. 정주가 코웃음을 쳤다.

"겨우 그 정도면서 왜 그렇게 애틋하게 죽고 못 사는 척은 다 했니."

그녀는 윤혜의 머리채를 쥔 채 속삭였다.

"잘 들어. 앞으로 사람 우습게 보거나 함부로 무시하지 말고. 마주치면 꼬박꼬박 인사하고. 알았어?"

짝. 길게 떨어지는 소리와 함께 윤혜가 뺨을 그러쥐고 울부짖었다.

"너 두고 봐! 이딴 짓 한 거 그냥 넘어갈 줄 알아? 고소할 거야!"

"어, 해."

정주가 느긋하게 대꾸했다. 그녀는 분해 못 견디겠다는 얼굴로 울고 있는 윤혜를 보다 냉랭하게 말을 이었다.

"꼭 해. 바람피운 남자 마누라한테 처맞아서 억울해서 못 살겠다고 그래. 나도 너 맞고소할 거니까. 정신적 피해 보상금 받아 낼 거야. 그중 일부는 네 합의금으로 줄게. 처맞고 위자료 보태고 그걸로 또 합의금 받고. 괜찮네?"

"이이익! 합의 안 해 줘! 누가!"

"하게 될걸."

뒤에서 용원이 팔짱을 낀 채 윤혜를 보며 한마디 보탰다. 윤혜의 얼굴이 굳어졌다. 그녀는 얼이 빠진 표정으로 용원을 보았다. 용원이 피식 웃었다.

"사람 패고 돈으로 수습하는 거, 내 장기거든."

윤혜의 얼굴이 새파랗게 질렸다. 순간 정주가 그녀의 머리채를 바닥에 내팽개쳤다. 그러자 용원이 경호원들에게 눈짓했다.

"천천히 버릇 좀 가르쳐 드려라. 윤리 교육 못 받은 모양이니까."

"하지 마! 아악! 아아아아!"

윤혜가 마구 울부짖었지만, 정주는 거들떠보지도 않고 지명에게로 향했다. 그는 두려움에 가득한 얼굴로 고개를 저었다.

"여, 여보. 우리 그런 거 아니야. 알잖아. 그냥 초등학교 친구인 거. 어? 내가 그래도 이때까지 바람은 안 피웠잖아. 알잖아."

"그 입 좀 다물지?"

정주는 싸늘하게 일갈하며 반쯤 자빠진 지명의 사타구니 사이를 세게 걷어찼다.

"으아아아악!"

지명이 괴성을 지르며 앞섶을 거머쥐고 뒹굴었다. 윤혜가 입을 틀어막고 울먹였다. 지명이 얻어맞자 아예 굵은 눈물을 툭툭 떨어뜨렸다. 용원이 혀를 찼다.

"네 말마따나 세기의 사랑이다. 참 고약하네."

"그러게요. 악취가 나네요."

정주가 담담하게 대답했다. 지명이 질질 짜는 게 보였다. 그녀는 핸드폰을 꺼내 지명이 쩔쩔매며 고통에 헤매는 모습을 동영상으로 담았다. 옆에서 울고 있던 윤혜가 놀라서 머리카락으로 얼굴을 가렸다. 용원의 눈짓을 받은 경호원 하나가 윤혜의 손을 막아 얼굴이 드러나게 했다. 정주는 그 모든 걸 다 핸드폰에 담은 후 미련 없이 자리를 뜨려 했다.

"저, 잠깐. 잠깐만, 여보! 정주야!"

지명이 사타구니를 쥔 채 울부짖었다. 정주는 뒤를 돌아보지 않았다. 그녀는 앞만 보며 입을 열었다.

"말해."

"그만, 그만하라고 말해 줘. 미안해. 내가 잘못했어. 응? 말 좀 해 줘. 이 사람들한테 가라고 해. 어?"

지명이 여전히 질질 짜면서 정주에게 매달릴 것처럼 굴었다. 그는 엉거주춤한 자세로 그녀에게 기어 오려다 경호원에게 제지당했다.

"내가 왜?"

정주는 뒤를 돌아보며 지명에게 물었다. 지명이 우물쭈물하다 생각난 듯 말했다.

"부부잖아. 우리. 너 내 마누라잖아. 난 네 남편이고. 그러니까 우리 대화로 풀어 볼 수 있잖아. 응?"

"부부? 우리가 부부였어?"

정주의 눈이 싸늘하게 빛났다. 그녀는 입가를 매끄럽게 끌어 올렸다.

"우리가 부부였는데 왜 나는 매일 당신 몸종처럼 살았을까. 응? 아침저녁 밥해 주니 식탁 앞에서 맛없다 타박하고, 밤엔 억지로 잠자리하고 싶은 대로 다 해 주고. 아 그래. 그나마 저 여자랑 자더니 그 짓은 더 안 했구나."

지명이 시선을 돌려 그녀를 외면했다. 두려우면서도 결코 눈은 맞추지 않는 자존심.

그래, 그게 네 마지막 남은 허세지.

정주는 차가운 미소를 지으며 말을 이었다.

"그것뿐이겠어? 수틀리고 기분 나쁘면 곧바로 얻어맞았지. 전부 네 기분대로, 네 마음대로만 하고 난 그저 꿔다 놓은 보릿자루처럼 웅크리고 있다가 너 하자는 대로 다 했어. 그래야 착한 여자니까. 내 가정을 지킬 수 있을 테니까. 억울하고 서러워도 가정이란 게 단 하나, 나한테 남은 뿌리고 버팀목이었으니까. 그런데 넌 너와 내 가정에 무슨 짓을 했어?"

용원이 미간을 찡그렸다. 지명은 풀죽은 채 입도 열지 못했다. 정주는 그를 노려보며 씹어뱉듯 말했다.

"넌 내 가정을 죽였어. 내 희망도 짓밟았어. 아니, 애초에 넌 나랑 가정을 이룰 생각도 없었어. 그저 알량한 돈 때문에 내 발목을 억지로 진창에 담가 빠져나오지 못하게나 했지. 넌 그냥 십 년 동안 나와 내 삶을 전부 말려 죽인 거야. 너와 그 잘난 네 엄마가."

하. 내뱉은 숨이 스산했다. 정주의 얼굴도 창백해졌다. 독기를 뿜어낼 때마다 조금씩 고통스러워졌다. 그러나 전부 남김없이 토해 내야 했다.

그래야 살 수 있어.

정주는 숨을 고르며 맹렬하게 덮치는 동통을 견뎌 냈다.

"그게 부부야? 결혼 생활이고? 저 여자랑도 그렇게 살 모양이지? 이봐요. 하윤혜 씨. 저 자식이 당신 걸핏하면 쥐어박고 패 가면서 버릇 들이며 살 거라네요."

윤혜의 얼굴이 파랗게 질린 것 보던 정주가 입가를 끌어 올렸다.

"어디 그것뿐이겠어요? 이 아파트며 시가에서 집 산 대출금도 전부 당신 주머니에서 나가야 할 거예요. 일 년에 네 번 제사 있고 명절엔 당연히 전날부터 가서 차례 준비도 해야 하고. 가족 여행은 반드시 따라가야 할 거예요. 난 두 해 따라가고 앓아누워서 그 뒤로 안 부르더군요. 돈만 내게 하고. 윤혜 씨는 시모랑 친하니 잘 지낼 수 있겠네요. 그럼 내내 따라다녀야죠. 용돈이며 생활비, 막내 시누 학원비. 이 인간 사업 자금. 들어갈 데 많죠. 그런데도 이 기막힌 세기의 사랑이 하고 싶어요?"

윤혜가 정주를 노려보다 지명에게로 시선을 돌렸다. 두려움보다도 분노가 앞서는 모양이었다. 그녀의 눈이 새파랗게 빛나고 있었다.

하긴 평소 거들먹거리던 지명의 모습과는 너무도 달라서 가관이었다. 쓰러진 채 몸을 웅크리고 부들부들 떨고 있는 커다란 덩치. 윤혜가 생각하기에도 어이없으리라. 정주는 실소를 머금었다.

하지만 정주는 알고 있었다. 윤혜의 눈빛이 금세 연민과 애정으로 바뀌리라는 것도.

그녀는 아마도 지명이 고통과 두려움을 못 이겨 저러는 거라고 여길 것이다. 그게 바로 세기의 사랑이 가진 힘 아니겠는가. 제 연인은 절대로 비굴하지도 비겁하지도 않다고. 당장 핍박에 무릎 꿇을지라도 죽을 때까지 저만 사랑해 줄 거라는 거창하고 굳건한 믿음.

"말이 안 통하는데 어떻게 이기겠어요."

정주가 혼잣말처럼 중얼거리며 자리를 떴다. 용원은 경호원들에게

적당히 손봐 주라는 신호를 하고 재빨리 그녀를 따라 밖으로 나왔다.

"우우욱."

정주가 엘리베이터에 올라타자마자 구역질을 했다. 그녀의 등이 구부러졌다. 순간 용원이 정주의 팔을 꽉 잡고 등을 쓸었다.

"괜찮아. 다 토해 버려. 이제까지 참고 산 게 용하다. 얼른 다 게워 내고 잊자."

"우욱, 후, 후우. 아니에요. 언니. 괜찮아요. 그냥, 그냥 너무 지독해서. 구역질 나게 끔찍한 냄새가 나서."

어디 안 그러랴. 용원은 정주의 등을 쓸며 가만히 한숨을 쉬었다. 저보다도 더 독하고 갑갑한 현실에 갇혀 있던 여자다. 진창 속 오물 같은 현실을 돌이켜 입 밖으로 내는 순간 썩은 내가 진동했으리라. 어지간한 일에는 면역 강한 자신도 미간을 찡그렸던 것 같다.

"그래. 무슨 말인지 알아. 심호흡해. 습, 후. 스읍. 후우. 시원하게 뱉어 내. 속에 멍들고 곪은 거 다 빼내야지. 얼른 숨 크게 쉬어."

정주가 용원의 박자에 맞춰 심호흡했다. 새카만 악의와 부정이 묻어 검게 물든 심장이 서서히 제 색을 찾았다. 그녀는 마지막으로 크게 숨을 내쉰 후 허리를 폈다. 용원의 눈이 그녀를 걱정스럽게 보고 있었다.

"잘했어. 이제 다 괜찮을 거야. 정말이야."

"고마워요. 언니."

얼마 전까지도 입안에서 가슬가슬 겉돌던 호칭이 혀 위에서 자연스럽게 굴려졌다. 정주는 그제야 자신이 제법 자신감을 얻었다는 생각을 했다. 낯선 사람의 호의에도 무던하게 굴고, 오래된 남사친의 마음도 조금은 덜 미안하게 되었으며 아주 조금은 그 애정을 받아들일 수도 있게 되었다. 그녀는 이제 자신이 아주 약간은 예전의 이정주로 돌아가고 있다고 여겼다.

* * *

그날로 정주는 용원이 임대하는 오피스텔로 거처를 옮겼다. 현은 기다리고 있었던 듯 기사를 시켜 재빨리 짐을 가져다주었다. 용원은 한술 더 떠 아예 오피스텔 고층의 펜트하우스를 빌려주었다.

"맘 편하게 살아. 월세는 나중에 계산하자. 임대 계약서도 나중에 쓰고. 안 내쫓을 테니까 걱정하지 말고 당분간 지내."

"안 돼요. 언니. 불법이잖아요. 나 소송 때문에 여기로 서류 송달도 받아야 하는데."

"그래? 그럼 우선 임대 계약서만 써. 전세로 하고. 좀 기다려."

실랑이 끝에 용원이 직원을 시켜 계약서를 작성했다. 정주는 기가 막혀서 입을 떡 벌렸다. 서류에는 그녀가 직접 계약금과 잔금을 치렀다고 명시되어 있었다.

"언니. 아무래도 안 되겠어요. 이러지 말고 작은 평수 방 하나만 빌려줘요. 이만큼 돈도 없고 폐도 끼치고 싶지 않아요."

"아유 시끄러. 잔말 말고 살아. 거기 원래 내가 별거용으로 쓰려고 한 곳인데 머저리 새끼가 군말 없이 이혼해 줘서 빈집 된 곳이야.

어차피 너 아니어도 아무도 못 살아. 그러니까 이걸로 해. 넌 그냥 여기 도장이나 찍고, 가서 전입 신고랑 확정 일자나 받아. 내 돈이니까 부도날 일도 없고 넌 그냥 나중에 몸만 빠져나가. 알았어?"

용원은 진짜 귀찮다는 듯 툴툴거리며 계약서를 코앞에 흔들었다. 정주는 마지못해 서명하고 말았다. 유경이 비식 웃으며 용원에게 엄지를 척 들어 보였다.

"언니 역시 짱. 최고예요."

"그럼. 야, 너도 집 골랐어? 싸게 세줄 테니까 얼른 골라. 오늘 둘 다 계약해 버리게."

용원과 유경이 머리를 맞대고 집을 보는 동안 용원의 직원이 그녀를 데리고 주민 센터까지 다녀왔다. 일사천리로 일이 진행되었다. 얼떨떨한 사이에 정주는 현이 보내온 짐을 받고 용원의 손에 이끌려 대형 마트로 향했다.

"집들이하기 전에 필요한 거 좀 사야지. 골라 봐."

"어, 아니에요. 제가 살게요. 집 문제도 그렇게 폐를 끼쳤는데."

"괜찮다니까? 얼른 골라. 이제 퇴근 시간이라 붐빈다?"

하지만 정주도 이번엔 완강하게 버텼다. 미안해서 고개도 들지 못할 지경이었다. 두 사람이 실랑이하는 사이 유경이 잽싸게 생필품을 골랐다. 심지어 그녀가 잽싸게 카드를 내미는 통에 용원이 머쓱한 표정을 지었다.

"내가 낸다니까."

"아이, 이건 제가 사게 해 주세요. 정주가 뭐 필요한지 제가 더 잘 안단 말이에요."

한껏 미안해진 한편으로 가슴이 따뜻해졌다. 뭔가가 가슴에서부터 차올라 목구멍에 울컥 걸렸다. 정주는 저도 모르게 눈물이 글썽해진 채 두 사람을 보았다.

"고마워요. 그런데 다 내가 계산……."

울컥. 눈물이 또르르 굴러떨어졌다.

용원과 유경이 당황한 얼굴로 그녀를 보았다. 정주는 자신이 울고 있는 건 알았지만 멈출 방법은 알지 못했다.

울음소리가 서서히 커졌다. 현을 만난 후로 말라붙었던 눈물이 다시 흐르게 되었던가. 정주는 울음을 삼키려고 마른침을 한 번 삼켰지만, 터진 눈물을 막기엔 역부족이었다.

바보같이. 어린애도 아닌데.

별것 아닌데도 눈물이 났다. 그녀는 이러면 안 된다고 생각하면서도 그 자리에서 계속 울 수밖에 없었다.

"여기서 왜 이러고 있어."

다정한 목소리. 그녀를 지탱하는 또 하나의 버팀목. 정주는 무너지듯 현의 품에 몸을 기댔다. 조금씩 말라 가던 눈물이 다시 터졌다.

"일단 나가자."

현은 사람들의 시선을 가리며 그녀를 부축해 움직였다. 용원과 유경이 재빨리 옆에서 그들을 가리며 따라붙었다. 용원의 경호원들이 재빨리 현과 정주를 사람들의 시야에서 가렸다.

"아직은 사람들 눈에 띄면 안 돼. 특히 그 집안 것들이 보기라도 하면 큰일 나."

용원이 경호원들 사이로 나직하게 당부했다. 경호원들이 달라붙어 철통같이 시야를 가린 사이 현은 정주를 차에 태우고 두 여자를 보았다.

"저녁 아직 안 드셨죠? 제가 살 테니 누님 단골집으로 먼저 가시죠. 금방 따라갈게요."

그는 대답도 기다리지 않고 차에 올라탔다. 두 여자가 탄 차가 주차장을 빠져나갔다. 경호원들 절반은 용원을 따르고 나머지는 차에서 대기했다. 정주는 여전히 손에 얼굴을 묻고 있었다. 어깨가 간헐적으로 들썩이는 게 보였다. 현은 그녀의 손을 잡아 얼굴을 살폈다. 울어서 벌게진 눈가와 흠뻑 젖은 속눈썹이 보였다.

"이제 안 울 줄 알았는데."

"……."

"이렇게 울보일 줄 알았으면."

현이 키득 웃으면서 정주의 손을 내렸다. 정주가 눈을 내리깐 채 울먹였다.

"울보면 뭐."

"진작 데리러 왔을 건데. 난 우는 게 정말 싫거든."

내 곁에 둔 사람이 우는 거. 현이 들릴락 말락 작은 소리로 말했다. 정주가 훌쩍이면서도 눈을 흘겼다.

"나라고 울고, 흑, 싫어서, 흐윽, 우는 줄 알아?"

"그래. 누구라고 울고 싶겠어. 우는 건 마음에 앙금이 남았다는 뜻이거든. 그게 설움이건 미움이건 고통이건 말이야. 그래서 난 누구든 우는 게 싫고 안 울었으면 좋겠어. 특히 넌."

현의 손수건이 정주의 눈가에 와 닿았다.

"내가 네 고통과 슬픔을 조금도 덜어 주지 못한 것 같아서."

그는 나직하게 중얼거렸다.

"내가 싫어. 너에게 아무것도 해 줄 수 없고 그저 울음만 그치길 기다려야 하는 게 너무 무력해서. 정말로 속상해서 화가 나."

현의 혼잣말 같은 속삭임에 울음이 멎었다. 정주가 고개를 들었다. 현이 그녀를 마주 보았다.

"네가……. 네가 왜."

"몰라서 묻는 거 아니지? 쑥스러워서 묻는 거지?"

현이 빙긋이 웃었다. 정주의 울음기 가신 얼굴이 귀여웠다. 참, 이 나이에 귀여운 너도 문제고 귀여워 보이는 나도 문제고. 그는 피식거리며 그녀의 얼굴을 꼼꼼하게 닦아 냈다.

"화장 다 지워져."

"얼굴 챙기는 거 보니까 다 울었네. 됐다."

현이 그녀의 핸드백을 내밀었다. 정주는 눈도 제대로 들지 못한 채 백을 받아 들었다.

"잠깐 통화 좀 하고 올 테니까 볼일 보고 있어."

눈치도 빠르지. 정주는 한숨을 쉬면서 얼른 화장을 고쳤다. 부은 눈을 가라앉힐 수는 없었지만, 그럭저럭 수습하고 나자 현이 차에 올라타고 시동을 걸었다.

"이제 괜찮지?"

정주는 말없이 고개만 끄덕이다가 문득 생각난 듯 물었다.

"너 여긴 어떻게 알고 온 거야."

"아까 누님이랑 통화했거든. 퇴근하자마자 후딱 와서 놀라게 해 주려고 했는데 내가 더 놀랐네."

현이 놀랐다는 얼굴 뒤에 장난스러운 미소를 지었다. 빠르게 미 끄러지는 차 안에서 정주는 공연히 얼굴만 붉혔다.

* * *

"난 네가 그렇게 계산하고 싶은지 몰랐지."

유경이 실실 웃으며 정주를 놀렸다. 정주는 민망해서 고개도 들지 못하고 잠자코 커피만 들이켰다.

"그러게. 집들이 대신 뭐 좀 사 주려고 했더니. 다음에 백화점 가서 더 좋은 걸로 사 줄게."

용원도 합세해서 정주를 살살 골려 먹었다. 정주는 입을 다문 채 시선을 외면했다. 현이 안됐다는 듯 그녀의 손등을 가볍게 두드렸다.

"오늘 저녁은 어쩔 수 없어. 그냥 아, 내가 오늘 저녁 기쁨조다 하고 넘겨."

"너까지 그럴 거야?"

정주가 눈을 흘기자 현이 두 손을 번쩍 들어 보였다.

"난 언제나 연장자 우대거든."

네 사람은 저녁을 먹고 커피를 마시러 온 참이었다. 현이 봐 둔 곳이 있다며 서울 도심의 한 카페로 그들을 기어이 끌고 왔다. 퇴근 시간이 지나도 도심으로 향하는 길은 북적거렸지만 대신 훌륭한 커피를 맛볼 수 있어 좋았다.

"여기 외국 프랜차이즈긴 한데, 커피도 괜찮고 인기도 많더라고. 병원 아래층에 하나 들여올까 싶기도 하고."

현의 말에 용원이 눈을 빛냈다.

"그것도 나쁘진 않겠는데. 근데 직영점 계약도 쉽지는 않을 텐데? 입지도 중요해서."

"하긴 병원에 있으면 좀 그렇겠죠? 체결만 되면 국내 2호점인데."

현이 아쉽다는 듯 미간을 구겼다.

정주는 세 사람 사이에 앉아 있다 문득 안온함을 느꼈다.

이렇게 느긋하고 편안하게 지인들과 앉아 수다를 떨던 게 얼마 만이더라……어쩌면 이제 정말로 모든 괴로움을 다 털어 버릴 수 있을지 모른다는 생각이 들었다.

그녀는 미처 알지 못했지만, 그 가슴 속 언저리엔 이미 아주 작은 새싹이 트고 있었다. 길고 길던 겨울을 지나 새 녹음을 준비하는 봄처럼 여리지만 튼튼한 연녹색의 이파리가.

마법처럼 그 밤은 그렇게 흘러갔다. 대수롭지 않은 수다와 끊임없는 웃음. 느긋한 기분과 어쩌면 행복하다고 해도 좋은 가벼운 즐거움까지. 정주에게 그 밤은 세상의 모든 것이 다시 새롭게 보이기 시작한 날이었다.

## 5. 공격은 최선의 방어

소송은 의외로 쉽게 흘러갈 것처럼 보였다. 지명이 송달을 받는 즉시 전화를 걸어올 거라고 예상했지만 의외로 그는 조용했다. 시가에도 알리지 않았는지 일언반구도 없었다. 정주는 의아해하면서도 그가 조금이나마 정신을 차린 건가 싶었다.

어쩌면 용원 언니에게 혼쭐이 나서 그럴지도 모르지.

사실 지명이 개과천선할 리 없다는 건 정주도 알고 있었다. 알면서도 타인이 선의를 베풀기를 희망하는 게 사람의 본능적인 바람 아니던가. 단 한 번이라도 남편으로서 떳떳하게 행동해주기를 바랄 뿐이었다.

더구나 변호사의 말도 그 희망에 불을 지폈다. 지명이 제법 순순히 답변서를 제출할 것처럼 보인다는 것이었다. 서경후가 따로 지명을 만난 것처럼 보인다는 소식도 들렸다.

"아무래도 위자료나 민사 청구액 때문에 만난 것 같더군요. 서경후 씨가 제게 만났다는 말만 했고 자세한 내용은 말하지 않았지만요. 고지명 씨가 답변서를 제출하려고 준비 중이라는 말도 거기서 나왔고요."

"그럼, 생각보다 더 빨리 진행될 수도 있겠네요?"

"그렇죠. 기일이 단축되고 바로 조정에 들어갈 수도 있을 것 같네요. 다행이에요. 이런 경우는 사실 남편 측에서 차일피일 기일을 미루거나 외려 적반하장으로 나오는 경우도 허다하거든요. 증거가 있어도 순순히 불륜을 인정하는 경우가 드물고 또 정주 씨 경우처럼 돈 문제가 얽히면 더 복잡해지는데 말이에요."

정주는 고개를 끄덕였다. 시가에서 빌려 간 돈과 제 명의로 대출해 준 돈을 생각하면 그럴 만도 했다.

지명이 과연 그 탐욕스러운 성정에 그걸 고스란히 다 떠안으려들까. 게다가 그걸 시모와 욕심 덩어리 시동생들이 알게 된다면.

생각만 해도 골치가 지끈거렸다. 빨리 끝날 거라는 생각은 어쩌면 사치스러운 희망일지 모른다. 정주는 이마에 손을 대고 한숨을 쉬었다.

변호사는 다음 조정일과 참석을 당부하고 돌아갔다. 정주는 커다란 통유리 창으로 다가가 도심의 풍경을 물끄러미 바라보았다. 뉘엿뉘엿 지는 해가 하늘을 붉게 물들이고 있었다.

핸드폰이 울렸다. 정주는 무심코 폰을 집어 들다 얼굴을 찡그렸다. 시어머니. 커다랗게 쓰인 글자를 보자마자 손끝이 차가워졌다.

역시 지명은 용원의 경호원들에게 혼이 난 후에 겁이 나서 아무 말도 하지 못하고 끙끙 앓다가 소장을 받은 후에야 시모에게 털어놓은 모양이었다. 정주는 핸드폰 화면을 보다 이를 악물었다.

괜찮아. 아무것도 아니야. 해낼 수 있어.

십 년의 결혼 생활 동안 그녀의 자존감을 가장 깎아내린 이들이었다. 가장 위태롭고 분명한 방식으로 그녀를 꺾으려고 들 것이다. 그게 어떤 것이든 상상한 것보다 더 나쁠 테지. 스산한 한숨이 공기 속에 흩어졌다.

"그냥 당하지만은 않아."

입 밖으로 혼잣말이 튀어나왔다. 정주의 얼굴이 차갑게 굳었다. 그녀는 심호흡을 한 번 하고 녹음 버튼을 눌렀다. 그리고 전화를 받았다.

"여보세요"

-너 어디냐?

다짜고짜 대뜸 소재부터 묻는 시모의 날카로운 말에 정주는 이를 악물었다.

"그건 왜 물으세요."

-왜 묻냐니. 넌 그럼 몰라서 물어? 너, 똑똑히 말해라. 이게 도대체 다 무슨 일이니? 어째서 내가 네 약국에서 그런 망신을 다 당해야 하는데!

"약국이요? 거길 가셨어요?"

-나 참. 기가 막혀!

시보가 비명을 지르다시피 소리를 버럭 질렀다. 정주는 잠깐 어안이 벙벙해서 폰을 든 채 그 자리에 서 있었다.

"제가 요즘 사정이 있어서 친구가 대신 약국 봐 주고 있어요. 무슨 말을 들으셨는지는 몰라도……."

-무슨 말? 야 이년아. 무슨 말 정도가 아니라 이 엄마가 온갖 창피를 다 당했는데 무슨 말이란 소리가 나와? 그리고 이 개년아. 뭐? 이혼? 이이혼? 이게 미쳤나. 무슨 바람이 들어서 뭔 짓을 하고 다니는 거야?

정주의 입에서 메마른 웃음이 터졌다.

그렇지. 이래야지. 이래야 잘난 아들 두신 시어머니지.

-웃어? 우웃어? 야 이년아. 네가 뭐 잘났다고 우리 아들한테 소송을 걸긴 걸어! 너 거기 어디야? 어? 당장 이리 튀어와. 와서 잘못했다고 빌어! 어디서 겁도 없이 감히. 너 우리 집이 그렇게 만만하게 보이디?

"만만하게 보였으면 제가 소송을 걸었겠어요?"

-뭐어?

신기하게도 두려움이 싹 가셨다. 전화를 받기 전까지만 해도 온갖 생각이 다 들어서 입안이 바짝 말랐는데 지금은 외려 용기가 백배했다. 십 년간 바닥까지 떨어졌던 자존감이었다. 한데 지금은 어느새 시모와 대거리를 해도 괜찮을 정도까지 변했다.

"그렇잖아요. 소송이란 게 만만해 보이는 사람이 하는 거지, 절 만만하게 보는 사람이 하는 거겠어요? 제가 어머니를 만만하게 봤다면 소송하지 않고 곧바로 힘으로 해결했을 거예요. 안 그런가요?"

-뭐, 뭐? 이년이 미쳤나. 뚫린 입이라고 건방진 소리 막 하는구나?

"건방진지는 모르지만 틀린 말은 아닐 거예요. 그러니 어머니께서 그렇게 화를 내시는 거겠죠?"

시모가 갑자기 입을 뚝 닫았다. 침묵이 흘렀다. 정주는 핸드폰을 잠깐 귀에서 뗐다. 아니나 다를까, 예상대로 시모가 소리를 빽 질렀다.

-야! 이 망할 년아! 서방 잡아먹을 미친년! 개 같은 년!

"……레퍼토리 그것밖에 없으세요? 걸핏하면 망할 년이고 서방 잡아먹을 년인데 유감스러워서 어쩌죠? 전 아직 안 망했고 서방도 잡아먹지 않았는데요. 그 서방, 어머니 아들이란 작자 다른 여자가 잡아먹고 다녀요. 그건 아세요?"

-뭐, 뭐라고? 뭐가 어째?

"송달받은 건 보시고 말씀하시는 거예요? 아니면 약국에서 뭐 주워듣고 흥분하신 거예요. 그 사람이 말 안 해 주던가요? 모르시면 아들 붙잡고 물어보세요. 누구 때문에 이 사달이 났는지."

정주는 제가 생각해도 놀라울 정도로 침착하게 시모의 말을 받아쳤다. 십 년간 한 번도 속에 있는 말을 제대로 끄집어낸 적 없었다.

반항이라고 해 봐야 기껏 시댁에 가지 않고 말 섞지 않는 정도였다. 당연히 그 정도로는 시가족들 모두 꿈쩍도 하지 않았다. 외려 정주만 늘 욕받이가 되었다.

정주도 그걸 알아서, 웬만하면 시가에 가지도 않았다. 그나마도 결혼한 후 팔 년 만에 시댁에 가지 않게 되었다. 끊임없는 돈 요구와 시집살이에 지친 정주가 이혼을 요구하자마자 지명은 시끄러운 게 싫었는지 시가엔 가지 않아도 된다고 했다.

대신 그는 그날 종일 정주를 팼다. 그야말로 개 맞듯 맞았다. 버릇을 들이려는 듯 신나게 때렸다. 정주가 견디다 못해 시가에 들어갈 돈과 그의 용돈을 더 올려 주겠다고 한 후에야 지명은 그녀를 안고 다정한 말을 귓가에 속삭였다.

끔찍한 기억이었다. 그렇게 맞으면서 정주의 마음은 점점 더 시들어갔다. 이혼이나 탈출조차 생각하지 못하는 무력한 노예가 되어갔다. 지옥이나 다름없었다.

하지만 이제 상황이 달라졌다. 알고 보니 지명은 고작해야 유사 조폭 패거리였다. 진짜 패거리의 참교육 한 방에 바들바들 떠는 형편없는 병신이었다. 그런 머저리에게 이제껏 잡혀 살았던 자신이 바보였다.

지명이 겁을 먹은 이상, 이제 남은 건 시모뿐이었다. 부딪치지 않을 수 없는 상황이었다. 이왕 이렇게 된 것. 정주는 하고 싶은 말을 가리지 않고 다 할 생각으로 용기를 쥐어짜 냈다.

-너, 너 말 다 했니? 이게 전문직이라고 잘난 척하면서 어른 무시하고 시동생들 같잖게 여기는 것도 다 넘어가 줬더니 배은망덕한 년. 친정엄마 정도 모르고 살아 본 바도 배운 것도 없고 버릇없고 건방진 것도 그저 그러려니 애틋하게 여기고 살았는데 네가 감히 나한테 그따위로 입을 털어?

"친정엄마 없어서 배운 것 없다는 말부터 애틋한 것과는 거리가 머네요. 전 그 말이 그렇게 저를 아끼셔서 하신 말씀일 줄 몰랐어요. 잘난 며느리가 아들 기죽일까 봐 집안부터 후려치시는 건 줄 알았죠"

친정엄마 없어 본 바 없다는 말. 정주의 가슴에 가장 크고 아프게 박힌 못. 그 못을 손수 빼면서 정주는 몸을 떨었다. 목소리가 마구 떨리고 심장이 덜컹덜컹 뛰었다. 그녀는 가슴을 움켜쥐고 고통에 밴인 숨을 내쉬었다.

-뭐, 뭐? 야! 네가 뭘 잘났다고 지랄이야 지랄이! 꼴랑 약국 하나 하면서 유세란 유세는 다 떤 주제에! 제사며 명절이며 제대로 온 적은 있고? 지명이 시켜서 걔더러 전 부친 거나 갖다 나르게 했지! 감히 내 아들을 그딴 식으로 부려먹어? 누가 그깟 전 쪼가리 고맙기나 하대?

풋. 정주는 고통도 잊고 비웃음을 내뱉었다.

팔 년을 가서 종처럼 일하다 안 가게 된 게 이 년이었다. 그나마도 지명의 눈치에 전이며 갈비찜, 비싼 과일 등 온갖 음식은 다 해다 바치고 사다 날랐다. 약사 며느리 덕 좀 보자며 백화점 과일과 갈비만 고집하던 시모 때문에 따로 돈 들어간 건 이루 말할 수 없었다.

"제가 안 가서 좋으셨잖아요. 귀한 아들 끼고 갈비찜이다 뭐다 며느리 입 챙길 필요 없이 먹이실 수 있었으니까요. 비싸게 주고 사가면 그거 제 입에 들어갈까 봐 노심초사하시면서 저한테는 냉장고에서 곯은 과일 주시느라 애쓰셨잖아요. 더구나 제가 대신 때마다 목돈 드렸죠. 그런데 뭐가 그리 서운하셨어요?"

-세상에나. 기가 막혀. 내가 언제 그랬니? 돈 잘 번다고 잘난 척하면서 사람 눈치 보게 만든 게 누군데. 이제 보니 이년이 아주 없는 욕까지 지어낼 판이구나.

"그게 뭐 욕인가요. 제 인감 몰래 빼 가서 대출받은 거 한번 말씀해 보실래요? 그 정도는 되어야 욕이죠. 아니, 그것도 전 욕 안했어요. 지금도 욕은 안 할 거고요."

─오냐. 그래. 어디 해보자는 모양인데, 좋다. 다른 건 몰라도 넌 나나 내 아들한테 무릎 꿇고 싹싹 빌어야 한다. 이 병신년아. 애도 못 낳는 석녀 불쌍하다 거둬 살아 준 게 누군데 네가 감히 그딴 소리를 입에 담는 거니?

순간 가슴이 턱 막혔다. 병신이라는 말, 애도 못 낳는 석녀라는 천박하고 고루한 말. 십 년 내내 들어야 했던 모멸에 가득 찬 단어. 정주는 입술을 한껏 깨물고 있다 나직하게 대답했다.

"그거 아세요? 저 할 만큼 했어요. 병원도 다닐 만큼 다녔고요. 그런데요. 어딜 다녀도 전 멀쩡하다는 거예요. 아무리 생각해도 이상해서 억지로 그 사람 끌고 병원 갔어요. 늘 저 혼자 병원 가라고, 자긴 아무 이상 없다고 우기던 게 그렇게 이상했거든요."

─야. 너 진짜 못 쓰겠구나?

시모의 자신만만하던 말투가 미묘하게 변했다. 조금 떨리는 듯한 어조. 정주는 차가운 눈으로 허공을 노려보았다.

─그래서, 그래서 네가 하고 싶은 말이 뭐야? 우리 지명이가 문제 있다고 말하고 싶은 거니?

"말하고 싶은 게 아니라 진짜로 문제 있었어요. 그 사람이 말씀 안 드렸죠? 쪽팔려서 도저히 말이 안 나온다고, 그냥 너한테 문제 있는 걸로 하자고 하더군요. 그래서 그냥 넘어가 줬어요. 불쌍해서요."

─뭐, 뭐? 뭐가 어쩌고 어째!

"그렇잖아요. 어머니께 말씀드리면 그 사람더러 아빠 구실도 못하는 병신이라고 하실 거잖아요. 그때 저한테 엄마 구실도 못하는 병신이라고 하신 말씀, 똑똑히 기억해요. 제 문제가 아니라 그 사람 문제니 그 사람도 그렇게 욕먹을까 봐 불쌍해서 봐줬죠."

―야! 야! 이 미친년아!

"악쓰지 마세요. 제가 아니라 어머니가 미친년 같아요. 여하간 그 십 년, 다 참고 견뎠어요. 큰아가씨 시집갈 때 들어간 돈, 어머니 지금 사시는 곳 들어가실 때 빌린 거, 어머니랑 막내 아가씨 생활비며 철철이 여행 비용, 사치품 사시느라 들어간 돈. 아 참, 아가씨는 학원비랑 무슨 아카데미 다닌다고 학비 해 달라고 졸랐죠. 그것도 있네요. 그리고 그 사람 명의로 된 아파트 대출. 전부 어머니가 제 명의로 빚내서 제가 갚고 있어요. 그런데 저한테 돌아온 건 뭐죠?"

정주는 냉담하게 말했다. 시모가 조금 풀 죽은 목소리로 말했다. 돈 이야기가 나오자 곧바로 꼬리를 마는 꼴이 가증스러웠다. 인감까지 가져갈 때는 언제고 이제는 풀죽은 척하는 꼴이 가관이었다.

―그런다고 그리 매몰차게 구냐. 사람이 나가서 큰일 하다 보면 좀 엇나갈 때도 있고 돈도 필요하고 그런 거지. 그게 그렇게 아니꼬웠으면…….

"아뇨. 그 사람 나가서 뭐 하는지 궁금하지 않아요. 겉으로는 어떤지 몰라도 번듯한 사업 아닌 거 아시잖아요. 삼 년 넘게 사업 자금만 들고 나갔지 벌어온 건 없으니까요. 저도 알아요. 남들, 특히 제 돈 뜯어내는 데 혈안이 된 거."

정주의 이성이 자리를 되찾았다. 그녀는 냉철하게 입가를 끌어올렸다.

"그리고 제가 진짜로 갈라서려는 건 그 이유 아니에요. 아시잖아요? 다른 건 몰라도 신뢰를 저버린 건 더 못 참아요. 껍데기만 부부라 해도 그래요. 차라리 저 모르게 그랬다면 몰라도, 집까지 여자끌어들여 그 짓거리 한 건 절대 안 참아요."

─얘. 그런다고 그렇게 단칼에 무 자르듯 하지 말고. 응? 그러지말고 우리 모여서 얘기 좀 해 보자. 서로 묵은 일들 털어놓고 도닥이고 하면 부부 사이 정도 도타워지고 또…….

"필요 없어요."

정주는 나직하게 소리 내 웃었다. 차가워진 머리가 무서울 정도로 핑핑 돌았다. 이제까지 도대체 왜 이런 여자를 어려워하며 그 앞에서 공손하게만 대했는지. 그녀는 시모의 처사를 대갚음하듯 차근차근 정곡을 짚었다.

"어머니, 대출 못 갚으실까 봐 그러시는 거 알겠어요. 네. 맞아요. 그 대출 명의 반환도 소송에 포함되어 있어요. 어머니께 제 인감 있는 거 다 알아요. 그 사실도 전부 변호사와 상의해서 집어넣었거든요. 아마 어머니 주거래 은행 직원한테 사실 증명이라는 소원 명령갔을 거예요. 전 이제 그 돈 한 푼도 갚아 드릴 생각 없거든요."

─이년 좀 봐? 그래도 하나 있는 며느리다 싶어 아끼는 마음에 다시 지명이랑 잘 해 보라고 타이르려고 했더니 어쩜 이렇게 싸가지없어! 야! 너 진짜 보자 보자 하니까!

하다 하다 안 되겠다 싶은지 시모가 버럭 큰소리를 냈다. 정주는 코웃음을 쳤다.

"소리 지르지 마시라고 했죠? 저 녹음 중이에요. 제 권리 찾으려면 이렇게라도 해야겠어서요. 어머니도 다급할수록 제게 잘 보이셔야죠. 돈 문제인데."

침묵이 흘렀다. 시모의 초조함이 느껴졌다. 아무렴. 돈 문제에 자유로울 수 없을 터였다. 정주는 잠자코 수화기에 귀를 기울였다.

―오냐. 알았다. 정 그렇다면 나도 어쩔 수 없지. 너, 솔직히 말해라. 바람난 거지?

"네?"

정주는 어이가 없어서 저도 모르게 되물었다. 시모가 잠깐 말을 끊더니 이내 의기양양하게 굴었다.

―맞지? 내가 여기저기 좀 들은 얘기가 있어. 너 요즘 무슨 남자랑 다닌다며? 병원장인지 뭔지. 학교 동창이랍시고 거들먹거리면서 둘이 신나게 다닌다던데.

꼴을 보아하니 누군가 현과 있는 모습을 보고 시모에게 귀띔한 모양이었다.

하긴. 요즘 좀 자주 밖에 나가긴 했지.

정주는 한숨을 쉬었다. 막상 소송이 시작되면 이래저래 제 뒷조사도 시작할 거라고 생각은 했다. 그러나 딱히 별다른 일도 없었다.

겨우 같이 있는 것만으로 저리 단정 짓는 꼴이 가당찮았다. 그러나 정주는 이내 현과 나눈 키스를 떠올리고 심장이 두근거리는 걸 느꼈다.

-대답 못하는 걸 보니 맞구나? 야 이년아. 네가 잘못한 걸 우리 지명이한테 뒤집어씌우지 못해 안달이었어?

시모의 목소리가 한층 득의만면해졌다. 그녀는 건수를 잡았다는 듯 거센 어조로 정주를 비난하기 시작했다.

-네년이 처음부터 그럴 줄 알았다, 내가. 어디서 남편 잡아먹지 못해 안달이 나질 않나, 사내랑 붙어먹은 주제에 제 남편 바람났다고 우기질 않나. 이년아, 윤혜가 나랑 안 지가 몇 년인데 언감생심 그런 짓이나 할 것 같아? 걔가 얼마나 참하고 얌전한데!

"얌전한 고양이 부뚜막에 먼저 올라가는 법이에요. 그리고 누가 무슨 말을 했는지는 모르지만, 제 친구는 그저 약국 건물주일 뿐이에요. 어쩌다 그렇게 돼서 밥 먹고 차 마시고 그 정도일 뿐이니 말도 안 되는 생각하지 마세요."

-네년이 그렇게 빠져나가려고 해도 절대 그렇겐 못할걸? 두고 봐!

"두고 보자는 말 하나도 안 무서워요. 전 확실한 증거 다 갖고 있으니까요. 기대하세요."

더 할 말 없으시죠? 정주가 툭 내뱉자 기다렸다는 듯 전화가 끊어졌다. 정주는 전화를 끊고 심호흡을 한 후 고개를 흔들었다.

제 탓을 하느라 윤혜를 그렇게 반대했다는 건 까맣게 잊은 듯해 입맛이 썼다. 정주는 혼자 쓴웃음을 짓고 핸드폰의 버튼을 눌렀다.

-어. 무슨 일이야.

"약국에 우리 시어머니 왔다 갔다며. 왜 말 안 했어?"

-아, 그거?

유경이 발랄하게 웃었다. 그녀는 뭐가 그렇게 재미있는지 한참 웃다가 입을 열었다.

-아니, 갑자기 웬 계집애 하나랑 막 들이닥쳐서 난장을 피우는 거야. 물건 막 던지길래 나도 성질이 나서 그거 던지면 기물 파손으로 신고한다고 했더니 갑자기 또 손은 뚝 멈추데. 그래 놓곤 너 내놓으라고 고래고래 소리 지르고 엎어졌다 드러누웠다 야단을 피우더라.

"그래서."

-그래서는 뭐. 나도 고래고래 같이 소리 좀 질러줬지. 아들 거시기 건사도 못하는 망령 든 노인네가 어디서 설치냐고. 그랬더니 약 올라 죽던데? 계집애가 시퍼렇게 노려보길래 넌 또 뭐냐고, 대가리 나쁘면 가서 공부나 하라고 윽박질렀더니 깨갱 꼬리 말고. 겨우 그 정도면서 무슨 기선 제압을 하겠다고 쳐들어와, 오긴.

유경의 말에 정주가 한숨을 쉬었다. 유경은 대단치 않았다고 말하지만, 시모 성정에 약이 잔뜩 올라서 머리끄덩이 잡으려고 설치지는 않았는지 걱정이었다. 그녀는 유경에게 나직하게 말했다.

"넌 괜찮아? 대거리하지 말고 그냥 나 부르지 그랬어."

-널 왜 불러? 경찰 부르는 게 더 깔끔하고 빠른데. 경찰도 부르고 용원 언니네 전화해서 경호원들도 불렀어. 어우야. 걔네 진짜 몸 좋고 실하더라. 딱 오 분 만에 다섯 명 왔는데 노인네랑 계집애가 하얗게 질려서 튀었어.

"경찰은?"

-십오 분 뒤에 오더라. 늦었다고, 그분들 이미 갔다고 말해 줬지.

깨끗하게 정리되었으니까 걱정하지 말고 쉬어.

유경이 바쁘다며 전화를 끊어 버렸다. 정주는 폰을 든 채 거실을 서성였다. 시모가 쳐들어온 사실마저 모르고 태평하게 있었다는 사실에 마음이 하염없이 무거워졌다. 그때 전화가 울렸다. 현이었다.

받아도 되나.

정주는 잠깐 망설였다. 못 받을 것도 없는데 공연히 묘한 배덕감이 앞섰다. 게다가 시모의 협박 아닌 협박도 마음에 걸리긴 했다. 전화로 성질을 내는 것도 모자라 약국으로 쳐들어오기까지 했으니.

지명이 하는 일도 절반쯤은 조폭과 연루된 거라 그가 굳이 나서서 흠을 잡겠다고 한다면 못 할 것도 없겠다는 생각이 들었다.

[왜 안 받아?]

벨이 그치자마자 현의 문자가 도착했다. 정주는 그걸 한참 내려다보다가 입술을 깨물었다.

까짓것.

그녀는 버튼을 눌렀다. 현은 기다리고 있었던 듯 금세 전화를 받았다.

-뭐 하고 있었어? 바빴나 보네.

"내가 바쁠 게 뭐 있어. 약국도 쉬고 있고 소송도 변호사가 다 해 주는데. 그냥 생각할 게 좀 있어서."

-뭔데.

정주는 망설이다 시모의 말을 털어놓았다. 현은 가만히 전화를 듣고 있다가 낮게 웃었다.

-이정주. 암튼 겁은 많아서.

"뭐, 왜 뭐. 어쩔 수 없잖아. 잘못하면 덤터기 뒤집어쓰기 딱 좋은데."

정주의 항변에도 그는 귀엽다는 듯 웃기만 했다.

-걱정 말고 좀 있다 들를 테니까 문이나 열어 줘. 무서워서 문도 안 열어 주면 나야말로 울다 간다.

"알았어."

전화를 끊자마자 문에서 벨 소리가 났다. 거실 모니터에 뜬 현의 얼굴을 보고 정주는 피식 웃고 말았다.

"문 앞에서 전화한 거야?"

"그렇다고 봐야지."

현이 들어오면서 양손에 가득 든 봉투를 내밀었다. 묵직했다.

"요새 또 밥 안 먹는다는 첩보를 받았거든. 삼계탕이랑 쇠고기 스튜. 그건 내일 아침 식사."

"뭘 이렇게 바리바리 사 들고 와. 배달해도 되고 장 봐서 해 먹어도 되는데."

"놉. 심란한데 요리가 되냐? 너 원래 마음 상하면 대강대강 밥 차려 먹고 그러는 거 다 알아. 식은 밥 넣고 김치죽이나 끓여 먹으려고 했지?"

"갱죽? 그게 얼마나 맛있는데!"

정주가 억울한 표정을 지었다.

아버지와 관련된 것이 마음에 든 적은 한 번도 없지만 딱 하나, 고향에서 즐겨 먹었다던 김치 갱죽만큼은 정말 좋아했다. 김치 한 보시기와 멸치 반 줌 물에 넣고 끓이다 밥 넣고 간해서 먹는 소박한 음식. 정주의 반응에 현이 고개를 절레절레 저었다.

"누가 맛없대? 제대로 안 챙겨 먹고 어설프게 한 끼 때우고 종일 보내니까 그러지. 나이 먹을수록 잘 챙겨 먹어야 해. 안 그러면 대사호르몬에도 이상 오고 갑상선도 나빠지고 그런다."

"어휴. 전문가라 이거지? 반박은 못 하겠지만 지나치게 잘 먹는 것도 좋진 않아. 나도 나름 전문가라고."

"어이구, 그러세요? 전문가니 솔직히 까 보자. 지금 너 먹는 양으로는 영양실조 수준이거든. 더 먹어. 밥 반 그릇도 안 먹잖아."

말을 말아야지. 이번엔 정주가 고개를 절레절레 저었다. 현이 빙그레 웃으며 주방으로 들어갔다. 그는 팔을 걷어붙이고 냄비를 꺼내 삼계탕을 부어 불 위에 올렸다.

"사 온 거 아니야. 어머니가 좀 챙겨 주라고 보내 주셨어. 우리 집 이모님이 음식을 좀 잘하거든."

어머. 정주가 당황하는 걸 본 현이 봉투에서 반찬을 꺼내면서 말을 이었다.

"괜찮아. 전에도 봤잖아. 어머니 너 엄청 좋아하셔. 예전부터 네가 당신 며느리면 좋겠다고 하도 말씀하셔서 아버지까지 걔가 누구냐고 궁금해하시거든. 창립 기념일에 인사하려고 했는데 그날 우리끼리 일이 좀 있었지?"

얼굴이 홧홧해졌다. 정주는 고개도 들지 못하고 자리를 피했다. 현이 키득거리며 정주를 붙잡아 입술을 가볍게 촉 부딪쳤다.

손이 닿는 순간 심장이 덜컥 내려앉았고 입술이 닿았을 땐……. 숨이 막혔다. 그는 불쑥불쑥 정주의 심장을 쥐었다 놓곤 했다. 마치 제 심장의 주인이라도 된 양.

정주는 일부러 조금 매몰차게 그를 뿌리쳤다. 얼굴이 상기된 줄도 모른 채.

"하지 마."

"알았으니까 밥 먹어."

현이 싱긋 웃었다. 그는 정주의 반응 하나하나를 고스란히 즐기고 있었다. 제 손과 닿을 때마다 움찔거리거나 발그스름하게 물드는 볼을 보는 게 즐거웠다. 약간의 접촉에도 그의 심장은 달콤한 고통을 즐기고 있었다.

그녀가 막 삼계탕에 숟가락을 대려는 순간 벨이 울렸다. 현이 거실로 나가더니 작은 소리로 투덜거리며 문을 열어 주었다. 유경이었다.

"아 뭐야. 너네끼리만 즐겁고. 둘 다 요즘 머릿속이 꽃밭이구나? 좋아 죽어 아주."

유경이 툴툴대며 식탁에 뭔가를 내려놓았다. 커다란 보자기에 든 것 역시 음식이었다.

"엄마가 너 좀 잘 먹이래. 정 떼고 혼자 일어나려면 기운 차려야 한다면서……. 가만. 이건 또 뭐야."

삼계탕과 반찬들을 본 유경이 현을 노려보았다.

"뭐야. 지금 여기서 강남 이모들 솜씨 대회라도 열린 거야? 이거 우리 집 아줌마가 해 놓은 거 엄마가 막 집어 줬는데."

"다 그런 거지. 요즘 마나님들 불 앞에서 땀 흘리실 시간이 어디 있냐. 온 김에 너도 먹어. 두 마리나 해 주셨더라."

"아 진짜! 두 마리면 한 마리는 네 거지 내 거냐? 어우 눈꼴 시려. 간신히 친구 도로 회수하나 싶었더니 엄한 놈이 채가려고 들어. 관둬. 난 치킨이나 뜯을 거야. 이 동네 치킨 맛있는 데 있다고 미령 씨가 알려 줬어."

유경이 볼멘소리를 내뱉으며 핸드폰을 꾹꾹 눌렀다. 정주가 다급하게 그녀를 말렸다.

"그냥 이거 먹어. 어차피 다 먹지도 못하는데. 현이 쟤도 많이 먹지도 않잖아."

"그건 그거고 이건 이거지! 남으면 내가 집에 싸 들고 갈 거니까 걱정 마. 생맥주도 한잔하고 싶어서 그래."

기어이 유경이 배달 앱으로 치킨과 맥주를 주문하고 말았다. 정주는 두 사람을 번갈아 보다가 한숨을 내쉬었다.

"둘 다 이러지 않아도 돼. 나 생각보다 잘 먹고 잘 자는 거 알잖아. 매일 여기 출근하다시피 하면서 뭐가 그렇게 걱정스럽니."

"그러게. 뭐가 그렇게 걱정인지."

유경이 현을 흘겨보며 넌지시 타박했다. 현이 유경을 가리켰다.

"왜긴 왜겠어. 얘 때문이지. 예전부터 봐서 아는데, 너 공부할 때 방해하고 끌고 나가서 딴짓하게 만드는 게 꼭 얘더라고. 지금도 둘이 같은 오피스텔 사는 게 참 걱정이야. 나 몰래 어디 이상한 데 끌고 놀러 갈까 봐."

"야! 진현! 허위 사실 유포할 거야?"

유경이 현을 윽박질렀다. 마치 그 옛날, 셋이 공부하고 떠들던 그때로 돌아간 것 같았다. 정주는 미소 짓다 유경에게 물었다. 또 시모가 쳐들어가거나 하면 어쩌나 싶어 걱정되었다.

"너 정말 괜찮은 거지?"

"그럼. 아무 걱정하지 말라니까. 내가 누군데. 너, 변호사 소개해 준 것도 나고, 용원 언니 경호원들 직통 전화번호 있는 것도 나야. 흐흐흐. 게다가 나 털끝 하나라도 다쳐 봐. 우리 노인네들이 가만있을 것 같니? 너도 언제 우리 엄마 만나서 응석 좀 부려 봐. 네 시모 같은 여편네는 잠깐 대거리만 해도 일사천리로 다 해결될 거니까."

유경이 뿌듯한 얼굴로 자랑 아닌 자랑을 늘어놓았다. 정주는 그래도 미안함과 염려를 담아 그녀를 보았지만, 유경은 손을 내저으며 괜찮다고 자꾸만 등을 떠밀었다.

"난 괜찮다니까. 얼른 밥이나 먹자. 암튼 넌 너무 걱정이 많아. 내가 애니?"

결국에 정주는 유경에게 한소리를 듣고서야 다시 숟가락을 들었다. 곧이어 치킨도 도착해서 유경이 큰 소리로 떠들며 맥주를 따랐다.

식사는 화기애애하게 끝났다. 설거지를 마친 후에도 현은 두 여자가 떠드는 걸 지켜보다 간간이 대화에 참여하기도 했다. 주로 유경이 시비를 걸고 현이 받아 주는 식이었다.

그리고 아무 생각 없이 두 사람과의 시간을 즐기던 정주는 문득 깨달았다. 이 시간과 모임을 만든 이가 현이라는 것을. 그녀는 황급히 유경을 붙잡고 입을 열었다.

"솔직히 말해. 주유경. 너 쟤가 연락해서 온 거지?"

"어. 맞아. 그런데 왜?"

유경이 어리둥절한 눈을 물었다. 정주는 그녀의 대답에 순간 민망해서 현을 노려보았다. 현이 움찔했다.

"뭐야. 너네 둘이 뭐 할 얘기 있는데 나 끼워 둔 거야? 어색해서? 나 참. 그럼 그렇다고 말을 하지 그랬어."

유경이 피식피식거리며 자리를 털고 일어섰다. 그녀는 가지 말라는 정주의 만류에도 손을 흔들며 집을 나섰다.

"잘 자고. 아, 진현. 넌 집에 곱게 가라. 아직은 위험하니까. 무슨 말인지 알지?"

"오지랖 떨지 마시고 얼른 내려가시죠. 주 여사님."

흥. 저건 아무튼 나한텐 일말의 도움도 안 된다니까. 유경이 비죽거리며 문을 닫았다. 정주는 민망한 눈으로 그 뒤를 쫓다 현에게로 몸을 돌렸다.

"어. 너까지 너무 그러지 마라. 나름대로 신경 쓴 거니까. 나랑 둘만 있으면 누가 감시할까 봐 무서워하는 것 같아서 그랬지."

현이 어깨를 움츠리며 중얼거렸다. 정주는 그를 한껏 노려보았다.

"너야말로 무서워하는 척하지 마. 사실은 네가 막 잘했다고 생각하고 있지? 다 알아."

"훗. 사실은 그렇지만 그렇다고 말하면 네가 화낼 거잖아. 그러니까 납작 엎드려야지 뭐."

하아. 정주가 한숨을 내쉬었다. 현이 이때다 싶은 듯 눈을 빛내며 정주의 곁에 앉았다. 그는 그녀의 손을 답삭 잡아 어루만졌다.

"걱정하지 마. 저쪽에서 어떻게 나온들 그렇게 쉽게 넘어가 줄일 없으니까. 넌 아무 걱정 말고 그냥 하던 대로 편하게 시간 보내. 전에 끊어 준 필라테스도 다니고, PT도 받아. 이제까지 너무 막살 아서 다시 추스르려면 이것저것 좀 해야 할 거야."

"……"

"뭘 그렇게 쳐다보기만 해. 괜찮다니까? 딴생각 말고 천천히 다시 회복하는 시간 가져. 마음도 몸도 다 건강하게 되돌려야 해. 그래야 나랑 남은 삶의 반을 오래오래 즐길 수 있어."

정주는 현의 눈을 보았다. 그는 견고하고 망설임 없는 눈빛으로 그녀를 보고 있었다.

그 확신은 어디서 오는 것일까. 제 불안한 마음과는 달리 지나치게 단단한 그의 마음에 외려 자신이 없어졌다. 그러나 현은 정주가 망설이거나 두려워할 틈을 주지 않았다.

"의심도 많지. 우리 이정주는. 거짓말도 잘하는데 남도 안 믿고. 어떤 의미에선 최악이야. 그런데 하필 요 작은 머릿속에 든 의심이 사랑스럽기는 하고. 참 나도 구제 불능이야."

"……"

"그거 알지? 지금 이거, 사랑 고백인 거."

"기가 막혀."

정주의 뾰로통한 대꾸에 현이 웃음을 터뜨리며 그녀의 어깨를 끌어안았다. 그의 숨결이 귓가에 느껴졌다.

"너무 미워하지 마. 난 지금 엄청 참고 있거든."

널. 현이 들릴락 말락 한 소리로 속삭였다. 더운 숨결과 위태로운 눈빛. 공기가 팽팽해졌다. 정주는 이런 감정을 알고 있었다. 희미한 배덕감과 함께 아슬아슬하게 스며드는 갈증. 차라리 노골적으로 드러내는 것보다 더 끈덕지고 절박한 감정. 그녀는 그의 눈을 한참 응시했다.

괜찮아. 현이 나직하게 말했다. 마치 처음 인간을 만난 야생의 생명에게 손을 내밀어 친근함을 인식시키듯, 그는 끈기 있게 중얼거리며 정주를 달래듯 어깨를 감싼 손에 힘을 주었다.

아무 걱정 하지 말라니까. 몇 번째였을까. 작게 달싹이던 현의 입술이 뚝 멈췄다. 그는 그 자리에 바짝 얼어붙었다. 믿을 수 없다는 듯 희미한 불신과 경악이 어린 눈이 그녀를 향했다. 정주는, 방금 그의 입술에 제 것을 가볍게 붙였던 여자는 희미하게 미소를 지었다.

"믿어. 그러니까 너야말로 걱정하지 마. 밀어내지도 두려워하지도 않으니까."

"너……."

현은 그대로 입술만 달싹였다. 별것도 아닌 그저 그런 입맞춤. 시시하기 짝이 없는 접촉인데 어째서 이렇게 얼굴이 달아오르는지. 그는 시선을 내리깔았다.

"부끄러운 거야?"

정주가 가볍게 되물었다. 현은 재빨리 고개를 저었다. 그러나 그의 귓가는 희미하게 붉어져 있었다.

"이상한 기분이 들어서. 아, 뭐라고 해야 하지."

"너처럼 매끌매끌 잘도 말하는 사람이 말이 안 나올 때도 있어?"

"왜 이래. 나도 사람인데."

좋아하는 사람이 먼저 나한테 입을 맞췄다고. 그게 얼마나 큰일인지 알아? 현은 절망적인 어조로 불평을 늘어놓고 싶었다. 그런데 당최 입이 떨어지지 않았다. 이 나이에 덜떨어진 소년처럼 그녀를 보면서 볼이 붉히는 자신이 못마땅했다.

"……고마워."

정주가 아무렇지 않은 듯, 하지만 물기 어린 목소리를 냈다.

"아까 시어머니랑 대거리한 것 때문에 힘들어할까 봐 일부러 유경이까지 끌고 온 거 알아. 그래서 고맙고 미안해."

"왜 미안해. 내가 좋아서 한 건데."

현은 그녀를 붙잡고 미친 듯 키스를 퍼붓고 싶은 충동을 참아 내느라 애써야 했다. 자신을 믿어 주는 그녀가 좋아서.

밀어붙이자면 못할 것도 없지만 이미 시가와의 언쟁으로 잔뜩 지친 그녀에게 무거운 짐을 지우고 싶지 않았다. 하지만 막상 정주는 그를 보면서 전혀 다른 생각을 하고 있었다.

그냥 같이 있자고 말해 버릴까.

말도 안 되는 생각이었다. 굳이 따지자면 반항심이었다. 분명 그러면 안 된다는 걸 알면서도 기묘한 역심이 무럭무럭 솟아올랐다.

나라고 맞바람 좀 피우면 어때서.

눈에는 눈, 이에는 이. 정주의 머릿속에 엉뚱한 복수가 떠올랐다. 그녀는 다분히 충동적으로 현의 입술에 제 입술을 댔다.

"흐읍."

현이 놀란 듯 이상한 소리를 냈다. 평소 같으면 웃었을 텐데 지금은 그냥 머릿속이 텅 비는 것 같았다.

다 날아가 버렸다. 짓궂은 웃음도, 가벼운 농담도. 그녀를 안심시키려던 말들도 다 지워졌다. 말캉한 혀가 입안으로 들어와 천천히 유영하듯 움직였다. 격렬하진 않지만, 심장이 불규칙하게 쿵쾅거리게 만드는 키스였다. 그는 천천히 눈을 감았다.

"안아 줘."

정주의 말에 현이 숨을 삼켰다. 심장이 그대로 멈출 것 같았다. 열이 확 올랐다.

"너 지금······."

"알아. 아는데, 그냥. 한 번쯤은 어떨까 싶어서."

정주의 말에 현의 얼굴이 굳어졌다. 그는 정주를 뒤로 슬쩍 밀어내며 한 발짝 물러섰다.

"너, 심란하구나. 맞지?"

그의 말에 정주의 얼굴이 절박하게 변했다.

현이 그녀의 얼굴에서 뭔가를 읽어 냈다. 그는 딱딱하게 굳은 얼굴로 그녀를 보았다.

"소송 시작되니 심란하고, 저쪽 사람들이랑 대거리해서 화났고. 해묵은 감정들이 다 올라온 거 아니고?"

그 물음에 대답할 수 없었다. 그제야 정주는 제 속이 얼마나 뒤틀려 있었는지 깨달았다. 화가 난 것인지, 슬픈 것인지, 그도 아니면 괴로운 것인지.

애초에 얽히지 않았다면 좋았으련만.

십 년의 인연이라는 게 단칼에 끊어져 나가는 게 아니었다. 알면서도 일부러 덮으려고만 했다. 얽힌 감정을 제대로 풀어내는 방법을 몰랐다. 그녀는 그저 충동이라고 생각했지만, 사실은 자신에게 헌신적인 이 남자를 통해 제 불안감과 분노를 흩어 버리려고 했던 것뿐이었다.

흐으읏. 약한 신음을 내며 정주가 그 자리에 주저앉아 버렸다. 절박하고 위태로운 감정이 고스란히 드러났다. 현은 속으로 침음을 삼키며 그녀 앞에 앉아 손을 내밀었다.

"두려워하지 마. 아무것도 걱정하지 말라고 했잖아. 네 앞에 이렇게 있다니까. 네가 원할 때마다. 아니, 원하지 않아도 늘 여기 있어. 이렇게 손을 내밀고 있으니까. 그러니까."

정주가 얼굴을 들었다. 눈가가 붉어져 있었다. 울음을 참는 건가 싶었지만 그런 건 아니었다. 그녀는 그저 전에 보지 못한 독기 어린 얼굴로 허공을 응시하고 있었다.

"……미안해."

갈라진 목소리에 담긴 슬픔이 현의 가슴에 와닿았다. 그도 알고 있었다. 정주가 지금, 딱 벼랑 끝에 서 있는 것 같은 기분이라는 것. 막상 막다른 길 앞에 서서 당황하고 있다는 것도. 어디로 도망가야 할지 모르는 마음이 다급하다는 것도.

속이 뒤틀렸다. 이 여자가 이런 얼굴을 할 때마다 짜증이 치밀어 올랐다.

전부 찾아내 죽여 버릴까. 그렇게 하면 너는.

현은 지독한 충동에 시달렸다. 그녀를 슬프게 하는 것들을 모두 다 쓸어버리고 싶은 살의는 항상 명료했다.

그녀가 이런 표정을 지을 때마다, 저 눈에서 눈물이 뚝뚝 떨어질 때마다, 폭언에 지지 않고 잘 맞섰으면서도 상처 준 사람들 때문에 여전히 고통스러워할 때마다.

그는 주먹을 꾹 쥐었다. 모두 찾아내 바스러뜨리고 싶었다.

"미안하다고 하지 마. 네가 미안할 이유는 하나도 없어. 네가 괴로워하는 걸 볼 때마다 다 죽여 버리고 싶은데 그러지 못해서 내가 미안할 뿐이야."

정주가 그를 보았다. 크게 뜬 눈과 당황한 얼굴. 현은 쓴웃음을 지었다.

"정말로 그렇게 해 주고 싶은데 그렇게 하면 네가 더 힘들 테니까."

현의 손이 정주의 얼굴을 어루만졌다. 정주가 눈을 감았다. 현이 조심스럽게 입술을 겹쳤다. 숨결이 가만가만 얽혔다. 현의 얼굴이 찡그려졌다. 그는 주저하듯 입술을 달싹거리다 천천히 얼굴을 뗐다.

"얼굴 씻고 와. 재워 줄게. 그리고 오늘은 옆방에서 잘게. 악몽이라도 꿀 것 같은 얼굴 하고 있어."

현이 설핏 웃었다. 위태로운 공기가 흘렀다. 정주는 잠깐 입술을 깨물었다 고개를 끄덕였다.

그녀가 침실에 붙어 있는 욕실에서 샤워하는 동안 현은 밖에서 TV를 틀어 놓고 생각에 잠겼다. 제 욕망을 다스릴 자신감은 충분했다. 다만 조급함만이 그를 초조하게 만들었다.

아직은 안 돼. 조금만 덜 떳떳해도 금세 숨어 버릴 테니까.

지난번 호텔에서의 일 이후 정주가 얼마나 어색하게 쭈뼛거렸는지 뼈저리게 알아 버렸다. 그건 정말로 가슴 쓰리고 갑갑한 경험이었다. 현은 그 이후로 절대 정주를 자극하지 않으려고 노력했다. 물론 잔뜩 달아오른 자신을 누르는 것도 잊지 않았다.

온몸으로 부딪쳐 오는데도 막아 내야 한다니.

그는 씁쓸한 웃음으로 입가를 비딱하게 끌어 올렸다. 침실 문 안으로 소리가 들렸다. 정주가 샤워를 마치고 나온 모양이었다. 그는 주방에서 머리를 빼꼼 내밀고 아무렇지 않게 소리를 냈다.

"다 씻었어? 핫초코 만들어 줄까?"

"내가 애야?"

불퉁한 목소리가 귀여웠다. 현은 웃음을 머금고 주방으로 들어갔다. 전자레인지에 우유를 데우면서 전에 사 둔 커버처 초콜릿을 한 줌 꺼냈다. 그는 정주가 이 집으로 이사하자마자 온갖 식재료를 저장고에 사다 둔 사람 중 한 명이었다.

시간을 끊어 가며 천천히 데운 우유에 초콜릿을 퐁당퐁당 떨어뜨리고 천천히 저었다. 설탕을 넣고 마지막으로 보드카를 약간 부었다. 그는 컵에 핫초코를 따르고 남은 걸 맛본 후 미소를 지었다.

"얼른 마셔. 식기 전에."

정주는 이미 침대에 들어가 목까지 이불을 끌어 올리고 있었다.

아, 이 여자. 쓸데없이 귀여워서는.

현은 좀 전에 제 욕망을 다스릴 수 있다는 자신감을 깨끗하게 내던졌다. 외려 자신 있게 말할 수 있었다. 어떤 상황에서도 갈증을 일으키는 여자가 바로 이 여자라고.

어설픈 유혹에도 온몸에 불이 붙는 것 같았다. 그러나 소중하게 대하고만 싶었다. 이대로 도망갈까 봐 불안하다가도 절박할 때마다 자신을 내던지는 듯한 모습을 보면 한층 더 곱게 감싸 몰래 숨겨 두고 싶은 충동이 일었다. 본능적인 소유욕이었다.

이정주. 너 의문의 1승이야.

픽 웃은 그는 침대 가에 걸터앉아 정주가 핫초코를 홀짝이는 걸 말없이 지켜보았다.

"이거 술 넣었지?"

정주가 미간을 살짝 찡그렸다. 현은 고개를 끄덕이며 손을 휘휘 들어 저었다. 얼른 마시라는 무언의 권유에 그녀가 입을 비죽이면서도 컵을 비웠다.

"동화책 읽어 줄까?"

"애 아니라고."

정주가 짜증 섞인 말투로 대꾸했다. 현은 빙그레 웃고는 그녀의 볼에 붙은 머리를 넘겨 주었다.

"나한테 네가 애고, 여자고 사람이고 그래. 다른 건 그냥 그래. 그러니까 너 잘 먹이고 잘 재우는 게 제일 좋아. 그러니까 오늘 밤만 애 해."

정주도 그의 말이 어떤 의미인지 모르지 않았다. 아까 그녀의 충동적인 행동을 저지한 것이나 지금 곱게 자라는 말 역시. 그녀는 작게 한숨을 쉬었다.

"너한테 자꾸 빚만 늘어. 다 갚지도 못하면 어쩌지."

"나중에 한 방에 갚을 수 있을 거야. 염려 놓으시고 주무시죠. 공주님."

그녀의 손이 크고 따스한 손아귀에 잡혔다. 가만히 어루만지는 손길에 긴장이 풀렸다.

정주는 어느새 눈을 깜빡거렸다. 술이라면 지지 않는 그녀인데도 빠르게 졸렸다. 그녀는 하품을 깨물며 곰곰이 하루를 돌이키다 사실은 기진맥진해 있었다는 걸 알아차렸다. 아마도 시모와의 통화에 모든 심력을 다 쏟아부은 모양이었다.

물론 그것만은 아니었다. 현의 말마따나 그녀는 은근히 불안해하고 있었다. 소송이 시작되고 유리하게 진행되고 있는데도 알 수 없는 두려움이 깊숙이 존재하고 있었다.

미래를 알 수 없는 불안함과 아직 아무것도 정하지 않은 자신의 결정. 현이 사랑한다는 것 말고는 확고하게 정해진 건 아무것도 없었다.

새삼스럽게 이 나이에 다시 누군가와 새롭게 인연을 맺는 것이 힘들지는 않을지. 유부녀인 자신이 그의 발목을 붙잡는 건 아닌지.

그건 현을 좋아하는 것과는 별개로 늘 그녀의 마음속에 숨어 불쑥 튀어나오는 본능적인 두려움이었다.

그걸 깨달은 순간 현이 잡은 손을 부드럽게 애무하듯 쓸었다. 일순 몸속 어딘가가 묵직한 느낌이 들었다. 뜨거운 열기라고 하기엔 부족하지만 지친 마음을 달래기엔 충분했다.

정주는 다시 눈을 깜빡였다. 현에게 말을 건네고 싶은데 급격하게 졸음이 몰려왔다. 그녀는 뭐라고 말을 건네려다 까무룩 잠에 빠지고 말았다.

현은 침대 옆 스탠드만 켜 두고 불을 껐다. 푸르스름한 어둠 속 노란 스탠드 아래 정주의 얼굴이 동그랗게 떠올랐다. 그녀는 마치 작은 섬 안에서 홀로 잠든 것 같았다.

현이 침대로 돌아와 다시 앉았다. 정주의 손을 잡은 그의 손이 살짝 떨렸다. 온기가 느껴지자 걷잡을 수 없는 충동이 일었다. 침대 속으로 파고들어 그녀의 체온을 확인하고 싶었다.

그는 정주의 곁에 조심스럽게 누웠다. 다분히 충동적이었다. 하지만 이불을 들추지는 않았다. 그저 곁에 누워 그녀의 얼굴만 보았다.

정주가 뒤척이며 얼굴을 돌렸다. 푹신한 베개에 반쯤 파묻힌 얼굴은 조명을 받아 부드럽게 빛났다. 현은 시린 숨이 그녀의 얼굴에 닿을까 봐 숨을 죽였다.

그녀의 미간이 살풋 찡그려졌다. 무슨 꿈을 꾸는 것일까. 현은 악몽이라도 꾸나 싶어 그 얼굴을 유심히 살폈다. 조금은 창백한 안색과 살짝 떨리다 잠잠해진 속눈썹. 그의 시선이 가느다란 콧대와 살짝 닫힌 입술을 따라 흘렀다.

"예쁘다."

예뻐. 이정주. 현은 들릴락 말락 작은 소리로 속삭였다. 눈을 떼고 싶지 않았다. 봐도 봐도 지겹지 않은 얼굴. 이렇게 손을 뻗으면 체온과 감촉이 느껴질 수 있을 거라고는 생각해 본 적도 없는데.

현은 불현듯 아래쪽이 뻐근해지는 걸 느끼고 서서히 몸을 일으켰다. 그는 침대 옆의 불을 마저 끄고 조용히 방문을 닫았다.

잠이 올 것 같지 않았다. 손님용으로 만든 방으로 들어간 그는 침대에 벌렁 드러누워 천장을 응시했다.

"젠장."

오늘따라 유난히 달이 밝았다. 그는 창밖을 보다 이불을 뒤집어썼다.

\* \* \*

정주가 눈을 떴을 때 현은 이미 출근한 뒤였다. 그는 대신 아침 식사를 차려 두고 나갔다. 그녀가 뚜껑을 열고 미역국 냄새를 음미하는데 전화벨이 울렸다.

-밥은 굶지 말고.

"응."

정주의 단답에 현이 피식 웃었다.

-일단 오늘은 갑갑하면 차 끌고 드라이브라도 해. 그래도 힘들면 약국 출근도 고려해 봐. 많이 쉬어서 지루한 것 같은데. 대신 유경이 잔소리랑 수다도 각오해야 할걸.

참 쓸데없이 세심하다니까.

정주는 그만 웃고 말았다. 웃음소리에 현이 마음 놓인 듯 다시 말했다.

-밥 먹는 동안 통화해. 화상 통화할까? 너 밥 먹는 것부터 좀 봐야겠다.

"그만해. 내가 애야?"

-나한텐 항상 물가에 내놓은 애 같은데?

"시비 털자 이거지?"

툭탁거리는데 벨이 울렸다. 정주가 폰을 귀에 댄 채 모니터를 켰다.

"정수기 필터 교체 건으로 왔어요. 사모님. 문 좀 열어 주세요."

"정수기요?"

정주는 주방 쪽을 흘끔 돌아보았다. 이사하기 전부터 원래 갖춰져 있던 정수기가 있기는 했다. 하지만 그게 렌탈 계약이 걸려 있었는지는 몰랐다. 그녀는 긴가민가하면서 주방으로 들어가려 했다. 그때 모니터 건너편 여자가 표를 번쩍 들어 보였다.

"교체 점검표예요. 여기 달마다 사인하게 되어 있거든요. 이거 확인되시면 보고 열어 주세요."

모니터에 비친 점검표는 멀쩡해 보였다. 정주는 그제야 의심을 풀고 문을 열어 주었다.

-무슨 일이야?

"어, 정수기 필터 교체래."

-……누님한테 확인은 해 봤어?

현의 말에 정주가 아니, 하고 대답하다 무심코 문 쪽을 보았다. 여자가 들어서고 있었다.

"이따 전화할게. 끊어."

정주가 전화를 끊고 여자를 보자 그녀가 사방을 휘휘 둘러보며 웅얼거렸다.

"아유, 요즘은 의심하시는 분들이 많아서……."

미묘하게 탓하는 듯한 목소리며 집안을 은근히 훑어보는 태도가 왠지 좀 거슬렸다. 정주는 여자를 주방으로 안내한 후 뒤에서 지켜보았다. 여자가 갑자기 머뭇거리다 뒤를 홱 돌아보았다.

"사모님. 들어가 계셔요."

"아, 아직 볼일이 있어서……. 일 보세요."

아직 먹지 못한 음식을 치우려는데 여자가 계속 흘끔거리며 뒤를 돌아보고 있었다. 어쩐지 수상쩍었다. 정주는 잠깐 망설이다 접시를 놓고 다시 식탁 앞에 앉았다. 여자가 정수기를 몇 번 딸깍거리더니 뒤를 홱 돌아보았다.

"계속 여기 계실 거예요?"

"밥 먹으려는데. 왜요?"

"여기 계시니까 제가 집중이 안 돼서요."

정주가 어이가 없는 얼굴로 여자를 보았다. 여자는 뻔뻔하게 계속 나가 달라고 말하고 있었다.

"조금 있다 드시면 안 될까요? 필터 갈면 정신 사나워서 드시기 어려울 텐데."

"왜 자꾸 나가 있으라고 하는 거죠?"

결국에 짜증이 단단히 난 정주가 쏘아붙였다. 여자가 뭔가 우물쭈물하면서도 극구 자신을 나가라고 하는 게 수상했다. 그녀는 일부러 자리를 떠 거실로 나오면서 관리 사무실에 전화를 걸었다.

"여기 좀 와 보시겠어요? 정수기 필터관리라는데요."

-예? 여긴 정수기가 빌트인이라 날 잡아서 교체하는데. 아무튼, 일단은 좀 잡고 계세요. 금방 가 보겠습니다.

직원의 말에 정주가 놀라서 전화를 끊고 서둘러 주방으로 향했다.

여자가 주방에서 뭔가 하고 있다가 놀라서 뒤를 돌아보았다.

"정수기 회사 직원 맞아요?"

"예? 그게 무슨 말씀이세요. 아무렴 제가 일부러 들어오거나 했으려고요. 아니, 그게 아니라."

여자가 당황한 듯 횡설수설하다 갑자기 여유 있는 웃음을 보였다.

"당연하죠. 왜 그러세요. 사모님. 영 이상하시네. 왜 멀쩡한 직원을 이상하게 몰고 가시고 그러세요."

"여긴 정수기 일괄 관리로 들었는데요."

정주의 단호한 말에 여자의 얼굴이 변했다. 그녀가 천천히 가방을 챙겼다. 그 속에 든 스패너를 본 순간 정주의 얼굴이 굳어졌다. 여자의 손이 그걸 집어 드는 게 보였다.

"잠깐."

정주는 최대한 공포심을 물리치려고 애쓰면서 단호한 어조로 말했다.

"아무것도 손대지 말아요. 그냥 잠깐만 기다려요."

그 말에 여자가 킥 웃었다. 그녀는 스패너를 든 채 천천히 일어나 정주에게로 다가왔다.

뒷걸음질 치며 여자를 피하려는 순간, 여자가 달려들며 스패너를 휘둘렀다. 정주가 놀라 뒤로 물러서자 여자가 잽싸게 거실로 나가 달렸다.

"거기 서요!"

정주가 여자의 옷자락을 잡으려는 순간 여자가 문을 열었다. 그때 누군가 안으로 들어와 여자의 손목을 잡았다. 현이었다.

"놔!"

비명과 함께 스패너가 현관 바닥에 쿵 떨어졌다. 정주의 놀란 눈에 현이 여자를 잡아 관리 사무실 직원들과 용원의 수하들에게 넘기는 게 보였다. 그는 여자를 넘기자마자 곧장 달려 정주의 몸을 살폈다.

"괜찮아?"

현이 그녀의 몸을 꽉 끌어안았다. 정주는 괜찮다고 말하려다 현의 몸이 가늘게 떨리는 걸 깨달았다. 늘 단단하고 강한 남자가 놀라 달려오더니 자신을 안은 채 어쩔 줄 몰라 하고 있었다.

그의 체온이 서서히 전해졌다. 팽팽하던 분위기가 서서히 누그러졌다. 현이 정주를 품에서 떼어 내 샅샅이 살폈다. 민망할 정도로 보는 통에 정주의 얼굴이 조금 붉어졌다.

"아무 일 없었어. 추궁하려고 했더니 바로 달아나려고 했거든."

"공구 들고? 잘못 맞으면 사람 죽어."

현의 목소리에 분노가 배어났다. 그는 정주를 놓고 뒤를 돌아보았다. 경호원들에게 붙잡혀 있던 여자가 현의 시선에 움찔했다. 그만큼 분노는 강렬하고 거셌다.

"당신 누구야."

"……."

"뭘 하려고 거짓말에 신분 조작까지 하면서 여기 들어온 거지?"

여자는 묵묵부답이었다. 경호원 중 하나가 여자의 옆구리를 찔렀지만, 그녀는 입도 벙긋하지 않았다. 그러나 금세 분위기가 반전되었다. 경찰이 도착하자마자 여자는 놀란 얼굴로 시선을 피했다.

"하이고. 또 당신이야?"

경찰이 낯이 익은 듯 한숨을 쉬었다. 여자가 억울한 듯 투덜거렸다.

"일인데 어떡해요. 먹고는 살아야지."

"아니, 그러게 왜 만날 이런 일만 하냐고. 다른 일 좀 해. 불법 저지르는 것만 골라서 하지 말고."

"심부름센터 일이 그렇죠 뭐. 나라고 하고 싶어서 하나. 사장이 시키는 건데. 그래도 여긴 도청만 하면 돼서 일이 좀 쉬울 줄 알았죠."

여자의 말을 듣고 있던 정주의 머릿속에 뭔가가 스쳐 지나갔다. 그녀가 고개를 들자 현이 곧바로 시선을 맞춰 왔다.

"지금 심부름센터라고 했습니까."

현이 정중하게 물었다. 여자가 흠칫 놀라더니 고개를 끄덕였다. 그 얼굴에 드러난 수줍음에 경찰이 혀를 찼다.

"잘생긴 남자 보더니 눈웃음치는 거 보소. 어이구. 네가 지금 그럴 때냐? 남의 집에 겁도 없이 도청기 달러 들어와서 흉기나 휘두르고. 넌 이번엔 그냥 훈방으로 못 나온다? 가자. 가서 진술서 쓰게."

"잠깐만요."

현이 나섰다. 그는 입가에 가벼운 미소를 띤 채 여자를 보았다.

"심부름센터 어딘지 말해 줄 수 있어요?"

"어, 그게……."

여자가 머뭇거렸다. 현의 미소가 조금 더 짙어졌다. 그의 표정이 바뀔 때마다 여자의 얼굴도 함께 바뀌는 게 신기했다. 여자가 결국 마음을 정한 듯 입을 열려는데 경찰이 말을 가로챘다.

"자자, 자세한 건 경찰서에서 하시지요. 일단은 서로 좀 가 주셔야겠습니다."

"그러죠. 넌 여기 있어."

현이 대답하고는 정주를 보았다. 정주는 고개를 저었다.

"당사자는 나니까 직접 가야겠어."

현은 미간을 잠시 찡그렸지만 더는 아무 말도 하지 않았다.

경찰이 여자를 데리고 밖으로 나갔다. 정주도 서둘러 나갈 준비를 마치고 현과 함께 집을 나섰다.

\* \* \*

"커피 마실래?"

현이 자판기에서 커피를 뽑아 건넸다. 정주는 말없이 컵을 받아 한 모금 들이켰다. 쓰고 달고, 자판기 특유의 커피 향기가 훅 들어왔다.

경찰서 주차장에 세워진 차까지 천천히 걸었다. 지나가는 사람들이 현을 흘끔흘끔 보았다.

잘생기긴 했지.

정주는 쓴웃음을 지었다. 제가 보기에도 이렇게 근사한데 하물며 남들이야. 아까 그 여자도 현의 얼굴에 넋을 놓지 않았던가. 그녀는 현이 열어 준 차 문 안으로 몸을 밀어 넣었다.

"다행이야. 아버지가 아는 곳이라서. 나도 한번 도움받았던 곳이고"

"심부름센터에서 도움을 받았다고? 네가?"

무슨 일로? 뜻밖의 말에 놀라서 캐묻는 정주의 물음에도 그는 그냥 빙그레 웃기만 했다.

"그건 나중에 말해 줄게. 별것도 아니라서. 그것보다 이거, 어떻게 할까. 최자옥 여사."

현이 핸드폰을 흔들었다. 여자에게서 압수한 도청기 사진이 화면에 띄워져 있었다.

정주는 입을 다물었다. 경찰서로 올 때까지만 해도 시어머니 이름이 튀어나올 줄은 몰랐다. 기껏해야 지명이나 윤혜일 거라고 짐작했을 뿐.

"놀랐지?"

"……조금. 아무리 그래도 어른인데 하고 넘어간 게 실수였나 봐.

그날 통화했을 땐 나도 좀 심하게 질러서."

"네가 심하게 말했다고 해 봐야 그 노인네만 했으려고."

현이 눈썹을 찡그렸다. 정주는 고개를 돌려 창밖을 보았다. 얼굴이 화끈거렸다. 이제 남보다도 못한 사이인데 왜 부끄러움은 제 몫인지 궁금했다.

"누군지 알았으니 이제 반격을 좀 해 볼까."

현이 중얼거렸다. 정주가 그를 보다 고개를 저었다.

"그러지 마. 어차피 이혼하면 끝인데 뭐."

"그러면 좋겠지만 유감스럽게도 이미 내 머릿속에 각인되어 버렸거든. 널 괴롭히는 인간으로. 절대 그냥 둘 수 없어."

현이 음산하게 말을 내뱉으며 정주를 유심히 보았다. 그의 손이 그녀의 볼을 조심스럽게 쓸었다.

그 눈빛을 정주는 알고 있었다. 현이 진심으로 그녀를 소중히 여기는 것과는 별개로, 가끔 지독한 욕망을 드러낼 때. 알게 모르게 그녀의 몸을 사로잡는 시선. 그건 자신이 아직 여자라는 것을 강렬하게 느끼게 해 주는 그런 눈빛이었다.

숨이 절로 달큰해졌다. 정주는 현에게 휘말리지 않으려고 애쓰면서 어떻게 할 것인지 물었다.

"뭘 어쩌긴. 불러서 가만두지 않겠다고 해야지. 불법 도청 시도, 감시. 스토킹. 협박. 그것만으로도 고소감이니까."

현의 눈빛이 어두워졌다. 오만한 듯 보이지만 사실은 분노하고 있었다. 정주는 그를 가만히 보다가 고개를 저었다.

"그냥 둬. 경찰한테 맡기자."

"경찰에 맡기더라도 혼쭐은 내야지. 안 그러면 네 속이 두고두고 문드러진다."

현이 단호하게 말을 끊어냈다. 그는 차를 몰아 정주를 약국까지 데려다주었다.

"어머나! 이제 출근하시는 거예요?"

미령이 정주를 반겼다. 그녀는 처방전을 정리하는 중이었다. 유경이 안에서 약들을 점검하다 고개를 빼꼼 내밀었다. 현이 그걸 보고 슬며시 농을 건넸다.

"정식으로 출근하기 전에 유경이가 네 약국 얼마나 망쳐 놓고 있는지 확인이나 해 봐."

"농담에 어째 뼈가 한가득 들었다? 오늘 점심은 뼈다귀해장국으로 먹으라는 암시야?"

유경이 현을 노려보며 툴툴거렸다. 현이 여유만만하게 웃었다.

"아니. 팩트 폭행이지. 전치 팔 주짜리. 갈비뼈는 깁스도 안 되는데. 어쩌냐."

"으아악! 이정주. 나 이 건물주 반댈세. 제발 저 입 좀 틀어막아 줘!"

유경이 고개를 흔들면서도 바쁘게 움직였다. 벌써 손님들이 꽤 몰려들고 있었다. 정주도 서둘러 가운을 갈아입고 나왔다. 현은 그녀를 보고 미소 지었다.

"무슨 일 있으면 전화해. 알았지?"

정주가 고개를 끄덕이자 그는 떠나기 싫은 듯 약국 안을 한번 둘러보고 자리를 떴다. 유경이 입술을 비죽대다 정주를 보고 환하게 웃었다.

"으흐흐. 야, 우리 같이 근무하는 거 처음이지 않니? 좋다 야."

"그러게. 오늘 점심은 내가 살게. 뼈해장국 콜?"

"야, 야 너. 이정주 너마저."

유경이 옷깃을 움켜쥐고 비통하게 중얼거렸다. 그녀는 한숨을 쉬며 마침 들어온 처방전을 받아 안으로 들어갔다.

"아이고, 약사님 오랜만이네? 어디 아팠어요?"

얼굴을 아는 단골들이 반갑게 인사를 건넸다. 정주도 미소를 지으며 살갑게 맞이했다. 그걸 본 사람들이 신기하다는 듯 웃었다.

"뭐 좋은 일이라도 있었나 봐. 얼굴이 좋아졌어."

"그렇죠? 전에는 이렇게 그늘이 막 져서 눈가가 시커멓더니 이제는 그냥 이쁘기만 하네."

사람들의 말에 정주의 얼굴에 홍조가 비쳤다. 유경이 비죽 웃으며 사람들에게 말했다.

"약사님 요즘 좋은 일 생겼거든요. 로또 당첨됐대요."

정주가 놀라서 손을 휘휘 내저었다. 사람들이 피식거리며 약을 받아 돌아갔다. 정주는 유경에게 눈을 흘겼지만, 유경은 어깨를 으쓱거리며 웃었다.

"남자도 로또야. 좋은 남자 만나기가 쉬운 줄 알아? 걔처럼 온갖 거 다 해 주고 공주님처럼 모셔 주는 거 완전 땡잡은 거다, 너. 걔가 뭐가 아쉬워서 너한테 그러겠어. 미혼에 병원에 회사까지 있는 부자 금수저 엘리트인데. 그저 너 하나 보고 그러는 거잖아. 있을 때 꽉 잡아."

"……."

일순 정주의 입이 굳게 다물렸다. 그녀는 잠깐 얼굴을 굳혔다가 이내 웃는 모습을 보였다.

"여기 사람 하나 더 쓸까? 처방전 입력하기 힘들죠, 미령 씨?"

"그러면 저야 좋죠. 처음엔 신선했는데 일이 바쁘니까 살살 지치는 거 있죠. 저 로테이션 될지도 모르니까 그전에 직원 한 명 주시면 어떨까요?"

정주가 고개를 끄덕였다. 유경이 좀 머쓱한 표정을 짓다가 그녀의 옷자락을 끌어당겼다.

"너 나랑 얘기 좀 해."

유경은 정주를 끌고 작은 방으로 들어갔다.

"왜 그래. 무슨 일 있었어?"

"……아니야. 좀 피곤해서. 아침에 일이 좀 있었거든."

시모의 사주로 도청 장치를 설치하려다 걸린 여자 이야기를 하자 유경의 얼굴도 굳어졌다. 그녀는 잔뜩 화가 난 표정으로 소매를 걷어붙였다.

"그걸 그냥 뒀단 말이야? 싸대기라도 한 대 붙이지 그랬어. 경찰 넘기기 전에."

"그럴 가치도 없는데 뭐. 약국 왔을 때 너도 그냥 쫓아 보냈잖아."

"그거랑 이거랑 같나? 남의 집에 몰래 도청 장치 설치하려던 건데. 그냥 깽판 치는 거랑은 차원이 다르지!"

"아무튼, 이걸로 됐어."

정주가 짧게 상황을 마무리 지었다. 유경은 못내 아쉽고 분한 표정이었지만, 정주의 얼굴을 보고는 슬쩍 눈치를 살폈다. 그녀가 눈치 빠르게 넘겨짚었다.

"시어머니 때문에 그러지? 얼굴이 안 좋은데."

"어. 아냐. 점심 먹자. 뼈해장국 먹는댔지?"

"어휴. 정말!"

유경이 입술을 비죽댔다. 정주는 웃으면서도 한편으로는 마음이 편치 않았다. 그녀의 마음속에서는 유경이 했던 말이 계속 소용돌이치며 파문을 일으키고 있었다.

"걔가 뭐가 아쉬워서 너한테 그러겠어."

그러게. 정말 뭐가 아쉬워서.

마음속에 깊이 숨겨져 있던 불안감이 드러났다. 그녀는 가라앉은 얼굴로 복잡하게 뒤엉킨 제 속을 들여다보았다.

6. 모든 속박을 벗고

그건 일종의 죄책감과도 같았다.

유부녀인 자신이 미혼의 남자와 다시 인생을 설계해도 되는지.
주변 사람들은 그렇다 쳐도 정작 현에게 미안하지는 않을지.

제 삶이 엉망진창이 되었다고 느꼈을 때도 그만은 결코 보고 싶지
않았다. 만나게 되면 자신이 어떤 생각을 할지 몰라서. 그에게 매달려
나를 어디론가 도망치게 해 달라고 사정할 것 같아서. 돌이켜보면
정말로 그를 다시 만나서는 안 되었는지도 모르는 일이었다.

동창회를 나가는 게 아니었어. 정주는 낮게 한숨을 쉬었다.

다시 만난 그에게 저도 모르게 매달려 여기까지 왔다. 저만 오랫동

안 한 남자를 기억하고 있었던 건 아니었다. 그도 역시 자신만을 잊지 못해 그녀에게 손을 내밀었다. 그런데도 자신이 그를 진창으로 함께 떠밀고 있는 건 아닌지 두려웠다. 사실 악연이라면. 그렇다면.

여기서 끝내야 하는 것 아닐까. 정주의 가슴이 요동쳤다. 기껏 그의 진심을 받아들였으면서도 여전히 현에게 미안한 마음. 앞으로가 더 어려울지 모른다는 두려움. 탄탄해 보이는 미래도 언제 뒤바뀔지 모른다는 불안함. 그녀는 손을 꼭 맞잡았다.

괜찮을 거라고는 하지만 만약 내가 그의 미래를 방해하고 있다면.

현실적인 불안함을 떨쳐버릴 수가 없었다. 정주는 뭐가 뭔지 알 수 없는 심정으로 가만히 숨을 내뱉었다. 뒤엉킨 속내가 못내 무거웠다.

\* \* \*

[언니. 이럴 수 있어요? 진짜 심하다고 생각하지 않아요? 우리 오빠가 언니한테 뭘 잘못했는데. 배은망덕하게 이혼이라뇨. 언니 힘들 때 오빠가 언니네 아버지 빚 갚아 주고 결혼도 한 거잖아요. 평생 은혜 갚으면서 살 생각은 안 해요? 진짜 기가 차네.]

[이거 보면 당장 연락해요. 엄마 경찰에 신고했다는 게 뭐예요? 우리 엄마 괴롭힐 데가 어디 있다고. 당장 취소해요.]

[자꾸 읽씹할 거예요? 나도 가만두고 보진 않을 거니까 빨리 문자하든 전화받든 해요.]

시누의 되바라진 문자와 전화가 신경을 자꾸만 건드렸다. 정주는 한숨을 쉬고 택시에서 내렸다.

가사조사 절차 때문에 법원에 출석해야 하는 날이었다. 한데 새벽부터 전화가 윙윙 울리더니 문자까지 연속으로 날아들었다. 못되기로는 시모보다 더하고 멍청하기로는 지명 못지않은 막내 시누의 문자에 머리가 울릴 정도로 신경이 날카로워졌다.

그나마 다행인 건 시집간 시누가 딱히 연락하지 않는다는 점이었다. 그녀는 전부터 정주와 데면데면하게 지내더니 결혼한 후에도 딱히 연락이 없었다. 시모가 성화를 부리면 간간이 연락은 하지만 좀처럼 친정에 들르지도 않았다.

"그나마 거기서도 멀쩡한 사람은 하나 있네."

유경이 마뜩잖은 얼굴로 평가하기도 했다. 아무튼, 정주는 막내 시누 때문에 다분히 머리가 아팠다. 꼭 손톱 밑 거스러미가 신경을 계속 건드리는 기분. 그녀는 조금 날카로워진 상태로 법원에 도착했다.

"가사조사 절차는 저도 들어갈 수 없어요. 대신 가사조사관은 친절하고 공정하게 말을 들어 줄 거예요. 그러니 하고 싶은 말 다 하셔도 돼요."

변호사가 정주에게 당부하듯 말했다. 이미 며칠째 조사 절차를 준비해 온 뒤였다. 정주는 말없이 고개를 끄덕였다. 그녀의 손에는 핸드폰이 꼭 쥐어져 있었다.


[잘할 수 있어. 넌 강해. 잊지 마. 너에겐 내가 있으니까.]

현은 그녀를 데려다주는 대신 문자를 보냈다. 정주가 책잡힐까 봐 조심하는 게 눈에 선했다. 그녀는 그의 짧은 문자 속에 담긴 염려를 떠올리고 마음을 단단히 먹었다.

앞으로 어떻게 되든 우선은 이 일에 집중하는 거야.

무슨 일이 있어도 저 쓰레기와는 갈라서야 했다. 지난번에 지명에게 겁을 준 이후로 그는 정주에게 연락조차 하지 않고 있었다.

오랜만에 마주치는 것이니 무슨 말을 할지 모른다. 정주는 핸드폰을 다시 한번 꾹 쥐고 안으로 들어갔다.

그녀가 자리에 앉은 후 지명도 도착했다. 그는 정주를 흘끔 본 후 쭈뼛거리며 자리에 앉았다. 가사조사관이 들어오기 전, 그가 정주에게 몸을 기울이고 속삭였다.

"자, 잘 지냈어?"

아무래도 지난번에 집에서 혼쭐 난 것이 마음에 걸리는 모양이었다. 겁은 많아서. 정주는 경멸의 눈길을 흘끔 보낸 후 침묵을 지켰다.

"그래도 오랜만인데 인사도 안 하냐."

지명이 서운하다는 듯 눈을 가늘게 떴다. 정주는 그제야 톡 쏘아붙였다.

"인사가 나올 상황인가 보지? 나라면 그냥 입 다물고 있겠어."

지명이 입을 열려다 가사조사관이 들어오는 바람에 도로 다물었다. 가사조사관이 서류를 펼쳐 놓고 두 사람을 확인한 후 진술에 들어갔다.

지명의 앞에서 흥분하거나 분노해서 울지는 않을까 걱정했던 것도 잠시, 정주는 차분하고 조곤조곤하게 제가 처했던 상황들을 진술했다.

그렇다고 괴롭지 않은 건 아니었다. 그녀는 자신이 소리 없이 펑펑 눈물을 흘리고 있는지도 몰랐다. 가사조사관이 건네는 휴지를 받고서야 자신이 울고 있었다는 사실을 깨달았다. 그녀는 눈물을 흘리지 않으려고 애썼지만 쉽지 않았다.

지명은 그녀가 제게 맞았던 사실이나 괴롭힘을 당한 일들을 진술할 때마다 움찔거렸지만 별다르게 항의하거나 하지는 않았다. 그보다는 오히려 빨리 이 시간이 지나기만을 바라는 듯했다.

"십 년의 결혼 생활 동안 제게 남은 건 폭력과 폭언, 외도로 인한 상처와 시가에서 떠넘긴 빚뿐이에요. 그걸 복구하는 데만 얼마나 많은 시간이 들지 모르죠. 그렇지만 지옥 같은 삶을 벗어나겠다고 결심한 것만으로도 큰 의미가 있다고 생각합니다. 전 반드시 이혼을 원해요."

마지막으로 덧붙인 말에 가사조사관이 그녀를 보며 고개를 끄덕였다. 무언의 긍정 같아서 정주의 기분이 조금 나아졌다. 그녀는 지명을 보지 않았지만, 그가 불안한 듯 다리를 덜덜 떨고 있는 걸 알아차렸다.

그러나 지명의 반격도 의외로 만만치 않았다.

아까와는 달리 그는 청산유수로 반박을 줄줄 늘어놓았다. 전문직이면서 시가를 항상 무시해 오며 명절이나 행사 때 시댁에 제대로 나타나지도 않았다는 시가와 친척들의 탄원서와 진술을 곁들였다. 그는 한껏 애처로운 표정을 지으며 술술 거짓말을 늘어놓았다.

"돈 문제는 우리 엄마가 좀 빌려달라고 한 것뿐이란 말입니다. 그래서 빌려준 거고 아무 문제 없었어요."

"거짓말이에요. 제 인감을 시어머니가 가지고 계셨어요. 대출 상환이 시작될 때에야 전 그 사실을 알았고요. 명백한 사기와 횡령, 점유물 이탈이죠."

정주의 똑 부러지는 대답에 지명이 말문이 막힌 듯 그녀를 은근히 노려보았다. 하지만 정주도 절대 물러설 수 없었다. 그녀는 지명이 말도 안 되는 소리를 할 때마다 끝까지 따지고 들었다.

"그리고 말입니다. 바람피운 건 제가 잘못했지만, 솔직히 이 여자도 문제는 있어요. 애도 없는데, 노력이라도 해야 할 거 아닙니까. 관계가 있어야 애도 낳을 건데."

"뭐?"

정주가 어이없어서 저도 모르게 소리를 내자 조사관이 손을 들어 저지했다. 지명이 힘을 얻은 듯 한층 큰 소리를 냈다.

"아니 그렇잖습니까. 막말로 남자는 여자가 좀 달래 주고 품어 주고 해야지. 매일 멀뚱멀뚱 남 보듯 하면서 대 주지도 않고. 솔직히 좀 앵겨서 애교도 떨고 잠도 같이 자 주면 좋잖습니까. 그래야 이 여자가 내 마누라구나. 이런 생각도 하게 되고 애정도 생기잖아요. 애 낳자고, 노력하자고 해도 싫대요. 저렇게 목석같이 품에 안기는 것도 거부하는 여자랑 살아 보세요. 어떻게 되나."

정주는 기가 막혀서 그를 노려보았다. 지명이 뻔뻔한 표정으로 그녀를 마주 보다 시선을 돌렸다. 속이 부글부글 끓었다. 그러나 그녀는 주먹을 꾹 움켜쥐었을 뿐 아무 말도 하지 않았다. 그냥 이 시간이 빨리 지나길 진심으로 바랄 뿐이었다.

조사가 끝나고 정주는 지명을 거들떠보지도 않고 바깥으로 빠져

나왔다. 지명이 따라와 그녀의 팔을 붙들었다.

"놔."

정주의 눈에서 불꽃이 튀었다. 그녀는 지명을 거세게 노려보았다. 지명이 어깨를 움츠리면서도 할 말은 있다는 듯 툭 내뱉었다.

"야. 너 진짜 너무하다. 나는 그렇다 치고 우리 엄마는 왜 건드리냐? 내가 웬만하면 별말 없이 이혼하려고 했는데 엄마까지 건드리니까 그럴 수가 없잖아."

"말은 똑바로 해. 내가 네 엄마 건드린 게 아니라 네 엄마가 날 건드렸어. 어디서 말도 안 되는 거짓말만 늘어놓는 거야?"

"뭐가 어쩌고 어째? 우리 엄마가 뭐가 아쉬워서 널 건드려?"

"아쉬울 거 없는 분이 왜 도청 장치는 설치하시려고 했대? 심부름센터까지 동원해서."

"뭐?"

지명의 얼굴이 한층 멍청해졌다. 정주는 차갑게 대꾸했다.

"심부름센터 동원해서 도청하고 감시하는 거. 그거, 불법인 거 알지? 그리고 내 인감 가지고 대출받은 것들 다 불법이야. 경찰에 신고했으니 조만간 출석요구서 날아갈 거야. 어머니께 불응하지 마시고 나가시라고 해. 고소 취하할 생각도 없으니 알아서 잘해 보시라고."

"그게 무슨, 야. 야!"

지명이 다급하게 그녀를 붙드는데 변호사가 그 앞을 가로막았다.

"물리력을 행사하시면 안 됩니다. 이혼 소송 중이니 여러 가지로 조심하시는 게 좋을 겁니다. 변호사 아직 선임 안 하셨나요? 직접 변론하실 거 아니면 얼른 선임하세요. 아니면 빠른 조정도 좋겠지요."

지명이 기죽은 표정으로 정주의 팔을 놓았다. 정주는 지명을 똑바로 노려보았다.

"어머니께 여쭤봐. 무슨 말인지. 그리고 아까 당신이 한 말, 기억나?"

"뭐."

"말해 봐. 애도 없는데 내가 관계를 피했다고? 애 낳기 싫어서? 그래서 부부 생활이 엉망이 되었어? 정말로 그렇게 생각해?"

지명이 얼핏 시선을 피했다. 그의 얼굴에 드러난 명백한 죄책감과 얼렁뚱땅 넘어가려는 뻔뻔함에 정주의 속이 확 끓었다. 그녀는 나직하지만 매섭게 말했다.

"똑똑히 말해. 내가 아니라 당신이 문제인 거야. 어머니 놀라실까 봐 숨겨 준 거고 당신이 그땐 좀 안쓰러워서 봐준 거야. 이럴 줄 알았으면 그냥 동네방네 다 소문내고 다녔을 거고."

"누, 누가 뭐래냐. 아까는 나도 좀 체면을 세워야 하니까 그랬지."

"체면 생각하는 사람이 바람피우고 다녔어?"

정주가 한숨을 쉬었다.

"솔직히 말할게. 당신과 사는 거, 지옥이었어. 당신은 날 아내로 보지 않았어. 그냥 자기 소유물로 생각했지. 그 지옥을 다 견딘 건 내 아버지 때문이었어. 당신이 지은 죄를 딸인 내가 갚아야 한다는 순진하고 어리석은 효심."

지명의 얼굴에 서린 낭패감을 보니 조금 통쾌해졌다. 정주는 쐐기를 박듯 단호하게 말을 이었다.

"하지만 이제 그럴 필요도 없어졌어. 형식적인 결혼이라도 부부는 부부였어. 당신을 믿으려고 몇 년을 애썼지만, 그때마다 당신은 내 노력을 무참히 짓밟고 그냥 노예처럼 다뤘지. 부부 관계를 거부한다고? 그걸 거부하게 만든 건 당신이야. 내가 아니라 온전히 당신이 그런 거라고. 알았어?"

"야, 그러지 말고 좋게 해결하자. 어차피 이렇게 된 거 네가 나보다 더 잘 버는 직종인데 날 봐줘야지. 아파트 대출 빼면 그거 뭐 얼마나 남냐? 그냥 네가 마저 갚고 재산 분할은 좀 봐줘. 내가 섭섭잖게 나눠 줄게. 응? 아니다. 그것도 필요 없으니까 일단 나머지 대출이나 갚아 주라. 어?"

"결국엔 돈 이야기가 하고 싶어서 날 잡은 거야?"

정주의 눈에 경멸이 어렸다.

위자료야 그렇다 쳐도 재산 분할 때문에 슬쩍 애원하는 꼴이 가관이었다. 제 앞에서는 설설 기면서 조사관 앞에서는 마치 정주 때문에 부부 관계가 파탄 난 것처럼 떠넘겨 아파트라도 건지려던 속셈이 빤히 보였다. 이런 병신이었지. 그래. 저런 게 남편이었다니.

더는 이야기할 것도 남지 않았다. 헛웃음만 남았다. 알면서도 복잡했던 일말의 감정마저 사라졌다. 혼자 무거워하고 힘겨워했던 감정들일 뿐이었다. 그동안 허비한 시간이 아까워서 눈물이 날 지경이었다. 정주는 매몰차게 그를 외면했다.

"정주 씨. 얘기 더 하실 건가요?"

"아니요. 됐어요. 가시죠."

때마침 변호사가 정주에게 눈짓했다. 정주가 고개를 끄덕이고 변호사를 따라나서자 지명이 애타게 정주를 불렀다.

"야, 야! 정주야! 여보!"

정주는 몇 걸음 걷다 뒤를 돌아보았다. 그녀는 지명에게 차갑게 내뱉었다.

"여보라고 부르지 마. 아직 소송 중이라 해도 이제 내 마음속에서 넌 영원히 아웃이야. 다시는 돌아갈 일 없어. 여기 나가면 남남이야."

지명이 쭈뼛거렸다. 정주는 입가에 비웃음을 잔뜩 머금었다.

"돈 아까워서?"

"야, 그래도 십 년 살았다. 우리 사이가 돈으로 끝날 사이냐?"

애처로운 척 눈가를 축 늘어뜨리고 지명이 애원했다. 정주의 입가에 아까보다 더 큰 비웃음이 매달렸다.

"돈으로 끝날 사이 아닌 것 같아서 불륜으로 끝내려고 했던 거야?"

"아니, 그건."

지명의 말문이 막혔다. 그는 눈동자만 데굴데굴 굴리고 있었다. 뭐라고 변명할 거리를 찾는 꼴이 역겨웠다. 정주는 천천히 씹어뱉듯 말했다.

"이혼 소장 자세히 보지도 않았지? 거기 보면 대출도 인감 몰래 가져가서 불법으로 받은 거니까 나한테는 변제 의무 없는 걸 확정해 달라고 적혀 있어. 네가 알아서 해. 그리고 재산 분할? 아파트 갖고 싶다 이거야?"

지명은 말이 없었다. 정주도 대답을 기대하지 않았다.

그녀는 등을 꼿꼿하게 폈다. 이제까지 왜 이런 말을 못 했을까. 자신의 어리석음이 속상하면서도 한편으로는 더 늦지 않아 다행이었다. 정주는 이제야 지명에게 당당하게 쏘아붙일 수 있었다.

"원래대로 하자면 그거 다 내 돈이야. 엄연히 내가 너한테 자비를 베푸는 거거든? 솔직히 아파트 명의 네 앞으로 해 주는 바람에 내 재산 나눠 줘야 하는 것도 아까워. 이생에서 큰 수업료 한 번 치르고 얻는 교훈이라 생각하고 줄 테니까 알았으면 꺼져. 쓰레기."

하고 싶은 말은 다 했다. 속이 후련해졌다. 정주는 그제야 입가에 웃음을 띠며 바깥으로 나왔다. 상기된 이마와 볼을 스치는 바람이 시원했다.

* * *

"정주야. 이정주!"

유경이 헐레벌떡 들어와 손을 내저었다.

"좀 나와 봐!"

정주는 문득 고개를 들어 조제실 밖을 내다보았다. 사람들의 눈길이 전부 한곳을 향하고 있었다. 거기엔 시모와 막내 시누가 풀죽은 얼굴로 서 있었다.

정주는 잠시 생각하다 가운을 벗고 나갔다. 그녀를 본 시모가 조금 민망한 기색으로 입술만 달싹였다. 하지만 말이 되어 나오지는 않았다. 정주는 그 모습을 보다가 불쑥 물었다.

"여기까지 무슨 일이세요?"

"그, 그게."

시모가 어색한 표정으로 고개를 돌렸다. 사람들이 무슨 일인가 싶어 흥미진진하게 보는 것이 느껴졌다. 정주는 두 사람을 보다가 몸을 돌렸다.

"일단 나가시죠."

그녀는 어디로 갈까 하다가 일부러 윤혜의 가게로 향했다. 시모는 말없이 따라오고 있었지만, 시누는 조금 멈칫하는 게 보였다. 제아무리 철면피에 천방지축이라 해도 오빠의 상간녀가 운영하는 카페에 들어가기는 망설여지는 모양이었다.

그걸 보니 왠지 조금 고소해졌다. 정주는 부러 당당하게 문을 열고 안으로 들어갔다. 그들을 본 윤혜의 눈이 확 커졌다.

"뭐 드시겠어요? 커피?"

정주가 시모를 보며 묻자 시모가 얼굴을 찡그렸다. 정주는 그걸 보고 픽 웃었다.

"잘못 빌러 오셨는데 커피 사 드린다니까 더 미안하세요?"

"뭐가 어쩌고 어째?"

본성은 못 숨기겠는지 시모의 말투가 금세 뾰족해졌다. 시누가 슬쩍 끼어들었다.

"그, 그러니까요. 새언니 좀 심하다고 생각하지 않아요?"

"뭐가 심한데요?"

"그, 그⋯⋯. 우리 오빠가 좀 실수하긴 했지만 그래도 가족이잖아요. 이혼한다 해도 관대하게 대할 수 있잖아요. 우리 엄마한테도 그렇게 매몰차게 굴고 경찰에 신고까지 하는 건 너무하지 않아요?"

정주가 시누의 말은 못 들은 척 시모에게 시선을 옮겼다.

"아가씨한테 제가 왜 신고했는지는 말씀 안 하셨나 봐요?"

"아니, 저, 얘가 아직 물정을 잘 몰라서. 애잖니."

"애라뇨. 나이가 몇인데. 아가씨. 잘 들어요. 아가씨 어머니, 심부름센터 시켜 내 집에 쳐들어와서 도청 장치 달려다 현장에서 걸렸어요."

시누의 얼굴이 새카맣게 죽었다. 제 엄마가 그런 짓을 한 건 미처 몰랐던 모양이었다. 정주는 내친김에 작정하고 말을 이었다.

"오빠가 바람피운 것은 알죠? 그것뿐이 아니에요. 평소에 아가씨 오빠, 폭언과 폭력은 예사였고요. 아가씨 공부한답시고 집에서 가져간 돈. 그거 전부 어머니가 나 몰래 내 인감으로 대출받은 돈이었어요. 인감 절도와 사문서 위조. 그것만으로도 신고하기에 충분하지 않나요?"

"어, 언니. 저 몰랐어요. 아니, 그게 아니라. 아이참. 엄마. 왜 그랬어?"

"모르긴 뭘 몰라!"

시모가 눈치 없이 순진한 척하는 시누의 머리를 쥐어박았다. 코미디가 따로 없었다. 정주가 고소를 머금는데 뒤에서 날카로운 소리가 들렸다.

"장사 안되게 뭐 하는 짓이에요?"

윤혜였다. 그녀가 카랑카랑한 목소리를 냈다.

"당신, 얼른 나가요. 어머니는 이쪽으로 오세요. 얘. 너도 어머니 부축 좀 해 드려."

시누에게 척척 일을 시키는 걸 보니 죽이 잘 맞겠다 싶었다. 정주는 입가를 매끄럽게 끌어 올렸다.

"잘됐네요. 이제 윤혜 씨한테 다 맡기면 되겠어요. 돈 문제도 집안 행사도 알아서 잘할 것 같으니까. 어머니, 자리에 앉으시기 전에 저한테 말씀하실 거 있지 않나요?"

정주의 말에 시모가 머리를 부여잡고 휘청거렸다. 속이 빤히 보이는 속셈인데도 윤혜와 시누는 사색이 되어 시모를 부축했다. 윤혜가 뒤를 돌아보며 억울한 듯 소리쳤다.

"꼭 이렇게까지 해야겠어요?"

"그러게. 하여튼 꼭 먼저 일을 친다니까. 우리 엄마 혈압도 높은데 어쩌려고."

시누가 분한 듯 종알거렸다. 정주는 여유 있게 팔짱을 끼고 그 광경을 보다 입을 열었다.

"두 사람은 빠져요. 당사자는 어머니와 나니까. 어머니, 사과는 하셔야죠. 여기 오신 거 그래서잖아요? 사과하면 고소 취하한다고 경찰서에서 연락받으신 거 다 알아요."

이번엔 시모의 얼굴이 시꺼멓게 죽었다. 그녀는 두 여자의 부축을 받으며 서 있다 간신히 입을 열었다.

"미, 미안하다."

"뭐가요?"

정주가 당당하게 묻자 시모의 얼굴이 한층 일그러졌다. 정주는 그걸 냉담하게 보다 문득 창밖을 보고 웃음이 터질 뻔했다. 창문에 딱 달라붙어 시모를 유심히 보는 유경의 호기심 어린 얼굴이 보였다.

그 뒤에는 현의 얼굴이 보였다. 그는 옅게 미소를 띤 채 그녀를 뚫어지게 보고 있었다. 정주의 가슴이 조금 세게 뛰었다. 그녀는 등을 곧게 펴고 시모를 보았다.

"그게 다인가요?"

"아니, 저⋯⋯. 그래도 십 년을 같이 살았는데 네가 그리 모질게 나오니 우리 애가 기가 다 죽었잖니. 요즘은 밥도 안 넘어가는지 한숨만 푹푹 쉬고 있고. 그래서 그만⋯⋯."

"그래요. 윤혜 씨? 고지명 씨 요즘 밥 잘 못 먹어요?"

정주의 물음에 윤혜가 그녀를 계속 노려보다 팩 내뱉었다.

"아뇨, 밥만 잘 먹어요. 경우 없고 어른 대하는 예의도 없고 사람 대놓고 머리채 잡고 협박이나 하는 년이랑 안 사니까 속이 다 시원하다던데요?"

"혀, 협박?"

시모가 놀란 듯 되물었다. 금세 그 눈이 뾰족해지는 게 보였다. 이러다 꼬투리를 잡힐 것 같아 정주가 재빨리 선수를 쳤다.

"말이 좋아 협박이지. 그 정도는 응징이라고 하는 거죠. 안 그래요? 겁도 없이 현장에 팬티 벗어 놓고 가서 걸린 사람이 할 말은 아닌 것 같은데. 그리고 내가 말 안 했던가요? 고소해요. 위자료 받아서 합의금 줄 테니까. 그 아파트, 엄청 탐나는 것 같던데 서경후 씨가 재산 분할 안 해 줄까 봐 걱정인가 봐요."

윤혜가 입을 다물었다. 분노로 이글거리는 눈동자가 정주를 노려보고 있었다.

"보셨죠. 어머니? 이제 저한테 시키실 일 이 여자한테 시키시면 돼요."

정주가 입가에 비딱한 웃음을 띤 채 천천히 말했다. 시모가 도끼눈을 한 채 윤혜를 흘겨보았다. 딱 봐도 성에 안 차는 게 분명했다. 윤혜가 이를 악물며 고개를 돌렸다.

시모가 다시 시선을 정주에게 보냈다. 애틋하고 간절하기 짝이 없었다. 그녀가 애원하듯 간절하게 손을 모았다.

"얘. 제발 날 봐서라도 한번 봐 다오. 이혼이고 뭐고 일단 우리 얘기 좀 허심탄회하게 하고. 응? 너도 서운한 거 많았겠지. 내가 미안하게 생각한다. 그러니 이제 마음 좀 풀고 우리 아들이랑 대화 좀 나누면 안 될까?"

"제가 왜요? 제가 바람이 났나요? 돈 막 갖다 썼던가요? 설마 제가 그 사람한테 폭력을 행사했을 거라고 여기시는 건 아니죠?"

"아이고, 그럴 리가 있니. 우리 지명이가 좀 성격이 급해서 그러지. 그래도 너 아낄 땐 끔찍이도 아껴 왔잖니. 명절에도 너 약국 열어야 한다고 지가 너 대신 집에 와서 전도 부치고 설거지도 하고 그랬잖아."

"전은 제가 부쳐서 그 사람 손에 들려 보냈죠. 그리고 절 아껴서 그렇게 무지막지하게 손부터 휘둘렀던가 봐요? 그럼 아가씨도 걸핏하면 손찌검하는 남자한테 시집보내야겠네요. 끔찍이도 아끼는 증거인 모양인데."

시모의 얼굴이 하얗게 질렸다. 계속되는 실언에 본전도 못 찾겠다 싶은 모양이었다. 정주는 고개를 저었다. 이제 지겨울 정도였다.

"고소는 취하하죠. 하지만 이걸로 끝이에요. 더는 약국에 나타나지도 마시고 연락할 생각도 하지 마세요. 안 받을 거니까."

"이걸로 끝날 것 같아?"

갑자기 윤혜가 버럭 소리를 질렀다. 그녀는 표독스러운 눈으로 정주를 응시했다.

"나 때리고 협박한 거, 나도 형사 고발할 거야."

"마음대로 하라니까요. 말했죠? 당신한테 청구한 위자료 나오면 바로 떼 줄 테니 판결 나오면 납부나 잘해요. 그리고 당신도 그 사람과 함께 피고니까 다음 공판에 출석해요. 위자료 액수를 확인해야 합의금 부를 거 아니에요."

"내가 왜! 합의 안 해 줄 거야!"

"그러시든가."

정주가 차갑게 웃었다. 그때 문이 열렸다. 유경과 현이 들어와 그녀의 뒤에 섰다. 정주는 두 사람을 흘긋 보고는 얼굴을 돌려 윤혜를 보았다.

"합의하는 게 알량한 합의금이라도 돌려받을 수 있을걸요. 나야 위자료 못 받으면 서경후 씨에게 받으면 되고. 참, 서경후 씨는 이혼해 준대요?"

"야아아!"

윤혜가 참지 못하고 손톱을 세우며 미친 듯 달려들었다. 그때 현이 그녀를 막아섰다. 그의 손이 윤혜의 손목을 잡아 그 자리에 버텼다. 탄탄하고 건장한 남자의 완력을 이겨 낼 힘이 없는 윤혜가 휘청거렸다.

"이거 놔! 안 놔?"

윤혜가 버럭버럭 소리 지르자마자 현이 그녀의 손목을 놓았다. 윤혜가 휘청거리다 그 자리에 쓰러졌다.

주변에서 작은 웃음소리가 들렸다. 아무도 건드리지 않았는데 혼자 비틀대다 넘어지는 꼴이 자못 우스꽝스러웠다. 그녀는 창피함으로 새빨개진 얼굴을 들어 정주를 노려보았다.

"너 말 다 했어? 네가, 어? 우리 집 망가뜨리려고 작정했냐? 너지! 너! 애 아빠한테 이른 거! 맞지?"

"내가 왜 윤혜 씨 집을 망가뜨려요? 그건 윤혜 씨 스스로 한 짓이잖아. 서경후 씨랑 이혼하고 고지명과 재혼하려던 거 아니었어요?"

정주가 고개를 갸웃거렸다.

"혹시라도 그게 사랑이라는 말은 입 밖에 꺼내지도 말아요. 그 빌어먹을 너희들 세기의 사랑에 자다가도 숨이 막혔으니까. 밤새 소주 비워 가며 두 연놈 어떻게 보내 버릴까 고민한 내 노고를 생각한다면 명함도 꺼내지 마요."

정주는 얼음장처럼 차가운 미소를 지었다. 윤혜가 흠칫했다. 그제야 정주의 눈에 가득한 독기를 알아차린 모양이었다.

"세 분 모두 다시는 찾아오지 말아요. 연락도 끝. 인연도 여기까지 끝. 전 그 지긋지긋한 고씨 집안에서 탈출합니다. 여러분도 행복을 찾으시든가 말든가."

정주가 보란 듯 손을 탈탈 털었다. 그녀는 꼿꼿한 자세와 단호한 눈빛으로 여왕처럼 그 자리에서 걸어 나갔다.

"같이 가."

유경이 키들거리며 그 뒤를 쫓았다. 현은 옅게 미소를 띤 채 세 사람을 훑어보고 자리를 떴다. 그가 휘적휘적 정주의 뒤를 따라 걷는 걸 본 윤혜의 눈에 독기가 어렸다.

\* \* \*

"야아! 이정주. 오랜만에 시원언하다!"

유경이 소주를 죽 들이켜며 연신 웃어 댔다. 정주는 민망함에 고개만 저었다.

"여기 사이다 궤짝으로 주세요! 여기 홀 안 손님들한테 다 돌리게."

"아니, 아니에요. 그만해, 너도."

그들은 약국에서 가까운 식당에서 술을 마시는 중이었다.

유경이 약국 문을 닫기도 전에 건배라도 해야 한다며 계속 종알 거리는 바람에 문도 좀 일찍 닫고 온 참이었다. 정주가 술을 따라 주자 유경이 다시 잔을 비우며 조잘거렸다.

"아, 후련해. 진짜 잘했어. 내가 다 개운하다 야."

"그만 좀 해. 너무 말을 많이 해서 창피해."

정주는 민망한 얼굴로 잔을 비웠다. 통쾌하지 않았다면 거짓말이겠지만, 조금 창피하기도 했다. 속에 쌓아 둔 말을 그렇게 봇물 터지듯 뱉어 낸 건 이번이 처음이었다.

"뭐 어때. 십 년 치 가득 쌓아 두면 그럴 만도 하다."

유경이 찌개를 덜어 한 숟갈 뜨고는 넌지시 말을 건넸다.

"너 저 약국, 나한테 팔래?"

"갑자기 무슨 소리야. 너 독립한다더니 진짜 여기서 정착하려고? 어머니가 잘도 허락하시겠다."

"우리 엄마. 요새 심경에 변화가 왔다니까? 진짜야. 솔직히 말하면 더 큰 건물 구해서 너랑 같이 개업하라고 성화야. 너한테 나 맡겨 두면 좋을 거라고 여기시는 것 같아. 하여튼 노인네가 참 희한하게 머리는 돌아가서는."

정주는 슬며시 웃었다.

"그래도 다행이네. 이제 의사 되라고는 안 하시는 걸 보니."

"그러니까 말이야. 한숨 놓았어. 솔직히 여기 출근하면서 구박 좀 받을 줄 알았는데 말이지."

유경이 찌개를 덜어 한술 뜨다 고개를 들었다. 정주가 인기척에 뒤를 돌아보자 상범이 보였다.

"으흥. 그러니까 여기가 너희들 단골집이라 이거냐?"

"어……. 여긴 웬일이야?"

정주가 서먹하게 인사를 건넸다. 상범이 히죽 웃으며 정주 옆에 털썩 앉았다.

"누가 여기 있대서 한번 와 봤지. 주유경. 너 나한테 신고도 안

하고 정주 약국에 들어왔다고?"

"네가 뭔데 내가 신고까지 하니? 너, 진현이 연락했지? 나쁜 놈. 정주랑 저랑 둘이서만 놀려고 이런 자식한테 날 넘기다니. 에러다, 에러야."

두 사람이 예전처럼 술술 스몰 토크를 즐기는 걸 보니 뭔가 예감이 나쁘진 않았다. 정주는 웃으며 잔을 권했다.

"현이 좀 늦는다더라."

상범이 잔을 받으며 말했다. 정주가 고개를 끄덕였다.

"알아. 아까도 얘기하던걸."

"너무 마시지 말라고 걱정하던데. 요즘 둘이 뭐 있냐? 네 이름 나오니까 어째 목소리가 살살 녹던데."

"설마. 걔가 그런 애가 아닌데? 너한테는 특히 더 쌀쌀맞잖아."

정주가 웃으면서 너스레를 차단하자 상범이 혀를 찼다.

"아. 이래서 똑똑한 애들은 안 돼. 떠보려고 하면 말로 옹골차게 대갚음하잖아. 그저 우리 주 여사밖에 없네. 주 여사. 안 그래?"

"아 징그러워! 여사가 뭐야. 아직 미혼 골드미스라고!"

"이 아줌마 양심 없네. 골드미스라니. 참나."

툭탁거리면서도 둘은 참 잘도 술을 마시고 즐겁게 밥을 먹었다. 정주는 턱을 괴고 가만히 두 사람의 대화를 들었다. 누군가 그녀의 어깨를 가볍게 짚을 때까지.

"어, 왔어?"

"많이 마셨어? 아, 배고파. 늦게까지 회의했더니."

현이 앉자 상범이 새로 음식을 더 시켰다. 금세 부대찌개 한 냄비가 더 나오고 공깃밥도 들어왔다. 현이 정주의 술잔에 소주를 따르며 말했다.

"느긋하게 마셔. 안 마시는 것보다야 못하지만 술 말고 스트레스 풀 게 뭐 있나."

"어쭈. 제 사람만 챙기는 거 봐. 야, 나도 네 친구거든?"

유경이 혀를 찼고 현이 웃으며 잔을 채워 주었다. 상범도 밥을 먹다 말고 술잔을 받아 홀짝 들이켰다.

화기애애한 분위기. 뜨겁지 않고 조금 미적지근하지만 적이 마음이 놓이는 공기. 정주는 웃으면서 술을 들이켰다. 개운하면서도 마음속 깊이 가라앉은 앙금이 아주 조금 느껴졌다.

담담하지만 은근히 미묘한 감정이 밑바닥에서 소용돌이쳤다. 이제 앞으로 어떻게 해야 할지. 현과 어떤 이야기를 나누어야 할지. 그녀의 머릿속이 서서히 뜨거워졌다.

"야, 만약 이혼하고 나면 너 집은 어떻게 할 거야? 그거 남편 명의인데 재산 분할해 달라고 신청했지?"

유경이 호기심 어린 표정으로 물었다. 상범도 유심히 듣고 있었다. 정주는 찌개를 보다가 지나가는 말처럼 심드렁하게 말했다.

"모르겠어. 아직은. 분할 받으려면 팔아야 할 텐데. 시간이 좀 걸리겠지."

"그건 나중에 생각해도 돼. 오늘은 오늘의 성과만 치하하라고."

"네가 스칼렛 오하라냐? 내일은 내일의 해가 뜨게."

"난 아니지만, 정주는 그랬으면 좋겠거든. 매일 눈뜰 때마다 새로 맞이할 시간에 충실하고 매일 즐거운 것. 좋잖아."

유경의 추궁에 현이 가볍게 대꾸했다. 정주는 놀라서 그를 보았다. 유경이 그를 날카로운 시선으로 응시했지만, 그는 태연하게 시선을 받으며 잔을 비웠다. 그리고는 밥공기를 들어 정주에게 건넸다.

"밥도 좀 먹어. 보니까 둘이서 먼저 술만 폈지?"

가볍게 잔소리하듯 말하는 현은 왠지 무척 기분 좋아 보였다. 정주는 그걸 받아 놓았지만 입도 대지 않았다. 현의 말에 눈이 번쩍 떠지는 듯한 기분이 들었다.

지금껏 숨도 제대로 쉬지 못하고 살았다. 사는 게 사는 게 아니었다. 그렇게 매일 숨죽이며 보냈던 시간. 그걸 보상받을 수 있을까 두려웠다. 그래서 더 내일이 두렵고 힘들었다. 이혼이란 건 그런 의미이기도 했다. 이제까지 늘 익숙해서 고통도 감내하고 살았던 둥지를 벗어나 새로 시작해야 한다는 것.

머리로는 알면서도 언제나 그 시작은 힘겹고 절박했다. 정주는 이혼이 다가올수록 새삼스럽게 앞에 놓인 미래가 결코 순탄하지 못한 것은 아닐까 하는 생각에 가끔 두려웠다.

하지만 현은 짧은 말로 그 기우를 일축했다. 그는 마치 그녀가 무슨 생각을 하는지 알고 있는 것처럼 정곡을 찔렀다. 아무것도 걱정하지 말라고. 뒤돌아보지 말고 앞으로만 나아가라고. 그리고 나날을 뜨겁고 즐겁게 보내라고. 하지만 그게 가능할까.

정주의 마음속엔 불안함이 도사리고 앉아 있었다. 그 불안함은 서서히 그녀를 갉아먹으며 덩치를 불리고 있었다. 하지만 누구에게 도 털어놓기 힘들었다. 이 남자는 그걸 알고 있을까. 어쩌면.

그녀는 숨을 길게 내쉬었다. 아직 자신은 아무것도 아니었다. 어느 것 하나 제대로 시작한 것도 없었다. 그저 앞이 보이지 않을 뿐. 새삼스럽게 현실이 무겁게 다가왔다.

"야. 오랜만에 좋다. 딱 한 잔만 더 하자. 어?"

얼마나 지났을까. 술이 어느 정도 들어가자 상범이 2차를 제안했다. 유경은 좋다고 나섰지만, 정주는 그만하자고 고개를 흔들었다.

"아직은 좀 그래. 소송이 덜 끝나서 조심하는 게 좋을 것 같아. 괜히 나 때문에 너희까지 사람들 입에 오르내릴 수도 있고."

"고작 이혼 때문에? 그럴 거면 만나지도 않았지. 안 그래? 오랜만에 자리 만들었는데 딱 한 잔만 더 하지."

뜻밖의 말에 정주가 현을 보았다. 현은 씩 웃고는 상범에게 무언으로 동의를 구하고 있었다. 상범이 손뼉을 치며 맞장구를 쳤다.

"그렇지! 역시 진현. 화끈할 때는 화끈하다니까. 너희들, 옛날에 학교 다닐 때 이 자식이 얼마나 재수 없었는지 알지? 매일 공부나 하자고 하고 수업 공강 하는 거 제일 반대하고. 그러던 자식이 하루는 알바 월급 받았다고 술 사 준다고 나오라 해서 갔는데 말이야."

상범이 예전 일을 주절주절 늘어놓으며 낄낄거렸다. 정주는 상범을 바라보다 문득 상 아래를 보았다. 상 아래에서 느껴지는 감촉. 현이었다.

그는 태연하게 상범의 말을 받아치면서 정주의 손을 쥐었다.

정주의 얼굴이 좀 뜨끈해졌다. 그녀는 내색하지 않으려고 애썼다.

다행히 아무도 눈치채지 못한 듯했다. 하지만 그걸로 끝이 아니었다. 현의 손은 조금 더 대담해졌다. 무릎이 드러날까 봐 덮고 있던 코트 아래로 손이 파고들었다.

일순 정주의 어깨가 살짝 움찔했다. 그때 유경이 아무것도 모른 채 그녀에게 잔을 권했다.

"야, 마셔."

정주는 잠깐 망설이다 잔을 들어 비웠다. 현의 손이 코트 아래로 완전히 들어와 무릎 사이를 가볍게 더듬었다. 순간 스타킹 아래의 살이 화끈하게 달아올랐다. 내색하지 않으려고 애써야 했다. 현은 태연하게 대화를 나누면서 한참이나 정주의 코트 아래 머물러 있었다. 정주의 심장은 롤러코스터를 탄 것처럼 계속 두방망이질 쳤다. 가슴이 뛰다 못해 아예 닳아 없어지는 것 같았다.

현은 아무렇지 않은 얼굴로 상범과 유경에게 술을 계속 마실 건지 묻고 있었다. 2차를 가자는 제안에 그가 그제야 천천히 손을 빼냈다. 그는 정주를 흘끔 보고는 빙긋 웃었다.

그제야 정주의 가슴이 서서히 가라앉았다. 하지만 이미 불붙은 열기는 그 언제보다 뜨거웠다. 술기운 때문일까.

정주는 애써 달아오른 체온을 부정하려 했지만 이미 늦었다. 그녀의 몸이 열기로 화끈거렸다. 그때 유경이 화끈하게 소리 질렀다.

"가자. 가서 시원하게 마시자!"

결국에 2차를 가기로 하고 네 사람은 술집을 나왔다. 상범과 유경이 다른 술집을 찾는 동안 정주는 문득 누군가의 시선을 느끼고 뒤를 돌아보았다. 현이 그녀를 따라 뒤를 돌아보았다.

"왜?"

"어, 아, 아니야⋯⋯. 누가 보는 것 같아서."

머뭇거리는 동안 서늘한 공기에 몸이 떨렸다. 현이 뒤를 한 번 더 보고는 그녀의 등을 감쌌다. 따뜻하고 안온한 팔의 감촉에 긴장이 살짝 풀렸다. 동시에 아직 꺼지지 않은 불씨가 붙어 올랐지만, 정주는 이내 고개를 저었다.

아니야. 지금은 아냐.

그녀가 그의 팔에서 벗어나려 하는 순간 현이 등을 감싼 손에 힘을 주며 심상하게 답했다.

"걱정하지 마. 소송 때문이면 별일 없을 테니까. 아무도 없었어. 고양이겠지."

정주는 그냥 고개를 끄덕였다. 갖가지 감정들이 소용돌이치고 있었다. 술을 마셨더니 판단력이 흐려졌다. 게다가 아까 현의 손길 때문에 뜨거워진 몸이 비틀거렸다.

"부축해 줄까?"

현이 물었다. 정주가 그를 똑바로 보았다. 여전히 애정과 염려로 가득한 시선에 정주의 마음이 다시 아릿해졌다.

이 남자와 평생 함께할 수 있을까.

현의 마음을 알면서도 불안했다. 아무리 떳떳하게 생각하려 해도 왠지 어깨가 움츠러들었다. 제 잘못이 아닌데도 이혼이란 단어가 이마에 새겨지는 것 같아 마음이 무거웠다. 아까 후련했던 기분은 어디로 가고 조금씩 가슴속이 차가워졌다.

세상의 눈이라는 게 그랬다. 아까도 시모와 윤혜와의 대거리 중에 보여 주던 사람들의 호기심 어린 시선이 부담스러웠다. 약국 단골들 역시 흥미로운 눈으로 그들을 보고 있었다.

그걸 떠오르니 괜히 몸이 움츠러들었다. 그냥 아무렇지 않게 신경 쓰지 않고 살 수 있을까. 벌써 조금은 두려웠다. 그녀는 아무래도 안 되겠다 싶어 현을 보았다.

"그냥 오늘은 먼저 갈게. 셋이 마시고 와."

"에이, 그건 안 되지. 이정주. 나 취하면 네가 나 끌고 집에 가야 할 거 아냐."

어느새 유경이 쪼르르 달려와 정주의 팔을 잡았다. 정주는 난처한 얼굴로 현을 보았지만, 그는 빙긋 웃으며 유경을 거들었다.

"좀 초라하긴 하지만 너 오늘 통쾌하게 하루 보냈잖아. 이런 날은 축하해야지."

그는 기어이 정주를 데리고 다른 곳으로 향했다.

천천히 걷는 동안 뒤에서 불이 번쩍거렸다. 놀란 정주가 뒤를 돌아보려는데 갑자기 현의 손이 그녀의 몸을 감쌌다. 그대로 몸이 이끌려간 정주가 현의 품에 푹 파묻혔다.

"운전 좀 조심해!"

누군가의 고성이 들렸다. 웬 차가 지나가는 사람들을 못 본 척 마구잡이로 지나간 모양이었다.

차는 헤드라이트를 켠 채 빠르게 사라졌다. 사람들이 저마다 한 마디씩 하는 동안, 정주는 현의 품에 파묻힌 채 그대로 꼼짝도 할 수 없었다. 단단히 감은 현의 팔은 그녀를 놓아주지 않았다.

"혀, 현아. 나 괜찮아. 이거 놔줘."

"응."

대답하면서도 그의 손은 여전히 정주의 몸을 감싸고 있었다. 그의 코트에서 서늘한 향기가 났다. 그의 체취와 뒤섞인 향수 냄새. 깊은 숲속에 있는 듯도 같고 넓은 바다에 몸을 담그고 있는 것도 같은 향기.

정주는 몇 번 몸을 보채다 포기하고 눈을 감았다. 왠지는 모르지만 이대로 그냥 그에게 모든 걸 맡긴 채 가만히 있고 싶었다. 그녀는 가만히 그대로 서서 제 심장과 그의 맥박이 뒤섞여 천천히 함께 울리는 것을 들었다.

"놓아주고 싶지 않은데."

현이 중얼거린 말은 어디론가 날아가 버렸다. 정주가 눈을 들어 그를 보았다.

"뭐라고 했어?"

"……차 조심하고 2차 가자고."

현이 싱긋 웃으며 그녀에게서 조심스럽게 몸을 뗐다. 정주는 뭔가 불만족스러운 기분에 눈을 깜빡거렸다. 하지만 더는 허락되지 않는 행동인 것도 잘 알고 있었다. 그녀는 말없이 고개만 끄덕이고 발길을 옮겼다. 눈길을 돌리지 않아도 현이 곁에서 꼭 붙어 보호하 듯 걷고 있다는 게 느껴졌다. 그것만으로도 맥박이 미묘하게 빨라졌다. 그녀는 조금 붉어진 볼을 감추려고 빠르게 걸었다.

* * *

상범이 고른 곳은 예전에 유경과 함께 맥주를 마신 곳이었다. 언제나 사람들이 들끓는 장소. 정주의 가슴이 두근거렸다. 왠지 지금 사람들 사이에 섞이는 게 불안해졌다.

"괜찮아. 오늘은 아무 생각하지 말고 즐겨. 원래 시원하게 지르고 나면 괜히 불안해지고 그런 법이야. 기분도 착 가라앉고. 그런데 그건 네가 잘못한 게 아니야. 영문 모를 죄책감 같은 감정이지. 얼른 날려 버려도 돼."

"그래그래. 그거 밖에서 몰래 용변 보면 느끼는 길티 플레저 같은 거야. 실컷 즐기고 나서 괜히 죄책감 들고 불안해지는 거. 그 순간만 지나고 나면 아무것도 아니니까 훌훌 털어 버려."

상범이 끼어들며 잔을 건넸다. 그와 유경은 이미 거하게 안주를 시켜 놓고 잔을 비우고 있었다. 현이 상범을 짧게 노려본 후 부드러운 눈빛으로 정주를 보았다.

"비유는 더럽지만 맞는 말이긴 해. 마음 놓고 마셔."

다들 제 일처럼 자신을 걱정해 주는데 계속 머뭇거릴 수만도 없었다. 정주는 잔을 들었다. 현이 짧게 잔을 부딪쳤다. 그의 손이 언젠가부터 제 뒤에 와 등받이를 잡고 있다는 걸 알아차렸다. 그녀를 감싸려는 듯한 그 팔에 고개를 묻고 쉴 수 있을까.

그날, 정주는 집을 나온 후 처음으로 잠들지 못하는 밤을 겪어야
했다.

* * *

"축하해요. 이정주 씨. 이제 다 끝났습니다. 자유예요."

변호사가 법정을 나오며 정주에게 악수를 청했다. 정주도 입가에
미소를 띠고 악수를 했다.

"수고 많으셨어요. 끝까지 조정 합의를 잘해 주셔서……. 솔직히
이렇게까지 유리하게 이혼할 수 있게 될 줄은 몰랐어요."

"진짜 놀랐습니다. 사실 일 회 조정으로 판결이 나는 경우는 진
짜 드물거든요. 저도 어디 가서 자랑스럽게 간판으로 내걸 만한 일
입니다."

변호사도 기분 좋은 듯 설명을 아끼지 않았다.

"게다가 자산 부채 분할 때문에 쟁점이 꽤 있을 줄 알았는데 말
이에요. 완벽하게 입증해도 분할 비율이 있게 마련인데 그래도 꽤
많이 분할되었어요. 위자료와 아파트 매매 대금으로 청산하고도 남
을 거예요. 상간녀 위자료도 많이 나온 편이고요."

변호사가 생각났다는 듯 덧붙였다.

"아, 물론 소송 중에 상간녀 찾아가신 것만 아니면 더 받으셨을
텐데. 그건 좀 아까워요."

그 말에 정주는 웃기만 했다.

그날 용원을 대동해 두 사람을 찾아가지 않았다면 지명이 저렇게 겁을 먹고 이혼에 쉽게 응해 줬을까. 아마도 일 년 넘게 질질 끌었을지도 모른다. 그녀는 지금도 그 선택을 후회하지는 않았다. 이제까지 지명이 해 온 짓을 생각하면 그 정도도 시원찮았다.

"전부 변호사님 덕분이에요. 저 혼자서는 절대 이렇게 좋은 조건으로 합의하지 못했을 거예요."

정주는 웃으며 변호사와 한담을 나누다 문득 고개를 돌렸다. 멀리서 자신을 보고 있는 지명이 보였다. 그는 멋쩍은 얼굴로 머뭇거리고 있었다. 어쩐지 아는 척이라도 해 주길 기대하는 모습 같았다.

말을 걸 용기도 없는 주제에.

생각해 보면 아까 법정에 들어섰을 때도 그는 정주를 제대로 응시하지 못했다. 그의 곁에는 윤혜가 자리 잡고 앉아 그녀를 내내 노려보고 있었다. 이혼 조정과 위자료 소송 때문에 피고로 자리에 앉아야 하는 사실이 윤혜에겐 못내 충격이었던 모양이었다.

심지어 제게 불리한 합의 조건에도 지명은 별다른 이의를 제기하지 않았다. 외려 윤혜가 그녀를 노려보며 계속 투덜거리다 판사의 제지를 받았다.

"자꾸 방해하면 일 초당 만 원씩, 이정주 씨가 하윤혜 씨에게 지급해야 하는 특수 폭행 건 위자료에서 제하도록 하겠습니다."

판사의 짧고 단호한 처분 명령에 그제야 윤혜가 입을 다물었다. 그녀는 지명이 정주에게 치러야 하는 위자료와 재산 분할 금액을 듣고 창백해졌다. 심지어 대출까지 나눠서 갚아야 한다는 말에는 사색이 되었다.

그러나 진짜로 윤혜가 기함한 건 자신에게 부과된 위자료 액수였다. 가게를 운영하는 데다 알짜배기 자산이 있다는 이유로 위자료가 생각보다 더 많이 청구되어서였다. 그녀의 얼굴은 그야말로 흙빛이 되었다.

"이 정도는 각오했어야지."

판결이 끝난 후 정주는 윤혜의 곁을 지나치며 작게 중얼거렸다. 여하간 저 도도한 얼굴이 일그러진 걸 본 것만으로도 자신이 벌할 수 있는 건 다 했다는 기분이 들었다.

지명은 계속 법정 바깥에서 그녀를 보며 머뭇거리는 중이었다. 정주는 그를 짧게 일별한 후 그에게 다가갔다.

"다 끝났네."

"……."

지명은 아무런 말도 하지 못하고 우물쭈물하고만 있었다.

새삼스럽게 경멸스러웠다. 겨우 조폭에게 얻어맞은 대가로 아내까지 포기하는 병신. 세상에서 가장 하찮고 멍청한 주제에 제 위에 서서 하늘처럼 군림하려 들었던 위인.

"주제 파악 좀 했어야지. 하긴 그러니까 이 모양이겠지만."

나직하게 정주가 이죽거렸다. 그녀는 주머니에서 뭔가를 꺼내 그에게 던졌다.

"어, 어."

지명이 허둥지둥 그걸 받아냈다. 결혼반지. 그 누구에게도 빼앗기지 않으려고 조바심했던 그 무겁고 답답한 반지. 약속의 징표가 아니라 굴욕의 낙인이었던 증거.

삶이 아니라 기나긴 구속이었다. 그렇게 사는 삶이 제대로 된 것이 아니라는 걸 알면서도 왜 그걸 끝까지 지켜내려고 했는지. 세상이 상식과 호의로만 이루어졌을 거라고 믿었던 어린 자신이 바보처럼 느껴졌다.

하지만 이젠 환하게 웃을 수 있었다. 그녀는 웃었다. 아름답고 화사하게. 모진 비바람에도 꺾이지 않고 버텨 낸 강인한 줄기 끝에 활짝 핀 꽃처럼.

"함께해서 더러웠고 다시는 보지 말자."

정주는 짧게 끝을 고하고 변호사와 함께 복도를 걸어 나갔다.

이제 남이었다. 더는 아는 척하거나 대화를 나누고 싶지 않았다. 그럴 필요도 없었다. 정말로, 그녀는 이제 자유였다.

달라진 건 없었다. 벅차거나 흥분되진 않았다. 그저 답답하고 가벼웠을 뿐. 어깨를 짓누르던 압박감이 이제야 좀 줄어든 느낌. 정주는 한없이 평온한 얼굴로 사방을 둘러보았다.

"축하합니다."

서경후였다. 정주는 꿈에서 깨어난 기분으로 그를 물끄러미 보다 이내 조금 경계하는 시선으로 그를 보았다. 그는 입가에 비뚤어진 웃음을 걸고 그녀를 보았다.

"오랜만에 뵙는구만. 뭐, 그냥 인사나 하고 가려는 거니까 그렇게 매섭게 안 보셔도 됩니다."

"이혼 조정 때문에 오신 건가요?"

"이혼요? 하하."

서경후가 차게 웃었다. 그제야 정주는 사실 그가 제 아내의 뒤를 쫓아왔다는 걸 깨달았다. 그는 싸늘한 어조로 말을 이었다.

"그러려고 했지요. 사실은 오늘 조정기일이었으니까요. 그런데 그냥 취소했습니다."

"취소했다고요?"

정주의 얼굴에 의아함이 어렸다. 서경후의 눈이 잔인하게 빛났다.

"곰곰이 생각해 보니까 소송 비용에 재산 분할에, 그런 수고스러운 일을 해서 나한테 득 보는 게 뭐가 있나 싶더라고. 어차피 마누라가 하던 일을 해야 하는 사람도 필요한데 뭐 하러 그 비용을 내가 다 지불하냐고. 그럴 필요가 있나 싶더라고. 안 그래요? 누구 좋으라고 이혼해 줘? 절대 안 합니다. 난."

"이혼 안 하신다고요?"

"예. 이혼해 주느니 평생 끼고 살면서 두고두고 불륜한 사실이나 까야죠. 저 속 타지 내가 속 타겠습니까. 쟤는 이제 내 앞에서 꼼짝도 못할 거니까 나도 쟤 보는 앞에서 맘 놓고 바람피우고 그럴 겁니다. 그렇게 다른 남자 좋으면 만나도 되지만, 나도 그만큼은 딴 여자 만나고 다닐 거니까. 지가 괴로우면 결국엔 그만두겠지. 안 그래요?"

지독한 속내였다. 너무 독하고 집요해서 두려웠다. 정주는 저도 모르게 두어 걸음 뒷걸음질 쳤다. 서경후가 입가를 끌어 올리며 정주를 보고는 몸을 돌렸다. 그녀의 몸이 가볍게 떨렸다.

어느 쪽이든 그의 선택이니 할 말은 없지만, 윤혜에겐 정말 가혹할 게 분명했다. 정주는 한숨을 내쉬고 택시 정류장으로 향했다.

"기다려요."

날카로운 목소리. 윤혜였다. 정주는 몸을 돌려 그녀를 보았다.

"내 남편이랑 무슨 이야기를 한 거죠?"

카랑카랑하지만 어쩐지 절박하게 들리는 목소리였다.

어쩌면 너도 이제 똑같이 당하겠구나.

그 지옥, 똑같이 괴롭고 힘들지만 빠져나오지도 못한 진흙탕. 하지만 별다른 감정도 느껴지지 않았다. 일말의 연민조차 느껴지지 않았다. 정주는 그저 담담하게 대꾸했다.

"별 얘기 아니었어요. 그저 배우자의 불륜을 겪은 당사자끼리 잠깐 대화를 나눈 것뿐이죠. 그것 때문에 날 부른 건가요? 나보다 서경후 씨에게 가서 따지는 게 낫지 않겠어요?"

윤혜가 입술을 깨물었다. 그녀는 사방을 둘러보고는 정주 앞으로 다가섰다. 순간 정주는 그녀의 의도를 알아차리고 날아오는 손목을 잡았다.

더는 예전의 정주가 아니었다. 언제나 주눅 들어서 타인의 공격조차 알아차리지 못하고 당하는 비참한 상황은 이제 더는 일어나지 않았다. 정주는 침착하게 윤혜의 손목을 잡고 말했다.

"위자료에 특수 폭행 합의금까지 더 낼 돈이 있어요? 아, 지금 나 때려서 합의금 받을 돈 도로 돌려주려고요? 괜찮으니 그냥 받아 가요. 적선한 셈 치죠."

"이, 이……놔! 이거."

윤혜가 이를 갈았다. 그녀는 모멸감에 눈을 날카롭게 빛내며 서슬 퍼렇게 대들었다.

"난 봤어! 너 얼마 전에 술 처먹고 남자랑 가는 거. 그 새끼지? 카페 왔던 놈. 건물주. 맞지?"

"몰래 훔쳐본 게 윤혜 씨였어요?"

그제야 그날 밤에 느꼈던 시선이 누구인지 알아차린 정주가 실소했다. 그녀는 천천히 손목을 놓으며 윤혜를 밀쳤다. 휘청거리던 윤혜가 이를 악물었다.

"한 번만 더 때리려고 하면 경찰을 부를 거예요. 나야말로 합의 없어요."

윤혜가 정주를 노려보다 옷을 툭툭 털었다. 매무시를 정리한 윤혜가 입술을 비죽거렸다.

"그 남자, 좋아하죠?"

정주의 시선이 윤혜를 향했다. 윤혜가 비릿하게 웃었다.

"거봐. 맞잖아. 당신도 별수 없네. 고고한 척하면서 이혼하자마자 딴 남자 품에 안기려고 작정했잖아."

"말조심해요. 하윤혜 씨. 당신처럼 작정하고 덤벼들지도 딱히 불순한 의도가 있던 것도 아니니까."

"하, 그래요? 마음속에 간직해 뒀던 첫사랑이라도 되나 보죠? 이거 봐. 이정주 씨. 지금 그 남자 때문에 기고만장한 모양인데."

명백하게 비웃는 말속에 뼈가 있었다. 정주의 얼굴이 약간 굳어졌다.

"내가 왜 윤혜 씨와 이런 이야기를 해야 하는지 모르겠는데요."

"그 남자랑 잘될 것 같아요? 당신 나이를 생각해 봐. 가당키나 해?"

"그만해요."

정주가 차가운 어조로 내뱉었다. 시린 눈빛이 윤혜를 쏘아보았다. 윤혜가 움찔하면서도 입술을 비죽댔다.

"냉정하게 생각해 봐. 그 남자, 초혼이잖아요? 당신 같은 아줌마 데리고 뭐 하려는지 모르겠어요? 게다가 당신은 애도 못 낳잖아. 아무짝에도 쓸모없는 여자인데 말이야."

"하윤혜 씨."

"생각해 봐요. 그 남자는 아직 미혼이고 돈도 많은 의사잖아요. 그런 남자가 다 늙고 돈도 없는 여자한테 목매달아 봤자 얼마나 갈 것 같아요? 약국 하나 쥐고 간신히 빚만 갚다 끝날 아줌마인데."

정주의 얼굴이 굳어졌다. 윤혜가 득의만면한 웃음을 지었다. 정주는 싸늘하게 말했다.

"솔직히 한심하고 추해요. 이제 그만하죠? 서로 갈 길 가요."

"백마 탄 왕자님 놀이하니까 좀 재미있었던 모양인데, 그 남자 정주 씨 몸에도 만족한대요? 아, 아직은 안 잤나? 맞바람이라도 피운 줄 알았는데 그 정도는 아닌가 봐요? 그럼 더 조심해야지. 새색시처럼 두근두근하면서 첫날밤 맞았는데 정떨어져서 소박맞으면 어떡해요? 비쩍 말라서 뭐 맛은 나려나?"

순간 정주의 얼굴이 새하얗게 질렸다. 그녀는 윤혜에게 다가섰다. 윤혜가 주춤주춤 뒤로 물러섰다. 정주의 눈에 들어찬 어두운 분노가 적나라하게 느껴져서였다.

"말 다 했나요?"

악문 잇새 사이로 나직한 말소리가 새어 나왔다. 윤혜의 얼굴이 두려움으로 물들었다. 정주가 이렇게까지 분노하는 건 처음 보았다. 그녀는 본능적으로 도망가려고 뒤로 빠르게 물러섰다.

"기다려."

정주의 손이 윤혜의 머리를 잡으려는 순간, 다른 손이 정주의 팔을 잡았다. 윤혜가 파랗게 질려서 후다닥 달아났다. 눅눅한 공기가 훅 덮쳤다. 흙냄새가 코끝에 느껴지기 무섭게 빗방울이 투툭 떨어졌다.

"괜찮아."

얼굴이 탄탄한 가슴에 푹 파묻혔다. 귓가에 빗소리가 울렸다. 정수리로 빗방울이 떨어져 내렸다. 차라리 달아오른 얼굴이 시원해졌다.

울컥, 무거운 숨이 목에 걸렸다. 끓는 듯도 하고 우는 듯도 한 기묘한 소리가 품에 안긴 여자에게서 났다. 현은 머리를 숙여 제 안에서 떨고 있는 여자를 내려다보았다.

"미안. 늦었지. 그냥 처음부터 따라왔어야 했는데."

현은 시린 숨을 내쉬었다. 가슴이 스산해졌다.

알고 있었다. 분명히 한 번은 상처 입을지 모른다고. 그래서 그녀를 언제나 보호하려고 애썼다. 두꺼운 보호막을 쳤다고 생각했다.

다시 만났을 때부터 그가 가장 신경을 쏟은 것은 정주가 상처를 입지 않도록 제 품 안에 고이 두는 것이었다. 그리고 그의 생각대로 그녀는 무사히 제게 돌아왔다.

머리털 하나도 다치지 않았다고 생각했다. 가슴 아파하는 것도 전부 다 감싸 주었다. 상처받고 우는 그녀를 어떻게든 달래고 보듬었다. 어쩔 수 없이 겪어야 하는 과정들은 꼭 곁에 붙어서 손을 잡아 주었다.

그래서 조금 방심했다. 이제 다 괜찮을 거라고 마음을 놓았다. 마지막이라고 생각해서 그녀가 후련함을 맛보고 오기를 바랐다. 뒤에서 조용히 기다리고 있다가 축하해 주기만 하면 된다고 생각했다. 그런데.

"내 잘못이야. 널 쫓아왔어야 했어. 저런 버러지 같은 것들한테 그런 지저분한 말 같은 건 듣지도 못하게 했어야 하는데."

현이 이를 아득 갈았다. 그의 머리카락을 타고 떨어지는 빗물이 정주에게도 떨어졌다. 조금 미지근도 한 듯했다.

눈물일까.

비명을 지르고 싶을 정도로 속이 꽉 막힌 와중에도 현을 믿고 싶다는 간절함이 뇌를 가득 채웠다.

정주는 눈을 감았다. 울고 싶은데 눈물은 한 방울도 나오지 않았다. 이상했다. 현만 생각하면 자다가도 눈가가 촉촉해지곤 했는데. 아니, 그가 그렇게 만들어 주었다고 생각했는데. 그런데 왜 지금은 눈물이 나오지 않는 걸까.

"……눈물이 나오지 않아."

"뭐?"

세차게 내리는 비 때문일까. 정주의 목소리가 잘 들리지 않았다. 현은 고개를 숙여 그녀의 입술에 귀를 붙였다. 정주가 입술을 달싹였다.

"눈물이 나오지 않아서. 그래서 이상해. 너와 함께 있으면서부터 난 항상 눈물이 났는데. 십 년 동안 한 번도 나오지 않던 눈물이. 그래서, 그래서 너와 있으면 비로소 살아 있다고 느꼈는데."

"정주야."

현이 그녀의 귓가에 속삭였다.

"불안하니. 나를 못 믿겠니?"

"……영원한 게 있다는 걸 믿고 싶어."

정주가 나직하게 말했다.

"지금도 시간이 덧없이 흐르는데. 아까워 죽겠는데. 그런데…….
미쳐 버릴 것 같아. 네가 내 곁에 오래 있지 않을 거라고 하면."

"그런 일은 없어."

현의 목소리가 단호하게 정주의 말을 갈랐다. 정주가 얼굴을 들었다. 현이 그녀와 시선을 맞추었다. 그녀의 입술이 달싹였다.

"믿고 싶어. 하지만 믿을 수 없어. 아마 너보다도 어쩌면 내가 더.
말해 봐. 정말 이대로 괜찮아? 다 괜찮으냐고. 모든 걸 겪어 낸 나는 네 생각보다 더 바닥이고 더 엉망일지 몰라. 그래도 정말 괜찮아?"

"……"

"다 건드렸어. 저 여자가. 내가 두려워하던 사실. 독하기도 하지. 어떻게 저렇게 사람 마음을 잘도 알았을까. 그냥 너만 믿고 아무것도 안 보면 되는 건 아니잖아. 그게 다 현실인데. 못 본 척 못들은 척하면 그냥 평안하게 미래가 다가오는 것도 아닌데."

현이 그녀를 당겨 품에 거세게 안았다. 눈앞이 흐려졌다. 빗물 때문이겠지. 정주는 그의 가슴 위로 떨어지는 빗방울을 보며 중얼거렸다.

"네가 잘해 줘도 난 아직 과거를 완벽하게 떨치진 못했나 봐. 다 떨쳐 냈다고, 그래서 이제 무척 후련하다고 생각했는데 아니었나 봐. 저 여자가 미래를 입에 담은 순간, 그 잔인한 미래가 다 내 과거에서부터 비롯된 결과일 거라는 사실을 깨달았어."

"상처는 누구나 입어. 누구든 회복할 수 있고."

"알아. 하지만 너무 길었어……. 세월이. 이제까지 겪어 온 모든 세월과 독하게 견디고 버텼던 일들이 두꺼운 더께로 마음속에 쌓여 있다는 걸 이제야 깨달았어. 그리고 그게 사라지려면 그보다도 더 긴 시간이 걸릴지도 모르겠어. 그 모든 일을 내가 감당할 수 있을까. 너는 그걸 다 감내할 수 있을까."

"할 수 있어. 아니, 할 거야. 그러니까."

"……네가 견딜 만큼 내가 가치 있는 존재일까?"

정주의 손이 현의 가슴을 힘없이 밀어냈다. 현이 말없이 팔에 힘을 주었다. 숨이 막히도록 거세게 끌어안았다. 정주가 고개를 저으며 저항했지만, 그는 꿈쩍도 하지 않았다.

얼음이 박힌 것처럼 가슴이 시렸다. 정주는 가만히 그의 심장이 울리는 소리를 들었다. 제 가슴은 정작 조금도 세게 뛰지 않았다. 무거운 돌덩이가 들어앉은 듯했다. 현의 목소리가 빗물처럼 그녀에게 스며들었다.

"알아. 나도 자신 없어. 모든 걸 다 알고 있다고 생각했지. 전부 통제할 수 있다고 여겼어. 한데……. 그러지 못한다는 걸 깨달았지.

나도. 나조차도 감히 다스릴 수 없는 것이 있다는 걸."

무서웠다. 현은 난생처음 자신이 계획한 모든 일이 송두리째 사라져 버릴 수도 있다는 걸 깨달았다. 정주에 관해서라면 절대 그럴 일이 없다고 자신해 왔다. 그러나 지난번, 그녀와 한집에서 잠든 이후로 그는 엄청나게 동요하고 있었다.

"그래. 그랬구나. 이해해. 나도 자신 없는데 네가 그 모든 걸 다 감당하기 어려운 게 당연해."

눈앞이 다시 흐려졌다. 정주는 팔에 힘을 주어 현을 밀어냈다.

그가 한 걸음 뒤로 밀려났다. 충격과 황망함이 현의 눈빛에 비쳤다. 그는 재빨리 그녀를 붙잡으려 했지만, 정주는 뒤로 두어 걸음 더 물러섰다.

"이러지 마. 난……. 난."

현이 가슴을 부여잡았다. 그의 얼굴에 드러난 고통이 정주를 매섭게 찔렀다.

"난 그저 네가 그런 건 하나도 모르고 살았으면 했을 뿐이다."

"……."

"네가 고통받는 게 싫었어. 그래서 내 품에 가두기만 하면 다 될 줄 알았지. 이제까진, 그래. 지금까진 분명 성공했다고 생각했는데."

현이 입가를 비딱하게 끌어 올렸다. 명백한 비웃음. 스스로 자조하는 모습이 정주의 가슴을 더 아프게 했다.

"한 가지는 분명해. 네가 앞으로 어떻게 나오든, 얼마나 상처 입은 짐승처럼 발작하고 날뛰든 난 널 떠나진 않을 거야."

"……."

"하지만 지금 함께 가지 않으면 그 모든 약속은 다 물거품이 될지도 몰라. 난 무려 십 년이 넘는 시간을 기다려 왔어. 이제 나한테도 여유가 없어. 조급해서, 널 내 곁에 두고 싶어서 미쳐 버릴 것 같거든."

그가 얼굴을 찡그리듯 웃었다. 처연함에 정주의 심장이 불안하게 뛰었다.

이대로 그가 가 버린다면.

하지만 거세게 뛰는 맥박과는 달리 발은 떨어지지 않았다. 머리는 차갑게 식었다. 빗물이 옷 속까지 파고들었다. 온몸이 차갑게 식어 들고 있었다. 정주는 힘없이 고개를 내저었다.

이대로 그에게 계속 매달려 내 상처를 핥아 달라고 강요할 수는 없어.

아버지의 강요에 못 이겨 한 결혼이라 해도, 그 누구도 아닌 자신의 선택이었다. 이제 와서 현에게 십 년 동안 내려앉은 세월의 더께와 상처를 책임지라고 할 수는 없었다.

그 정도로 비겁하진 않아.

정주는 눈썹을 찡그리며 웃었다.

"계속 예전 일을 괴로워하거나 원망할지도 몰라. 왜 진작 날 찾지 않았냐고 원망할지도 몰라. 네가 아무 잘못도 없다는 걸 알면서도 문득 떠오를 때마다 널 탓하고 비난할지도 몰라. 흉터가 아물지 않아서 힘들어할지도 모르고, 너한테 아무것도 안겨 줄 수 없을지도 몰라. 내가 널 사랑한다는 증거가 하나도 없을지 몰라."

아이. 사랑의 증거이자 결실. 한 번도 품에 안아 본 적조차 없는 존재를 떠올리자 고통이 스며들었다. 정주는 눈을 질끈 감았다.

만약 현이 아이를 원한다면 자신은 아이를 안겨 줄 수 있을까. 지명의 문제라고는 하지만, 제 나이를 생각하면 당연히 포기해야 하는지도 모른다.

그때 현의 외로움을 달래 줄 수는 있을까. 정주는 고개를 저었다.

"나랑 가."

현이 나직하게 말했다. 담담하지만 애원이 뒤섞인 듯한 목소리였다. 정주가 눈을 들어 그를 보았다. 현이 알 수 없는 표정으로 그녀를 보고 있었다. 그의 손은 정주를 향해 내밀어져 있었다.

무슨 생각을 할까. 어떤 마음으로 날 보고 있는 걸까.

안개에 휩싸인 것처럼 앞이 보이지 않았다. 정주의 입이 달싹였다. 그의 손을 잡고 싶은 충동과 그래서는 안 된다는 가책이 거세게 뒤섞였다.

"이정주!"

현이 지친 목소리로 버럭 소리를 질렀다.

"이리 오라고!"

"싫어!"

정주가 똑같이 소리를 질렀다.

눈앞이 갑자기 확 트였다. 빗물에 잔뜩 젖어 손을 내밀고 있는 남자가 보였다. 순간 정주는 자신이 펑펑 울고 있다는 걸 깨달았다. 그녀는 발작적으로 달려가 현의 가슴을 마구 두드렸다.

"나도, 나도 아무 걱정 없이 널 그냥 받아 주고 싶어! 드라마나 소설처럼! 그래. 여주인공들처럼 네가 날 사랑하니까 그걸로 됐다고, 그렇게 속없이 편하게 말하고 그냥 행복한 얼굴로 네 곁에 있고 싶단 말이야! 그런데 그게 안 돼. 그렇게 안 될 게 분명하다고. 결국에 널 망가뜨리게 될 거야. 내 상처가 널 힘들고 지치게 할 거라고!"

"정주야."

"무서워. 두려워 죽겠어. 현실이 녹록하지 않은 걸 아니까. 그래서 내가 널 다치게 하는 게 싫어. 그런데 그냥 휙 잊을 수가 없어. 지금도 여전히 무서워서 손발이 덜덜 떨려."

"상관없어. 내가 다 잊게 해 줄게."

"아니, 그럴 수 없어. 내가 널 생각하면서 후회한 시간이 그리 쉽게 사라질 리 없어. 잘난 척 널 거절해 놓고도 난 구질구질하게 왜 그랬는지 곱씹기만 했어. 그때 도망쳐 나왔어야 했는데. 바보같이 그게 옳은 일이라고만 여겼으니까."

빗물과 함께 뜨거운 눈물이 흘러내렸다. 현의 손가락이 눈가를 훔쳤다. 숨을 몰아쉬면서도 정주는 계속 중얼거렸다.

"너를 좋아하면서도 난 계속 합리화만 해 댔어. 그건 내가 갈 길이 아니니까. 난 아버지 말을 들어야 하니까. 그래서 널 밀어냈어. 사실은 이미 그때 널 사랑했는데도."

현의 눈이 크게 떠졌다. 그는 믿을 수 없다는 얼굴로 정주를 보았다.

"정주야. 방금 그 말."

"제대로 살지 않았어. 아무것도 제대로 한 게 없었어. 내가 원하지 않았다는 이유로, 억지로 선택했다는 이유로 누군가의 아내처럼 살지 않았어. 그게 내 자존심을 지키는 방식이었어. 그렇게 살고 있으면 언제나 죄책감을 불러일으키려는 듯 누군가 와서 날 자극했어. 딱 죽지 않을 만큼만 괴롭고 아프게. 그러면서 점점 엉망이 되어 갔어."

현이 정주를 다시 끌어당겼다. 그는 팔을 뻗어 그녀를 품에 꽉 안았다. 비가 점점 더 거세졌다. 정주의 귓가에 현이 입술을 댔다. 선득한 감촉이 들더니 이내 따스해졌다.

"다시 널 사랑하는 게 두려웠어. 내가 너처럼 깨끗하다면 아무런 거리낌 없이 널 사랑한다고 말했을 텐데. 동창회에서 널 피한 건 그래서였어. 유부녀라는 이름표가 주는 책임과 무게 때문에. 그리고 이제 이혼녀란 단어가 꼬리표처럼 따라다니겠지. 네가, 그리고 내가 그 꼬리표에서 자유로워질 수 있을지 두려웠어."

"세상에."

현이 그녀를 꽉 안으며 속삭였다.

"이렇게 용기 있게 진심을 고백하면서 고작 단어 한 마디를 두려워하는 거야? 이정주?"

"너 때문이야. 네가 내 곁에 있는 한……."

다시 목이 메었다. 그제야 정주는 좀 전까지 꽉 막혀 있던 가슴이 시원해진 것을 깨달았다. 누군가 이성을 잡아 던져 버린 것처럼 거침없는 슬픔과 알 수 없는 벅찬 감정이 그 자리를 대신했다. 그제야 그녀의 눈에서 맑은 눈물방울이 주룩주룩 흘렀다.

"그래. 내 탓이야. 내가 네 앞에 나타났지. 그래서."

현이 나직하게 말했다.

사랑. 그래, 사랑이야. 정주는 눈을 감았다. 현의 속삭임이 귓가에 내려앉았다.

사랑이었어. 그녀는 제 감정을 인정하느라 그의 눈에 드러난 감정을 미처 보지 못했다. 그는 정주를 안은 팔에 힘을 주며 눈을 감았다.

한 번도 감정에 휩쓸려 본 적은 없다고 생각했다. 그녀를 데려오려고 준비를 시작했을 때부터.

그런데 언젠가부터 자꾸만 격렬하고 충동적인 감정에 시달리게 되었다. 그리고 이제 이 여자의 고백에 사춘기 소년처럼 가슴이 마구 뛰는 자신을 느꼈다.

"네가 솔직하게 화내길 바랐어. 어떤 감정이든 다 쏟아 냈으면 했어. 그래야 상처에 두껍게 앉은 딱지가 조금씩 갈라지고 떨어져 나갈 테니까. 새살이 돋는 건 오롯이 내가 돕고 싶었어. 오직 나만이. 너를 가질 수 있어."

"……날 버리지 마."

"어떻게 가진 사람인데, 딱 하나야. 내가 갖고 싶었던 사람은."

그리고 간신히 제 품에 들어왔다. 완벽하고 흠집 없이.

사실 상처 따위는 아무것도 아니었다. 현에게 정주는 제 영혼을 완성하는 단 하나의 또 다른 영혼이었으니까.

그녀가 없으면 아무것도 성립되지 않았다. 그토록 오랜 시간 동안 이 여자를 찾기를 애타고 간절하게 바라 왔다.

그렇게 그녀를 찾았을 때, 사실은 놀랐다. 어쩌면 좀 더 망가져 있을 거라고 여겼다. 혹시라도 이미 삶에 매몰되어 그악스럽고 막무가내로 변해 있을지도 모른다고 생각했다.

하지만 세월의 가혹함도 이 여자를 변질시키지는 못했다. 그저 모진 풍파에 지쳐서 해지고 닳은 구두를 질질 끌다 쪼그리고 앉아 울고 있었을 뿐. 그녀는 여전히 자신이 사랑한 여자였다.

그래서 현은 가차 없이 그녀의 손을 끌어당겼다. 그리고 그녀의 두려움까지도 모두 보았다. 깊숙이 숨겨 둔 감정을 엿본 이상 절대 놓지 않을 생각이었다. 이제 정말로.

제 손아귀에 들어온 자신만의 사람을. 출렁이는 파도에 부닥쳐 부서지는 금빛 햇살처럼 빛나는 사람. 은빛 거미줄을 촘촘히 엮은 것처럼 은은한 미소를 가진 사람. 속을 다 긁어내도 처참한 흔적 대신 맑은 눈물만이 고이는 사람.

그래서 그 손을 부여잡고 천국으로, 그리고 지옥까지 함께 발 디딜 수 있는 사람.

"사랑한다."

천국이든 지옥이든 그냥 이렇게 부둥켜안고 같이 있기만 하면 돼.

달싹이던 입술이 내려앉았다. 눈물이 식는 순간 체온이 확 올랐다. 움켜쥐기 두려울 정도로 뜨겁게.

정주는 천천히 팔을 들어 현의 목을 감았다.

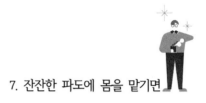

## 7. 잔잔한 파도에 몸을 맡기면

집까지 어떻게 돌아왔는지 알 수 없었다. 현은 사고가 나지 않을까 무섭게 차를 몰았다. 그러면서도 신호에 정차할 때마다 정주에게 몸을 기울여 키스하거나 목덜미를 애무했다.

손은 차에서 내릴 때까지 한 번도 놓지 않았다. 그의 혀는 수시로 입안으로 들어와 타액을 앗아 가며 뜨거운 화인을 남겼다.

차에서 내렸을 때, 숨은 끊어질 것 같았고 머리는 비에 젖어 잔뜩 헝클어져 있었다. 현도 마찬가지였다. 비 맞은 생쥐처럼 꾀죄죄했지만, 그는 아랑곳하지 않고 그녀를 안아 집으로 향했다.

"내려 줘."

"안 놓아줄 거야."

엘리베이터 안에서 정주가 속삭였지만, 현은 그저 그녀에게 입술을 대고 닿는 곳마다 가볍게 입을 맞추었다. 취한 것처럼 그렇게 서로를 탐하며 간신히 집으로 향했다.

그는 문을 열면서도 정주를 놓지 않았다. 기묘한 흥분과 고양감이 머릿속을 잠식했다. 두려우면서도 더는 이 남자가 아니면 안 된다는 격렬한 갈망으로 뒤죽박죽되어 있었다.

현관문을 열고 안으로 들어간 후에야 그는 그녀를 내려놓고 입술을 격하게 집어삼켰다. 머리가 하얗게 비었다. 팔이 본능적으로 그의 목덜미를 감았다.

모든 것을 다 빼앗을 것처럼 거칠고 격렬했다. 이가 부딪치고 성급한 혀가 드나들었다. 격렬하게 빨아들였다. 혀뿌리가 빠지는 것처럼 얼얼했다.

그가 모든 것을 다 가져갈 것처럼 그녀를 장악했다. 정주의 입술이 열릴 때마다 숨결까지 거세게 빨아들였다. 그의 손은 그녀의 등을 더듬고 있었다. 밀착한 몸이 열 오른 것처럼 뜨거워졌다.

현이 정주의 입술을 삼키면서 그녀를 욕실로 이끌었다. 어디로 가는지도 모르고 눈을 감은 채 그에게 정복당하던 정주가 그제야 눈을 떴다. 따뜻한 물이 쏟아졌다.

현이 입술을 붙인 채 옷을 잡아 벗겼다. 맨살이 드러나기 무섭게 그의 몸이 그녀를 덮쳤다. 밀고 당길 여유조차 없었다. 그는 그녀의 몸을 끌어안은 채 마구 입술을 짓눌렀다.

"아······."

현의 입술과 손의 감촉 말고는 아무것도 느낄 수 없었다. 그의 입술이 낙인처럼 뜨거웠다. 입술 아래로 미끄러질 때마다 점점이 화인을 찍은 입술이 젖은 가슴 위로 내려왔다. 찌릿하고 화끈한 감각에 정주가 신음하며 그의 머리를 그러안았다.

"하웃."

달콤한가 싶더니 이내 따끔해졌다. 그리고는 뜨겁고 찌릿해졌다. 젖꼭지를 물고 거세게 빨 때마다 머릿속이 하얗게 비었다. 남은 것은 척추를 내달리는 거센 감각뿐. 그녀는 자신이 그의 머리를 끌어안고 몸부림치고 있다는 것도 자각하지 못했다.

쾌감이 밀려 들어왔다. 현의 입술과 혀가 드러난 살을 핥고 빨아 댔다. 이가 잘근 살을 깨물 때마다 찌릿한 통증이 일어나 쾌감으로 바뀌었다. 분홍빛 젖꼭지는 어느새 빨갛게 부어올라 있었다.

타액과 물이 뒤섞여 흘러내렸다. 안개처럼 부드럽게 뿜어 나오는 샤워기의 물살에 살갗이 서늘해졌다. 오로지 현의 입술과 혀만이 뜨거웠다. 닿을 때마다 흠칫거렸다.

가슴을 움켜쥔 손길이 거세졌다. 유방을 움켜쥔 채 입술과 혀로 젖꼭지와 부드러운 살을 실컷 애무하고 이로 물어 댔다. 난폭한 듯 하지만 섬세하게 쾌감을 전달하고 있었다.

실컷 화인을 찍은 현이 무릎을 꿇었다. 그의 머리가 가슴 아래에 와 닿았다. 현의 입술이 납작한 아랫배를 타고 내려와 체모를 헤집 었다. 숨어 있던 붉은 살이 드러났다. 혀가 과감하게 동그란 살점을 덮쳤다. 순간 정주가 놀라 입을 막았다.

"하으읍."

다리가 덜덜 떨렸다. 이가 가볍게 살 위를 긁었다. 순간 정주의 동공이 커졌다. 공포인지 쾌감인지 알 수 없는 기묘한 감각이 온몸을 저릿저릿하게 했다. 혀가 야릇하게 자극하듯 움직였다. 작은 돌기를 휘감고 이로 살살 긁어내리자 정주가 몸부림을 쳤다.

"아, 하, 하지 마……. 그만. 그만해. 하웃. 아."

난생처음 겪는 상황이었다. 지명은 사실 섹스에 관해서도 무척 불성실한 남편이었다. 그는 정주가 쾌감을 느낄 수 있게 만들어 본 적이 없었다. 언제나 제멋대로 내킬 때 그녀를 안고 대강 저만 즐긴 후 잠들어 버렸다. 그러면서도 정주를 불감증이라고 항상 비난했다.

이런 애무는 처음이나 다름없었다. 더구나 그 상대가 현이라니. 정주의 머릿속은 폭발할 것처럼 뜨거웠다. 그녀는 하지 말라고 애원했지만, 현은 작정한 듯 그녀의 음핵을 계속 핥고 문댔다.

"하응, 아, 아아……. 그, 그만. 제발."

"엄청 야한데 예뻐."

현이 중얼거리며 음핵을 빨았다. 뭔가가 머릿속에서 끊어지는 것 같았다. 순간 정주가 몸부림치며 현의 머리칼을 쥐었다. 벌어진 다리가 부들거렸다. 현이 그녀의 골반을 잡아 단단히 고정하며 다시 이를 세웠다.

물어뜯길 것처럼 느껴졌지만, 사실은 그저 가볍게 긁어내릴 뿐이었다. 혀로 휘감고 문지르며 긁어내릴 때마다 정주의 허리가 잘게 흔들렸다. 온몸이 예민해져서 그가 조금만 움직여도 미칠 듯한 감각이 느껴졌다.

눈을 질끈 감았다. 심장이 터질 것처럼 마구 뛰었다. 현의 입술이 올라오는 듯하더니 다시 아래쪽으로 향했다. 정주는 그제야 제 몸이 엄청나게 젖어 있다는 걸 깨닫고 전율했다.

"그만……. 그만해. 더러워."

"하나도 더럽지 않아."

내가 널 얼마나 가지고 싶었는지 안다면. 현은 중얼거리며 그녀의 입구에 입술을 묻고 혀를 길게 집어넣었다.

"하으응. 아, 아아."

입구 안쪽의 살을 더듬는 혀의 감촉에 정주는 고개를 젖혔다. 애달프고 짙은 감각이 무방비한 육체로 흘러들어왔다.

* * *

어떤 의미에서 정주는 성의 즐거움조차 모르는 사람이었다. 그녀에게 섹스는 언제나 의무 방어처럼, 하기 싫어도 해야 하는 관계였다.

아이를 얻고 싶어 병원에 다닐 땐 더 심했다. 날짜를 알려 주면 지명은 정말로 하기 싫다는 듯 무감각한 얼굴로 그녀를 안았다. 형식적으로 가슴을 애무하고 손을 아래에 대 몇 번 슥슥 문지른 후 조금 젖어 든 기미가 보이면 바로 삽입하곤 했다.

그는 오히려 병원에서 정해 준 날짜 이외에 삽입하는 것에 더 쾌감을 느끼는 듯싶었다. 정주가 부부 관계라는 것에 진정으로 회의감을 느끼기 시작한 것도 이 무렵이었다.

엎친 데 덮친 격으로 지명이 불임의 원인이라는 걸 알게 된 후에는 그나마도 영 소원해졌다. 어쩌다 기분이 동하면 지명은 멋대로 정주를 끌어다가 그 자리에서 아랫도리만 벗기고 추행하듯 삽입했다. 그 굴욕감과 아픔은 이루 말할 수 없었다.

그래서 집을 나온 후, 현과 슬쩍슬쩍 살이 맞닿았을 때 느낀 감각은 충격적이었다. 그녀는 자신이 그렇게 타인에게 욕망이나 설렘을 느낄 수 있다는 사실을 잊고 살았다. 물론 정주는 미처 몰랐다. 자신이 그런 감각을 느낄 수 있는 사람은 오롯이 현뿐이라는걸.

쏟아지는 물줄기가 현의 등에 부닥쳐 작은 포말을 일으키며 아래로 쓸려 내려갔다. 혀가 안쪽을 더듬고 쓸 때마다 쾌감이 터져 나왔다. 다리에 힘이 들어가지 않아 현이 지탱하지 않았다면 무너졌을지 모른다.

쾌감이 장악한 머릿속은 이성이라고는 단 한 올도 남지 않았다. 감은 눈꺼풀 속 시야마저 새하얘졌다. 물과 뒤섞여 흐르는 끈적한 애액이 낯설었다. 입구를 더듬는 혀가 뜨거웠다. 하지만 그녀는 몰랐다. 제 속도 그만큼 뜨겁다는걸.

"허엇."

현의 손가락이 혀와 함께 입구를 꿰뚫고 들어왔다. 제각기 다른 쪽을 더듬으며 훑어내듯 문지르는 감각은 생경하면서도 야릇했다. 아랫배가 묵직해졌다. 정주가 현의 머리카락을 쓸어내리며 속삭였다.

"그, 그만해. 응?"

애원하듯 숨찬 목소리에 현은 속으로 미소를 지었다. 그는 그녀의 안에 넣은 혀를 빼고 손가락으로 안을 깊게 쑤셨다. 잠깐 방심했던 정주는 그의 혀가 다시 음핵을 휘감아 핥자 비명을 지르듯 헐떡였다.

"하, 아으읏―."

젖은 성기에 뜨뜻한 살덩이가 닿아 매끄럽게 움직였다. 이러다 폭발할 것 같았다. 눈시울이 뜨거워졌다. 쾌감에 굴복한 것처럼 그녀는 눈을 꼭 감고 입을 벌린 채 현의 애무를 받고 있었다.

혀가 좀 더 빠르고 거세게 도톰한 살점을 핥았다. 눈앞이 번쩍거렸다.

"아아앗."

삽시간에 다리에 힘이 들어갔다. 속살이 거세게 오므라들며 손가락을 죄었다. 현이 손가락을 하나 더 넣으며 젖어 드는 속살을 휘저었다. 정주가 헐떡이며 고개를 저었다.

"그만……. 그만."

"이 정도로?"

아직 멀었어. 가볍게 웃은 현이 몸을 일으켰다. 그의 손가락이 빠져나오는 감촉에 소름이 돋았다. 자극이 심했다. 그녀가 미처 정신을 차리기도 전에 현의 몸이 밀착했다. 순간 아래에서 느껴지는 단단한 감촉에 정주의 호흡이 가빠졌다.

다리 하나를 들어 올리더니 현이 곧장 아래를 찔렀다. 굵은 성기가 좁은 입구를 넓히며 단숨에 들어왔다. 나머지 다리가 불안하게 바닥에서 뜰 것처럼 흔들렸다. 현의 강건한 팔이 그녀의 엉덩이를 잡아 들었다.

"하웃—아, 아아."

격한 신음과 함께 아랫배가 아릿해졌다. 아픈 건가. 좋은 걸까. 감각을 미처 깨닫기도 전에 순식간에 쾌감이 차오르기 시작했다.

현이 가차 없이 음부를 꿰뚫은 채 허리를 움직였다. 뜨겁고 단단한 성기가 좁은 내부를 가득 채웠다. 머리가 어질어질했다. 그는 주저하지 않았다. 그저 한 마리의 수컷처럼 그녀를 탐닉하고 있었다.

푹푹 찔러 들어오는 성기의 움직임에 좁은 내벽이 움찔거렸다. 좀 전에 느낀 쾌감은 전초전에 불과했다. 아래를 가득 채운 성기가 깊게 들어올 때마다 어딘가에 닿아 묵직하고 우릿한 감각이 계속되었다.

그의 움직임은 가차 없었다. 깊게 들어오는 성기는 조금의 주저함도 없이 그녀를 꿰뚫고 내부를 장악했다. 체중이 실려 더 깊고 둔중하게 들어올 때마다 숨이 쉬어지지 않았다. 현이 만들어 내는 움직임에 맞춰 감각이 머릿속을 쿵쿵 울렸다.

빠듯하게 들어찬 성기는 좁은 속살을 찢을 것처럼 벌리고 헤집었다. 정주가 헐떡일 때마다 현이 거세게 쳐올렸다. 그녀가 할 수 있는 것이라고는 그의 목을 감은 채 떨어지지 않게 다리로 허리를 감는 것뿐. 격렬한 쾌감과 함께 뜨거운 물이 자꾸만 흘러내려 눈을 뜨기도 힘들었다.

"널 갖고 싶었어."

나직하게 중얼거린 현이 그녀를 안은 채 움직였다. 그는 제정신이 아닌 것처럼 빠르게 허리를 움직이면서 입술이 닿는 곳마다 뜨겁게 입 맞추고 빨았다. 짐승의 교미처럼 격렬하면서도 애달팠다. 그의 진심이 느껴져서 정주는 말없이 그의 목을 꼭 감았다. 그러나 밀려드는 쾌감을 막을 수는 없었다. 이내 격렬한 교성이 새어 나갔다.

"아흣, 아-아아. 하."

그녀의 신음이 거세질수록 현의 허리도 깊고 빠르게 움직였다. 속살에 파묻힌 성기가 쾌감을 일으키며 요동쳤다.

문득, 정주는 저뿐만 아니라 현도 다 미친 것 같다고 생각했다. 물에 젖어 번들거리는 탄탄한 몸과 속살을 헤집는 굵은 성기의 움직임은 낯설었다. 그런데도 그의 눈은 한없이 애절한 갈망으로 물들어 있었다. 늘 알던 그의 얼굴과는 달리 격렬하게 자신을 헤집고 요동치는 그의 몸.

한 번도 상상해 보지 못한 얼굴과 몸짓이었다. 정주의 심장이 격렬하게 뛰었다. 그의 등을 감은 손에 힘을 주었다. 오직 자신에게만 보여 주는 모습. 숨겨 둔 욕망을 적나라하게 드러낸 성기의 움직임. 낯설고 이질적이었다. 그런데도 벗어나고 싶지 않았다.

머릿속이 쾌감으로 물들었다. 그녀는 자연스럽게 그에게 몸을 내맡겼다. 현이 퍽퍽 박아 댈 때마다 몸 깊은 곳 어딘가가 달콤하고 격렬한 감각에 움찔거렸다. 척추를 내달리는 감각이 점차 온몸을 장악하고 그녀를 어디론가 데려가려 하고 있었다.

현이 그녀의 입을 막았다. 뜨거운 날숨을 내뱉으면서 허리를 격하게 흔들었다. 깊게 박히는 성기가 속살을 잔뜩 부풀리고 짓이겼다. 민감한 살에 닿을 때마다 정주가 진저리를 쳤다.

숨이 박히고 머릿속이 열에 올라 들떴다. 그녀를 둘러싼 시공간이 온통 열기로 뒤덮였다. 안을 휘젓고 박아 넣는 성기의 움직임만이 강렬하게 느껴졌다. 난생처음 겪는 거센 절정에 그녀가 저항하듯 몸부림쳤지만, 쾌락을 막을 수 있는 건 아무것도 없었다.

"아, 하아, 아웃―아, 아아!"

격렬한 교성과 함께 정주의 몸이 떨렸다. 그녀의 팔이 그의 등과 목을 마구 감았다. 온몸으로 그를 휘감고 흔들었다.

순진하던 인어는 이제 마녀처럼 그를 휘어잡아 옥죄고 있었다. 뜨겁고 좁은 사타구니 사이 갈라진 틈의 속살이 그를 잡아 물고 놓아주지 않았다.

아마도 그 속은 새빨갛고 요염할 거라고 현은 생각했다. 언제든 자신을 휘감아 모든 욕망을 전부 삼켜 버릴 것 같은 소용돌이 같은 늪. 그는 거기서 빠져나올 수 없다는 걸 알고 있었지만, 나올 생각도 없었다. 언제까지나 그 속에 자신을 묻고 머무르고만 싶었다.

가뜩이나 좁은 틈이 꽉 죄어 오는 통에 현이 이를 악물었다. 무시무시한 압박감에 이성이 날아갔다. 그는 미친 듯 허리를 흔들어 성기를 그녀의 속살 가장 깊이 박아 넣었다. 성기가 부풀 대로 부풀어 터질 것 같았다.

속살이 경련하듯 잔뜩 부푼 성기를 감싸며 함께 부풀었다. 터질 것처럼 압박감이 거세졌다. 정주의 입에서 나직한 신음이 흘러나왔다. 흉기처럼 흉흉하게 속을 가득 채우고 부풀고 딱딱해졌다. 이러다 터져 버리는 건 아닐까. 그렇게 느낀 순간 그가 절정에 다다랐다.

"하으읏."

뜨거운 체액이 내부를 가득 채우는 것이 느껴졌다. 그녀는 눈을 감고 그의 절정을 받아들였다. 비에 젖은 머리카락과 가느다란 팔이 마치 길을 잃고 뭍으로 나온 인어 같았다. 현은 극심한 쾌감 속에서도 그녀를 감싸며 한 몸처럼 달라붙었다.

"······현아."

나직하고 떨리는 목소리. 그는 본능적으로 그녀가 울고 있다는 걸 알아차렸다. 그리고 그 울음이 뭘 의미하는지도. 그건 지나간 세월에 대한 회한이었고 이제야 가진 사랑에게 가진 미안함이었다. 그는 부드럽게 그녀의 등을 어루만졌다.

"미안해."

울음소리 사이로 들리는 중얼거림.

"사랑한다고 말해."

"······사랑해."

사랑해. 사랑해. 사랑해······. 머나먼 밤길을 밝히는 작은 불빛처럼 끊어질 듯 끊어질 듯 들려오는 목소리. 현은 눈을 감고 벅찬 고백을 받아들였다.

"사랑해."

난 네 거야. 넌 내 거고. 절대 놓지 않아.

기나긴 길을 돌아, 그녀가 결국엔 자신에게로 왔다. 젖살이 채 빠지지도 않은 얼굴을 수줍게 붉히던 첫사랑. 길고 긴 세월 동안 숨어

울지도 못하던, 초라하고 지친 육신을 끌고.

이제야 제 손에 쥐어졌다. 간신히 손에 넣은 사랑이었다. 이제 그에 겐 비에 젖어 시든 꽃처럼 떨고 있는 이 사랑을 피울 일만 남았다.

아름답게 피울 예정이었다. 누구도 감히 손대지 못할 만큼 화사 하고 풍염하게. 그녀를 처음 보았을 때보다도 더 청초하고 향기롭 게. 현은 이제야 손에 들어온 제 사랑을 꼭 껴안고 놓지 않았다.

\* \* \*

"그만해. 간지러워."

"감기 들면 안 돼."

정주가 키득거리며 현의 손을 잡았다. 현은 수건을 든 손을 멈추지 않으면서도 정주에게 눈을 맞췄다.

"퉁퉁 부었다."

그의 손가락이 눈가를 조심스럽게 쓸었다. 정주가 민망한 얼굴로 그의 볼을 살짝 쥐었다 놓았다.

"넌 안 부은 것 같지?"

그들은 샤워를 끝내고 침대에 누운 참이었다.

바깥엔 아직도 비가 내리는 중이었다. 창밖으로 부딪치는 빗방울이 불빛에 비쳐 반짝였다. 현이 젖은 머리를 조심스럽게 매만졌다. 정주 는 두툼한 가운에 파묻힌 채 그에게 기대 있었다.

"배 안 고파?"

"내가 애야? 나만 보면 밥 못 챙겨서 안달이고."

서로 대화를 나누기도 바쁠 시간에. 정주가 눈가를 접으며 투덜거렸다. 현이 입가에 미소를 머금었다.

"넌 뭐 하나에 열중하면 밥이고 뭐고 없잖아."

"내가 지금 열중하는 게 뭐 있다고."

"이거."

현이 정주의 손을 잡아 제 몸으로 끌었다. 정주의 볼이 상기되었다. 좀 전에 그와 처음 나눈 정사의 기억이 선연했다.

그처럼 격렬했던 건 처음이었다. 현이 그렇게 뜨겁게 자신을 탐닉할 거라고는 생각해 본 적도 없었다. 돌이킬 때마다 몸이 다시 뜨거워지는 것 같았다. 현의 탄탄한 가슴이 등에 닿았다.

"너야말로 감기 걸리겠어. 가운도 안 입고."

"안 걸려."

현이 정주의 목덜미에 얼굴을 묻었다. 같은 향기. 자신과 같은 샴푸를 쓰고 같은 입욕제를 쓴다는 게 믿어지지 않아서, 그런데 너무 좋아서. 그는 한참이나 그녀의 목에 얼굴을 묻고 있다 입술로 부드러운 살갗을 눌렀다.

"네가 있는데 왜 감기에 걸려."

그의 입술이 목덜미를 가볍게 빨아들였다. 이를 세워 살짝 긁어내리자 정주의 몸이 움찔했다. 말캉한 살갗 아래 느껴지는 도도록한 뼈의 감촉에 현은 이를 조금 더 세웠다. 정주가 목을 움츠렸다.

"간지러워."

"간지럽기만 한 건 아니잖아."

현이 키득거렸다. 정주도 웃음을 머금었지만 이내 작은 신음으로 바뀌었다. 현이 입술로 목 아래 둥근 뼈를 더듬으면서 가운 끈을 풀고 손을 들이밀었다. 그의 손이 가슴을 움켜쥐고 부드럽게 주물렀다.

드러난 어깨에 입술이 닿았다. 손은 여전히 가슴을 주무르는 중이었다. 볼록해진 젖꼭지에 손가락이 스치자 이내 단단해졌다. 정주가 고개를 젖히자 기다렸다는 듯 현이 입술을 겹쳤다. 여전히 절박하고 목마른 키스. 갈급하게 탐하는 혀가 그녀를 거세게 빨아들였다.

숨이 막힐 때까지 입안을 탐색하고 혀를 끌어당긴 그가 간신히 입술을 놓아주었다. 귓가에 입술을 댄 채 다른 손으로 입술을 덧그렸다. 말캉한 살을 비집어 열더니 손가락을 밀어 넣었다. 정주가 본능적으로 손가락을 물었다.

입안을 더듬는 손가락을 혀로 감았다. 단단한 마디를 문지르다 천천히 지문이 있는 살을 핥아 나갔다. 타액이 손가락을 감싸고 넘쳤다. 손가락이 마치 성교를 하듯 안으로 부드럽게 들어왔다 밖으로 나갈 듯 빠졌다.

입안을 헤집으며 드나드는 손가락의 움직임에 정주의 호흡이 빨라졌다. 뜨거운 늪을 휘저으며 한참 드나들던 손가락이 천천히 빠져나갔다.

"하읏."

가슴골 사이를 쓸며 내려간 손가락이 배꼽 주변을 문지르고 아래로 내려갔다. 단숨에 비부에 닿은 손가락은 거침없이 음핵을 잡아 문질렀다. 다른 손가락이 젖꼭지를 잡아 가볍게 꼬집듯 지분댔다.

정주의 고개가 젖혀졌다. 현의 입술이 귓불을 물었다 놓았다. 혀가 귓바퀴를 따라 모양을 덧그리다 구멍에 쑥 파묻혔다. 질척한 감촉에 살짝 몸을 떨었다. 츱츱 소리가 들리는 것조차 음란했다. 온몸에 소름이 돋았다.

"아……."

입술이 드러난 어깨를 쓸었다. 젖꼭지를 지분거리던 손이 가슴을 세게 움켜쥐었다. 음핵을 문지르자 서서히 매끄러워졌다. 현의 손가락이 아래로 더 내려갔다. 뜨겁고 축축한 구멍에 살짝 찔러 넣었다. 정주가 몸을 흠칫 떨었다.

"하으응."

아랫 입에 찔러 넣은 손가락이 애액을 고루 묻혔다. 쑥 빠져나오더니 음핵을 다시 문질렀다. 아랫배가 조여들었다. 팽팽하게 부푸는 것 같았다. 뭉근한 애액이 천천히 흘러나와 엉덩이 아래 고였다.

머릿속이 텅 비고 입이 바짝 말랐다. 현의 손가락이 서서히 젖어들었다. 클리토리스까지 흠뻑 젖기 시작한 육체가 경련하듯 작게 흔들렸다. 현이 나직하게 말했다.

"다리 더 벌려."

정주는 망설이면서도 그의 말대로 허벅지를 벌렸다. 현이 손바닥으로 사타구니 사이를 덮으며 다리를 한껏 벌리자 수치심이 들었다. 하지만 그는 만족스러운 듯 손가락을 벌어진 틈 사이로 찔러 넣었다.

"아읏."

뜨거워진 질구를 손가락이 성기처럼 푹 꿰뚫고 들어갔다. 손바닥이 음핵을 강하게 압박했다. 눈이 번쩍 튀어나갈 것 같은 쾌감에 정주가 숨을 들이켰다. 현의 손가락이 그녀를 유린하듯 안을 더듬어 넓혔다.

"박고 싶어."

노골적인 말과 손의 움직임에 질척한 꿀처럼 애액이 흘러나와 음부를 적셨다. 손가락이 닿는 속살마다 뜨겁게 피어올랐다. 바짝바짝 곤두서 더 큰 쾌감을 갈망하는 점막이 화끈거렸다.

손가락이 하나 더 늘었다. 좁은 속살이 손가락 두 개에 맞춰 넓이를 늘렸다. 이미 한번 느꼈던 절정을 갈구하며 점막이 차지게 달라붙었다. 뜨겁고 자극적인 늪에 빠진 것처럼 손가락이 각자 움직이며 안을 넓혔다.

"좁은데 부드러워. 느껴져?"

현의 말에 정주의 얼굴이 붉게 물들었다. 그녀는 이미 숨을 거칠게 몰아쉬며 그의 움직임에 허리를 작게 놀리고 있었다.

그녀가 달아오른 걸 확인한 현이 슬쩍 웃고는 손을 잡아당겼다. 뒤로 젖혀진 손이 무언가를 느끼고 멈칫했다. 단단하고 뜨거운 그의 성기였다.

"만져 봐. 싫지 않다면."

아까 이미 실감 나게 느꼈던 크기와 굵기. 그런데도 손이 닿자 전율이 일었다. 정주는 마른침을 꿀꺽 삼켰다. 주저하면서도 야릇한 호기심이 일었다. 그녀는 조심스럽게 발딱 일어선 성기를 쥐었다.

"흐읏."

현이 신음을 삼켰다. 그녀의 손이 생생하게 모양을 그리듯 성기를 쥐어 갔다. 쿠퍼액으로 젖은 귀두를 지나 울룩불룩 핏줄이 선 기둥을 훑어 내렸다. 머릿속이 타들어 가는 듯 쾌감이 작렬했다. 직관적이고 맹렬한 감각이었다.

신기한 듯 어루만지는 서투른 애무가 환장할 것 같았다. 현이 이를 악물고 그녀를 떼어 내 뒤로 돌려 눕혔다. 놀란 정주가 일어나려 하는데 그 위를 덮쳤다. 그의 손이 다리를 잡아 벌렸다. 드러난 허벅지 사이에 현이 얼굴을 묻었다.

"아, 아아앗."

말캉한 혀가 잔뜩 젖은 속살을 헤집었다. 기갈난 사람처럼 맑은 액체를 핥아 마셨다. 갈증이 사라지기는커녕 더 심해졌다. 정주의 허리가 들썩였다. 현은 거침없이 그녀를 탐닉했다.

이미 예민해진 속살이 혀로 쑤셔지고 더듬어질 때마다 애액이 솟구쳤다. 남김없이 핥아먹으면서 현이 집요하게 속살을 탐했다. 그의 혀가 회음을 지나 더 아래를 쓸었다. 정주가 소스라치자 그의 손이 허벅지를 단단히 잡았다.

"하, 하지 마. 그만."

현은 아랑곳하지 않고 주름진 살을 핥았다. 정주의 허리가 높이 솟아올랐다. 놀라고 수치스러웠다. 그런데 극심한 쾌감이 덮쳐 왔다. 처음이었다. 다른 그 어떤 애무보다도 두렵고 음란했다. 세상이 뒤집히는 듯한 기분에 정주가 흐느꼈다.

"아훗, 하, 하지 마, 으으읏, 아."

연달아 터져 나온 비명에 현이 천천히 혀를 뗐다. 그는 젖은 입술을 핥으며 뇌쇄적인 미소를 지었다.

"너라면 상관없어. 뭐든지 할 수 있거든."

천천히, 나직하게 읊조리듯 중얼거리며 그가 정주의 몸을 뒤집었다. 뒤에서 엉덩이를 쥐는 손길이 음란했다. 그저 두툼한 살을 쥔 것만으로도 이렇게 야릇한 감각이 느껴질 줄은 몰랐다. 정주는 입술을 깨물며 시트에 얼굴을 비볐다.

"하아앗!"

순간 현의 입술과 혀가 갈라진 골 사이를 타고 내려왔다. 뒤에서 꿰뚫듯 들어온 혀의 질감에 소스라쳤다. 말캉한 살덩이가 단단하게 변해 속살을 더듬었다. 가득 찬 애액을 핥아 내 삼켰다. 뜨거운 열기가 하복부를 가득 채웠다.

정주의 허리가 요동쳤다. 현이 손으로 그녀의 허리를 잡아당기며 세게 빨고 핥았다. 견딜 수 없이 자극적인 애무였다. 그녀는 비명을 지르며 몸을 흔들었다.

"아, 아아! 아, 안 돼. 아, 아."

머리에선 안 된다고 말하는데 몸은 정직하게 남자가 주는 쾌감을 받아들이고 있었다. 움찔거리는 입구에서 자꾸만 물이 새어 나왔다. 그걸 핥고 빠는 소리가 무척이나 야했다. 다리에 힘이 잔뜩 들어가 아픈데도 그만둘 수 없었다.

너무 성급하다고 생각하면서도 정주는 현의 애무를 뿌리칠 수 없었다. 이제까지 적극적으로 제 쾌감을 요구해 본 적도 없었다. 수동적으로 이끌리기만 하다가 무언가를 요구하는 건 무리였다. 그녀는 속절없이 현의 리드에 끌려갈 수밖에 없었다.

클리토리스가 혀에 쓸렸다. 순간 애액이 밀려 나왔다. 현의 혀가 움직일 때마다 혼이 나가는 것 같았다. 삼키듯 빨아 당기는 데는 속수무책이었다.

"물을 질질 흘리고 있어. 그런데 그게 또 예뻐서."

현이 숨을 몰아쉬며 말하는 순간 정주의 얼굴이 수치심으로 물들었다.

"거, 거기서 말하지 마……."

"넣고 싶지?"

노골적인 말에 발갛게 물든 등이 움찔거렸다. 현의 손이 엉덩이를 넓게 벌렸다.

"원하면 말해."

"뭐, 뭘."

"넣고 싶다고. 들어오라고."

짧은 말에도 온몸이 오싹거렸다. 수치심과 함께 이상한 욕망이 이성을 잠식했다. 거침없는 현의 요구가 기묘한 해방감을 안겨 주었다.

뭐 어때?

정주가 입술을 깨물었다. 미약하게 남은 이성이 충동을 결코 이길 수 없을 정도로 몸은 이미 쾌감에 충실하게 젖어 있었다. 현이 갈라진 틈 사이에 젖은 숨결을 불어넣었다.

"원하잖아. 요구해. 날 써먹어 봐. 전부 다 네 거니까. 전에도 말했잖아? 내 모든 게 다 네 거고 네가 원하는 대로 해 줄 거니까."

입김이 느껴지는 것만으로도 오싹거렸다. 이미 젖은 아래쪽이 발씬거렸다. 현의 입술이 가볍게 음순을 빨아들였다. 하웃, 신음과 함께 허리가 흔들렸다.

눈가가 젖어 들었다. 아래쪽은 완전히 열린 것처럼 저리고 뜨거웠다. 얼른 그에게 넣어 달라고 요구하는 편이 나을 게 분명했다. 현의 혀와 입술이 입구를 더듬으며 빨고 핥았다. 희미하게 남았던 이성이 어느새 날아가 버렸다. 결국엔 그녀가 들릴락 말락 한 소리로 요구했다.

"넣어 줘."

"그냥 요구해. 아니, 명령해. 원하는 대로."

현의 말에 정주가 주저하다 불쑥 말해 버렸다.

"넣어. 얼른. 나한테."

잘했어. 현의 입술이 귓가에 착 붙었다. 그가 그녀의 허리를 들어 자리를 잡았다. 단단한 성기가 갈라진 골 사이를 맞비볐다. 미끄럽게 비벼지는 감촉에 정주가 볼을 시트에 비비며 앓는 소리를 냈다.

"좋아?"

"어, 조, 좋아. 하아앙."

그거야. 현은 만족스러운 웃음을 입가에 매달았다. 그녀가 적극적으로 자신을 탐하길 바라고 기다렸다. 그는 높이 들어 올린 엉덩이 사이를 몇 번 더 비벼 댄 다음 성기를 뒤에서 천천히 갖다 댔다.

크고 뜨거운 성기가 음순을 마찰하다 천천히 찌르듯 와 닿았다. 단단하면서도 부드러운 귀두가 서서히 속살을 꿰뚫기 시작했다.

정주의 몸이 작게 요동쳤다.

강건한 이물감에 숨이 턱 막혔다. 경험은 거의 없지만 그냥 보기에도 굵고 길어서 들어올 때마다 압박감이 상당했다. 아릿한 듯 미약한 고통이 일었다. 그러나 현의 입술이 신음이 새어 나오는 입을 막았다.

머릿속이 날아갈 듯 격렬한 키스였다. 입과 혀가 얽히고 거세게 빨렸다. 질구를 완벽하게 차지한 성기가 거세게 움직였다. 한 치의 틈도 주지 않으려고 그녀를 끌어당겨 품에 안았다. 아랫배가 묵직해졌다. 절로 힘이 들어갔다. 꼭 맞는 모양으로 넓혀진 속살이 무의식중에 움찔거렸다.

"흐읏-하, 젠장."

순간 현의 얼굴이 일그러졌다. 극심한 쾌감에 휩쓸리지 않으려고 이를 악물어야 했다. 멋도 모르고 정주가 몸을 움직일 때마다 싸 버리지 않으려고 애써야 했다.

너무 뜨겁고 부드러운데 좁아서 꽉 조여들었다. 깊게 밀어 넣기 무섭게 사정감이 몰려왔다. 피가 몰려 아플 정도였다. 눈앞이 핑핑 도는 것 같았다. 간신히 끝까지 밀어 넣은 그가 그녀의 엉덩이를 잡고 성기를 죽 잡아 뺐다.

"아, 하으읏-!"

정주가 헛숨을 삼켰다. 다짜고짜 죽 빠져나가는 성기의 움직임만으로도 쾌감이 머릿속을 강타했다. 엉덩이를 든 채 그를 받아 내는 자세가 수치스러웠음에도 자극적이었다. 현이 만지는 곳이며 입술이 닿은 곳, 몸이 맞닿은 곳마저도 쾌감이 생생하게 느껴졌다.

귀두 끝만 머물렀다 다시 쑥 들어오는 성기는 자극적이었다. 한껏 풀어졌지만, 여전히 죄어드는 탄력 있는 속살이 강건한 기둥을 품고 움찔거렸다.

몇 번 더 천천히 들어와 뭉근하게 돌리듯 움직였다. 애액을 긁어내듯 쑥 빠지다 다시 깊게 밀어 넣기를 반복하자 정주의 허리가 잘게 떨렸다. 시트를 물고 신음을 참았지만, 도리가 없었다. 벌어진 입에서 교성이 흘러나왔다.

"하으-아. 아. 아읏. 아."

소리가 신호라도 된 듯 현이 거칠게 푹푹 쳐넣기 시작했다. 엉덩이를 잡아 반으로 가르듯 벌린 사이로 성기가 빠르고 거칠게 드나들었다. 배 속 어딘가가 묵직하게 자극받고 있었다. 아릿한 듯 뜨겁고 둔중한 감각에 정주가 흐느끼며 시트를 꽉 쥐었다.

"예쁘다."

"하읏, 거, 거짓말."

"정말로 예뻐."

넌 진흙탕에 굴러도 예쁠 거야. 나와 함께 지옥에 떨어져도 아름답겠지. 현이 중얼거리며 흐트러진 가슴을 움켜쥐고 주물렀다. 다른 손이 앞을 헤쳐 음핵을 문질렀다. 정주가 고개를 젖히며 경련하듯 떨었다.

지극한 쾌감이 물밀 듯 밀려들어 아무것도 생각할 수 없었다. 그저 그의 손에 매달려 하염없이 떠다닐 뿐이었다. 아찔한 쾌락이 밀어닥치고 또 밀어닥쳤다.

현이 성기를 죽 뽑았다. 그는 그녀를 눕히고 다리를 높이 들어 어깨에 걸쳤다. 통통하게 부어올라 젖은 살집 사이로 성기를 깊게 밀어 넣었다. 좀 전과는 또 다르게 깊이 들어오는 감각에 정주가 진저리를 쳤다.

"아흣, 아, 아."

눈앞이 뿌옇게 변했다. 열기가 가득 차서 어디든 꽉 쥐면 터질 것만 같았다. 현의 성기가 연신 예민한 곳을 짓누르고 문대며 긁고 나갔다. 그때마다 허리가 들썩였다. 지나치게 자극적이었다.

정주가 흐려진 눈을 떠 현을 보았다. 땀에 젖은 이마와 흘러내린 머리카락, 욕망에 젖어 어두워진 눈동자. 엉망으로 흐트러진 모습. 그가 손을 뻗어 정주의 뺨을 감쌌다.

"널 이렇게 갖고 싶어서 밤마다 힘들었거든."

그녀는 알까. 현은 희미하게 웃었다. 밤마다, 아니 언제나 늘 이렇게 안고 싶다고 상상한 것을. 제 머릿속에 어떤 상상이 가득 찼는지 그녀는 절대로 모를 것이다. 그는 조금 약 오른 것처럼 느리게 움직였다.

젖은 아래가 성기를 받아들일 때마다 쿨쩍거리는 소리가 났다. 천천히 들어와 안을 가득 채우고는 느릿느릿 휘저었다. 그의 손이 정주의 가슴을 주물렀다. 손가락 사이에 젖꼭지를 끼워 비비며 돌리자 뾰족해지며 날 선 쾌감을 안겨 주었다.

정주의 손이 그의 목을 감았다. 수치심과 애욕이 번갈아 그녀를 잠식했다. 쾌감은 덤이었다. 그녀는 자신이 이렇게 열정적으로 누군가를 받아들이고 원하게 될 줄은 몰랐다. 현과의 기억을 오랫동안 간직하면서도, 한 번도 그와 이런 관계가 될 줄은 생각해 본 적은 없었다.

그래서 더 짜릿하고 아슬아슬했다. 이미 거리낌 없는 상황이면서도 여전히 현과 이런 행위를 한다는 것 자체가 왠지 죄스러웠다. 아마 육체적인 행위는 처음이어서일 것이다. 본능적인 죄책감이 여전한 만큼 그걸 어기는 배덕감 역시 어마어마했다.

다분히 충동적이지만 깊은 곳에서 솟아오르는 후련함과 이루 말할 수 없는 쾌감이 몸과 마음을 가득 채웠다. 정주는 현의 몸을 꽉 끌어안았다.

현이 다시 빠르게 몸을 밀어 넣었다. 뿌리 끝까지 깊게 박아 넣고 흔들었다. 밀려드는 쾌감에 본능적으로 내부가 죄어들었다. 하. 현이 탄식하듯 숨을 토했다. 너무 좋아서 머리끝까지 어떻게 되어 버리는 것 같았다.

절정이 다가올수록 현이 거칠게 박아 댔다. 성기가 빠르게 출납할 때마다 속살이 딸려 나올 것처럼 움찔거렸다. 눈을 꼭 감은 정주의 얼굴에 열기가 어렸다. 쾌감이 이성을 모두 날려 버리고 의식을 붕 뜨게 만들었다.

깊게 들어와 어딘가를 자극하자 그녀의 입이 벌어졌다. 한계에 다다르기 일보 직전이었다. 고조되던 감각이 한껏 터졌다. 그녀의 팔과 다리가 그를 얽어매 견고하게 감겼다.

"아웃, 아! 아아! 아!"

억누르던 신음이 터졌다. 순식간에 찾아온 황홀경이 그녀를 어디론가 멀리 이끌었다. 정신없이 비명을 내질렀다. 잔뜩 젖어 한껏 부푼 질 벽이 부들거리며 성기를 꽉 죄었다. 순간 현이 그녀를 거세게 짓누르며 허리를 떨었다.

"하으으으, 으읏."

불룩거리며 체액을 토해 내는 성기의 움직임이 느껴졌다. 뜨거운 액체가 속살을 가득 채우고 울컥 삐져나왔다. 정주는 눈을 감은 채 할딱이기만 했다. 손 하나 까딱할 수 없을 정도로 크고 깊은 여운이 온몸을 사로잡았다.

현이 길게 숨을 내쉬었다. 그는 좀 전의 격렬함은 잊은 듯 조심스럽게 정주의 볼과 땀에 젖은 머리카락을 어루만졌다.

"어쩌면 좋지. 이대로 계속 있고 싶은데."

그가 그녀를 안은 채 옆으로 조심스럽게 누웠다. 정주가 눈을 뜨고 그를 흘겨보았다.

"그만해. 죽을 것 같아."

"알았어. 안 해."

그냥 이대로 있고 싶어서. 현이 나직하게 한숨을 토해 내며 그녀를 안은 채 도닥였다.

정주는 현의 가슴에 얼굴을 묻은 채 숨을 골랐다. 쾌감의 끝은 기분 좋은 느른함으로 마무리되고 있었다. 그녀는 몸을 일으키려 했지만, 번번이 현의 손길에 막혔다.

"조금만 더."

조금만 더 함께 누워 있자고 반복하는 현 때문에 그녀는 잠자코 그의 품 안에 누워 있다가 저도 모르게 잠들고 말았다.

＊ ＊ ＊

"으응……."

밀려드는 햇살에 정주는 눈을 떴다. 졸렸다. 그녀는 다시 눈을 감고 쏟아지는 잠의 여운에 몸을 맡겼다. 하지만 한번 깨어난 의식이 그리 간단하게 다시 잠에 빠지진 않았다. 그녀는 결국 눈을 감은 채 어제 일을 돌이켜 보았다.

낮 뜨거운 기억들이 천천히 되살아났다. 얼굴이 달아올랐다. 문득 그녀는 손을 뻗어 옆을 더듬어 보았다. 현은 그 자리에 없었다.

출근한 걸까.

정주는 천천히 몸을 일으켰다. 침대엔 저 말고는 아무도 없었고 침대 옆 테이블에도 메모 한 장 없었다. 그녀의 얼굴이 조금 굳어졌다. 바깥에서는 아무 소리도 들리지 않았다.

그녀는 가벼운 한숨을 내쉬었다. 바쁜 사람인 걸 알지만 그래도 메모 정도는 남기지 않을까 했다. 하지만 현은 저만 남겨 두고 사라지고 없었다. 그녀는 침대에서 내려오려다 작게 신음했다.

"아……."

다리 사이가 욱신거렸다. 아니, 온몸이 결리고 쑤셨다. 또다시 격렬했던 밤이 떠올랐다. 괜히 민망해서 고개를 내젓던 정주는 의외로 제 몸이 깨끗하다는 사실을 깨달았다. 비록 현이 남긴 자국들은 많았지만 정작 정사의 흔적은 하나도 남지 않았다.

그녀는 놀라서 침대를 살폈다. 시트는 보송보송했고 덮고 있던 이불도 어제와 다른 것 같았다. 기분 탓인가 했지만 사실이었다. 정주는 입술을 살짝 깨물었다.

그러고 보니 현에게 뭔가 보챘던 것도 같았다. 아마도 그가 침대며 제 몸을 정리하는 동안 잠에서 잠깐 깼을지도 모른다. 어린애처럼 잠투정이나 하다니. 그녀는 한숨을 내쉬고 일어났다.

어제 입은 옷은 아마도 다 젖어서 못 쓰게 되었을 터였다. 입고 있던 가운도 현이 치운 모양이었다. 그녀는 알몸에 시트만 두른 채 조심스럽게 발길을 옮겼다.

현의 침실은 욕실을 사이에 두고 드레스 룸으로 연결되어 있었다. 그녀는 욕실의 거울 앞에 제 모습을 비춰 보았다.

"맙소사."

목덜미며 가슴에 남은 현의 흔적이 생각보다 더 적나라했다. 그녀는 얼굴을 손으로 감싸 쥐고 몸을 돌렸다. 괜히 얼굴이 화끈거렸다.

재빠르게 샤워를 마치고 이번엔 드레스 룸으로 통하는 문을 열었다. 사방을 둘러본 뒤 헐렁한 니트 하나를 골랐다. 길고 넉넉해서 그것만 입어도 괜찮을 것 같았다. 옷을 뒤집어쓰는데 뒤에서 말소리가 들렸다.

"왜 벌써 일어났어."

현이었다. 그에게서 서늘한 바람 냄새가 났다. 정주는 재빨리 뒤로 돌아섰다.

"머리도 제대로 안 말리고. 감기 든다."

현이 혀를 찼다. 정주는 어색한 표정으로 그를 보았다. 아까는 빈자리를 확인하고 분명 서운했는데 막상 그가 눈앞에 있으니 어색하기 짝이 없었다. 그녀는 주춤 뒤로 물러섰다.

"흠. 그것보다 이게 낫지 않아?"

현이 옷걸이에 걸린 셔츠를 가리켰다. 정주의 눈이 동그래졌다.

"로망이었는데. 남자 친구의 셔츠를 헐렁하게 입은 여자 친구. 알잖아."

"어우……. 요즘 그런 생각 하면 아재 소리 들어."

정주가 저도 모르게 촌스럽다며 야유하고 말았다. 현이 뒷머리를 긁적였다.

"아재 맞는데 뭐 어쩌라고. 그나저나 그 니트도 잘 어울리긴 해. 옷 가져왔는데 그냥 그거 입고 있어."

"뭐?"

정주가 그제야 현이 들고 있던 슈트 케이스와 종이 백을 보았다. 하지만 현이 재빨리 가방을 뒤로 숨겼다.

"지금 보니까 그게 제일 잘 어울려. 아직 밥 안 먹었지? 나가서 밥 먹자. 차려놓고 갔었는데."

그는 종이 백을 기어이 내주지 않으면서 정주를 주방으로 데리고 나왔다.

"밥 먹으면 옷 줄게."

"출근은 안 하고?"

"너도 나도 오늘은 휴가. 유경이한테 말해 뒀고 난 연차 썼어."

정주의 눈이 커졌다.

"오늘은 안 돼. 영업 사원이 새 약들 가져온다고 했는데."

"그 회사 어딘지 알아. 설명 들어야 한다며? 유경이가 만나는 시간 바꿔 주겠다고 했어."

"아냐. 안 돼. 그렇게 쉽게 시간 바꾸면 그 사람들 일정에도 차질 생기잖아. 갑질하는 걸로 보일 거야. 그런 건 싫어."

정주가 단호하게 고개를 저었다. 현이 시무룩한 얼굴로 그녀를 보았지만 이내 한숨을 푹 쉬었다.

"그래. 그래야 이정주지. 하루에 정해 놓은 공부 다 안 하면 잠도 안 자던 지독한 여자."

그게 어디 가냐. 재빠르게 일 처리를 마쳤다며 칭찬을 바라는 대형견 같던 얼굴이 금세 풀 죽었다. 서늘하고 냉정한 남자가 제게만은 꼭 이렇게 기대하고 바라다가 서운해한다. 정주는 그를 물끄러미 보다 피식 웃었다.

"누구보다 빨리 일어나서 휴가 처리도 하고 옷도 가져왔는데. 잘했다고 칭찬받을 줄 알았는데 말이지."

현이 억울한 듯 투덜거렸다. 정주가 계속 미소만 지었다.

"재미있잖아. 다 크다 못해 이제 늙을 일만 남은 아저씨가 자꾸 애처럼 귀여워해 달라고 구는 거."

"어, 틀렸어. 귀여워해 달라는 게 아니라고. 어쨌든 상은 좀 주고 말하라고."

현이 제 볼을 톡톡 두드렸다. 일단 여기다 상 달라고. 정주가 미간을 찡그리며 웃었다. 하지만 그는 집요하게 상을 졸랐다. 결국엔 정주가 지고 말 가벼운 기 싸움이었다.

그녀가 볼에 입술을 갖다 대려는 순간, 그가 휙 고개를 돌려 입을 막았다. 망설임도 없이 혀가 입안을 간질였다. 이내 세게 혀를 빨아들였다. 어느새 정주는 현의 품에 안겨 있었다.

어제만큼 격렬하고 달콤했다. 아니, 더 생생하게 느껴졌다. 그녀는 잠자코 그의 입술과 혀를 받아들였다. 아침에 혼자 깬 아쉬움이 금세 상쇄되도록.

혼자 휴가를 궁리하고 실행에 옮길 만큼 조급해하면서도 현은 서두르지 않았다. 하지만 그의 입술이 턱으로 미끄러졌을 때, 정주가 그를 가볍게 밀었다.

"이러면 출근 못한다니까."

"하. 진짜 이 여자. 뭘 못하게 해."

현이 투덜거리면서 그녀의 손목을 들어 가볍게 핥았다. 아쉬움과 열망이 가득한 눈동자가 그녀를 찌르듯 응시했다.

아랫배가 찌르르해졌다. 아직 꺼지지 않은 욕망이 남은 몸에 미미하게 열이 올랐다. 정주는 조금 당황해서 고개를 저었다.

"밥 먹자."

현은 말없이 고개를 끄덕이면서도 그녀를 좀처럼 놓아주지 않았다. 얼굴에 남은 미련이 절절했다. 정주는 시선을 외면했다. 어쩔 수 없었다. 가슴 속에 달콤한 미련이 남은 건 그녀도 마찬가지였다. 다만 일상을 전부 뒤엎으면서까지 둘이 하루를 보내기엔 아직 일렀다.

"많이 먹어. 안 먹으면 안 보내 줄 거야."

현이 공기에 밥을 푸면서 을러대듯 말했다. 정주는 국을 푸면서 피식 웃었다.

"어쭈, 웃지? 진짜라고. 이거 다 안 먹으면 안 보낸다."

말은 그렇게 하면서도 현은 자상하게 정주가 푼 국과 자신이 푼 밥을 쟁반에 담아 날랐다. 두 사람은 사이좋게 식사를 시작했다. 현은 연신 밥 위에 반찬을 올려 주고 밥 먹는 걸 지켜보았다. 얼굴이 발그레해진 정주가 타박해도 그는 아랑곳하지 않고 그녀가 식사를 마칠 때까지 내내 보살폈다.

"주접이야. 나 어른이거든? 애 아니야."

"내 눈엔 애보다 더 걱정되는 사람이니까 어쩔 수 없어. 내가 안 보면 밥도 잠도 건성으로 때울 거고 그러다 아프면 제일 손해 보는 건 나라고."

현은 간단하게 정주에 대해 정의하고는 그녀가 출근 준비를 하는 것까지 도왔다. 결국엔 두 사람이 서로의 매무시를 다듬어 주는 것으로 무언의 합의를 보았다.

뭔가 좀 어색한데 재미있기는 해서 정주가 계속 피식피식 웃었다.

신혼도 아니고 연인인데도 뭔가 무르익은 듯한 원숙함. 그러면서도 그와 한 공간에서 있다는 걸 느낄 때마다 여전히 서투르게 행동하는 자신. 꼭 어린 연인들처럼 굴고 있는 게 신기했다. 그녀의 웃음을 본 현이 느긋한 표정을 지었다.

"많이 웃어. 계속 웃게 해 줄게."

짧은 말속에 담긴 수많은 감정. 깊이를 알 수 없어도 진심임을 알 수 있는 마음. 왠지 이제야 그와 사랑하고 있다는 실감이 났다.

정주는 비로소 환하게 웃었다.

* * *

"어쭈. 벌써 이렇게 신나서 졸졸 따라다녀도 되는 거야?"

정주 뒤에 껌딱지처럼 따라다니는 현을 보고 유경이 혀를 찼다. 그는 연차를 썼으니 어차피 출근은 할 수 없다면서 정주 뒤만 졸졸 쫓는 중이었다. 현이 팔짱을 낀 채 말했다.

"이참에 그간 정주 없을 때 회계 본 장부로 약국 감사라도 한번 할까? 병원 분과 차원에서."

"야. 그랬단 봐. 내가 정주 데리고 나른다. 우리 엄마가 쟤 고생했다고 탈출 기념으로 여행 데려갈까 궁리 중이란 말씀."

"어. 그건 안 돼. 정주는 일단 나랑 먼저 가야 할 데가 많아. 여행도 나랑 먼저 가야 하고. 혹시라도 빼돌릴 생각은 하지도 마."

현이 단칼에 유경의 말을 잘라 냈다. 가운을 입고 나온 정주가 두 사람을 노려보며 손을 내저었다.

"두 사람 다 뭐라고 꼬드겨도 안 걸 거니까 그렇게 알아. 난 내가 하고 싶은 대로 할 거야. 그동안 얼마나 가 보고 싶은 곳이 많았는데."

"야, 안 돼! 나랑 가자. 엄마랑 셋이 가면 경비 안 들고 좋은 호텔에서 푹 쉬고 얼마나 좋은데."

"주유경. 안 된다고 했지? 이정주. 너도 마찬가지야. 나 없이 어디 갈 생각은 꿈도 꾸지 마."

정주가 고개를 절레절레 젓다가 문득 창밖을 보았다. 길 건너 커피숍이 보였다. 잘 보이지는 않지만, 창문에 눈을 붙이고 서 있는 여자는 윤혜 같았다. 정주는 잠깐 그녀를 일별하다 이내 시선을 돌렸다. 현의 시선이 느껴졌다.

"조금만 참아. 금세 해결될 거니까."

"그냥 내버려 둬. 어쩌다 시선이 닿은 것뿐이야."

정주는 대수롭지 않게 대답하고는 약장을 정리하기 시작했다. 현이 그걸 보다 유경에게 말했다.

"야. 딜하자. 아무래도 그냥 두면 저 일 중독자가 약국에서 밤새게 생겼다. 내일부터 휴가 낼게. 대신 여행할 때 정주 데리고 가. 일주일. 어때?"

"어이구, 벌써 제 마누라나 된 양."

딜. 유경이 툴툴대면서도 현과 주먹을 맞댔다. 정주가 일하다 말고 냉정하게 딱 잘랐다.

"둘이서 그래 봐야 안 쉬어."

"아니, 쉬게 될 거야."

유경과 현이 동시에 대꾸했다. 정주는 머리를 흔들었다. 이래서야 일도 안 될 판이었다. 그녀는 문을 열고 손님을 맞을 준비를 하면서 계속 안 된다고 거절했지만, 현도 완강했다.

거기에 유경의 협조가 붙었으니 결과는 명확했다. 결국에 그녀는 내일부터 휴가를 내기로 하고서야 두 사람의 지청구에서 풀려날 수 있었다.

퇴근 후 차에 오른 정주는 어깨에 손을 얹고 근육을 풀면서 한숨을 쉬었다.

"이게 잘하는 일인지 모르겠어. 약국 안 보면 괜히 불안한데. 아무래도 유경이 괜히 오라고 했나 봐. 너네 둘이서 이렇게 사람 괴롭힐 줄 알았으면 그냥 숨어 버릴걸."

순간 현의 눈이 날카로워졌다. 그가 정주의 팔을 붙잡았다.

"안 돼. 다시는. 절대 숨지 마."

"현아."

정주의 의아한 눈에 현의 눈동자가 짙어졌다. 이 바보 같은 여자가. 그는 속으로 마구 쏘아 주고 싶은 마음을 꾹 눌러 참았다.

"아무튼, 안 돼. 말하고 가. 내가 싫어서 떠난다 해도 꼭 알려 주고 가야 해. 그냥 아무도 모르게 숨지 마. 알았어? 아니, 싫다고 말하기 전에 전부 다 말해 줘야 해. 그래야 네가 날 싫어하지 않게 만들지. 기회도 주지 않고 떠나겠다고 말하지 마. 알겠어?"

"······그럴 마음 없어."

정주가 손을 뻗어 현의 볼을 가볍게 쓸었다. 왜 그랬는지 모른다. 그냥 그 눈이, 짙어진 눈 속에 드러난 감정들이 애틋해 보여서.

현이 눈을 질끈 감았다. 꼭 첫사랑에 흠뻑 빠진 사춘기 소년처럼 굴고 있는 자신이 어리석다고 생각하면서도 도무지 멈출 수가 없었다. 지금 당장이라도 그녀를 데리고 가서 품에서 놓고 싶지 않았다. 그 부드럽고 뜨거운 속살에 자신을 파묻고 내내 둘만 있고 싶었다.

도무지 이 여자 앞에서는 평소처럼 냉철하지도 차갑지도 감정 없이

굴 수도 없었다. 현은 원래 제 감정을 감쪽같이 감추고 능숙하게 행동하는 사람이었다. 어떤 면에서는 누구보다 냉혈한이라고 할 수 있었다.

그런데 이 여자만 보이면 머릿속이 흐물흐물하게 녹아 버리는 기분이었다. 오랫동안 기다려 드디어 품에 안았는데도 그랬다. 아니, 오히려 더 불안했다.

아까 제약회사 영원 사원 앞에서는 커피잔을 엎어 버릴 뻔했다. 정주를 그 누구의 시선 앞에도 두고 싶지 않았다. 그는 그녀를 제품 뒤로 감추고 자신이 대신 설명을 듣고 싶은 충동을 내내 눌러야 했다.

……정상이 아니야.

그렇게 생각하면서도 어쩔 수 없는 충동이 드는 것도 사실이었다. 그는 정말로, 정말로 이 여자가 좋았다. 사랑스러웠다. 새삼스럽게. 그녀가 정말로 사랑스러워서, 정말로 그녀를 사랑하고 있어서 어쩔 수 없었다.

새삼스럽게 드는 생각에 현이 한숨을 내쉬었다. 그는 다분히 충동적으로 정주의 손을 잡아 입술을 가져갔다.

말랑하고 따뜻한 입술이 손바닥에 닿았다. 입김이 살갗을 간질였다. 정주의 눈이 조금 흐려졌다. 그녀는 속삭이듯 말했다.

"아직도 뭐가 뭔지 모르겠어. 일부러 평소처럼 행동하고 일도 하는데 왜 이렇게 마음이 복잡한지. 게다가 네가 종일 딱 붙어 있으니 기분이 정말로 이상했던 것도 있고."

"그러니까 좀 쉬어야 해. 내일부터 우린 휴가야. 연차에 남은 휴가 몽땅 끌어다 쓰기로 했으니까 번복하지 마. 알았지?"

현이 그제야 희미하게 웃으며 그녀의 손을 놓고 차를 출발시켰다. 오늘이야말로 그 모든 불안함을 전부 끝내 버릴 생각이었다. 다시는 떠나지 말라고, 이 손을 절대 놓지 않겠다고 맹세할 생각이었다. 그는 옆에 앉은 정주의 얼굴을 흘끔 보고는 만면에 미소를 띠었다.

* * *

현은 말도 하지 않고 제집으로 다시 차를 몰았다. 정주는 잠깐 망설이다 입을 열었다.

"오늘은 그냥 집에 갈래."

"안 돼. 혼자 있으면 위험해."

현은 단박에 그녀의 말을 잘랐다. 그는 정주가 뭐라고 말을 꺼내려 할 때마다 위험하다는 말만 앵무새처럼 반복했다.

"경비 시스템도 철통같은데? 주차장 입구에서 카드 없으면 들어가지도 못하는걸."

"그래도 위험해. 지난번에 도청 설치하려 한 건 기억 안 나? 아직은 안 돼. 진심이야."

"그래도 괜찮아. 갈래."

정주의 고집에 현은 결국 그녀의 집으로 차를 몰았다.

"얼른 둘이 합치든 해야지. 안 되겠어."

작게 투덜거리는 소리에 정주의 가슴이 살짝 뛰었다. 현은 아무 걱정하지 말라며 호언장담했지만, 마음의 부담이 적진 않았다. 무엇보다 현의 부모님이 마음에 걸렸다.

캄캄한 집안에 불이 켜졌다. 뒤에서 끌어안는 현 때문에 발이 멈췄다. 그의 코트가 바닥에 떨어지는 둔탁한 소리가 들렸다. 그는 정주의 허리를 감은 채 머리카락에 얼굴을 묻었다.

"그만……. 씻고. 응? 저녁도 아직 안 먹었잖아."

"그깟 거."

현이 중얼거리며 정주의 코트 단추를 풀었다. 툭툭 단추가 열리고 드러난 스웨터 안으로 차가운 손이 불쑥 들어왔다. 정주가 진저리를 쳤다.

"앗. 차가워."

현은 말없이 브래지어 속으로 손을 들이밀었다. 와이어가 없는 얇은 속옷은 만지는 대로 가슴이 손안에 한껏 들어오게 해 주었다. 그의 손이 가슴을 움켜쥐고 주물렀다.

정주의 숨이 조금 거칠어졌다. 전날 맛본 이후로 그의 육체가 닿기만 해도 조금씩 몸이 떨렸다. 제 안에 언제 그런 욕망의 불꽃이 숨어 있었는지 궁금할 따름이었다. 그녀는 그대로 현의 손에 몸을 맡기고 있다 간신히 남은 이성을 끌어 올렸다.

"이제 그만해. 응? 이따가."

"싫은데."

현이 무뚝뚝하게 대답하더니 재빨리 정주의 코트를 끌어 내렸다. 그리고는 그녀를 번쩍 안아 들었다.

"순서가 좀 뒤바뀌었지만 뭐 어때."

"아, 안 돼. 너 배고프잖아. 나도 배고파."

정주가 애써 현을 만류했다. 현이 미간을 슬쩍 찡그렸다. 아무리 배가 고파도 이 여자에게 느끼는 허기만큼이나 할까.

하지만 정주의 상황도 생각해야 했다. 어찌 되었든 배고프다는 사람을 굶겨 가며 제 욕심대로만 할 수는 없었다. 더구나 어제와는 달리 그녀는 내내 조금 어색하게 굴고 있었다. 온몸으로 '종일 같이 있는 게 이상하고 좀 불편한데.'를 외치는 사람을 억지로 끌고 들어 갈 수는 없었다.

뭐, 눈에 빤히 보이지만.

알면서도 그는 결국 그녀에게 굴복하고 말 수밖에 없었다. 현은 그 순간마저도 기껍게 받아들이기로 마음먹었다.

"뭐 먹을래? 만들어 줄게."

그녀를 소파 위에 곱게 내려놓은 현이 무릎을 꿇고 앞에 앉아 물었다. 정주는 눈을 깜빡거렸다. 아직도 그가 이렇게 극진하게 대하는 건 익숙하지 않았다. 아마도 지명이 본다면 남자가 밥까지 해다 바친다고 비아냥거릴 게 분명했다.

"아냐. 오늘은 내가 할게. 너야말로 뭐 먹을래?"

"무슨 말이야. 절대 안 돼. 밥은 내가 해. 설거지는 식기세척기가 하면 되고. 넌 그냥 밥만 맛있게 먹어 주면 돼."

현이 그렇게 말하고는 주방으로 곧장 들어갔다. 그는 재빨리 쌀을 씻고 밥을 안친 후 옷을 갈아입고 냉장고를 뒤졌다. 샤워를 마치고 나오는 동안 현이 상을 전부 차려놓은 걸 보고 정주는 놀랐다.

"뭐 이렇게 잘해."

전에 아침 차려 줬을 때도 놀라긴 했지만 현의 솜씨는 정말로 놀라웠다. 정갈하게 담긴 밑반찬이야 본가에서 가져왔다 쳐도 된장찌개며 제육볶음 같은 건 보기만 해도 먹음직스러웠다. 수저를 들어 맛볼 때마다 감탄을 아낄 수가 없었다.

"이래서 내가 해 준 밥은 안 먹으려고 하는구나? 너무 맛있어서 남이 한 건 별로인 거지?"

"네가 밥해 주면 그거 못 먹어. 보기만 해도 아까워서 먹을 수가 없다. 네가 시간 내서 공들여 만든 건데 어떻게 먹어."

"뭐야 그게."

정주는 농으로 넘기려 하다가 현의 진지한 얼굴에 놀라서 입을 다물었다. 정말로 그는 진지하게 정주가 음식을 만드는 것만으로도 그렇게 생각하는 것 같았다.

"그리고 손도 상해. 시간도 아까워. 절대 안 시킬 거니까 그렇게 알아. 먹고 싶은 거 있으면 말만 해. 만들어 줄게. 내 능력으로 안 되는 건 사 주든지 어머니한테 부탁해서 가져올 테니까. 아니면 아예 음식도 만들어 주는 도우미 한 분 쓰지 뭐."

"그, 그만해. 알았어."

정주는 고개를 젓고 말았다.

"가끔 널 정말 모르겠어. 너무 날 위해 주다 못해 그냥 곱게 가둬 놓으려고 하는 것 같기도 하고."

흐흥. 현이 작게 웃었다. 머릿속에 무슨 생각을 하고 있는지 안다면 그녀는 아마 곧바로 도망칠지도 모른다. 하지만 그녀를 놓아줄 생각이 없으니 절대 비밀로 해야만 했다.

식사가 끝나자마자 현은 정주에게 커피를 내놓았다. 그가 주방의 불을 끄자 거실은 조금 어둑하게 변했다.

갑자기 어색한 공기가 감돌았다. 처음으로 함께 하루를 보내는 기분이 묘했다. 정주는 어색한 표정을 짓다가 현을 보았다. 현은 태블릿으로 뭔가 보고 있다가 고개를 들고 빙긋 미소를 지었다.

"휴가를 어떻게 보낼지 정하고 있었어. 그리고 내일 약속도 있어서."

"약속?"

"응. 가 보면 알아."

현이 고개를 끄덕이고는 태블릿을 놓았다. 그의 눈빛이 강렬해서 정주는 괜히 어깨를 움츠렸다. 현이 가볍게 웃었다.

"안 잡아먹어."

"그게 아니라. 너 이제 집에 가야지. 시간이 늦었는데."

"무슨 말을 하는 거야."

현이 눈을 가늘게 떴다. 그의 어조는 평이했지만, 속내는 그렇지 않았다. 정주도 그가 약간 화난 듯해 보이는 걸 알아차렸다.

"안 갈 거야. 네가 가는 곳엔 늘 같이 있을 거니까."

그는 그렇게 말하고는 그녀를 끌어당겼다. 심장의 고동 소리가 크게 울렸다. 그녀는 가만히 눈을 감고 그의 맥박이 뛰는 소리를 들었다. 어색하고 괜히 불안하던 마음이 천천히 안정되었다.

처음으로, 누군가 자신을 지켜 준다는 느낌이 들었다. 그게 좋았다. 예전 집에선 늘 저 혼자 자신을 지켜야 했다. 부부면서도 남보다 못한 사이에 남은 건 불안감과 자기방어뿐이었다. 그러나 이제 그 오래된 생각들도 버릴 때가 되었나 싶었다.

정주의 심장도 세차게 뛰기 시작했다. 며칠 전이나 다름없이 하루를 보냈나 싶었지만, 사실은 아니었다. 현이 그녀의 곁에 있는 것만으로도 세상은 뒤집혔다. 아니, 새롭게 개편되고 다르게 보였다. 단순히 사랑하는 남자가 손을 잡아 주는 것만으로도.

그리고 입술을 덮치면 그건 또 다른 세상이 되었다.

* * *

따뜻한 체온과 코끝을 스치는 향기. 현은 목덜미에 얼굴을 파묻고 한껏 빨아들였다. 정주가 파닥거리듯 몸을 떨었다.

"난 언제나 네 곁에 있을 거야. 너 없는 삶은 없어."

다짐하듯 뇌까리는 말. 종일 했던 말인데도 다시 들을 때마다 머릿속이 멍해졌다. 정주는 현의 얼굴을 양손으로 감싸 쥐고 눈을 들여다보았다.

"남처럼 살지도 않을 거야. 귀찮으리만치 널 좇고 따라다닐 거야. 일이야 하겠지만 너와 있는 시간은 절대 포기하지 않을 거니까."

"……그렇게까지 안 해도-."

"아니, 그렇게 할 거야. 넌 그냥 내 곁에 있기만 하면 돼. 네게 귀찮은 건 전부 내가 다 할 거야. 그러니까 그냥 있어 주면 돼."

현이 그녀의 손을 감싸 쥐었다. 그의 혀가 손가락 위를 가볍게 핥았다. 왼손 약지. 마치 원을 그리듯 살을 쓸었다. 그게 뭘 의미하는 걸까. 정주의 가슴이 가볍게 뛰었다.

설렘이 사라지기 전에 현의 팔이 그녀를 감쌌다. 닿은 살이 뜨거웠다. 문득 그녀는 그게 제 체온이라는 걸 깨달았다. 몸이 닿을 때마다 이렇게도 뜨겁게 달아오르는 게 신기할 정도였다.

"내가 겁먹거나 도망칠까 봐 무서워?"

"도망치지 못하니까 두렵진 않아. 그저, 새겨 두는 거야."

온몸에. 그리고 머릿속에. 뇌리 깊숙이. 그래서 정말로 그 어떤 생각도 하지 못하도록. 안심하고 내 품에만 있을 수 있게.

정주를 안은 팔에 힘을 주었다. 한 손이 블라우스의 단추를 열었다. 브래지어 훅을 열고 그녀의 마른 등을 되새기듯 짚었다. 척추 하나까지 전부 머릿속에 새겨 넣을 수 있을 만큼. 강해진 악력에 정주가 조금 빠르게 숨을 내쉬었다. 날개 뼈에 손이 닿았을 때쯤, 그가 고개를 숙여 가슴을 삼켰다.

불의의 기습에 소름이 돋듯 살갗이 저릿해졌다. 예민한 봉오리 끝이 벌써 딱딱하게 변했다. 몇 번의 쓸림에도 곧추선 유두는 입안에서 찌그러지고 세게 빨리며 자극을 받았다.

척추에서 내달린 쾌감이 머리와 아랫배 깊숙이 울렸다. 단맛이 나는 것처럼 혀로 살살 굴리자 정주의 눈가가 허물어졌다. 그녀가 고개를 젖히며 감각을 순순히 받아들였다. 그 모습이 예뻐서 현의 심장이 거세게 뛰었다.

그가 그녀를 소파 위로 밀어뜨렸다. 어느새 현의 아래에 자리한 정주의 눈동자가 흔들렸다. 미묘한 수치심이 일었다. 괜히 부끄러웠다. 그에 비례해 쾌감은 착실하게 부피를 늘렸다.

현이 가슴을 움켜쥐고 애무하는 동안 정주가 그의 등을 가만히 쓸었다. 밀려드는 감각에 아래쪽이 젖어 들었다. 그녀가 현의 셔츠에 손을 댔다.

"벗겨 줘."

나직한 말에 정주의 손이 자연스럽게 단추를 열었다. 드러난 살이 미끈하고 탄탄해 보였다. 만져 보고 싶어졌다. 정주가 조심스럽게 그의 가슴을 쓸었다.

"흐으읏."

현의 입에서 낮은 신음이 흘러나왔다. 정주의 눈이 조금 커졌다. 하지만 현은 그것만으로도 쾌감에 젖은 듯 보였다. 그가 그녀의 가슴에 다시 얼굴을 묻으며 셔츠를 벗었다.

민감한 살을 애무하던 손이 아래로 향했다. 아랫배를 쓰다듬는 감촉에 아래쪽이 뜨끈해졌다. 바지를 벗기고 드러난 팬티 위로 손을 대자 정주가 몸을 틀었다. 현이 몸을 숙여 배꼽 부근에 키스를 퍼부었다.

그의 입술이 속옷 위를 헤맸다. 정주가 몸을 틀었다. 자연스럽게 그를 유혹하는 것처럼 다리가 벌어졌다. 손이 팬티를 끌어 내렸다. 드러난 살에 뜨거운 입김이 닿았다.

"하아앗."

현의 손이 허벅지의 여린 살을 강하게 쥐었다. 입술은 드러난 살점을 빨아들이고 있었다. 둥근 살점이 도드라졌다. 혀가 휘감듯 살을 핥았다. 젖은 질구가 옴죽거렸다.

정주의 눈이 흐려졌다. 그녀의 허리가 뒤틀렸다. 현의 손이 입구를 지분거렸다. 애액을 묻혀 음핵 위에 고루 펴 발랐다. 손가락의 움직임에 정주가 고개를 젖히고 헐떡였다.

음부를 애무하는 손가락이 집요하고 끈질겼다. 정주가 몸을 움찔거릴 때마다 현이 계속 그녀의 감각을 끌어냈다. 입구를 배회하던 손가락이 맞물린 질 벽을 비집어 열고 속으로 들어왔다.

"아, 아흐읏."

정주가 신음했다. 뜨거운 속살이 현의 손가락을 꽉꽉 물 듯 움찔거렸다. 손가락이 젖은 살 속에서 헤엄치듯 유영을 거듭했다. 정주의 허리가 거세게 흔들렸다. 손가락의 움직임이 갈수록 빨라졌다.

손가락이 하나 더 들어왔다. 이미 달아오른 속살이 손가락을 문채로 잔뜩 젖었다. 쿨쩍거리는 소리와 함께 손가락이 드나들 때마다 애액이 흘렀다. 손가락을 물린 채 혀로 음핵을 싹싹 핥자 정주가 할딱이며 그의 어깨를 잡았다.

잠깐 정적이 흘렀다. 현이 바지를 벗고 그녀 앞에 섰다. 정주의 눈이 가늘어졌다.

그의 몸은 정말로 아름다웠다. 탄탄하게 꽉 짜인 근육과 길고 죽뻗은 팔다리. 매일 책상 앞에 앉아 있다고는 믿어지지 않는 남자답고 강건한 육체. 그가 정주에게로 다가왔다. 흔들림 없이, 자연스럽게.

어느새 단단하게 일어선 하체를 보자 목이 타는 것 같았다. 정주가 그의 몸을 조심스럽게 쓸었다. 현이 목울대를 꿀렁이며 그녀의 손에 제 몸을 맡겼다. 그녀는 홀린 듯 그의 하체를 살짝 어루만졌다.

"좋아."

살짝 가라앉은 목소리가 섹시했다. 현이 정주의 손에 몸을 내맡긴 채 욕망을 억눌렀다. 그러나 그녀의 손이 드러난 성기를 쥐었을 때는 참을 수 없었다. 이대로 덮치고 싶은 충동을 참으면서 현은 정주가 자신을 마음껏 살피고 만질 수 있게 내버려 두었다.

그러나 이내 한계에 도달하고 말았다. 그녀의 손가락이 귀두 끝에 닿았을 때 현은 결국 그녀를 덮치듯 눌렀다. 다리를 벌리고 그 사이로 파고들었다.

이미 손가락으로 실컷 달군 입구 위로 굵은 성기가 닿는 게 느껴졌다. 몇 번 문질러 애액을 묻힌 뒤 입구를 벌렸다. 느리게 서서히 들어와 속살을 벌리는 감촉에 정주의 입이 벌어졌다. 그녀의 손이 현의 등을 감쌌다.

"하으응……!"

정주가 눈을 떴다. 현의 시선이 그녀를 옭아매었다. 서로를 갈구하는 욕망과 갈증이 선연했다. 기묘한 평온함이 서로를 감쌌다. 현의 입술이 다가오는 걸 보면서 정주는 다시 눈을 감았다.

침묵은 금세 깨졌다. 입술이 막혔다. 그녀도 적극적으로 그를 받아들였다. 탐욕스럽게 서로를 원했다. 서로의 무게가 깊게 각인되었다. 현이 정주의 몸을 잡고 천천히 허리를 움직이기 시작했다.

아랫배가 가득 찬 것처럼 느껴졌다. 둔중한 압박감이 차올랐다 빠져나갈 것처럼 쓸려나갔다. 쾌감이 깊어 갈수록 갈증도 커졌다.

현이 속도를 빠르게 높이자 정주의 입에서 교성이 흘러나왔다. 본능적으로 허리를 들며 그를 조였다. 눈앞이 아찔해지는 감각에 현이 이를 악물었다. 그는 빠르고 거칠게 허리를 쳐올렸다.

"아흐흑, 아, 아아."

울음처럼 교성이 쏟아졌다. 시야가 흐려졌다. 오직 현만 보이고 들리고 느껴졌다. 그리고 그가 주는 감각의 물결은 거세게 온몸을 두드리고 있었다.

붉게 물든 눈시울이 선정적이었다. 현은 종일 그녀를 안고 싶었던 욕구를 자제하기 힘들었다. 도무지 틈을 주지 않는 여자. 그러면서도 무방비한 여자. 자신이 알고 있는 그대로 행동하는데도 파고들 여지를 주지 않아 난처했다.

그게 놀라우면서도 한편으로는 조급해졌다. 괜히 정주가 자신에게서 떠나갈 것처럼 느껴졌다. 모든 것이 일단락되었으니 이제 되었다고 생각했던 건 착각인지도 모른다. 어쩌면 방심하지 말고 지금보다 더 긴장하며 그녀를 지켜보고 꽉 움켜쥔 채로 살아야 할지도. 현은 속으로 헛웃음을 지으면서도 그녀가 주는 쾌락에 깊숙이 침잠했다.

빠져나가려 할 때마다 속살이 성기를 조였다. 정주의 얼굴이 울 먹이듯 일그러졌다. 그저 섹스일 뿐인데 이렇게도 감각과 의식이 함께 고양될 수 있는 것일까. 십 년간 느껴 보지 못했던 감각이 단 이틀 동안 깊이를 알 수 없을 만큼 격렬하고 풍부하게 자신을 사로잡고 있었다.

뜨거웠다. 서로의 숨소리만 사방에 울렸다. 격한 움직임에 다리가 부들부들 떨렸다. 예민한 속살이 불붙은 것처럼 화끈하게 느껴졌다. 그의 성기가 움직일 때마다 좁은 내부가 넓혀지는 것 같았다. 자극적인 쾌감이 밀려들었다.

"아, 아아아!"

몸이 맞물릴 때마다 들리는 음란한 소리가 가득 찼다. 머릿속이 하얗게 되었다. 아무것도 떠오르지 않았다. 그저 그가 주는 쾌락만이 온전하게 남았다. 그리고 자신의 쾌락은 절정에 달했다. 정주가 울부짖으며 단단한 몸을 강하게 끌어안았다.

현이 격렬하고 빠르게 박아 댔다. 절정에 다다른 얼굴이 못 견디게 섹스러웠다. 그녀의 절정이 느껴지자 더는 견디기 힘들었다. 얼마 가지 않아 그도 그녀의 안에 모든 걸 쏟아 내고 말았다.

"하으으."

길고 격렬한 오르가슴이었다. 절정의 여운에 경련하는 질 내에 쏟아진 뜨거운 액체가 생생했다. 현이 그녀를 안은 채 목덜미에 뜨거운 숨을 쏟아 냈다. 서로의 심장이 격렬하게 뛰다 잦아들 때까지 두 사람은 서로를 안은 채 일체감에 물들었다.

"아직 멀었어."

현이 여전히 갈증 난 것처럼 중얼거렸다. 정주의 볼이 붉게 물들었다. 긴 밤처럼 두 사람의 합일도 길고 긴 여정의 시작일 따름이었다.

"으으읏……."

손 아래 시트가 구겨졌다. 젖은 엉덩이 사이로 성기가 들어왔다. 이미 한번 그를 받아들인 내부는 말랑하고 흥건했다. 깊게 들어왔다 빠져나갈 때마다 애액과 뒤섞인 정액이 주룩 흘렀다. 엉덩이 아래 허벅지를 타고 내리는 감촉에 얼굴이 붉어졌다.

수치심이 쾌감이 되는 과정은 짧고도 단순했다. 그리고 급격했다. 낮엔 아무렇지 않던 저 얼굴이 어째서 지금은 그렇게도 색스러워질 수 있는지. 정주가 눈을 질끈 감았다. 현의 성기가 들어올 때마다 깊은 곳 어딘가가 저릿저릿했다.

천천히 드나들던 현의 성기가 빠져나갔다. 아쉬운 것도 잠시, 그가 그녀를 일으켜 제 위에 앉혔다. 단단하고 뜨거운 성기가 애액을 잔뜩 묻힌 채 입구에 닿았다. 슬슬 비벼 대자 갈증이 일었다. 그녀가 엉덩이를 들썩거리자 현이 그녀의 골반을 잡고 천천히 내렸다.

젖은 입구를 꿰뚫고 성기가 쑥 밀려 들어왔다. 마주 앉은 채 삽입되자 한층 깊게 들어오는 것 같았다. 현이 정주의 볼을 감쌌다. 열에 오른 눈동자와 벌어진 입이 한층 예뻤다. 땀에 젖은 이마와 뜨거운 숨결. 보기만 해도 애욕에 가득 찬 광경이었다.

"예쁘다. 정말."

이런 상황에서 자꾸만 예쁘다는 찬사라니. 정주가 살풋 미간을 찡그렸지만, 이내 황홀한 감각이 모든 걸 뒤덮었다. 현이 엉덩이를 들어 거세게 쳐올렸다. 몸이 흔들리며 깊게 내려앉았다. 깊고 견고한 결합에 속살이 그를 빨아먹을 것처럼 조였다.

현이 나직하게 신음하며 정주를 거세게 꿰뚫었다. 단번에 깊이 들어와 속살을 휘젓고 쾌감에 흔들리게 했다. 몰아치는 감각이 그녀를 지배했다. 그녀는 본능적으로 다리를 그의 허리에 휘감았다. 달아오른 속살이 저도 모르게 그의 성기를 죄었다.

"하으응. 아, 하아."

달콤한 교성에 자극받은 성기가 안에서 꿈틀거렸다. 현이 고개를 숙여 가슴을 입에 물었다. 도도록한 돌기가 단숨에 빳빳해졌다. 마치 달콤한 꿀이라도 나오는 듯 기갈든 표정으로 죽죽 빨았다. 가슴이 자극받자 내벽이 한층 부풀어 성기를 거세게 죄었다.

조여드는 압박감에 현이 뜨거운 숨을 토하며 허리를 거세게 놀렸다. 깊게 박아들 때마다 감각이 한껏 고조되었다. 철썩이는 소리와 함께 가슴이 그의 입에 물린 채 거세게 출렁거렸다. 고통인지 쾌감인지 모를 감각에 정주가 그의 목을 감고 헐떡였다.

현이 그녀의 허리를 잡아 들었다 내리기를 반복했다. 방아를 찧듯 성기가 쿵쿵 속을 파고들었다. 격심한 자극이었다. 정주가 헐떡이며 그의 목을 감고 파고들었다. 귓가에 뜨거운 숨소리가 들린 순간, 현이 그녀를 안아 그 자리에 눕혔다. 그리고는 엉덩이를 한껏 들어 올려 그 속으로 다시 파고들었다.

"하윽! 하, 아아. 아, 하아."

교성이 침실 안에 울려 퍼졌다. 음란하고 선정적인 자세를 하고 있는데도 이대로 그의 품에 계속 안기고만 싶었다. 이런 충동은 처음이었다. 음란하게 쾌감을 드러내는 자신이 낯설면서도 이 남자의 앞에서라면 얼마든지 가능할 거라는 생각이 들었다. 그녀가 조금 더 적극적으로 현의 행위에 응했다.

가느다란 팔다리가 자신을 단단히 감는 걸 느낀 현이 가볍게 웃었다. 정주의 마음이 좀 더 열린 걸 깨닫자 충만감이 한층 더해졌다. 그는 얼마 안 있어 이 여자가 완벽하게 제 소유가 될 거라는 확신에 찼다.

그가 성기를 쑥 잡아 뺐다. 그리고는 그녀의 엉덩이를 높이 받쳐 들었다. 정주가 고개를 숙여 그를 보는 순간 드러난 둔덕 사이를 혀가 덮쳤다.

"뭐, 뭐 하는—아읏! 아!"

잔뜩 충혈된 음핵을 세게 빨아들이다 핥기를 반복했다. 정주의 몸이 거세게 요동쳤다. 애액과 정액으로 뒤범벅된 데다 이미 흥분해서 잔뜩 부푼 돌기를 애무하는 건 고문에 가까웠다. 정주가 몸부림치며 그의 머리를 그러쥐었다. 하지만 현의 집요한 애무는 이미 치사량에 가까웠다.

"아, 아흐읏, 아—, 그, 그만."

절정 일보 직전에서 현이 혀를 거두며 고개를 들었다. 그의 입가가 번들거렸다. 그대로 그녀의 다리를 들어 깊게 푹 박았다. 순간 정주가 경련하듯 몸을 떨었다.

"아악! 아! 아학! 하아앗"

그의 성기가 안쪽의 주름진 살을 짓누르듯 마찰했다. 미칠 듯한 쾌락이었다. 격렬한 절정감과 함께 아래쪽이 푹 젖어 드는 느낌이 났다. 뜨겁고 맑은 액체가 둔덕 아래로 줄줄 흘러내렸다. 순간 현이 거칠게 퍽퍽 박아 댔다. 뜨거운 속살이 옴죽거리며 성기를 꽉꽉 물어 댔다. 본능적인 반응에 현이 거칠게 신음하며 그녀의 안에 사정했다.

"하, 허으읏, 읏."

그의 등이 떨렸다. 두 사람의 몸이 세게 맞물렸다. 절정의 여운에 몸이 떨렸다. 정주가 현의 머리카락을 쓸었다. 젖은 머리카락이 손가락에 휘감겼다. 더할 나위 없는 충만한 감각. 그가 일깨워 준 새로운 쾌감에 그녀의 심장은 여전히 빠르게 뛰고 있었다.

가쁜 호흡이 잦아들고 현이 정주의 몸을 시트로 감싸 안았다. 한 몸이 된 것처럼 심장의 고동이 자연스럽게 뒤섞이고 녹아들었다. 두 사람의 마음도 그렇게 서로에게 녹아들었다.

## 8. 모든 것은 그대가 원하는 대로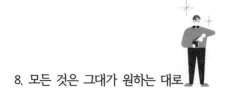

"너무 긴장하지 마."

엘리베이터 안에서 현이 정주에게 빙긋 웃어 보였다. 입고 있던 치맛단을 살짝 털어 내던 정주가 새침한 표정을 지었다.

이혼한 지 얼마 지나지도 않았는데 현은 계속 부모님께 인사드리러 가자고 말을 꺼냈다.

"사귀는 여자 얼굴은 봐야 할 거 아니냐고 계속 말씀하시더라고."

현의 아버지야 그렇다 쳐도 도 교수는 이미 다 알고 있는데 굳이 얼굴을 보자고 하는 게 더 민망했다. 하지만 현은 도 교수 역시 정식으로 만나 이야기를 나누고 싶어 한다고 계속 재촉했다.

"조금만 기다려 주면 안 될까? 아직 마음의 준비가 필요해."

"걱정할 필요 없다니까. 난 이미 마음을 정했고 우리 부모님도 그래. 그냥 밥 한 끼 먹는 건데 뭘 그렇게 긴장해."

현은 그렇게 보채더니 결국엔 도 교수가 직접 전화를 해 오게 일을 꾸몄다.

"얘. 아무 걱정하지 말고 오렴. 우리 바깥양반도 네 얼굴 좀 보자고 난리다. 이번엔 꼭 와. 맛있는 거 사 줄게. 알았지?"

정주는 도 교수의 전화를 받고 어쩔 수 없이 현에게 약속을 잡아야겠다고 말했다. 그리고 현은 뛸 듯이 기뻐하며 그날로 시간과 장소를 정했다. 그렇게 해서 나오게 된 곳이었다.

"그렇게 잔뜩 굳어 있지 않아도 돼."

현이 어깨를 두드려 주었다. 정주가 입매를 굳혔다.

"처음은 다 그렇잖아. 도 교수님이야 그렇다 쳐도 아버님……은 처음 뵙는 건데."

새침한 듯 보이지만 속은 긴장으로 절절 끓고 있을 게 뻔했다. 현이 빙그레 웃으면서 정주의 손을 꽉 쥐었다.

"걱정 안 해도 돼. 아마도 좋아하실 거야. 사연이 길거든."

"무슨 사연?"

"그런 게 좀 있어."

현은 엘리베이터 문이 열리자마자 그녀를 데리고 성큼 걸어갔다. 호텔 레스토랑에 와 본 기억이 언제였나 가물거렸다. 포크며 나이프 쓰는 법은 다 잊어버린 것 같은데. 바깥쪽부터 쓰면 되는 거였나.

불쑥 두려워졌다. 차라리 한식당에서 뵙자고 조를 수나 있었으면 좋았겠지만, 굳이 이곳을 예약한 건 현의 아버지였다. 여기서 잔뜩 긴장한 채 어른들을 뵙는다고 생각하니 식욕은 아예 달아나 버렸다.

불현듯 도망치고 싶었다. 입안이 바짝 말랐다. 정주는 애원하듯 현을 슬그머니 보았지만, 그는 모른 척 미소만 지으며 그녀의 팔을 잡아당겨 제 팔에 꿰었다.

겉으로 보기엔 다정한 커플처럼 보이겠지만 그녀의 속은 타들어 가고 있었다. 현이 느긋해서 상대적으로 더 그랬다.

무엇보다 자신이 너무 초라하다는 생각을 지울 수가 없었다. 한 번 결혼했다는 건 생각보다 더 큰 흠으로 보일 게 분명했다. 세상 사람들의 입방아도 두렵지만 두 어른이 어떻게 볼지 생각만 해도 골치가 아팠다. 하지만 어떻게 해도 그 집보다야 낫겠지.

지명의 모친보다야 낫겠지만, 도 교수도 내심은 언짢을지 모른다. 정주는 주눅 들지 않으려고 애쓰면서 프라이빗 룸으로 들어갔다.

"어서 오렴. 차 막히지 않았니? 그냥 집에서 편하게 먹자니까 이이가 굳이 여기까지 예약해서는."

도 교수가 반색하며 두 사람을 맞았다. 정주는 조심스럽게 머리를 숙이고 나서 테이블을 살폈다. 그리고 숨이 막혔다.

어쩌면 그렇게도 닮았는지. 현이 나이를 더 먹으면 저렇게 될 것 같다고 예상한 그대로의 모습을 한 남자가 그들을 바라보고 있었다.

"아버지. 이쪽이 정주예요. 늘 보고 싶어 하시던 그 사람입니다."

"안녕하세요. 이정주입니다."

늘 보고 싶어 했다고? 정주는 인사를 하면서 더욱 긴장하고 말았다. 그녀의 손끝이 차갑게 식었다. 신땀이 났다. 현의 아버지, 진태홍이 그녀를 유심히 보았다. 정주는 잠깐 시선을 마주쳤다가 슬쩍 눈을 내리깔았다. 그가 무슨 말을 할지 알 수 없어 더 긴장되었다.

게다가 날카롭고 예리한 시선을 보니 말문이 막혔다. 만약 현의 아버지가 반대한다면 어떤 말로도 상황을 바꿀 수 없을 것처럼 느껴졌다. 정주는 현의 에스코트를 받으며 가만히 자리에 앉아 침묵을 지켰다.

"이렇게 만나게 되어서 반갑군요."

진태홍이 입을 열었다. 그는 예리한 눈으로 정주를 보다가 고개를 끄덕였다.

"우리 아들놈이 여러 가지로 힘들게 하지는 않나 싶어 한번 불러서 밥이나 먹을까 했더니, 이놈이 아예 상견례처럼 날을 잡자네요. 그래서 고민하다 일단 밖에서 얼굴 보고 좀 편해지면 집으로 부를까 해서. 괜찮지요?"

"네. 괜찮습니다. 말씀 놓으세요."

"음, 그럴까."

눈빛과는 달리 대뜸 말을 놓는 모습은 무척 소탈했다. 어쩐지 현처럼 마음을 놓게 해 주는 상세한 설명부터 그랬다. 긴장이 아주 약간 풀리는 것 같았다.

"아유, 뭘 그렇게 체면을 다 차리고 애, 정주야. 이이가 지금 말은 저렇게 하지만 사실은 집에 불렀다가 네가 실망할까 봐 저러는 거야."

도 교수가 웃으며 손사래를 쳤다. 정주가 조심스럽게 물었다.

"실망······이요?"

"그래. 요즘 새로 인테리어 바꾸느라 한창인데, 네가 새로 바꾼 집이 별로라고 할까 봐 노심초사 중이야. 얼마나 웃긴지. 매일 심각한 얼굴로 와서 '여보, 이거 그 아이가 안 좋아하는 색이면 어떡하지?' 이러고 있다. 언제 한번 와서 네 아버지 심미안을 좀 평가해 드리렴."

"어머나."

왠지 슬며시 웃음이 나오면서도 부끄러웠다. 얼굴조차 보지 않은 아들의 여자 친구 때문에 실내 장식까지 신경 쓰는 아버지라니.

동시에 부럽기도 했다. 이런 아버지가 세상에 있다니. 자신이 현이라면 그것만으로도 자랑스러울 것 같았다.

"감사합니다. 그렇게 신경을 써 주셔서."

"아니, 아니야. 뭐 그렇게까지는."

어쩐지 인사라도 드려야 할 것 같아 정주가 조심스럽게 운을 떼자 현의 아버지가 손을 막 내저었다. 순간 현이 빙긋 웃었다.

"뭐야. 아버지, 쑥스러우신 거예요? 얼굴이 벌게지셨는데."

정말로 진태홍의 귓가가 약간 붉어져 있었다. 그는 겸연쩍은 듯 잔을 들어 물을 벌컥 들이마셨다.

분위기가 한층 부드러워졌다. 정주의 마음도 한결 편해졌다. 현의 부모님은 가볍고 유쾌한 주제로 대화를 이끌어가는 능력이 있었다. 그 분위기에 이끌려 정주도 한결 느긋하고 가볍게 대화를 나눌 수 있었다.

"어머, 정말? 하긴 약국이 좀 바빠야지. 그래도 시간 내서 전시회는 한 번 가자. 참, 너랑 같이 가려고 공언도 하나 예매해 둔 거 있는데."

도 교수의 말에 현이 고개를 절레절레 흔들었다.

"노운아 공연 말씀하시는 거죠? 정주야, 절대 같이 간다고 하지 마. 내가 저 표 두 장 구하느라 아침부터 핸드폰 쥐고 예매 사이트 새로고침 하면서 대기 탄 거 생각하면 참. 그거, 아버지랑 가세요. 괜히 정주한테 트로트 가수 공연 보여 주려고 하지 마시고."

"어머나. 야, 노운아는 완전 다르거든? 그 사람 공연이 얼마나 멋진데! 아직도 식스 팩에 막 흰 셔츠 걸치고 찢어진 청바지 입고 나와서는……."

"그러니까 안 된다니까요? 저도 못 이겨요. 그 기운은. 그 나이에도 지나치게 섹시하단 말이에요. 정주가 그런 거 보면 괜히 저 구박할지도 몰라요. 가정의 평화를 위해서 그것만은 지양해 주세요."

도 교수와 현이 소소하게 투닥거리는 걸 웃으면서 보던 정주와 진태홍의 시선이 마주쳤다. 그가 빙긋 웃었다. 현과 똑같은 미소였다.

"저 둘이 공연 가라고 하고, 우리는 그날 따로 약속이나 잡을까. 그림 좋아한다고 했지? 서재에 걸어 놓을 그림을 좀 보러 가려는데, 같이 갈 생각 있느냐."

"저, 저요?"

얼결에 되묻자 현의 아버지가 흔쾌히 고개를 끄덕였다. 순간 도 교수와 현의 시선이 그들을 향했다.

"안 돼요."

"안 돼."

동시에 정주와 진태홍에게 안 된다고 한 도 교수와 현이 고개를 저었다.

"그건 안 돼요. 당신 그림 고르다 애 숨넘어가요. 한 점 앞에 두고 무려 반나절을 잡아먹잖아요. 애를 얼마나 잡으려고."

"저도 반대입니다. 제 사람을 왜 아버지가 고생시키려고 드세요."

"이 사람들이."

진태홍이 짐짓 성질을 내는 척했다.

"고생은 무슨 고생. 설마 내가 정주 데리고 처음부터 그림만 고르겠냐. 밥이나 먹고 커피나 마시자 이거지. 시간 되면 뭐라도 하나 사 주려고. 당신이 저 아이 데리고 다니면 너무 수다만 떠니까 애가 피곤할 거 아니오. 너는 병원 일이나 해. 정주는 내가 데려가서 밥도 사 먹이고 쇼핑도 할 거니까."

정주의 표정이 멍해졌다. 이름을 불러 줄 거라고 예상하지 않았는데 거기 엎어서 쇼핑까지 청하다니. 그녀는 어쩔 줄 모르는 얼굴을 감추려고 고개를 살짝 숙였다. 현이 그녀를 흘끔 보고는 아버지에게 말했다.

"시간을 좀 주세요. 얼떨떨할 테니까요."

"어, 그래. 흠. 어쨌든, 나중에 시간 좀 내다오. 나랑 같이 밥이나 먹자."

"아유, 이 양반 좀 봐. 밥 사 먹이면서 또 밥 사 줄 궁리나 하고 있고. 정주야, 그러지 말고 나랑 콘서트도 가자. 알았지?"

흡사 쟁탈전과도 같았다. 정주는 어설픈 웃음을 띤 얼굴로 간신히 식사를 마쳤다. 입안에 들어가는 음식이 마치 모래알 같았다. 자상하고 다정하게 대해 주는데 왜 이렇게 어색하고 힘겨운 것인지. 혼란스러움과 어색함을 내색하지 않으려고 온 신경을 쏟아야 했다.

프티푸르와 커피가 나올 무렵, 현의 아버지가 입을 열었다.

"그래. 앞으로는 어떻게 할 거냐. 결혼식이나 신혼여행 같은 건 알아서 하겠다고 현이가 말해서 그런가 보다 하고는 있다만. 저놈은 혼자 머릿속에 꿍꿍이나 만들어 놓고 도통 말을 안 해."

"결혼식이요……? 어. 음."

대강 둘러대고 싶은데 말이 나오지 않았다. 무엇보다 아직 현과 그런 이야기를 나눈 적도 없었다. 정주에겐 앞서도 한참 앞선 이야기였다. 이제 막 지명과 갈라선 지 며칠 되지도 않았는데 그런 것까지 생각할 겨를이 없었다.

각오하고 나왔는데도 왠지 가시방석 같았다. 어른들이 너그럽게 웃어주긴 했지만, 막상 결혼 이야기가 나오니 곧바로 자신을 책망하거나 하진 않을까 싶었다. 멀쩡한 아들 꼬드겨 결혼하려는 흠 있는 여자라는 생각은 안 할지. 정주의 얼굴이 한층 굳어졌다.

게다가 현은 또 어땠는지. 그는 눈만 마주치면 그녀를 안고 키스하거나 그걸 하지 못해 안달이었다. 대화를 나눈 시간보다 몸으로 확인한 시간이 더 길 지경이었다. 그걸 떠올리자 얼굴이 화끈해지는 것 같았다.

정주가 미처 말을 잇지 못하자 진태홍이 대뜸 눈치를 챘는지 현을 노려보았다. 순간 정주는 테이블 아래 주먹을 꽉 쥐었다. 그의 아버지가 내키지 않는 기색이라도 보일까 봐 마음을 단단히 먹었다. 그러나 정주의 예상과는 달리 진태홍은 외려 아들을 나무라는 중이었다.

"너 또 아무 말도 안 하고 혼자 다 알아서 한답시고 궁리 중인 거냐? 그러지 말고 뭐든 다 오픈해! 아내 될 사람에게 그런 식으로 아무것도 안 알려 주는 법이 어디 있냐. 부모야 고리타분하다 싶고 말 안 통한다 싶으면 혼자 한다고는 하지만 부부는 다른 법이다. 뭐든지 다 먼저 알려 주고 상의해서 해."

꾹 쥐었던 주먹이 스르르 풀렸다. 현이 미안한 얼굴로 정주에게 속삭였다.

"안 그래도 얘기하려고 했는데 계속 짬이 안 나서. 설마 아버지가 먼저 이야기 꺼내실 줄은 몰랐어."

그는 그렇게 말하면서 정주의 손을 꼭 잡았다. 그리고는 아버지에게 말했다.

"그렇게 할 생각이었습니다. 일단 둘이서 대화 나누고 다음 주쯤 집으로 가서 다시 말씀드릴게요."

"다음 주라니."

도 교수가 정색했다.

"오늘 이야기 다 끝내고 내일 와서 말해. 얼른 결혼해야지 뭘 미적거리니? 집도 알아보고 준비해야 할 게 얼마나 많은데!"

"저놈이 저렇게 저만 안다. 네가 이해해라. 너무 서운해하지 말고. 너도 이런저런 일이 많았다니 머리가 복잡하겠지만, 너희만 좋다면 우리는 찬성이다."

현의 아버지가 선뜻 그렇게 말하는 바람에 정주는 마시고 있던 커피를 뿜을 뻔했다. 자연스럽게 넘기려고 애썼는데도 왠지 가슴속에 뭔가 턱 얹힌 것 같았다. 그리고 이내 울컥한 기분이 들었다. 알 수 없는 감정이 소용돌이처럼 휘몰아쳤다. 발갛게 물든 정주의 얼굴을 본 현이 겸연쩍은 표정을 지었다. 늘 서늘하거나 느른한 표정이 삽시간에 소년처럼 달아올랐다. 그러나 그는 금세 제 표정을 회복했다.

그의 손은 여전히 그녀의 손을 잡은 채였다. 그 손에 힘을 주는 게 느껴졌다. 정주의 얼굴이 다시 달아올랐다. 그녀는 울지도 웃지도 못하는 얼굴로 그 자리에 못 박힌 듯 앉아 있을 따름이었다.

"정주야. 뭐든지 너 하고 싶은 대로 하고, 현이한테 다 요구해. 미리 말 안 한 것 때문에 화났으면 혼도 내 주고, 알았지? 그리고 무조건 나랑 아버지한테 상의해. 원하는 거 있는데 쟤가 안 해 준다 그러면 우리가 다 해 줄게. 그러니까 넌 무조건 기분 좋게, 행복하게 준비해. 알았지?"

도 교수는 벌써 정주를 며느리로 맞은 양 당부를 거듭하고 있었다. 뭐가 뭔지 정신이 하나도 없었다. 정주는 그렇게 하겠다고 짧게 대답하고 말았다. 머릿속이 어지러웠다.

"자자, 다 드셨으면 일단은 들어가세요. 저희 따로 이야기 나누고 내일이든 언제든 말씀드릴 테니까요. 늦으셨잖아요."

그녀의 기색을 알아챈 현이 부모님을 떠밀다시피 해 자리를 떴다. 그 와중에도 현은 일어선 정주의 팔을 끌어 팔짱을 끼게 했다. 그걸 본 도 교수의 눈이 반짝였다.

"얼마나 보기 좋니. 앞으론 계속 팔짱 끼고 손도 잡고 다녀. 알았지?"

정주는 현에게 이끌려 엘리베이터까지 향할 수밖에 없었다. 부부는 두 사람과 헤어지는 게 아쉬운 듯 연신 손을 흔들며 돌아갔다. 배웅을 마친 현이 정주의 손을 꽉 잡으며 말했다.

"할 이야기가 남았는데 시간 좀 더 보내고 가자."

정주는 현을 물끄러미 보다가 고개를 끄덕였다. 그녀의 얼굴은 여전히 굳은 채였다.

\* \* \*

그들은 프라이빗 룸이 아니라 창가면서도 조금 구석진 곳에 자리를 잡았다. 현이 굳이 그 자리를 고집했다. 서울의 야경이 시야에 가득 펼쳐졌다.

정주는 창밖을 보며 침묵만 지켰다. 현도 굳이 말을 걸지 않았다. 그녀는 소믈리에가 추천한 와인이 나온 후 현을 똑바로 보았다.

"왜 아무 말도 안 한 거야? 결혼이니 뭐니. 당사자인 나보다 두 분이 먼저 알고 계시는 건 또 뭐고. 인사드리려고 나오긴 했지만 벌써 그런 말까지 오갔을 줄은 몰랐는데."

"그거야 집에선 진작 말이 나왔으니까. 봐서 알겠지만, 부모님들은 내가 가정을 갖겠다고 결심한 것만으로도 쌍수 들고 환영이니까. 하지만 너한테는 쉽게 말을 꺼내기 힘들었어. 아직 네 주변 정리가 안 된 것 같아서. 너무 이르기도 하고. 너도 당장 결혼하겠다고 여기 나온 건 아니잖아. 천천히 하려고 했어."

현이 준비한 듯 곧바로 대답했다. 정주가 작게 한숨을 쉬었다.

맞는 말이기도 했다. 정주의 마음도 요동치긴 했다. 갑자기 결혼 이야기가 나와 당황한 것도 사실이었다. 정주는 가만히 한숨을 쉬었다. 미안하기도 하고 서운하기도 한 제 마음이 이상했다.

여러 가지로 충격의 연속이었다. 현의 부모님이 생각보다 자신을 더 예뻐해 주고 심지어 결혼까지 언급한 것도 놀랍고 충격적이었다. 지난번 도 교수의 태도로 보아 화를 내지는 않겠지만 언짢은 눈으로 보지는 않을지 염려했던 것이 무색했다. 그들은 마치 딸을 대하는 듯 지나치게 다정하고 친근하게 다가왔다.

정주에게 그런 부모의 모습은 낯설었다. 한 번도 제 의견을 물어보는 법 없이 마음대로 자식을 휘두르는 부모 아래에서 자랐다. 약사가 된 것도 어떻게든 제대로 살아 보고 싶어 혼자 악착같이 공부하고 노력한 결과일 뿐이었다.

부모의 배려라고는 받아 본 적도 들어 본 적도 없었다. 심지어 어머니는 돌아가시기 전에도 그녀가 의대에 진학하지 못한 걸 아쉬워했을 뿐, 약대에 진학한 걸 축하해 준 적도 없었다.

그래서였을까. 누가 봐도 어색하고 겉돌기만 한 제 처신도 실망스러웠다. 분명 현의 부모님이 세심하게 신경을 써 주었는데도 자신은 어쩔 줄 몰라서 말도 제대로 하지 못했다.

차라리 눈치 없는 듯 방글방글 웃으면서 싹싹하게 굴었어야 했는지 모른다. 그녀는 이래저래 울렁거리는 속을 달래려고 가만히 가슴을 쓸어내렸다.

"그래. 맞아. 아는데 기분이 묘하네. 네 말처럼 당장은 안 된다고 거절했겠지. 그런데 네가 전혀 내색조차 안 한 건 좀 속상하기도 하고."

그가 손을 내밀어 테이블 위로 정주의 손을 잡았다.

"내가 널 더 잘 알아. 이정주. 어제 내가 결혼하자고 했으면 넌 절대 승낙 안 했을걸. 나도 아니까 그런 말은 안 했지."

정주는 힘없이 웃었다. 현이 그녀를 유심히 보다가 고개를 저었다.

"속상해하지 마. 일단은 전부 어머니 생각이고 바람이니까 급하게 생각할 필요도 없어. 부모는 늘 자식을 걱정하지만, 그 방식이 다 옳은 것만은 아니니까. 대신 이거 하나는 약속할게."

"뭘?"

"네가 결혼할 마음이 들 때까지 내가 기다릴게."

현이 그렇게 말하면서 재킷 주머니에서 뭔가를 꺼냈다. 짙은 색 벨벳으로 싸인 작은 상자. 순간 정주의 심장이 거세게 뛰기 시작했다.

"그건······."

"어, 프러포즈 링. 원한다면 약혼식부터 천천히 해도 돼. 결혼하기 싫으면 안 해도 돼. 그냥 같이 살기만 해도 되고. 아까 봐서 알겠지만, 부모님이야 내 선에서 얼마든지 정리되니까 아무 걱정 마. 하지만 너와 내가 영원할 거라는 약속은 해 줘. 이걸 받는 순간부터 넌 언제나 내 여자라는 것만 약속해 주면 돼."

그가 상자를 열었다. 정주의 입이 벌어졌다.

아주 단순한 반지였다. 그런데도 아름다웠다. 도톰하지만 유려하게 곡선을 그리며 올라온 정점에 생전 본 적도 없는 크기의 다이아몬드가 물려 있는 플래티넘 골드 링.

반지는 은은한 조명 아래서 반짝거리며 광채를 발하고 있었다. 숨이 막히는 것 같았다. 크기보다 그 단순함이 정주의 마음을 꼭 사로잡았다. 그러나 그 무엇보다 그녀의 마음을 사로잡은 것은 그걸 내밀고 있는 남자의 진심이었다. 현은 처음 보는 진지한 얼굴로 그녀를 응시하고 있었다. 그 얼굴 뒤에 숨겨진 초조함이 슬쩍 드러났다. 그걸 보자 왠지 웃음이 슬며시 났다.

지금 저 얼굴이 난생처음 짓는 표정이라는 걸 알까. 이 남자는.

정주는 한참 말없이 그와 반지를 번갈아 보다가 조용히 손을 내밀었다. 현의 얼굴이 환하게 빛났다. 그는 반지를 꺼내 손을 잡고 천천히 끼웠다.

"가벼워."

뜬금없이 불쑥 입 밖으로 나온 말. 정주는 무의식중에 나온 말에 놀랐다.

사실은 묵직했다. 불쾌하진 않았다. 기분 좋은 묵직함이 반지의 호사스러움을 고스란히 드러내고 있었다. 하지만 왠지 마음이 가벼웠다. 예전에 지명에게서 받은 결혼반지는 너무 무거워서 좀처럼 끼고 다닐 마음도 들지 않았는데.

"내 사랑은 가볍지 않지만, 결혼은 네가 가볍게 여겨 주었으면 좋겠어. 그냥 밥 먹고 차 마시고 함께 자고 일어나서 이를 닦는 일상처럼. 내가 네 곁에서 살아가는 게 아주 흔하고 자연스럽게 느껴지면 좋겠어. 그래서 밀려나지도 상처받지도 않았으면 좋겠어. 언제든 내 중심은 너니까."

현의 말에 정주의 얼굴이 말갛게 빛났다. 그녀는 그를 응시하다 조용히 입을 열었다.

"왠지는 모르지만, 지금 둘만 함께 있고 싶어졌어. 널 사랑하고 싶거든."

"둘이서만? 지금도-."

그녀의 말뜻을 알아들은 현의 얼굴이 일순 멍해졌다가 확 변했다. 그의 눈가가 조금 붉어졌다. 그는 말없이 정주의 손을 꼭 쥐었다.

그것만으로도 충분히 두 사람의 마음이 통했다. 그들은 손을 잡고 자리에서 일어섰다.

\* \* \*

"젠장. 이정주, 너 정말⋯⋯."

현이 그릉거렸다. 그는 선 채로 상체를 다 드러내고 있었다. 정주의 입술과 혀가 맨살 위를 기어 다녔다. 그녀의 손에 끼워진 반지가 불빛에 빛났다. 현은 그걸 아주 만족스럽게 지켜보며 신음하는 중이었다.

"하으읏."

그들은 레스토랑이 있는 호텔 스위트룸에 들어와 있었다. 집까지 갈 인내심이 바닥난 현이 곧장 그녀를 데리고 올라온 참이었다. 정

주 역시 거절하지 않았다. 오히려 그녀는 이제까지 숨겨 둔 욕망을
전부 드러내고 있었다.

침대에 누울 새도 없이 정주가 그를 덮쳤다. 작은 혀가 입안을
자극하고 한참 더듬었다. 숨이 막힐 것만 같았다. 현은 그녀가 주도
하는 순간을 하나도 놓치지 않으려고 애썼다. 정주가 알아서 그를
자극하는 것 자체가 그에겐 선물이나 마찬가지였다.

치열을 훑던 혀가 혀를 얽어 빨아들였다. 달콤했다. 그는 숨을 몰
아쉬며 그녀의 키스에 적극적으로 응했다. 미처 삼키지 못한 타액이
입가로 흘렀다. 그것마저도 자극적이었다.

생각보다 더 달콤하고 집요하게 그의 입술을 탐한 정주가 턱 아래에
혀를 가져다 댔다. 조금 까슬한 살갗을 핥으면서 손이 셔츠를 풀어
젖혔다. 목덜미 아래, 셔츠로 가려지는 부분에 닿은 입술이 살을 세게
빨았다.

"으으읏."

현이 기분 좋은 신음 소리를 냈다. 며칠 전에 그가 정주에게 만
들었던 자국과 같은 위치였다. 딱 옷으로 가려지는 위치. 그때 정주
는 조금 난처해했지만 현은 한 마디로 딱 잘랐다.

"괜찮아. 옷으로 가릴 수 있어."

작은 보복인가. 현은 쿡쿡 웃었다. 그걸 기억하고 똑같은 곳에 화
인을 찍는 그녀가 사랑스러웠다.

웃음도 잠시, 입술이 가슴 위로 서서히 내려오자 다시 숨이 가빠
왔다. 입술이 가슴 위를 쓸고 혀가 곧바로 살갗을 핥았다. 그녀는

서두르지 않았다. 천천히 다가온 혀가 작은 돌기를 간질였다.

간지러운 듯 미묘한 자극에 현의 하체가 조금씩 뻐근해졌다. 강렬하지도 서투르지도 않은데 자극적이었다. 손가락이 다른 쪽 유두를 굴리다 살짝 집었다. 짜릿한 감각이 척추를 스쳤다.

"후읏."

뜨겁고 젖은 숨소리에 정주의 손놀림이 빨라졌다. 엄지와 검지로 쥔 유두를 짓누르고 돌리면서 혀를 놀려 다른 쪽 살점을 핥았다. 현은 정주의 머리카락 사이로 손가락을 찔러 넣고 매끄러운 감촉을 즐겼다.

단단해진 유두를 자극하던 손이 어느새 허리를 감쌌다. 옆구리를 쓰다듬으며 서서히 아래로 내려가고 있었다. 혀가 서서히 미끄러져 내려와 배꼽 아래로 내려오자 현이 허리를 들썩였다. 반쯤 일어선 성기가 움찔거렸다. 아랫배에 뜨거운 감촉이 와 닿았다. 혀가 살갗을 핥을 때마다 하체에 힘이 불끈 들어왔다.

정주의 손이 바지 버클을 풀었다. 현이 바지를 내리자 속옷 아래가 불룩했다. 정주의 입가가 조금 허물어졌다. 가벼운 애무에도 이렇게까지 흥분하는 그가 조금 귀여워 보였다.

속옷까지 마저 끌어 내리자 어느새 단단해진 성기가 툭 튀어나왔다. 그녀는 조금 주저하다 그의 성기를 조심스럽게 쥐었다.

반강제로 지명의 물건을 물어야 했던 적이 있었다. 그때 차마 입에도 담지 못하고 얼마나 얻어맞았던가. 그날의 기억이 떠올랐다.

하지만 지금은 뭔가 달랐다. 적어도 현의 몸이 역겹거나 흉물스럽다고 생각해 본 적은 없었다. 현이 강제한 적도 없었다. 이건 순

전히 자신의 욕망이고 선택이었다. 스스로 원해서, 그리고 좋아서
한다는 게 가장 다른 점이었다.

정주는 눈을 질끈 감고 심호흡을 한 다음 그의 성기를 가볍게 쓸었
다. 단단해진 기둥이 손아귀에서 불뚝거렸다. 그녀는 혀끝을 말랑하고
두툼한 끄트머리에 살짝 갖다 댔다. 조금 찝찔한 듯 맑은 액이 새어
나와 혀를 적셨다.

"으웃. 웃."

현의 입에서 연신 신음이 새어 나왔다. 벼락이 내리치는 것처럼
충격적인 자극이었다. 정주가 이렇게까지 적극적으로 나올 거라고
는 생각해 보지도 않았다.

그녀의 머리가 아래에서 보이는 것만으로도 온갖 상상을 백 개는
할 수 있을 정도였다. 그런데 심지어 입에 그걸 물고 있다니. 그걸
보는 것만으로도 머리가 터질 것 같았다. 피가 몰리는 기분이었다.

"그, 그만."

현이 그녀를 끌어 올리더니 번쩍 안아 들었다. 당장이라도 그녀
의 몸 안으로 들어가고 싶은 다급함을 꾹 눌러 참았다. 그는 곧바로
침실로 향했다.

침대 위에 정주를 눕힌 현이 그녀의 구두를 벗겼다. 그가 키스로
그녀의 입을 막으면서 스커트를 들췄다. 치마를 허리 위로 올리고
스타킹이며 팬티까지 전부 벗겼다.

현의 눈동자에는 뜨거운 욕망이 활활 타고 있었다. 그는 정주를
침대 위에 눕힌 채 다리를 들어 올렸다. 그의 혀가 발끝을 핥았다.

"더러워."

정주가 놀라 만류했지만, 현은 아랑곳하지 않았다. 그의 입이 발가락을 하나씩 물고 할짝거렸다. 찰박이는 듯한 소리가 났다. 정주의 얼굴이 벌겋게 물들었다.

입술이 발등을 따라 위로 향했다. 도드라진 복숭아뼈를 쪽 빨고 핥았다. 둥글게 원을 그리듯 핥고는 종아리를 따라 서서히 안쪽을 타고 올라왔다. 허벅지에 닿았을 무렵에 정주는 신음하며 시트를 그러쥐었다.

옷을 입은 채 벌거벗은 그의 애무를 받는 것은 꽤 자극적이었다. 느릿하게 쓸어 올리며 허벅지를 타고 올라가는 혀의 움직임이 뱀처럼 야릇했다. 드러난 음부에 혀가 가까워지자 정주의 신음도 커졌다. 사타구니 사이의 살을 핥고 빨자 그녀가 고개를 젖히며 허리를 들었다.

"아으응."

드러난 음부는 이미 젖어서 번들거리고 있었다. 현의 혀가 그 위를 덮으며 더듬었다. 진득한 애액까지 싹싹 핥으며 집요하게 애무를 계속했다. 정주의 허리가 들썩였다. 그녀는 터져 나오는 신음을 막으려고 입을 벌리며 헐떡였다.

제 몸이 이렇게 민감하다는 것도 난생처음 알았다. 현의 몸을 받아들일 때마다 거세게 조여든다는 것도, 조금만 애무해도 흠뻑 젖어 든다는 것도. 전부 그가 알려 주고 가르친 것들이었다. 그리고 지금은 그냥⋯⋯. 미쳐 버릴 것 같았다.

눈앞이 번쩍거리는 것 같았다. 애액을 퍼다 음핵에 고루 묻혀 둥글게 핥다 빨아 대자 정수리가 뜨끈해졌다. 말도 안 되는 감각이 척추를 타고 빠르게 퍼졌다. 심장이 빠르게 뛰었다. 달아오른 속살이 흠뻑 젖은 채 오물거렸다.

"아, 아웃. 그만, 그만해. 그냥……. 그냥 해 줘."

애원하듯 신음하는데도 현은 그만두지 않고 계속 둔덕 아래를 애무했다. 애액을 먹어 치우듯 싹싹 훑고 도톰한 살을 빨았다. 혀가 입구의 살을 쓸고 아래로 내려가 흘러내린 애액을 훑었다. 연한 살에 닿는 혀의 감촉에 정주의 허리가 들썩였다. 그녀의 손이 현의 머리를 잡았다.

"어, 얼른."

헐떡이는 애원에 현의 눈빛이 변했다. 욕망을 고스란히 드러낸 채 그가 그녀를 안아 뒤집었다. 순식간에 정주는 그의 위에 올라탄 자세가 되었다. 현이 나직하게 요구했다.

"직접 넣어 봐."

순간 몸속에 전율이 일었다. 굵은 현의 성기가 눈앞에 적나라하게 드러나 있었다. 저걸 직접 넣는 게 가능할까. 정주는 순간 무모하다고 생각하면서도 현의 손이 이끄는 대로 그 위에 자리 잡았다.

현이 그녀의 엉덩이를 들어 입구를 맞추었다. 정주는 주섬주섬 손을 내밀어 그의 성기를 잡았다. 순간 그가 그녀의 골반을 당겼다. 쑥 들어와 속살에 파묻히는 성기의 부피감에 그녀가 작게 비명을 질렀다.

"아아앗."

아프진 않았다. 질척하고 뜨겁게 젖은 속살은 부피를 늘려 성기를 품었다. 그녀가 어설프게 허리를 돌렸다. 그것만으로도 정신이 날아가 버릴 것 같았다. 현은 이를 악물고 그녀가 주는 쾌감에 끙끙 앓다시피 했다.

천천히 몸을 움직이면서 정주도 제 몸속에 숨은 민감한 부분을 느꼈다. 성기가 그곳을 스칠 때마다 저릿한 쾌감이 몸을 흔들었다. 그녀는 눈을 감은 채 현의 몸 위에서 조금씩 빠르게 움직였다. 속살이 엄청나게 죄어들었다.

현이 결국 참지 못하고 밑에서 허리를 쳐올렸다. 강렬하게 죄어 드는 그녀의 몸 때문에 금방이라도 싸 버릴 것 같았다. 정주가 위에서 흔들리며 신음했다. 한껏 벌어진 입과 꼭 감은 눈, 땀에 젖은 머리카락이 얼굴에 달라붙어 있었다. 뇌쇄적이었다.

현이 그녀를 잡아 침대에 뉘었다. 다리를 벌리고 허리를 잡아 고정한 뒤 푹푹 박아 댔다. 격렬한 삽입에 정주의 몸이 들썩였다. 좋았다. 눈물이 날 정도로 좋아서 미칠 것 같았다. 엉덩이가 잔뜩 들린 채 그의 성기를 깊이 받아 냈다. 한계까지 벌어진 채 그를 품는 맛은 각별했다.

현의 얼굴도 절박해졌다. 정주의 속살이 너무 조여 대서 이대로 그냥 사정할 것 같았다. 그는 욕심을 채우고 싶은 충동을 억누르며 그녀의 속을 깊고 격렬하게 파헤치고 문질렀다. 속도가 빨라졌고 정주가 흔들리며 신음을 연신 흘렸다.

아무것도 할 수 없었다. 그저 그를 붙잡고 절정에 휩쓸리지 않으

려고 애쓸 뿐. 하지만 거센 파도처럼 격렬한 쾌감이 결국은 그녀를
벼랑 끝까지 몰고 갔다.

"아, 아아앗! 아아. 아!"

거센 울음처럼 터져 나온 교성과 함께 정주의 몸이 사시나무처럼
떨렸다. 속살이 제멋대로 옴죽거리며 성기를 꽉 조였다. 현의 등이
경련처럼 떨렸다. 그가 정주의 내부에 뜨거운 정액을 쏟아 냈다.

절정의 달콤한 여운과 손가락에 끼워진 반지의 감동까지. 가슴이
벅찼다. 더구나 처음으로 주저 없이 그를 탐닉할 수 있었다. 매일
성장하는 느낌이었다. 이제 또다시 새로운 세상으로 한 발짝 내딛
을 수 있을 것 같았다. 옆에서 그녀를 안고 달콤함에 젖어 있는 이
남자와 함께.

\* \* \*

"이건 어떠냐."

"예?"

딜러와 대화를 나누던 진태홍이 불쑥 물어서 정주는 재빨리 고개를
돌렸다. 그가 가리킨 것은 미끈하게 잘 빠진 준중형 세단이었다.

"음, 예쁜데요. 교수……어머님께 잘 맞을 것 같아요."

"그렇죠? 여성분들이 가장 선호하십니다. 배기량도 적당하고요."

딜러가 정주의 말에 맞장구를 쳤다. 진태홍은 고개를 갸웃거리며
그의 말을 듣다가 정주에게로 시선을 돌렸다.

그들이 있는 곳은 수입 자동차 전시장이었다. 진태홍이 지난번 약속을 지켜야 한다며 정주를 호출했기 때문이었다. 그는 비서를 대동하고 정주를 데리러 신도시까지 왔다. 그리고는 식사하기 전에 일단 갈 데가 있다며 전시장으로 정주를 데려왔다.

"차를 좀 선물해야겠는데. 여자가 탈 거고."

갑작스러운 일에 눈만 껌뻑거리고 있던 정주는 진태홍의 말에 곧장 도 교수가 탈 차를 고르는 거라고 짐작했다.

진태홍은 단골인 모양이었다. 딜러가 서둘러 달려와 정중하게 인사했다. 진태홍을 수행하는 비서와도 친근하게 대화를 나누는 게 눈에 띄었다. 딜러는 정주를 보더니 반색하기까지 했다.

"아, 작은 사모님 되실 분이로군요. 처음 뵙겠습니다."

이미 소문이라도 났는지 그는 정주를 깍듯하게 모셨다. 진태홍이 딜러의 설명을 듣는 동안 정주는 무료하게 진열된 차를 눈으로 훑어보고 있었다. 그때 그가 정주를 부른 것이었다.

"좀 더 큰 게 좋지 않을까? 역시 안전성도 그렇고, 차가 컸으면 하는데."

그의 말에 딜러가 최신형 대형 세단 앞으로 그들을 안내했다. 말이 세단이지 거의 리무진 급이었다.

"아, 그러면 이건 어떠십니까. 남성분들도 선호하시고 여성분들도 흡족해하시죠. 무엇보다 이 엠블럼이 최고의 차라는 걸 증명하고 있으니까요. 올해 신차 디자인 중 가장 선호하시는 겁니다. 성능도 더 혁신적으로 바뀌었지요."

"얘야. 넌 어떠니."

진태홍이 정주에게 재차 물었다. 정주는 어색하게 미소를 지었다. 아직 어렵고 어색했다. 도 교수를 어머니라고 부르는 것도 실수할 뻔했다. 그녀는 두 번 실수하지 않으려고 또박또박 말을 이었다.

"어머님이 좋아하시겠어요. 멋있는데요?"

"그러냐. 여자들도 좋아하는 모양이지?"

"그건 잘 모르겠지만, 뭐든지 선물 받으시면 좋아하실 거예요."

진태홍이 정주를 보며 나직하게 물었다.

"넌 어떠냐."

"예?"

"네가 차를 산다면 어떤 게 좋으냐는 거다."

"저요? 제가 산다면, 음. 이걸로 할 것 같아요."

정주가 살짝 미소를 지으며 제 앞에 있는 중형차를 가리켰다. 현이라면 분명히 이 커다란 세단을 사 주고 흡족해할 것이다. 물론 받지 않겠지만 말이다. 그리고 그런 것보다도 그녀는 눈앞에 있는 작은 차가 퍽 마음에 들었다. 나중에 내가 살까.

지금 모는 차는 현의 차였다. 좋은 차지만 제 것이 아니라 좀 부담스러웠다. 안 그래도 차를 바꿀까 하던 참이었다. 정주는 고개를 갸웃거리며 차를 이리저리 살폈다.

"며느님도 마음에 드신다니 이걸로 하시는 걸 어떨까 싶은데요."

"음, 그럴까."

진태홍은 큰 차가 더 마음에 드는 모양이었다.

정주가 눈치 보다 말을 건넸다.

"어머님이라면 저걸로 하세요. 여러 가지로 큰 차가 나을 것 같아요. 안전 문제도 있고, 사람들이 보기에는 큰 차가 더 나아 보일 테니까요."

"그렇지? 그럼 그렇게 하자꾸나."

진태홍이 선뜻 정주의 말에 찬성했다. 딜러가 웃으면서 서둘러 두 사람을 상담실로 안내했다. 진태홍은 바쁜 듯 차도 마다하고 견적서를 내오라고 재촉했다. 딜러가 견적서를 가져오자 그는 재빨리 훑어보고 정주에게 내밀었다.

정주는 말없이 서류를 받아 꼼꼼하게 확인했다. 차에 대해 잘 아는 건 아니지만 옵션을 확인하는 것 정도는 무리 없이 해낼 수 있었다. 진태홍이 그녀의 모습을 유심히 보다가 입을 열었다.

"이 정도면 되겠지?"

"저야 잘 모르지만, 사양은 괜찮아 보여요."

"풀 옵션입니다. 전 세계에서도 최고급 수준이죠."

딜러의 말에 자부심이 묻어났다. 하지만 진태홍은 정작 정주의 말에 고개를 끄덕였다.

"그럼 알아서 처리하게. 다른 사항 있으면 강 비서에게 전화해."

"예. 알아서 최대한 빨리 처리해 드리겠습니다."

진태홍이 자리에서 일어섰다. 정주도 따라 자리에서 일어났다. 비서가 차를 몰아 어디론가 향했다.

"배 많이 고프지? 얼른 밥 먹으러 가자. 강 비서. 우리 데려다주고 자네는 퇴근해. 갈 때는 택시 탈 거니까."

진태홍은 마치 딸에게 대하는 것처럼 자상하게 정주에게 말을 걸곤 했다. 정주도 최대한 어색하지 않고 싹싹하게 굴려고 노력했다. 그는 자기 마음대로 식사 메뉴를 정해 미안하다면서도 왠지 기분좋은 것처럼 보였다.

진태홍이 데려간 곳은 허름한 가게였다. 간판도 제대로 붙어 있지 않아 식당인지도 모를 정도였다. 오래된 유리창에 빈대떡이라고만 적혀 있었다. 정주는 얼떨떨한 기분으로 그를 따라 안으로 들어갔다.

"야. 이 싹퉁바가지야. 가게 좀 고치라고 안 했냐? 내 돈 긁어다가 뭐에다 쓰는 거야?"

진태홍이 다짜고짜 소리를 버럭 지르자 안에서 사장으로 보이는 노인이 삿대질을 했다.

"네가 얼마나 팔아 줬다고 그딴 소리야, 소리길. 만날 와서 고작 빈대떡 두 장에 막걸리 한 사발 들이켜고 가는 주제에. 많이나 팔아 주든가."

"허, 저 심보 좀 보게. 야 이놈아. 병원 식구들 끌고 와서 허구한 날 회식이다 뭐다 신나게 먹고 마시고 해 줬는데 그 돈은 다 어디다 쓰고? 참나. 까불지 말고 내 며느리 데리고 왔으니까 빈대떡 공들여 부치고 수육 맛있게 좀 삶아 내. 쯧쯧."

"뭐, 며, 며느리?"

사장이 달려와 정주의 손을 덥석 잡았다. 정주는 속으로 적이 놀랐지만 내색하지 않았다.

사장은 그녀를 이리저리 살피더니 함박웃음을 지었다.

"그 성질 더러운 놈이 드디어 장가를 가? 아이고, 네가 저 영감 탱이 살렸다. 살렸어. 저놈이 아들내미 장가도 못 간다고 얼마나 끌탕을 했는지. 이제야 숙원을 풀었네. 장하다 장해. 이쁘기도 하지. 곱다 고와."

"아, 잔말 말고 얼른 밥이나 줘!"

진태홍이 버럭 소리를 질렀다. 탁자 앞에 앉자 따뜻한 물이 나왔다. 강남 한복판에 이렇게 낡은 식당도 신기했지만, 아직도 보리차를 내주는 집이 있다는 건 더 신기했다. 정주는 조심스럽게 보리차를 한 모금 삼켰다.

진태홍이 그녀를 지켜보다 옅게 웃었다.

"마음에 안 드니?"

"아뇨. 무척 좋은 곳 같아요. 왠지 음식도 맛있을 것 같고요."

"그건 맞아. 저놈 아버지가 이북에서 내려와서 음식 하나는 아주 담백하게 잘하거든. 오늘 제대로 맛보고 가거라."

진태홍은 느긋한 표정으로 보리차를 들이켰다. 이내 사장이 막걸리 주전자와 잔, 그리고 찬들을 가지고 나왔다. 정주는 탁자 위에 늘어놓는 음식을 보고 눈을 동그랗게 떴다. 가자미식해며 옅은 양념으로 심심하게 담근 김치, 그리고 돼지기름으로 부쳐 낸 빈대떡.

"며느리 데리고 와서 짠돌이처럼 구는 거 아니다. 어복쟁반 먹어."

사장이 대뜸 커다란 놋화로를 놓더니 그 위에 커다란 쟁반을 놓았다. 푸짐하게 담긴 갖가지 수육이 구수한 냄새를 풍겼다.

진태홍이 혀를 찼다.

"짠돌이라 수육 시키냐. 애 너무 취하게 하면 아들놈한테 혼날까 봐 그런다."

"평생 아들 시집살이야, 저 등신. 어이, 며느님. 거 자네 남편이 얼마나 모질고 독한 놈인지, 자네 시부가 아직도 저렇게 질겁을 해. 젊은 놈이 아버지 뜻대로 안 하겠다고 집 뛰쳐나가 혼자 학비 벌어가며 공부하는데 다들 질색했어. 모진 놈이야."

사장이 혀를 차며 정주에게 잔을 권하려는데 진태홍이 그걸 빼앗았다. 그는 대뜸 잔을 정주에게 안겼다.

"어딜, 시아버지도 아직 한 잔 안 권해 봤는데 감히 장사치가. 꺼져 이놈아."

"네놈이 얄미워서라도 내가 며느님한테 술 한잔 얻어 마시고 만다."

정주가 미소를 지었다. 두 사람의 친분이 몹시 좋아 보였다. 그녀는 주전자를 들고 진태홍의 잔을 채웠다. 사장의 잔에도 술을 채우자 두 사람이 헛기침을 하고는 손을 내밀었다.

"첫 잔은 아버님께 받을게요."

진태홍의 얼굴이 승리감에 득의만면해졌다. 그는 당당하게 잔을 받아 죽 들이켰다.

"천천히 드세요."

"어, 어. 너도 마셔라."

정주는 잔을 들고 살짝 입만 적셨다. 사장이 고개를 저으며 술을 더 권했다.

"내숭 안 떨어도 돼. 자네 시아버지는 아마 자네랑 화투장 넘기고 술 마시면서 한량처럼 놀고 싶을 테니까. 딸보다 더 가깝게 지내도 아무도 뭐라고 안 할 거야."

"그래 그래. 얼른 비워. 이 싹퉁바가지 주머니 좀 채워 주고 가게."

강권에 못 이겨 술을 비웠다. 얼마 안 가 주전자가 동났다. 사장이 좀 감탄하는 기색을 보였다.

"야. 이거 잘하면 너보다 술 더 잘 마시겠는데. 주당 며느리 들어 와서 아주 살 판 나겠네."

"좋다 좋아. 잘 마시는 게 못 마시는 것보다 나아."

진태홍이 호쾌하게 큰소리쳤다. 정주가 살짝 볼을 가리며 웃었다.

이상하게도 아주 편안하고 즐거웠다. 인생을 배는 더 산 사람들인데 도 매일 만나는 막역한 친구들 같았다. 그녀는 어느새 그 자리에 자연 스럽게 녹아들었다. 진태홍이 무척 기분 좋은 듯 술을 연신 비웠다.

"너무 많이 드시는 것 같은데요. 어머님이 걱정하시겠어요."

"어, 오늘은 괜찮아. 뭐 하나 안기고 왔거든."

진태홍이 쾌활하게 답했다. 아까 계약한다던 자동차 이야기인가 싶어 정주는 잠자코 고개를 끄덕였다.

"내가 사실 널 보자고 한 이유는 고맙다는 말을 하고 싶어서다."

정주의 얼굴에서 술기운이 싹 가셨다. 그녀는 눈을 크게 뜨고 진 태홍을 바라보았다. 그가 씁쓸하게 말을 이었다.

"예전부터 그놈은 저 하고 싶은 대로만 해 대기로 유명했어. 오 죽하면 저 싹퉁바가지도 다 알겠냐. 병원 안 맡겠다는 엄포에 하도

화가 나서 일체 지원을 끊었지. 한데 머리가 좀 굵어졌다고 집에 들어오지도 않더구나. 어찌나 고집을 부리는지……. 솔직히 그때 난 자식 잃었다 생각하고 다 체념했다."

정주도 현의 고집은 익히 알고 있었다. 그녀는 저도 모르게 고개를 끄덕였다. 진태홍이 빙그레 웃었다.

"그런데 희한하게 그놈이 다시 의사 공부를 시작했어. 차근차근 뭔가 한다 싶더니 사업은 사업대로 일구면서 면허도 따 왔지. 그러더니 얼마 전엔 드디어 병원도 맡았어. 왜 병원장을 하려는가 물었더니 아무 말도 안 하대. 그런데 애 엄마가 아무래도 그게 여자 때문인 것 같다는 거야."

순간 정주의 얼굴이 발개졌다. 진태홍이 느른한 미소를 지었다.

"그래서 그랬지. 누군지 모르지만 내가 고마워서 밥이라도 사야겠다고. 고마운 게 한두 가지여야지. 성질 더러운 놈 내 말도 듣게 해 주고, 나이 먹을 대로 먹었는데 장가도 들게 해 준대고. 그러니 내가 안 고마울 수 있어? 당연히 고마워서 밥이 문제가 아니라 업고라도 다녀야지."

"암, 업고 다녀. 평생 보은해."

사장이 옆에서 툭 끼어들었다. 정주의 볼은 달아오른 채 좀처럼 식지 않았다.

그런 일이 있을 줄은 미처 몰랐다. 아무 내색도 하지 않고 조용히 그녀의 곁에 나타난 줄만 알았다. 자신을 구한 것이 현이라고 생각했는데, 현의 아버지는 그녀가 그를 구했다고 말한다. 그 기묘한 충족감이 그녀의 마음을 애정으로 가득 부풀어 오르게 했다.

"그건 아마도 현이가 그냥 해 본 말일 거예요. 제가 부족한 게 많아서 절 감싸려고요. 전 다만 지금 아버님께서 그렇게 말씀해 주시는 것만으로도 감사해요."

"아니. 아니다. 네가 좋은 사람이니 그놈이 그렇게 말하는 게지. 솔직히 그놈한테는 과분해. 그 녀석, 아주 못된 놈이거든."

진태홍이 혀를 차며 아들 흉을 보았다. 정주는 말없이 미소를 지었다. 왠지 모든 것이 전부 자연스럽고 부드럽게 맞물려 돌아가는 것 같았다.

세 사람은 그 뒤로도 오랫동안 술을 마셨고 결국은 정주의 연락을 받은 현이 달려와 만취한 진태홍을 모셔야 했다.

* * *

"도대체 그날 아버지랑 무슨 일이 있었던 거야?"

현이 물었을 때 정주는 고개를 저었다. 그녀의 얼굴에는 난감함이 가득 차 있었다.

"그냥……. 오전 중에 어머니 사 드릴 차 보신대서 같이 갔다가 밥 먹고 술 마신 것뿐이야. 그런데 왜 그 차가 여기 와 있는 건지."

두 사람은 약국 앞에 서 있었다. 비서가 차를 몰고 와 있었다. 눈에 익은 최신형 대형 세단. 진태홍이 정주 앞에서 계약하기로 한 차였다.

"작은 사모님께 전해 드리라고 하셨습니다."

비서가 차에서 내려 스마트 키와 작은 봉투를 내밀었다. 스마트 키 케이스엔 정주의 이니셜이 새겨져 있었다. 봉투를 열자 작은 카드가 나왔다. 거기엔 짧은 문장에 적혀 있었다.

[업고 다니는 대신 차로 주마.]

그제야 정주는 진태홍이 고마워서 업고라도 다니겠다고 했던 말을 기억해 냈다. 현이 고개를 내저었다.

"아버지, 너한테 단단히 빠지셨는데. 너 이제 큰일 났다. 갈 때마다 반주는 기본에다 화투장 꺼내서 맞고라도 쳐야 할 판이야. 그런 거 굉장히 좋아하시거든. 어쩐지, 그 집에 데려간 걸 보고 알아채야 했는데."

현의 얼굴이 부루퉁해졌다. 그는 얼떨떨한 표정을 짓고 있는 정주의 귀에 입술을 대고 속삭였다.

"너 아버지한테 너무 잘해 드리지 마. 질투 나."

"그런 거 아니야."

진태홍의 말이 생각나서 정주가 웃음을 머금었다. 그녀가 현과 가볍게 툭탁거리다가 문득 생각난 듯 말했다.

"일단 주차장에 넣어야겠지? 돌려드리더라도 길가에 세워 놓긴 좀 그러니까."

"돌려드리긴. 그냥 타. 안 그래도 차 한 대 사 주려고 했는데 잘됐지 뭐. 아버지 성격에 최고로 안전한 사양으로 잘 고르셨을 테니."

현이 마뜩잖은 듯, 하지만 차는 마음에 드는 듯 말했다. 어쩌면 저렇게 똑같은지. 정주가 슬며시 웃음을 지었다.

"그래도 너무 크고 부담스러운데. 정 안 되면 작은 차로 바꿔 달라고 말씀드릴까?"

"그냥 타라니까. 며느리가 소형차 타시면 기죽는다고 서운해하실 양반이니까."

현이 귀엽다는 듯 정주의 머리를 슬쩍 헝클어뜨리고는 키를 가지고 차에 올라탔다. 주차장으로 내려가는 걸 보고 있는데 시선이 느껴졌다. 정주는 고개를 돌렸다.

윤혜였다. 길 건너에서 그녀를 노려보던 윤혜가 차도를 가로질렀다. 그녀의 얼굴엔 푸르스름한 멍이 들어 있었고 꾹 쥔 주먹은 벌벌 떨리고 있었다.

"어떻게 한 거야?"

"뭘 말인가요."

정주는 의아한 눈으로 윤혜를 보았다. 그녀의 몸이 떨리고 있는 게 보였다. 분노에 가득 찬 눈빛은 여전했다. 윤혜가 악물고 있던 입을 뗐다.

"내 남편한테 무슨 바람을 불어넣은 거야?"

"바람? 무슨 바람이요?"

정주의 눈이 커졌다. 황당했다. 서경후의 얼굴조차 기억이 나지 않을 정도였다. 그런데 갑자기 달려와서 남편에게 무슨 짓을 했냐니. 그녀는 고개를 갸웃거렸다.

"서경후 씨랑 나랑 아무 관계도 없는데 왜 나한테 그걸 묻나요?"

"있어. 있다고!"

윤혜가 악에 받쳐 버럭 소리를 질렀다.

"너지? 이혼해 주지 말고 평생 끼고 살면서 괴롭히라고 한 거? 그렇지? 내 인생 망치려고 그런 거지. 맞잖아!"

"그런 적 없어요."

"아니, 너야! 너 아니면 누가 그런 생각을 하게 만들어? 그때 분명히 내가 봤어. 법원 앞에서 둘이 대화하는 거. 너 맞잖아!"

정주가 기가 차서 고개를 흔들었다. 그녀는 팔짱을 끼고 윤혜의 눈을 정면으로 들여다보았다.

"웃기지 마요. 그거, 전부 당신 남편 머리에서 나온 생각이니까. 안 그래도 법원 앞에서 그렇게 말하더군요. 돈 아까워서 이혼 안 한다고. 변호사 비용도 아깝다고. 그래서 그냥 두고 평생 곁에서 괴롭히겠다고. 전부 오롯이 서경후 씨 결정이에요."

"거짓말! 그이가 그럴 리 없어!"

"서경후 씨가, 내가 그러라고 했다고 하던가요? 그렇다면 삼자대면이라도 하죠. 정말로 내가 그렇게 말했는지."

정주의 당당함에 윤혜가 기가 죽은 듯 어깨를 늘어뜨렸다. 그러면서도 독기 품은 눈동자는 여전히 정주를 노려보고 있었다.

"거기서 뭐 하는 겁니까."

지하 주차장에서 올라온 현이 서둘러 다가와 정주의 어깨를 감쌌다. 냉기가 풀풀 흘렀다. 윤혜의 얼굴에 두려움이 스쳤다. 그가 차갑게 말했다.

"그만하죠? 이제까지 누구 때문에 실컷 괴롭힘당했는데 겨우 벗어날 만하니까 또 괴롭히지 못해 안달입니까."

"그런……. 그게 아니라……."

윤혜가 갑자기 여린 표정으로 울먹였다. 목소리도 겁먹은 듯 작게 떨렸다. 그녀가 호소하듯 정주에게 말했다. 하지만 그녀의 시선은 현에게 꽂혀 있었다.

"도와줘요. 제발……. 내가 잘못한 건 있지만 그래도 같은 여자잖아요. 제발 우리 남편한테 말 좀 해 줘요. 네? 이혼해 주라고 설득좀 해 줘요. 그래도 정주 씨 말이라면 들을 것 같아서……."

갑작스러운 태세 전환이었다. 그것도 현을 보자마자 세상에서 가장 가련한 척을 하는 꼴이 같잖았다. 정주가 어이없어서 톡 쏘아붙였다.

"부탁을 그런 식으로 해요? 오 분 전까지만 해도 사람 잡을 기세더니."

"너무, 너무 황망해서……. 나 너무 힘들어요. 한 번만 좀 이해해줘요. 네? 그 사람 좀 설득해 줘요. 부탁해요. 이혼해 봤으니까 잘알 거 아니에요. 한 번만 도와줘요."

윤혜가 마구 울먹였다. 손까지 부들부들 떨어 가며 우는 꼴이 가증스러웠다. 역겨웠다. 정주는 그녀를 차갑게 응시하다 대꾸했다.

"평생 불륜녀로 살든 이혼녀로 살든 내 알 바 아니에요. 나랑 엮지말아요. 더는 당신들 역겨운 삶까지 알고 싶지 않아요. 잘 가세요."

현이 윤혜를 매섭게 노려보고는 곧장 정주를 감싸고 약국 안으로 들어왔다. 그는 정주를 의자에 앉힌 후 문을 잠그고 윤혜가 밖에서 들여다보지 못하게 블라인드를 내렸다.

다들 퇴근한 약국 안은 조용했다. 현이 물을 한 잔 가져다주었다. 고개를 들자 그의 눈과 시선이 마주쳤다. 오직 그녀를 걱정하는 마음만 담긴 눈빛. 정주는 한숨을 내쉬었다.

"정말이지 엮이고 싶지도 않아."

"하필 내가 없을 때 와서. 자리 비운 건 진짜 잠깐이었는데."

현은 단단히 화가 난 것처럼 보였다. 그는 정주를 가만히 안아주면서도 이를 갈고 있었다.

"저런 인간 때문에 여기 접고 싶지는 않은데."

정주가 다시 한숨을 쉬었다. 현도 고개를 끄덕였다. 어차피 병원 위탁 약국이었다. 새삼스럽게 위치를 옮기는 것도 애매했다. 그는 정주의 어깨를 감싸고 손을 잡으면서 중얼거렸다.

"좀 두고 보려고 했는데 그럴 필요가 없겠네."

"뭘?"

"사실은 누님이 임대 계약을 파기하려고 했거든. 그런데 일단은 두고 보자고 했지. 다른 계획이 있나 검토하는 중이었어. 그런데 더 망설일 필요가 없겠어."

현이 싱긋 웃었다. 정주는 눈을 가늘게 떴다.

"어떻게 하려고. 용원 언니한테 부탁하려고?"

"아니, 더 좋은 계획이 방금 생각났어."

현이 웃으면서 정주의 손을 잡았다.

"많이 놀랐지? 오늘은 더 세게 안아 줄게. 무섭지 않게."

"뭐야. 그게."

정주의 얼굴이 살짝 뜨거워졌다.

요즘 두 사람은 그야말로 둘만의 열락에 한창 빠져 있는 중이었다. 특히 현은 시선만 부딪쳐도 그녀를 안기 일쑤였다. 정주가 힘들어서 그를 피할 지경이었다. 현이 그걸 암시하자 그녀의 얼굴이 달아올라 식을 줄 몰랐다.

"밥 먹고 가자. 오늘은 이것저것 챙길 정신도 아니고, 뭐 사 줄까."

현의 다정한 물음. 정주는 그제야 그에게 웃는 얼굴을 보였다.

* * *

"하아아, 아······."

높이 들린 엉덩이가 들썩거렸다. 정액과 애액에 흠뻑 젖은 엉덩이 사이의 살이 번들거렸다. 벌어진 틈 속으로 성기가 느릿하게 드나드는 모습이 외설적이었다.

수치심보다 더 깊고 짜릿한 쾌감이 정주의 의식을 지배했다. 그녀는 시트를 부여잡고 헐떡였다. 이미 한 번 사정한 후였다. 현은 지치지도 않는지 그녀를 엎드리게 하고는 다시 깊숙이 박고 있었다.

부드러워진 질구가 매끈하게 성기를 품었다. 드나들 때마다 뭉근한 체액이 조금씩 밀려 나왔다. 허벅지를 타고 흐르는 감촉이 선명했다. 현의 성기가 깊숙이 푹 박혔다.

"아읏."

정주의 신음이 커졌다. 현이 속도를 내기 시작했다. 그의 손이 부푼 가슴을 꽉 쥐었다. 젖꼭지가 손바닥에 쓸리며 자극되자 그녀가 헐떡였다.

이미 한 번 사정했는데도 욕구가 채 풀리지 않았다. 머릿속이 욕망으로 들끓고 있었다. 가슴을 쥐고 주무르던 손이 아래로 내려와 음핵을 문질렀다. 성기는 느릿하게 깊은 속살을 자극하는 중이었다. 앞뒤로 전해지는 자극에 정주가 교성을 흘렸다.

"하읏, 그, 그만해."

"이걸 어떻게 그만둬. 할수록 네가 더 예쁘게 우는데."

현이 나직하게 웃었다. 좋으면서도 가끔은 온몸에 전율이 일었다. 정주는 현이 섹스할 때만은 집요하게 자신을 괴롭히듯 끝까지 가는 걸 좋아한다는 사실도 알게 되었다.

현이 성기를 느릿하게 잡아 뺐다. 아쉬움에 달아오른 속살이 움찔거렸다. 현이 그녀를 반듯하게 눕혔다. 그리고는 다리 사이로 파고들었다.

성기가 깊이 들어왔다. 반가워하듯 꽉 죄어드는 압력에 현이 미간을 찡그렸다. 언제 맛봐도 지독한 쾌감이었다. 그는 힘주어 허리를 움직였다.

젖은 소리가 났다. 뿌리 끝까지 깊게 들어와 주름진 속살을 긁어 댔다. 정주가 신음하며 허리를 들썩였다. 현의 손이 음핵을 덮어 세게 문질렀다. 순간 그녀의 눈가가 쾌감으로 흐려졌다.

성기가 안을 휘젓듯 파고들다 민감한 곳을 짓누르듯 훑어 댔다. 반복적으로 일어나는 쾌감이 강렬했다. 손가락은 계속 클리토리스를 문지르며 그녀의 감각을 고조시키고 있었다. 만지기만 해도 금세 갈 것 같은 자극이었다.

"아앗, 아."

교성이 조금 더 커졌다. 정주의 얼굴이 쾌감으로 벌게졌다. 확실하게 절정으로 치닫는 모습에 현이 이를 악물었다. 마구 박아 대고 싶었다. 그는 그녀의 다리를 더 넓게 벌려 푹푹 박으면서 음핵을 계속 문질렀다.

"그만, 그만!"

속살이 움찔거리며 거세게 조여 왔다. 절정이 가까워진 듯 음핵이 서서히 축축하게 젖어 들었다. 손가락을 빠르게 놀려 마찰했다. 몸을 숙여 최대한 그녀에게 붙이고 음핵을 애무하면서 성기를 깊게 푹푹 쑤셨다.

"하아아! 아, 아아! 아흑."

비명과 함께 정주가 절정에 올랐다. 순간 둔덕이 푹 젖어 들었다. 뜨끈한 애액을 느끼면서 현이 깊게 퍽퍽 쳐들었다. 거센 허릿 짓 끝에 정액이 움찔거리는 속을 가득 채웠다.

온몸이 땀과 체액으로 흠뻑 젖었다. 성기를 문 채 벌름거리는 입구가 여전히 자극적이었다. 현은 아쉬움을 숨기고 몸을 빼냈다. 그는 그녀에게 가볍게 키스한 후 욕실로 가서 물을 받았다.

목욕 준비가 끝나자마자 정주를 안아 들어 욕실로 들어갔다. 따뜻한 물이 기분 좋게 몸을 간질였다. 입욕제 향기가 코끝에 퍼졌다. 정주는 기분 좋은 숨을 내쉬었다.

"요즘 너무 호강해서 무서울 정도야."

"겨우 이 정도로?"

"너뿐만 아니라 아버님도 어머님도. 오늘만 해도 차 보내 주시고. 어머님도 자꾸 뭐 사다 보내 주셔. 한우에 과일에, 냉장고 터지겠어. 이러다 호강에 겨워 실수라도 하는 거 아닐까 몰라."

"즐겨."

현이 간단하게 대답하고는 등을 문질렀다. 기분 좋은 자극에 정주가 눈을 감았다. 꿈결처럼 행복했다. 하지만 현은 아직도 부족하다고 느끼고 있었다.

"더 행복하게 해 줄게."

"푸홋. 지금도 충분해."

정주가 뒤를 돌아보며 현의 목에 팔을 감았다. 그녀의 손이 그를 끌어당겼다. 입술이 마주치고 가볍게 닿았다. 그녀의 입이 벌어지며 혀가 그의 입술을 비집었다.

짧지만 달콤한 키스였다. 그녀의 입술이 떨어지자 허전해졌다. 정주가 현의 귓가에 속삭였다.

"너만 있으면 돼. 다른 건 다 필요 없어."

짧은 단어의 조합 몇 개에도 현은 금세 행복해졌다. 정주의 입술이 귓바퀴를 가볍게 물었다. 따뜻한 숨결이 그의 호흡을 가쁘게 만들었다. 끝을 알 수 없는 진득한 애정이 그 끝에 묻어났다.

"고마워."

현은 그 작은 몸을 소중하게 끌어안아 당겼다. 언제까지나 아끼고 소중하게 대할 수밖에 없는 존재. 죽을 때까지 사랑할 수밖에 없는 자신의 여자. 그는 그녀를 안고 따뜻하고 안온한 물결 속에 머물러 있었다. 다시 뜨겁게 사랑을 나눌 때까지.

\* \* \*

"여긴 뭘 넣을 거야? 원래 커피숍 자리니까 프랜차이즈 입점도 괜찮을 것 같은데."

용원이 일 층 카페를 둘러보며 말했다. 정주는 사방을 둘러보다 고개를 끄덕였다.

"그러게요. 그것도 좋겠네요."

그들이 서 있는 곳은 윤혜의 커피숍이었다. 정확히는 용원이 소유한 건물. 그리고 이제 정주가 소유하게 된 곳이었다.

윤혜가 달려들어 악다구니를 쓴 다음 날 현은 용원을 찾아가 건물 매입을 제안했다.

"무슨 바람이 불었어? 지난번엔 인수하라고 해도 생각 중이라고만 하더니. 이제 생각이 좀 정리됐어?"

"네. 살다 보면 변수가 많이 생기는 법이니까요."

현은 웃으며 그렇게만 말했다.

사실 그는 병원 건물을 정주에게 증여할 계획이었다. 세금이 어마어마한데도 밀어붙이던 중이었다. 회계사와 법인 변호사가 난색을 표할 정도였다.

그런데 상황이 바뀌었다. 윤혜 때문이었다. 그는 제 여자를 괴롭히려고 드는 인간을 곱게 봐주는 성격이 절대 아니었다. 그리고 사실 증여보다는 정주의 이름으로 매입하는 편이 훨씬 나을 터였다. 훌륭한 결혼 선물이 될 테니까 말이다.

"뭐, 나야 좋지. 한 푼도 안 깎고 그냥 다 주겠다는데. 현금 확보해서 나쁠 일은 없으니까."

"그럼, 거래 성사입니다. 중개업자와 세무사를 부르죠."

현은 그 자리에서 건물을 매입하기로 하고 정주를 호출했다. 놀라서 달려온 정주는 처음엔 기겁하며 손을 내저었다.

"미쳤어. 말도 안 돼! 이건 절대 못 받아. 안 돼."

"말 돼. 건물 하나 사 줄 테니까 임대료로 용돈 줘. 나 너한테 용돈 받으면서 살 거니까."

"뭐?"

기가 막혀서 말문이 막힌 정주에게 현이 웃으며 손을 꽉 잡았다.

"안 받아 주면 이거 받아 주는 여자랑 결혼할 거야. 그래도 좋아? 길거리 나가서 아무나 붙잡고 이 건물 줄 테니까 결혼하자고 한다. 그래도 되지? 네가 안 받으면 나한테는 그냥 쓰레기나 다름없는데."

"……."

그 말에 정주의 얼굴이 굳어졌다. 그녀는 희게 질린 얼굴로 그를 노려보다 맥없이 한숨을 내쉬었다.

"정말……. 너도 아버님도 나한테 왜 이래. 어머님은 또 어떻고. 왜 그렇게 나를 괴롭히는 거야."

"받아 본 적 없는 것들 주고 싶어서 그래. 네가 온전히 기뻐하기만 하면 좋겠어."

현은 마지막으로 쐐기를 박듯 말했다.

"우리가 같이 살고 있어서 선심 쓰는 거 아니야. 결혼 선물이야. 네가 마음이 무겁다면 당장 혼인 신고부터 하고 이 건물 받으면 돼."

정주가 침묵을 지켰다. 분명 결혼을 하게 된 것도 맞고 이 남자와 다시 한번 제대로 살아 보겠다고 다짐한 것도 맞다. 하지만 이렇게 갑작스럽게 혼인 신고부터 하게 되다니. 그녀는 가만히 생각에 잠겼다.

"얼른 결정해. 누님 기다리고 계셔."

현의 말에 그녀가 결국은 고개를 끄덕이고 말았다. 현이 벌떡 일어나 정주를 잡아끌었다. 가자. 그가 그녀의 귓가에 나직하게 속삭였다.

"어디 가려고?"

"혼인 신고 하러."

그날 현은 정주에게 들 수 있는 가장 큰 꽃다발을 안겨 주었다. 장미, 작약, 리시안셔스와 라넌큘러스. 그리고 곧장 시청으로 가서 혼인 신고를 해치웠다. 현이 미리 귀띔했는지 현의 부모님도 달려 왔다. 용원과 유경이 증인으로 나섰다.

"결혼식도 할 거야. 일단은 신고만."

그는 신고가 끝나자마자 반지가 끼워져 있는 손가락에 다시 엔게이지 링을 끼워 주며 속삭였다. 뜨거운 키스도 잊지 않았다. 어찌나 격렬했는지 시청 안에 있던 사람들이 전부 박수치며 환호할 정도였다.

"정말이지 애 섭섭하게……. 아무리 명의 문제가 있다 해도 그렇지. 아무튼, 축하한다 정말. 결혼식도 성대하게 치를 계획이니까 서운해하지 마. 응?"

도 교수가 눈물을 글썽이며 정주를 꽉 껴안았다. 진태홍이 만면에 웃음을 머금고 말을 건넸다.

"당신이 더 서운해 보이는데? 아가, 아무 걱정 마라. 내 알아서 네 어미랑 저놈 재촉해서 얼른 식 올려 줄 테니까."

얼굴이 홧홧해진 상태로 돌아온 그녀는 용원과 현이 보는 앞에서 계약서에 서명했다. 그리고 정식으로 건물주가 되었다. 그야말로 속전속결이었다.

건물을 계약한 후 현은 부동산을 통해 곧장 윤혜의 가게에 계약 해지를 통보했다. 이미 월세가 밀려 있어 계약 해지는 어렵지 않았다. 그동안 지명과의 일로 인해 가게 운영에 소홀했는지 단골들조차 다 떠나 손님도 없었다. 덕분에 쉽게 쫓아낼 수 있었다.

가게가 비고 나서 정주는 용원과 함께 일 층을 둘러보는 중이었다. 텅 빈 가게 안은 어지러웠다. 윤혜가 급히 가게를 정리한 티가 났다. 손끝이 야무진 줄 알았더니 엉망이었다.

"참. 기고만장해서 까불더니 실속은 하나도 없더라고. 나갈 때도 가관이었어. 권리금 어쩌고 주절대면서 악착같이 뭐라도 뜯어가려고."

"그래서 뭐라도 해 주셨어요?"

"어. 엉덩이 세게 걷어차 줬어. 그거면 됐지 뭐."

용원이 웃으며 대답하고는 정주를 돌아보았다. 그녀가 들뜬 목소리를 냈다.

"요즘 어때. 좋으니?"

"네. 무척."

주저하지 않고 대답하는 정주의 얼굴이 말갛고 고왔다. 용원이 감회 어린 얼굴로 그녀를 보았다. 처음 보았을 때 수심이 가득하던 모습은 어디로 사라지고 사랑받는 새신부의 얼굴이 되어 있었다. 용원이 빙긋 웃고는 정주의 손을 잡았다.

"행복해라. 잘 사는 게 제일 큰 복수야. 알지?"

"이제 아무 상관 없는 남인걸요. 제 행복에만 집중할 거예요."

"그래. 기특한 것."

용원은 약속 있다며 먼저 자리를 떴다. 잠시 휑한 가게를 한 번 더 둘러본 정주는 밖으로 나와 길을 건넜다. 건물 일 층을 전부 터서 공사 중인 약국이 보였다.

유경과 의논해 절반씩 지분을 나누기로 했다. 건물 일 층을 다 약국으로 확장하기로 하고 병원 위탁 약국은 계속 유지하는 것으로 했다.

마당발인 상범이 소개한 약사도 몇 명 더 고용했다. 유경이 대표가 되어 전반적인 업무를 맡아서 하게 되었다. 정주도 출근하겠다고 했지만, 유경과 현이 완강하게 반대했다.

"야. 네 남편은 안식년까지 갖는데 출근이 뭐니? 그냥 쉬어. 한 달에 한 번 나와. 회계랑 업무 훑어는 봐야 하니까. 난 돈 계산은 하기 싫거든. 장부 기재도 하기 싫어서 맡겨 버렸잖아."

"그래. 넌 나랑 쉬어야 해. 일 년간 쉬자고. 신혼여행도 가야 하고."

두 사람 때문에 결국 정주는 일단은 명의만 올려놓게 되었다. 그건 좀 불만이었지만, 일단은 약국 일 말고도 너무 바빠서 정신이 없기도 했다. 웨딩 플래너에게 맡겨 뒀는데도 왜 그렇게 할 일이 많은지 알다가도 모를 일이었다.

전화벨이 울렸다. 정주는 버튼을 눌렀다. 현이었다.

-지금 어디야? 어머니가 얼른 오라고 야단이신데. 예물이 뭐 어쩌고 하셨어.

"안 해도 된다니까 정말……. 약국 앞이야."

-알았어. 지금 금방 갈게. 거기 있어.

현이 다급하게 전화를 끊었다. 서둘러 정주의 곁으로 오려는 모양이었다. 정주는 입가에 웃음을 머금었다. 그는 지나치다 싶을 만큼 그녀를 보호하고 있었다.

"애정이 극에 달해서 그래. 꼭 잡아먹을 것 같다니까. 네 눈엔 좋지? 내 눈엔 징그럽다 정말."

유경이 혀를 차며 한 소리였다. 정주도 알고 있었다. 집요하리만 치 현이 그녀의 일거수일투족을 좇는다는 걸. 잠깐 나갔다 오는 것만으로도 걱정하면서 상태를 샅샅이 살핀다는 것도.

하지만 왠지 갑갑하지도 징그럽지도 않았다. 그냥 편안했다. 그리고 가끔은 이 남자가 얼마나 자신을 사랑하는지도 실감이 났다.

그래서 그녀는 그가 좋은 대로 하도록 내버려 두었다.

"그러니까 천생연분이지."

유경이든 용원이든 상범이든, 두 사람을 본 이들은 꼭 그렇게 말하며 혀를 내둘렀다. 그러든지 말든지 정주와 현은 행복하고 좋았다. 서로만 보고, 서로만 사랑하고. 그걸로 충분했다.

정주가 약국 앞에서 현을 기다리는데 누군가 쭈뼛거리며 다가오는 게 보였다. 해가 지고 어둑한 길에 가로등이 켜졌다. 순간 정주는 그가 누군지 알아차리고 뒤로 한 발짝 물러섰다. 지명이었다.

가끔 바람결처럼 소식이 들려오곤 했다. 용원이 신나서 유경과 수다를 떨 때도 있었다. 가장 먼저 들려온 건 윤혜의 소식이었다. 가게에서 쫓겨난 후 집안에 갇혀 두문불출한다고 했다. 서경후가 절대 이혼은 안 한다며 매일 들들 볶아 댄다는 소문도 들렸다. 아이를 어린이집에 보낼 때 가끔 보이는 윤혜의 얼굴에 시커멓게 피멍이 들어 있다는 이야기는 이제 더는 소문도 아니었다.

그 외에도 들려오는 소문들은 파다했다. 지명이 동네에서 얼굴도 들고 다니지 못한다든지, 빚을 갚느라 핸드폰 가게도 말아먹었다든가 하는 것들이었다.

아파트에서 쫓겨나 어머니의 집으로 들어갔지만, 그 집도 조만간 경매에 부쳐질 것 같다는 이야기도 들렸다. 시모와 시누가 추레한 몰골로 공장에 다닌다거나 동네 친구들 앞에서 펑펑 울며 정주의 욕을 했다든가 하는 말도 슬쩍 들렸다.

물론 정주는 그 모든 것들을 모른 척 넘겨 버렸다. 이제 아무래도 상관없었다. 그녀는 이미 충분히 행복하고 즐거웠다. 저보다도 더 저를 사랑해 주는 남자도 곁에 있었고 친부모만큼이나 아껴 주는 시부모도 있었다.

심지어 그녀는 병원장 사모님이었다. 그걸 아는 사람들은 외려 비웃고 손가락질하면 했지 그 누구도 지명을 불쌍하게 여기지 않았다. 지명은 동네 친구들에게도 완전히 무시당하고 버림받은 셈이었다.

그리고 지명은 그 소문들에 걸맞게 초라하고 형편없는 모습을 하고 있었다. 그는 잔뜩 기죽은 얼굴로 그녀를 보고 있다 주저하며 멀찍이서 말을 걸었다.

"저, 정주야."

정주는 모른 척 그를 외면했다. 하지만 지명은 그녀의 곁으로 천천히 다가오고 있었다.

"여보, 저기……. 잠깐 시간 좀 내 줄 수 있을까?"

"……."

대답할 가치도 없어서 정주는 입을 다물고 뒷걸음질만 쳤다. 그때 뒤에 뭔가가 부딪쳤다. 단단하고 따뜻한 가슴. 현이었다.

"뭐야. 저건."

현이 기가 막힌 듯 혀를 차며 정주를 꼭 감쌌다. 지명이 다가오다 움찔했다. 그는 현이 무서운 듯 부들부들 떨면서 입을 열었다.

"여보. 제발 나 얘기 좀 들어 줘. 응? 잠깐만."

"난 당신 아내가 아니에요."

현의 품에 안긴 정주가 차갑게 대꾸했다. 그녀는 냉기가 풀풀 풍기는 눈으로 지명을 노려보았다.

"함부로 그렇게 부르지 말아요. 당신은 모르는 남자고, 아는 척하고 싶지도 않으니까."

"저, 정주야."

"내 아내가 아는 척하지 말라고 하지 않습니까."

현이 정주를 감싼 채 앞으로 나섰다. 지명의 눈에 경악이 어렸다. 그는 눈을 껌뻑거리다 간신히 입을 열었다.

"아……아내?"

"내 아내입니다. 꺼져요."

현이 명료하게 선언했다. 지명의 눈에 절망감이 감돌았다. 그는 그 자리에 무릎을 털썩 꿇더니 손을 모아 싹싹 빌기 시작했다.

"저, 정주야. 흐어엉. 돌아와 줘. 내가, 내가 잘못했어. 다시는, 다시는 안 그럴게. 부탁해. 제발 한 번만 소원을 들어줘. 응? 정주야."

"내 이름도 부르지 말아요. 난 당신 아내도 아니고 이제 남이에요. 모든 게 다 끝났으니 다시는 내 앞에 나타나지도 말아요."

정주가 차갑게 지명의 말을 잘랐다. 문득 그녀는 왜 현과 유경이 명의만 올려 두고 출근은 하지 말라고 극구 권했는지 깨달았다.

아마도 이런 상황을 예감한 것이겠지.

새삼스럽게 두 사람이 고마웠다. 언제나 걱정과 염려를 아끼지 않고 다독여 주는 사람들. 그들이 있어 정주는 행복했다. 그녀는 고마움을 담아 현을 올려다보았다.

"가. 어머니 기다리시겠어."

현이 고개를 끄덕이고 차 문을 열었다. 그때까지도 지명은 길바닥에 엎드려 애원하는 중이었다. 그는 정주가 차에 올라타려 하자 황급히 일어나 달려왔다.

"끄아아악!"

그때 현이 발을 걸어 넘어뜨렸다. 그는 허리를 굽혀 지명의 멱살을 잡았다.

"한 번만 더 여기 기웃거리면 그때는 정말로 사타구니를 터뜨려 버리겠어. 너 같은 건 그걸 휘두르고 다닐 자격도 없으니까."

지명이 공포에 질린 얼굴로 고개를 끄덕였다. 현이 그의 멱살을 쥔 채 확 밀어 버렸다. 땅바닥에 나뒹구는 꼴이 볼 만했다. 그가 두려움에 질린 얼굴로 정주를 보는 것이 차 안에서도 느껴졌다.

정주는 고개를 돌리고 앞만 보았다. 아무런 미련도 없었다. 돌이켜 보면 켜켜이 쌓였던 감정들은 어느새 천천히 녹아 사라졌다.

그게 언제부터였을까.

오랫동안 눈물조차 나오지 않았다. 하지만 현을 만난 후 다시 울수 있게 되었다. 그리고 그 눈물에 조금씩 해묵은 감정들이 씻겨 내려갔는지도 모른다. 그래서 이제 아무런 감정도 없이 그들을 남으로 볼 수 있게 되었다.

그나마 남은 싸구려 동정도 다 털어 버렸다. 현이 그렇게 만들어 주었다. 정주의 가슴 속엔 미련도 분노도 없었다. 오롯이 현에 대한 애정만이 남아 빛났다. 그녀는 창문을 열고 말했다.

"얼른 타. 어머니 기다리셔."

지명이 보든 말든 상관없었다. 아니, 똑똑히 보길 바랐다. 그래서 다시는 제 앞에 나타날 엄두도 내지 못하길 바랐다. 악연의 고리를 모두 끊어 냈다. 후련했다. 그녀는 창문을 닫고 현이 차에 타는 모습을 지켜보았다.

"괜찮아?"

현이 차에 올라 그녀를 보았다. 그 눈 속에 든 애정과 염려만이 그녀의 가슴에 와닿았다. 정주는 환하게 웃으며 말했다.

"사랑해. 내 남편."

현의 얼굴이 기쁨으로 물들었다. 현은 잠자코 정주의 말을 들은 후 벨트를 당겨 채워 주었다. 그의 몸이 그녀 쪽으로 기울었다. 벨트를 매는 손과 함께 입술이 다가왔다 가볍게 입을 맞추고 떨어졌다.

머리카락이 살짝 흘러내렸다. 정주가 그걸 귀 뒤로 넘겨 주자 현이 그녀의 손을 쥐고 가만히 입을 맞추었다.

"사랑해. 내 아내. 언제까지나 행복하게 해 줄게."

정주가 고개를 끄덕였다. 현이 시동을 걸었다. 차가 힘차게 출발했다. 두 사람은 환하게 웃으며 죽 내뻗은 길을 달렸다.

정주가 사르르 웃었다. 그녀의 마음은 더없이 충만해졌다. 이 남자. 현을 만나서. 이제 그녀는 아무렇지도 않았다. 더는 힘겹지 않았다.

그녀는 이 순간, 정말로 행복했다.

〈마침〉